# Erkläre mir das Leben bitte

Erkläre mir das Leben bitte

Dana Petrović

Grounded Press im Internet: www.grounded.press

Die Kroatische National- und Universitätsbibliothek verzeichnet diese Publikation in der Kroatischen Nationalbibliografie; detaillierte bibliografische Daten sind unter der Nummer 001025408 zu finden.
ISBN: 978-953-48490-0-2
ISBN ebook: 978-953-48490-1-9

Titel: Erkläre mir das Leben bitte
Autor: Dana Petrović

Design: Marc Boom, Looney2
Lektorat und Korrektorat: Dr. Xenia Fischer-Loock

Verlag: Grounded Press j.d.o.o., Grižane-Belgrad, Kroatien, 2019
© Gordana Kierans
1. Ausgabe

# Übersicht

# KAPITEL

## 1

Mein Name ist Thomas Bader und der Tag, mit dem ich meinen Rückblick beginnen möchte, ist der, an dem sich mein Leben ändern wird, nur, dass ich an diesem Tag noch nichts davon ahne oder ahnen wollte, obwohl ich die Entwicklung, die zu dieser radikalen Änderung führen wird, vor Monaten angestoßen habe. Da inzwischen einige Zeit vergangen ist, will ich skizzieren, wie die Entwicklung von diesem Schicksalstag bis hin zu meiner maßgeblichen Entscheidung verlaufen ist, die mich in mein heutiges Leben katapultiert hat. Da die Erinnerung ein unzuverlässiger Zeitgenosse ist, der sich dreht und formt, je nachdem, wie wir sie auf unserem Töpferrad formen wollen, habe ich mir vorgenommen, möglichst treu zu schildern. Ich hoffe, dass am Ende die Komplexität meiner damaligen Lage deutlicher wird. So deutlich die (Lebens-)Kreuzungen im Rückblick erscheinen mögen, so unleserlich sind die sichtbaren Schilder, so unvollständig die Karten, die helfen sollten, den einen oder anderen Weg einzuschlagen. Ich entschied mich für meinen Weg und dies nicht aus Trotz, Bekämpfung der Vorurteile oder aus anderen, externen Gründen. Ich traf meine Entscheidung, weil sie die einzige Entscheidung war, die mir erlaubte, ich selbst zu werden.

An meinem Schicksalstag bin ich noch der Geschäftsführer eines Unternehmens. Ich werde auf den folgenden Seiten die unternehmerischen Details hoffentlich in guter Balance halten: genug, um durch einen kleinen Spalt einen Einblick in meine damalige Realität zu geben, ohne mit zu vielen Details zu langweilen.

Am besagten Tag nahm ich nur am Rande wahr, dass sich gelegentlich ein Sonnenstrahl durch die geschlossene Wolkendecke schlich, als wollte er einen Blick auf mich und meine Reaktion ergattern; wie ein Kind, dem die Mutter verboten hat, die Süßigkeiten anzufassen, das aber nicht widerstehen kann. Ich fand mit sehr viel Glück einen Parkplatz in der Nähe des Restaurants und lief die kurze Strecke durch die Platanenallee. Die nackten Äste ragten in den Himmel und die abgefallenen Blätter stöhnten unter meinen glänzenden Markenschuhen, als ob die Ledersohlen dem trockenen Laub Schmerzen zufügen würden. Ich war aber in Gedanken immer noch beim letzten Meeting mit dem Leiter der Abteilung Forschung und Entwicklung und registrierte die zaghaften Sonnenstrahlen nur beiläufig. Weder der bellende Hund noch ein verliebtes Pärchen, das quer über die naheliegende Wiese lief, konnten meine Aufmerksamkeit auf sich ziehen. Meine Welt war noch in Ordnung, denn ich war der Geschäftsführer eines erfolgreichen mittelständischen Unternehmens.

Dieses Mal kam mir das Restaurant nicht sehr einladend vor, als ich es betrat. Wegen des dunklen Mobiliars und der kleinen Fenster war stets eine gewisse Düsternis vorhanden, die weder die Lampen noch das rot-weiße Karomuster der Tischdecken oder die kleinen Blumenarrangements auflockerten. Ich ließ den Blick durch den Raum schweifen, betrachtete gedankenverloren die anwesenden Gäste und grüßte die Kellnerin. Sie huschte mit drei Salattellern an mir vorbei, ohne mich zu registrieren. Meine Gedanken drehten sich immer noch um das ungelöste Produktionsproblem in der Firma. Ein anderer Kellner kam mit schnellen Schritten auf mich zu, nahm mir meinen Mantel ab und verwies mich auf den kleinen Raum, in dem üblicherweise das Mittagessen mit den Firmeninhabern, Jan und Mathias Schmitt, serviert wurde. Dort konnte man in Ruhe essen und sich austauschen, ohne dass andere Gäste etwas von den Gesprächen hören konnten. Nach mir betrat eine laute Gruppe das Restaurant. Ich stellte meine Betrachtungen ein und betrat den Raum.

Jan und Mathias Schmitt hatten das Unternehmen Schmitt Formsysteme nach dem Tod ihres Vaters Norbert Schmitt geerbt, der die Firma gegründet hatte. Sie versuchten ein Jahr lang, die Firma zu leiten, gaben aber wegen ständiger Streitigkeiten auf und übertrugen die Leitung an mich. Geschäftsmeetings fanden seitdem oft in diesem Restaurant statt. Sie dienten dazu, die aktuelle Situation zu besprechen und wichtige Entscheidungen herbei zu führen. Dem heutigen Treffen sah ich entspannt entgegen, da die Brüder normalerweise nur meine Vorschläge abnickten. Ich konnte immer noch keine Antworten auf einige brennende Entwicklungsfragen liefern, da die Tests weiterhin negative Ergebnisse lieferten, aber ich hatte ein paar Ideen. Im Vergleich zur Vergangenheit befand sich das Unternehmen in ruhigen Gewässern und ich hatte das Gefühl, endlich aufatmen zu können.

Als ich die schwere Eichentür zum separaten Raum öffnete, unterbrach ich Jan und Mathias Schmitt in ihrer anregenden Unterhaltung. Sie standen auf und begrüßten mich - wie gewohnt - höflich. Der Händedruck von Mathias Schmitt war immer weich und schwammig, ganz im Gegensatz zu der kraftvollen Art seines Bruders. Das war nicht der einzige Unterschied zwischen den beiden Männern.

Mathias Schmitt war zierlich, von knabenhafter Gestalt, aber mit dem Ego von der Größe eines Sumoringers. Wie immer, waren seine graumelierten Haare waren perfekt geschnitten und frisiert. Kein einziges Haar tanzte aus der Reihe. Heute zeigte er sich von seiner besten Seite und schenkte mir sogar ein Glas Wasser ein. Nebenbei erzählte er von seiner Reise in die Vereinigten Staaten und seiner Rückkehr mit Hindernissen. Wegen eines terrorverdächtigen Gegenstandes hatte sich der Verbindungsflug nach Frankfurt um mehrere Stunden verspätet. Er liebte es, Geschichten zu erzählen und mochte es nicht, wenn man ihn unterbrach. Besonders sensibel reagierte er, wenn er versuchte, Werbegeschichten als seine eigenen Erlebnisse zu verkaufen und jemand darauf hinwies, dass genau diese Geschichte im letzten Videoclip einer großen Bank auf CNN zu sehen war. Da ich diese Fallen sehr gut kannte, hörte ich schweigend und interessiert zu, lächelte an den richtigen Stellen und trank mein Wasser. Ich dankte auch stumm dem Kellner, der gerade mein Glas nachfüllte, und wartete mit der Bestellung, bis die Geschichte beendet war. Erst als Mathias am Ende selbst über seine Erzählung lachte, richteten Jan und ich unsere Aufmerksamkeit dem wartenden Kellner zu.

Jan Schmitt war groß, kräftig gebaut, mit Anzeichen einer Glatze und kleinen bohrenden Augen. Er war ein exzellenter Controller, aber eine absolute Null in Menschenkenntnis. Jeder Satz, den er sprach, beinhaltete mindestens eine Zahl. Ich schmunzelte manchmal während der Meetings, wenn ich daran dachte, wie Jan Schmitt seiner Frau den Heiratsantrag gemacht haben könnte: „Schatz, wenn man unsere Verbindlichkeiten abzieht, bleibt noch einiges an liquiden Mitteln" oder „Angesichts des potentiellen Betriebsergebnisses nach unserem Zusammenschluss finde ich, sollten wir vor den Altar treten". Da Jan Schmitt seinem Bruder kein bisschen ähnelte, fragte ich mich manchmal, ob einer der beiden bei der Geburt vielleicht vertauscht worden war.

Während des Essens hörten die Brüder meinem Bericht über die Situation des Unternehmens zu. Aber schon während ich erzählte, spürte ich eine gewisse Distanz, die mich irritierte. Wir waren zwar nicht befreundet, doch stellten die Firmeninhaber normalerweise mehr Fragen, gaben ihre Meinung kund oder diskutierten intensiv die Vorschläge, die ich präsentierte. Heute sprach ausschließlich ich. Ich hatte zunehmend das Gefühl, dass meine Worte sich im Raum verirrten und den Weg zum Empfänger nicht fanden. Die Brüder schenkten dem Rumpsteak bzw. dem gebratenen Lamm wesentlich mehr Aufmerksamkeit als meinem Bericht und unterbrachen ihn mit Kommentaren über das vorzügliche Essen. Dann, als wir den Espresso tranken, räusperte sich Mathias und ließ die Katze aus dem Sack. Sie hätten solange gewartet, um mir das Mittagessen nicht zu verderben, sagte Jan entschuldigend.

Als ich nach dem Essen die Sicherheit meines Büros erreichte und die Tür hinter mir schloss, dankte ich dem Gott, an den ich nicht glaubte, dass ich heute keine wichtigen Termine mehr hatte. Meine Assistentin Anja Müller sagte gerade ein wöchentliches Treffen mit einem Mitarbeiter und eine Telefonkonferenz mit einem Lieferanten ab. Ich hörte sie reden, während ich meinen Mantel am Ständer aufhängte. Mit freundlicher aber bestimmter Stimme bat sie um die Verschiebung vereinbarter Termine, ohne eine Erklärung abzugeben. Diese Entlastung gab mir die Möglichkeit, die eben erhaltene Nachricht zu verdauen. Ich ging ans Fenster, aber heute sah ich die Produktionshallen nicht, sondern nur die Trümmer meiner eigenen Welt. Für die Firmeneigentümer reichte der Gewinn nicht aus und sie gaben mir drei Monate Zeit, die Situation zu ändern, oder mein Vertrag würde nicht verlängert werden. So einfach war die Situation. Und doch so komplex.

Ich vermutete den Grund, der sich hinter dieser Aktion tatsächlich verbergen könnte. Wie alle menschlichen Wesen, waren die beiden Brüder nicht fehlerfrei. Sie hatten ihre Launen und bevorzugten offensichtlich einen gewissen Typ von Menschen. Als Maßstab galt nicht unbedingt die Leistung, sondern persönliche Beziehungen, das Talent, richtig zu schmeicheln, und die Fähigkeit, wenig durchdachte Meinungen als prächtige Ideen zu verkaufen. Oder die Ideen anderer als eigene Ideen auszugeben. Glauben Sie mir, ich weiß wovon ich rede.

Ich war schon vor langer Zeit bei Mathias in Ungnade gefallen, weil ich eine nicht ausführbare Idee von ihm auch als solche bezeichnete. Neben dem eigentlichen Kerngeschäft der Produktion noch ein zweites Consulting-Standbein aufzubauen, war meiner Meinung nach aus mehreren Gründen nicht sehr sinnvoll. Erstens befand sich das Unternehmen gerade auf dem Weg in die schwarzen Zahlen und ein solcher Schritt hätte den schwer erarbeiteten Prozess verlangsamt, wenn nicht sogar gekippt. Es fehlten Ressourcen und die Kompetenz, Beratungsleistungen anzubieten, die über Produktberatung hinausgingen, selbst wenn sie sich nur auf die Produktionsunternehmen beschränkten. Zweitens kannte ich die Managementfähigkeiten von Mathias und war fest davon überzeugt, dass, wenn der Karren gegen die Wand fahren würde, ich dafür verantwortlich gemacht worden wäre, denn ich bin der Geschäftsführer und somit für das Unternehmen verantwortlich. Mathias wollte seine

Vorstellung unbedingt durchsetzen, scheiterte jedoch am Widerstand seines Bruders, der als Controller die Situation verstand und mit mir einer Meinung war. Ich spekuliere vielleicht, aber ich hatte das Gefühl, dass für Mathias Ego diese Entwicklung einer schweren Niederlage glich.

Jan Schmitt war lange Zeit ein Verbündeter von mir, bis ich vor ein paar Monaten auch bei ihm an Popularität einbüßte. Dies geschah weniger durch fehlerhafte Entscheidungen als durch eine Neueinstellung. Jürgen Niels, ein ehrgeiziger Uniabsolvent, war auf Wunsch von Jan Schmitt eingestellt worden. Statt mir - dem Geschäftsführer – als Assistent zuzuarbeiten, machte Jürgen lieber bei weiblicher Belegschaft Werbung für seine nicht vorhandenen Qualitäten. Als ich darüber mit Jan sprach, reagierte er äußerst empfindlich auf die Kritik an seinem Schützling. Zudem gab er mir durch weitere Handlungen zu verstehen, dass ich seine Unterstützung nicht mehr genoss. Stattdessen wendete sich Jan zunehmend an Jürgen, um diverse Aussagen von mir zu überprüfen, und untergrub damit meine Position in der Firma. Als sich ein unerfreulicher Vorfall ereignete, durfte ich die Kastanien aus dem Feuer holen. Deswegen wusste ich, dass mein Nachfolger bereits jetzt feststand. Es ging nur noch darum, mich elegant abzuservieren. Eigentlich war ich gar nicht überrascht und doch bis ins Mark erschüttert.

Ich musste an die vielen Hunderte von Büchern und Artikeln denken, die sich mit Personalführung, Performancebewertung und Mitarbeitermotivation befassten. „Das ganze Studium war eine einzige Farce", dachte ich mit einer mir unbekannten Bitterkeit. Eine Beschäftigungstherapie für eine Horde von Professoren, die auf Kosten der Steuerzahler etwas vermittelten, was sowieso nicht stimmte. In der Unternehmenswelt wurden am Ende häufig die Lieblinge befördert, von ihren Chefs protegiert und vorangetrieben. Keine Objektivität, keine sorgfältige Betrachtung der Ergebnisse. Es reichte manchmal, den Chef ausreichend zu unterhalten, damit er sich wohl fühlte. Folglich wurden Fehler und fehlende Kompetenz gerne übersehen. Aber niemand in meinem Freundeskreis sah dies als ein Problem an, ganz im Gegenteil. Man kannte die Spielregeln und spielte das Spiel, ohne den Sinn zu hinterfragen. Warum auch? Mit der richtigen Schmeichelmethode und dem richtigen Hebel konnte man es selbst weit schaffen.

Beim Gedanken an Freunde fielen mir meine Frau und die Verabredung mit unseren Freunden Tim und Angela ein. Ein Stich ging mir durch die Brust, als ich an meine schöne Frau dachte. Ich würde ihr beibringen müssen, dass ich meinen jetzigen Job bald nicht mehr haben würde, und dass ich mir eine neue Tätigkeit suchen müsse. Ich wusste, dass ich heute keine Verabredung mehr wahrnehmen könnte. Allein beim Gedanken, mich den ganzen Abend vor Tim und Angela verstellen zu müssen, überkam mich Panik. Ich dachte in dem Augenblick: „Tim wird sofort merken, dass ich auf der Verliererspur bin. Als Anwalt riecht er doch sofort Blut. Deswegen ist er auch so erfolgreich." Ich verspürte augenblicklich Neid und wünschte mir, der heutige Tag hätte sich nie ereignet. Aber die Ereignisse ließen sich nicht mehr leugnen, genauso wenig wie meine Unfähigkeit, an diesem Abendessen teilzunehmen.

Ich atmete tief ein, holte das Telefon aus der Tasche und rief meine Frau Julia an. Am liebsten hätte ich sie gebeten, gleich nach Hause zu fahren und mich dort zu treffen. Ich wollte ihr alles beichten, von meinem desaströsen Tag erzählen und ihr mitteilen, dass sich einige Parameter plötzlich verändert hätten. Wie beispielsweise unsere blanke Existenz. Dass sie als Habilitandin mit ihrem mageren Forschungsgehalt künftig die Familie unterhalten müsse, weil ihr unfähiger Mann die Familie nicht mehr ernähren könne. Nein, das konnte ich nicht tun. Stattdessen nahm ich mir vor, nichts zu verraten.

Als ich ihre weiche Stimme hörte, kam ich wieder in die Versuchung, ihr anzudeuten, dass es mir schlecht ging, aber ich schluckte die Worte buchstäblich und fing an zu husten. Irgendwie stammelte ich durch die Hustenanfälle, dass ich nicht kommen konnte. Ihre Aufregung am Telefon verschaffte mir einen Vorteil, denn nur so konnte ich sichergehen, dass sie nichts in meiner Stimme merken würde. Während sie am Telefon tobte, ich könne doch nicht schon wieder unsere

Freunde sitzenlassen, versuchte ich, meinen Atem wieder zu beruhigen und mir vorzustellen wie sie gerade aussehen mochte. Ich wusste, dass sie hinter ihrem Schreibtisch aufgestanden war und sich an die Stirn fasste. Während ihr Körper mehr oder minder ruhig blieb, versprühten ihre Augen tausend Funken. Wie gerne ich sie jetzt umarmen würde. Sie würde ein bisschen Widerstand leisten und dann lachend in meinen Armen den Kampf aufgeben. Ihre Frage, was mit mir los wäre, traf mich mitten ins Herz, und ich ekelte mich vor den Lügen, die ich ihr gerade auftischte, aber ich konnte einfach nicht anders handeln. „Wenn sie wüsste, dass ich zum Abschuss freigegeben worden bin…", dachte ich. Immer noch halb zum Fenster gedreht, streckte ich die Hand nach meinem Laptop aus und schaltete ihn ein. Eigentlich müsste ich jetzt durch die Anzeigen gehen oder einen Head Hunter kontaktieren, aber stattdessen rief ich meine Nachrichten ab. Ich wusste nicht, wie es war, einen Job suchen zu müssen.

Während des Studiums hatte ich einen Vortrag von Norbert Schmitt, dem Firmengründer, gehört. Der Unternehmer, der ein paar Jahre später verstarb, sprach über die Bedeutung von Kreislaufwirtschaft, bevor der Begriff in der englischen Version überhaupt in Mode kam. Er machte sich Gedanken, wie die Wertstoffe in der Produktion wiederverwendet werden konnten, denn er suchte nach neuen Wegen und Einsparmöglichkeiten. Nach dem Vortrag hatte ich Kontakt zum Redner gesucht und diskutierte eine halbe Stunde mit ihm über die Bedeutung der Technologie bei der Verwertung der Materialien. Das allgemeine Interesse an einem mittelgroßen, angegrauten, übergewichtigen Mann mit einer Glatze, der von Einsparmöglichkeiten durch die Wiederverwertung von Kunststoffen sprach, war gering. Ich wiederum erkannte sofort das Vorbild: die Natur, die mir Großvater Heinz nahegebracht hatte. Wie sich herausstellte, war das Ziel der Kreislaufwirtschaft tatsächlich, die perfekte Balance der Wiederverwertung in der Natur nachzuahmen, denn in der Natur gab es keinen Abfall. Die abgefallenen Blätter beispielsweise verwesen und dienen als Dünger.

Ermuntert durch das Gespräch, bewarb ich mich auf eine Praktikumsstelle und wurde angenommen, sehr zum Unverständnis meiner Kommilitonen, die sich nur auf große und bekannte Unternehmensberatungen, Banken und Versicherungen konzentrierten. „Was produziert dein Unternehmen noch mal? Scheißgussteile?" fragte einmal ein Kommilitone an der Uni in Frankfurt am Main. „Spritzgussteile", antwortete ich geduldig. Ich hatte auch die Chance, bei einer großen Beratungsfirma einzusteigen, aber ich zog Norbert Schmitts Unternehmen vor. Seit dem Praktikum ließ es mich nicht mehr los. Nach dem erfolgreichen Studienabschluss stieg ich als Assistent von Norbert Schmitt ein und übernahm später die Unternehmensentwicklung.

Als die Brüder sahen, dass ihre Auffassungen von Management verschiedene Ausprägungen hatten, übergaben sie das Lenkrad an mich. Mathias verbrachte seine Zeit mit Golfspielen, Kreuzfahrten und Besuchen von Pferderennen, während Jan lieber von Konferenz zu Konferenz reiste und über Herausforderungen des Mittelstandes referierte. Als ob er eine Ahnung davon hatte, mit welchen Herausforderungen ich tagtäglich konfrontiert wurde. In der restlichen Zeit trainierte er eine Jugendmannschaft in Fußball. Jetzt wurde ich zum Abschuss freigegeben und eine ganze Reihe Freiwilliger griff zu den Waffen, um mich zu Fall zu bringen. Ich muss gestehen, dass ich im Lauf der letzten Jahre Feinde fleißig großgezüchtet habe.

Ich drehte mich um und betrachte mein Büro. Der Raum kam mir plötzlich sehr klein vor, obwohl er die Größe einer Studentenwohnung hatte. Das verzierte Tapetenmuster, das Mathias Schmitt seinerzeit ausgesucht hatte, weil das Zimmer für ein Jahr sein Büro gewesen war, wirkte jetzt bedrohlich. Durch das Fenster drang wegen der mittlerweile dichten Wolkendecke nur wenig Licht. Die vollen Bücherregale und der schwere Besprechungstisch aus dem Walnussholz machten mich plötzlich schwermütig. Der beige Teppich, der alle meine Schritte dämpfte, hatte unter dem Besprechungstisch einen dunklen Fleck, den ich aus meiner Perspektive sehr gut sehen konnte. Der Fleck kam vom verschütteten

Kindertee, denn Mathias Sohn spielte gerne unter dem Tisch, wenn seine Frau kurz vorbeikam. Zwei Pflanzen gaben dem Raum normalerweise eine freundlichere Note, aber heute merkte ich nur, wie verstaubt ihre Blätter waren.

War es wegen der Selbstmitleidwelle, die über mich schwappte, oder eine normale körperliche Reaktion? Ich verspürte den Wunsch wegzurennen. Am liebsten wollte ich die Tür weit aufreißen und diesen Ort für immer verlassen. Oder mich zumindest in meiner Lieblingsbäckerei verbarrikadieren, wie ich das gerne tat. Oder am Rhein entlanglaufen, wie ich das während des Studiums häufig gemacht hatte, insbesondere dann, wenn ich den Kopf frei bekommen wollte. Die Sonne küsste die zarte Wasseroberfläche, die unbeeindruckt weiter plätscherte. Die Wellen beruhigten mich und stellten alles in eine andere Perspektive. Der Fluss ignorierte alles und floss weiter, genauso wie die letzten Jahrtausende, unabhängig davon, ob die Menschen ihre Ziele realisierten oder nicht. Die Erde drehte sich weiter und niemand hatte Mitleid mit den täglichen Sorgen eines wohlhabenden Geschäftsführers. Wozu auch? Wir schaffen diese Sorgen in erster Linie selbst.

Ich schaute auf meinen Laptop, öffnete mein Postfach und betrachtete eine Reihe wohlbekannter Namen, die mir plötzlich nichts mehr bedeuteten. Der Wunsch, das Büro und die Firma sofort zu verlassen, nahm so drastisch zu, dass ich den Laptop zuklappte, unter dem Arm klemmte, nach meinem Mantel griff und ging. Genauso wie ich es mir vorgestellt hatte. Ich riss die Tür auf, sagte meiner Assistentin Anja Müller im Vorbeigehen, ich müsse schnell weg, sei für den Rest des Nachmittags nicht zu erreichen und verschwand. Sie blieb mit einem Fragezeichen im Gesicht an ihrem Tisch zurück. Ich brauchte die Zeit zum Nachdenken. Eigentlich hätte ich gleich nach dem Mittagessen wegfahren sollen, denn im Büro konnte ich nichts Sinnvolles tun. Blöd von mir, durch den dichten Verkehr zurückgefahren zu sein.

Mein Audi gehorchte mir sofort und ermöglichte eine schnelle Flucht aus dem Unternehmen, das mir gerade wie ein Gefängnis vorkam. Diesen Gedanken hatte ich schon, als ich die Gebäude des Unternehmens zum ersten Mal sah. Es überraschte mich einen Augenblick lang, dass ich in der Zwischenzeit nicht mehr daran gedacht hatte, aber ich verscheuchte den Gedanken schnell. Das fünfstöckige Verwaltungsgebäude mit seiner gläsernen Fassade, die Produktionshallen und die lange Lagerhalle bildeten eine riesige U-Form. Ein Mitarbeiter aus der Produktion schlenderte gerade mit einer Zigarette in der rechten Hand über den Hof, begleitet von einer Rauchwolke. Zwei weitere Mitarbeiter rauchten und unterhielten sich angeregt am Eingang der Lagerhalle. Am offenen Ende des Geländes war ein Tor, durch das die wenigen Fahrzeuge aufs Gelände gelangen konnten.

Der Pförtner lächelte freundlich, wie immer wenn ich an der Schranke vorbeifuhr, obwohl er gerade mit der Kontrolle eines hineinfahrenden Lasters beschäftigt war. „Was für eine Welt?", dachte ich. „Er lächelt fröhlich und macht seinen Job und ich flüchte depressiv aus der Firma." Die Ampel schaltete auf grün und ich bog rechts Richtung Landstraße und Autobahn ab. Julia wird nicht nach Hause fahren, um sich vor dem Essen umzuziehen. Das würde sie zu viel Zeit kosten, die sie lieber ihrer Arbeit widmete. Zum ersten Mal, seit ich mit Julia zusammen war, freute ich mich auf die leere Wohnung und die Möglichkeit, in Ruhe nachzudenken.

Als ich die Wohnung betrat, roch es nach frischen Blumen, die Julia am Tag zuvor gekauft hatte. Ich warf meinen Mantel lässig auf den Ständer im Flur, legte meine Jacke im Schlafzimmer ab, zog die Schuhe aus und ging in den Socken in die Küche, um mir ein Glas Pinot Noir aus dem Rheingau einzuschenken und in das Arbeitszimmer mitzunehmen. Den Wein trank ich hin und wieder gerne, aber es war das erste Mal, dass ich die Flasche am frühen Nachmittag öffnete. „Ich brauchte eine Strategie, um die nächsten Wochen überstehen zu können, bevor ich mich entscheide, wie es weitergehen wird", sagte ich laut zu mir selbst, während ich den Korken aus der Flasche zog. Die Worte echoten in der leeren Wohnung. Sie klangen hohl, obwohl ich sie ernst meinte. Ich hatte immer gerne die Kontrolle über mein Leben und meine Entscheidungen, zumindest seit dem Studium. „Vor allem brauchte ich einen Plan für heute Abend." Dieser Gedanke ließ mich für kurze Zeit mit dem Korkenzieher und Korken in einer Hand und der geöffneten Flasche in der anderen Hand erstarren. „Was werde ich Julia sagen?", dachte ich laut.

Als ich mich auf meinem Stuhl im Arbeitszimmer niederließ und die Arme hinter dem Kopf verschränkte, durchströmten mich wiederstreitende Gefühle: Verärgerung, Verletztheit, Enttäuschung, Demütigung, Angst, Unsicherheit, gemischt mit einer Erleichterung, die mich überraschte. Ich schob sie als unmöglich ab. Vielmehr schenkte ich meine Aufmerksamkeit dem alles überragenden Gefühl der Wut. Ich ließ sie hochkommen, sah zu wie sie sich aufblähte und ließ sie mich erfassten. Mit letzter Kraft hinderte ich mich daran, die Weinflasche mit voller Wucht gegen die Wand zu schleudern. Stattdessen verpasste ich dem hinteren Tischbein einen Tritt. Das Weinglas mit Wein, die Flasche mit dem restlichen Wein, der schwere Kristallbecher mit einer Schere, den Stiften und dem Brieföffner wackelten, zusammen mit dem Bild meines Bruders Daniel und seiner Familie aus den Zeiten, als sie noch intakt war. Ich beugte den Fuß, um den Schmerz zu mildern, und hielt den Rand des Tisches, um die Gegenstände wieder zu stabilisieren. Als mir bewusst wurde, welche Bewegung ich gerade ausgeführt hatte, bekam ich tiefe Angst, die ich sofort im Magen spürte. „Nein, das lasse ich nicht zu! Ich habe mich unter Kontrolle", dachte ich.

In der jetzigen Situation waren die Wut und die Angst wahrscheinlich normale Reaktionen, aber sie bescherten mir nur Krämpfe in der Magengegend. Ich rannte ins Badezimmer, da mein Magen reagierte, aber ich konnte mich nicht übergeben. Ich schmeckte den bitteren Speichel im Mund und spürte das Kratzen im Hals. Die bunten Sofakissen im Wohnzimmer atmeten aus, als ich mich mit meiner ganzen Länge darauf warf. Ich wäre am liebsten bis ans Ende meiner Tage so liegengeblieben. Meine Gedanken nutzten die ruhige Lage aus, um sich wie ein Karussell zu drehen. Ich analysierte jedes Detail des Gesprächs, die Gesichtsausdrücke der beiden Brüder, während sie mir die Nachricht überbrachten, ihren anschließenden ruhigen Espresso-Konsum, als ob sie mir mitgeteilt hätten, dass für morgen ein sonniger Tag gemeldet worden sei, die Höflichkeit bei der Bezahlung, die Komplimente für den Kellner, um den Eindruck zu erwecken, sie seien nette Menschen. Ich erinnerte mich auch an Mathias schwachen Händedruck und sein Vermeiden des Augenkontakts, als wir uns voneinander verabschiedeten.

Nach einer Weile des Grübelns stand ich auf, holte mein Weinglas und den restlichen Wein aus dem Arbeitszimmer und schaltete den Fernseher ein. Talkshows, Kochshows, Serien, Gewinnspiele, Nachrichten, Filme und weitere Serien reihten sich auf dem großen Bildschirm aneinander. Der Fernseher blieb meine alleinige Unterhaltung, bis Julia nach Hause kam. Ich stand nur auf, um die Toilette zu besuchen und die Stehlampe einzuschalten. Ihr schwaches Licht und das Licht des Fernsehens reichten mir vollkommen aus.

Als ich den Schlüssel in der Tür hörte, setzte mein Herz aus. Ich wollte aufstehen und mich im Schlafzimmer einschließen. Julia kam lachend herein, ihre Augen leuchteten und sie blickte fragend: Warum lag ich auf dem Sofa und sah mir eine blöde Talkshow an, warum stand neben dem Tisch eine leere Weinflasche? Das Abscannen des Raumes und der Situation verlief automatisch, ohne dass ihr der Vorgang bewusst war, aber ich sah die Fragen in ihren Augen. Sie legte den Schlüsselbund in die Glasschüssel im Flur und kam rein, ohne ihren Mantel abzunehmen. Ein Hauch frischer Luft begleitete sie.

„Hi Liebes."

„Hi."

Sie stellte ihre Handtasche neben dem Kaffeetisch ab, setzte sich neben mir aufs Sofa und umfasste meine angewinkelten Beine. Ich machte etwas Platz für sie, aber sie umarmte die Beine etwas fester und ich spürte die Kälte ihrer Hände durch den Stoff der Hose. Ich lag immer noch in meiner Anzughose und Hemd, nur die Krawatte, die Schuhe und die Jacke hatte ich vorher abgenommen. Die Krawatte hatte ich auf der Sofalehne abgelegt, aber mittlerweile lag sie auf dem Boden.

„Was ist los mit dir?"

„Nichts. Was soll mit mir los sein?" Was für eine Frage am besten Tag meines Lebens? Sie konnte fairerweise nicht wissen, dass mein bevorzugter Begleiter fürs Abend Selbstmitleid war. Ich versuchte so weit wie möglich, einfach nur müde zu wirken.

„Du schaust dir diesen Mist an. Wie kommt's?"

„Auch ich brauche meine Portion Blödheit. Ansonsten fange ich an zu denken, ich und alle anderen Menschen wären intelligent. Wie war das Abendessen?" Ich wollte bei erster Gelegenheit von mir ablenken.

„Ausgezeichnet! Tim und Angela bestellen schöne Grüße. Sie erwarten ein Baby! Angela ist im vierten Monat und außer sich vor Glück. Deswegen wollten sie uns sehen. Ich habe so gelacht." Julia unterbrach das Erzählen, um erneut zu lachen. Ihre Augen strahlten und, während sie lachte, brachte sie die Hand kurz vors Gesicht. „Angela hat erzählt, wie sie Tim die Neuigkeit beigebracht hat. Sie hat es mit Fragen versucht, aber das klappte nicht so recht. Als sie Tim fragte, was er sich am meisten wünsche, hat er „eine Harley" gesagt. Als sie dann sagte, sie meine ein Lebewesen, sagte er „einen Hund".

Julia kamen die Tränen in die Augen und sie strich sich mit den Zeigefingern unter den Augen, um sie abzuwischen. Ich betrachtete sie stumm und dachte, wie hübsch sie doch sei. Ihre langen blonden Haare umrandeten ihr Gesicht, ihre grünen Augen lachten immer noch mit und an der Seite formten sich kleine Lachfältchen.

„Dann gab Angela auf und reichte ihm ein kleines Päckchen. Als er den kleinen Schuhkarton öffnete und ein paar kleine Schuhe drin sah, dämmerte es auch ihm endlich. Ich konnte mir die Szene bildhaft vorstellen und ich konnte nicht aufhören zu lachen. Tim fand es nicht so lustig. Du weißt, wie Angela alles erzählt. Ich könnte lachen, bevor sie anfängt zu reden." Julia hielt kurz inne, fasste mich am Knie an, schüttelte mein Bein und schaute mich fragend an. „Du sagst nichts?"

„Ich freue mich für die beiden. Sei mir bitte nicht böse, ich bin nur sehr müde."

„Und einen Kuss hast du mir auch nicht gegeben!"

Sie rutschte nach vorne, beugte sich vor und küsste mich auf den Mund. Ihre zarten Lippen schmeckten noch nach dem Espresso, den sie nach dem Essen getrunken hatte. Ich umfasste ihren Kopf und küsste sie zurück, aber als sie mehr wollte, zog ich mich zurück. „Ich sollte vielleicht auch sagen, dass ich Kopfschmerzen habe. Wieso dürfen das nur Frauen?", dachte ich. Als Julia merkte, dass ich nicht mehr wollte, setzte sie sich wieder am Sofarand hin. Ihre Laune war etwas gedämpft.

„Was haben die beiden noch erzählt?"

„Nicht viel. Tim ist befördert worden. Somit ist er für den Erziehungsurlaub aus dem Spiel. Angela freut sich über die Beförderung, aber ärgert sich, dass sie keine Alternativen mehr hat. Ich bin anderer Meinung und das habe ihr auch gesagt."

„Was hast du ihr vorgeschlagen?" Wie gut, dass ich bei der Ankündigung seiner Beförderung nicht dabei war. Ich hätte mich so gefreut. Juhu, du bist befördert worden! Wie großartig! Und mich haben sie heute rausgeschmissen. Aber Julia wusste natürlich nichts von meinen Gedanken.

„Sie soll mit ihrem Arbeitgeber reden und so ein Mischmodell in Anspruch nehmen. Teilweise Home Office, teilweise vor Ort und etwas weniger Stunden. Und natürlich auch ein Au-Pair-Mädchen."

„Was hat sie dazu gesagt?" Ich schien mich sehr für Angelas Erziehungsurlaub zu interessieren.

„Sie wird darüber nachdenken, sagte sie."

„Wo wart ihr?"

„Bei Giuseppe, wie reserviert. Er war wie immer außer sich vor Freude, uns zu sehen. Und der Koch hat sich wieder richtig Mühe gegeben. Wie ist es bei dir? Ich dachte, du kommst heute Abend gar nicht nach Hause, so hast du dich heute Nachmittag angehört."

„Ich bin erst vor circa einer Stunde gekommen." In dem Augenblick fiel mir ein, dass ich nie und nimmer eine Flasche Rotwein in einer Stunde leeren würde. Nicht einmal aus Verzweiflung. Um zu verhindern, dass Julia zur gleichen Erkenntnis gelang, sprach ich weiter. „Ich bin so müde. Ich habe den Eindruck, ich schaffe es nicht einmal bis zum Bett."

„Bist du krank?" Ihr Blick wurde sofort besorgt.

„Nein. Warum?"

„Du schaffst es immer aufzustehen, egal wie müde du bist. Deswegen wundere ich mich gerade."

„Klar schaffe ich das. Ich fühle mich nur so aufgebraucht."

Ich richtete mich auf, um zu zeigen, dass ich in Ordnung war. Mir ging es tatsächlich so schlecht, dass mir die Kraft zum Aufstehen fehlte. Der Wein hatte dieses Gefühl natürlich noch verstärkt. Mit übermenschlichen Kräften stemmte ich mich mit Hilfe beider Arme vom Sofa hoch und ging ins Badezimmer. Von dort beeilte ich mich, ins Bett zu fallen, weil mir die Beine ihren Dienst fast versagten. Als Julia aus dem Badezimmer ins Schlafzimmer kam und das Licht ausmachte, stellte ich mich schlafend. Wie üblich, schmiegte sie sich mit ihrem warmen Körper an meinen, küsste meinen Rücken zwischen den Schulterblättern und legte ihren Arm um mich. Dieser Arm störte mich zum ersten Mal, seit wir das Bett miteinander teilten.

Ich erkläre dir unser Leben:

# Arbeit

Erlauben Sie mir bitte, dass ich mich vorstelle: Mein Name ist Robby und ich bin ein Frosch. Sie blinzeln jetzt vielleicht verwundert, dass ein Frosch Sie direkt anspricht, aber warum eigentlich? Weil Sie glauben, wir könnten nicht kommunizieren? Waren Sie in letzter Zeit in der Nähe eines Teichs, als die Sonne vom Horizont verschluckt wurde und die kühle Luft sich langsam dehnte, während wir Frösche freudig am Teichrand saßen und uns gegenseitig Geschichten erzählten? Sie erinnern sich? Sehr gut. Dann zweifeln Sie sicher nicht an unserer Fähigkeit, zu kommunizieren. So... Jetzt zurück zu meinem Thema.

Ich war immer schon anders als andere Frösche, nicht nur, weil ich die menschliche Sprache sprach und verstand. Ich war auch anders, weil ich viel nachdachte und hinterfragte. Die anderen Frösche mieden mich und schufen dadurch meinen Raum zum Reflektieren. Ich entfernte mich gerne von meiner Gruppe und erforschte die Welt. Einmal war ich sogar im Keller eines Hauses, weil die Bewohner die Tür offengelassen hatten. Ein Mann fand mich und trug mich nach außen, aber erst, nachdem ich ihm einen ordentlichen Schreck verpasst habe. Das war spaßig.

Eines Tages sah ich einen Mann auf der Bank am Flussufer sitzen. Der Mann sah aus wie alle Männer, mit denen ich mich vorher unterhalten hatte. Er war groß gebaut, trug eine Bedeckung über seine Augen und auf seiner Haut. Ich bedaure, dass mir keine bessere Beschreibung einfällt, aber für mich sehen alle Menschen gleich aus. Sie werden wahrscheinlich das Gleiche über uns Frösche sagen. Bei diesem Mann fiel mir besonderes seine Melancholie auf und ich entschied mich, meine Sprachkenntnisse an ihm zu testen. Vielleicht wollte ich ihn auch aus seinen Gedanken reißen, weil ich sah, dass sie ihm nicht guttaten. Also sprach ich ihn direkt an. Ich bin ein mutiger Kerl, ich weiß.

„Guten Tag. Wieso betrachtest du die ganze Zeit den Boden? Oder zählst du die Grashalme?"

Der Mann auf der Bank schaute überrascht in alle Richtungen, außer Stande, die Quelle der Stimme zu identifizieren. Dann nahm er seine dunkle Augenbedeckung ab, um noch besser sehen zu können.

„Hier unten. Ich spreche mit dir."

Jetzt guckte er runter zu seinen Füssen und sah mich - einen Frosch. Seine Augen verrieten, dass er immer noch nicht glaubte, die menschliche Stimme komme von einem Frosch. Heute verstehe ich auch warum, aber am Tag unserer Begegnung hatte ich noch nicht viel Ahnung von der menschlichen Welt.

„Ich rede mit dir."

„Aber du bist doch ein Frosch" entfuhr es dem Mann. Seine Stimme war tief und gleichmäßig. Sie nehmen solche Nuancen vielleicht nicht so wahr, aber für uns Frösche sind Geräusche alles, denn sie entscheiden zwischen Überleben und dem Tod.

„Das ist richtig und auch wieder nicht. Die anderen Frösche sagen, ich wäre ein Mensch, nur gefangen in einem Froschkörper. Sie meinen, ich könnte zu einem Menschen werden. Ich überlege, ob das so schlau ist. Ich weiß noch nicht wirklich, ob ich ein Mensch werden will. Was machst Du gerade?"

Der Mann antwortete: „Ich denke gerade über Vieles nach und bin nicht gerade in meiner besten Verfassung. Oder besser gesagt: Ich bin am Boden zerstört."

„Am Boden zerstört…" Ich wiederholte seinen Satz, in der Hoffnung, die Wiederholung könnte seinen Worten einen Sinn verleihen oder mir eine Erklärung liefern. Sie machten für mich aber keinen Sinn. Der Mann muss meine Verwunderung gemerkt haben, denn er sagte: „Ich habe gerade viel um die Ohren."

Noch ein Satz, der keinen Sinn ergab. Ich betrachtete den Mann für ein paar Augenblicke, aber ich kam nicht weiter. „Was hast du um die Ohren? Ich sehe nichts."

Der Mann musste leicht grinsen. „Das ist nur so eine Redewendung. Sie ist nicht wörtlich zu verstehen, sondern nur im übertragenen Sinne. Es bedeutet, dass ich gerade viel in meinem Kopf habe."

Na, das war eine unfroschmäßige Antwort. „Und was hast du in deinem Kopf?"

Der Mann grinste wieder. „Tja, gute Frage. Sorgen, Gedanken, Fragen…" Er pausierte kurz, bevor er addierte: „Solche Sachen halt."

Ich wusste, was Fragen waren, denn sie waren meine liebsten Begleiter. Wenn ich die Fragen einpackte, nahm ich den Schlüssel für die Welt mit. Sie mögen sich wundern, aber was wäre diese Welt ohne Fragen? Ich kannte auch Gedanken, denn ich hatte selbst genug davon. Was ich nicht kannte, waren Sorgen.

„Was sind Sorgen?"

Der Mann dachte nach. „Sorgen." Jetzt glaubte er an das Wunder der Wiederholung. „Sorgen. Sie sind…" Der Mann fasste sich nachdenklich am Kinn. „Sorgen sind Befürchtungen, dass etwas Schlechtes passieren wird. Wir machen uns die ganze Zeit Sorgen, dass uns etwas Unheilvolles begegnen wird."

„Aha. Sind alle Menschen so?" Ich habe zu dem Zeitpunkt nur wenige Männer gekannt und sie alle weigerten sich, eine längere Unterhaltung mit mir zu führen.

„Nicht wirklich alle haben ihren Job verloren. Ja, aber um deine Frage zu beantworten: Wir Menschen sind gerne in Sorge. Und wenn es keine Gründe für Sorgen gibt, finden wir sie."

„Das ist aber seltsam. Ich dachte, Menschen wären so erhaben und unerschütterlich. Deswegen habe ich überlegt, ein Mensch zu werden. Ich bin mir noch nicht sicher, ob ich es will." Ich zweifelte meine Absicht ernsthaft an, weil mich die Worte dieses Mannes überhaupt nicht überzeugten.

„Es gibt einige Vorteile, Mensch zu sein."

„Und welche sind es?"

Der Mann lachte kurz und schaute mich skeptisch an. „Willst du sie wirklich alle kennenlernen?" Ich sah nur eine Reihe perfekter weißer Zähne und bekam für einen Augenblick Angst. Einmal sah ich die Zähne eines Fuchses aus nächster Nähe und überlebte nur, weil mein Freund Roslo sich bewegte und damit den Fuchs von mir ablenkte. Als Roslo im Mund des Fuchses verschwand, wünschte ich, ich wäre so stark wie die Menschen, denn dann könnte ich mit allen Feinden der Frösche einen Kampf anfangen. Dieser Mann zeigte kein Interesse, mich zu essen und ich entspannte mich wieder.

„Ja. Warum nicht?"

„Dann mach dich auf was gefasst. Hast du genügend Zeit?"

„Was ist Zeit?" Das menschliche Konzept der Zeit war mir bis zu dieser Begegnung unbekannt.

Der Mann schaute mich etwas verdutzt an, beantwortete aber vorerst nicht die Frage.

„Also, gut. Ich erkläre dir unser Leben und seine Vorteile. Übrigens, ich heiße Thomas. Da diese Unterhaltung etwas länger dauern wird, finde ich eine Vorstellungsrunde sinnvoll."

„Mich nennen sie Robby", erwiderte ich. „So weit, so gut", dachte ich. „Dieser Mann möchte mich wirklich in seiner Welt adoptieren."

Thomas nickte und holte tief Luft. Ich hörte zu… Nein, das beschreibt es nicht präzise. Ich stimmte mich auf ihn und die verborgene Welt seiner Augen ein, um alle Informationen aufnehmen zu können. Ich schärfte alle Sinne, um seine Botschaft aufsaugen und verarbeiten zu können, denn im großen Puzzle des Lebens sprechen wir alle eine Sprache. Thomas allerdings blieb meine Einstimmung auf die Vibration seiner Energie verborgen.

„Vorteil Nr. 1." Thomas überlegte kurz, als ob er sich nicht sicher war, mit welchem Punkt er anfangen sollte. „Wir haben eine Arbeit." Er atmete zuerst tief ein, bevor er zufügte: „Ich nicht mehr, aber zumindest die meisten von uns."

„Ja." Trotz meiner verfeinerten Aufnahmestimmung konnte ich mit diesem Begriff nichts anfangen.

„Wir gehen jeden Tag in der Woche arbeiten und bekommen diese Zeit am Ende des Monats monetär vergütet."

Ich wusste eigentlich nicht, wo ich anfangen sollte zu fragen. Monetäre Vergütung, schon wieder diese Begriffe Zeit und Arbeit. Ich fing mit dem ersten Begriff an, mich in die menschliche Welt voranzutasten. Ich werde der erste Frosch sein, der die Menschen versteht, dachte ich. „Und was machst du bei der Arbeit?" Ich stellte mir die Arbeit als etwas Greifbares vor, das man besucht.

„Ich bereite beispielsweise Projekte vor, lege sie meinem Chef zur Begutachtung vor, warte auf sein Feedback, füge Änderungen ein, die er haben möchte, und stelle das Angebot fertig."

„Okay", sagte ich zögernd, weil ich seine Bilder sah. Ich sah, wie er sich in einer Gruppe bewegte und alle Mitglieder dieser Gruppe schauten zu einem Menschen auf: dem Chef. „Ich nehme an, der Chef ist der Gruppenanführer. Das leuchtet mir ein. Und was macht dein Chef mit diesem… Projekt?" Ein weiterer Begriff, der mir nichts sagte, aber ich ließ ihn stehen.

„Er legt es seinem Chef vor."

Jetzt kamen die ersten Unterschiede zwischen unserer und der menschlichen Welt zutage. Wenn ich gewusst hätte, wie viele es sind, hätte ich es mir vielleicht anders überlegt. Aber das ist jetzt reine Spekulation. Ich sprach also weiter: „Also, du arbeitest die ganze Zeit an einem… Projekt und dein Chef zeigt deine Arbeit seinem Chef. Wie viele Chefs habt ihr? Und warum machst du es dann nicht selbst?"

„Was?"

„Na, dem anderen Chef deine Arbeit zeigen. Ohne jemand dazwischen. Er ist doch der wahre Gruppenanführer."

„Das geht nicht. Er ist dazwischen und kann nicht umgangen werden. Ich könnte es, aber es wäre nicht gut für meinen Job."

„Hast du nicht vorher gesagt, du hast den Job verloren?" Ich fragte ja nur.

Thomas verdrehte entnervt die Augen. Ich mochte zwar in einem Froschkörper stecken, aber ich konnte immer schnell denken. In unserer Welt hängt das Überleben davon ab, denn wir müssen beispielsweise sehr schnell entscheiden, welchen Fluchtweg wir bei einem Angriff nehmen.

„Jaaaaa… Wenn du es schon so umdrehst…Ich habe den Job verloren, aber nicht weil ich den Chef umgangen habe. Das macht man nicht." Thomas überlegte kurz, bevor er fortfuhr. „Obwohl  manchmal schon. Ich habe meinen vorherigen Chefs das Bein gestellt. Aber keiner von denen ist der wahre Gruppenanführer, wie du ihn schon nennst. Das ist nur unserer Geschäftsführer an der Spitze."

„Wie viele Anführer habt ihr denn?"

„Viel zu viele." Thomas überlegte kurz. „Du musst dir meine Arbeitswelt wie eine Pyramide, nein, wie ein Dreieck vorstellen." Er machte mit beiden Händen die Dreieckform vor, bei der sich seine Daumen berührten. „Hier unten sind die meisten Arbeiter. Sie arbeiten für die auf der nächsten Stufe. Das sind deren Gruppenanführer. Die nächste Stufe arbeitet für die Stufe über ihnen und sie alle arbeiten für die Stufe unterhalb des Geschäftsführers. Und der Geschäftsführer übersieht alles. Das ist unsere Struktur."

„Und dieser Geschäftsführer ist der große Anführer von allen Menschen?"

„Nein, er ist nur an der Spitze unseres Unternehmens. Das wäre eine Ausnahmesituation, wenn Menschen sich auf etwas einigen könnten. Wir sind alle nur kleine Rädchen im großen Rad des industriellen Fortschritts." Dieses Mal zeichnete Thomas einen großen Kreis in der Luft. Ich machte weiter mit dem, was ich gut kann: fragen.

„Aber ihr existiert nicht alleine. Wohin gehören wir in diesem großen Rad?"

Thomas warf mir einen überraschten Blick zu, der besagte, dass er uns gar nicht berücksichtigt hatte. „Du meinst euch Frösche? Ihr kommt in diesem Rad nur dann vor, wenn wir euch verspeisen. Dann habt ihr einen materiellen Wert und wir erfassen euch in unserem System."

Plötzlich verstand ich einiges und das gesamte Bild sah sehr froschleer aus.

„Ich wusste nicht, dass man so eingeschränkt in seiner Wahrnehmung sein kann."

„Hör mal! Was für ein Bild hast du von uns Menschen?" Thomas erfreute mein Kommentar überhaupt nicht.

„Sei nicht so empfindlich", sagte ich. Ich verstand seine Reaktion wirklich nicht, denn ich arbeitete nur mit seinen eigenen Aussagen. Er bot mir im Lauf unseres Gesprächs ein paar Möglichkeiten, der Frage auf den Grund zu gehen. Wie diese Aussage, was wir von Menschen halten sollten.

„Ehrlich gesagt, hatte ich bisher kein wirklich gutes Bild von euch Menschen. Wir sind uns bewusst, dass die Menschen der Grund für das Verschwinden unseres Lebensraums sind. Ihr kommt uns immer näher und näher und wenn ihr da seid, dann stören wir euch plötzlich mit unserer Unterhaltung. Habt ihr euch mal gefragt, ob uns vielleicht eure Unterhaltung stört? Oder eurer Lärm? Oder die schlechte Luft? Oder die Flüssigkeiten, die ihr in unsere Wässer ableitet und die uns töten?" Mich überkam plötzlich diese Vorwurfswelle und ich warf Thomas einen durchbohrenden Blick zu. „Nein, natürlich nicht. Wir sind in eurem ausgeklügelten Rädchensystem nicht vorhanden. Dafür müssen wir zuerst sterben."

Thomas schien die Botschaft verstanden zu haben, denn sein Gesichtsausdruck wechselte von entspannt zu beschämt. Ohne auf einen Kommentar von ihm zu warten und ohne ihn weiter quälen zu wollen, denn was bringt mir das, fuhr ich fort.

„Die Menschen wirken immer so beschäftigt und in Eile. Es hat mich immer schon interessiert, wer oder was die Menschen so treibt. Bei uns Fröschen gibt es nur Eile, wenn einer unserer Feinde uns attackiert. Dann gibt es mächtig Krach und Panik, weil alle gleichzeitig schreien. Oder wenn wir gemeinsam zu unserem Geburtsort zurückkehren. Wenn ihr euch alle sowieso nur in diesem Rad dreht, wieso ist das menschliche Leben so hektisch?"

„Weil wir zu verschiedenen Terminen rennen, nur kurze Zeit für das Essen und danach wieder Termine haben." Thomas muss verstanden haben, dass der Begriff zu abstrakt für mich sein könnte und er fügte eine Erklärung hinzu. „Termine sind zeitlich festgelegte Verabredungen mit anderen Menschen."

„Wieso so viele?"

„Die Menschen, die wichtige Jobs haben, häufen viele Termine an, müssen viel Verantwortung tragen und viele Entscheidungen treffen. Sie haben sehr wenig freie Zeit. Außerdem gehört das Gestresst-sein in unsere Zeit. Alle wichtigen Leute sind so gestresst und so gefragt; sie haben daher keine Zeit für unwichtige Themen. Dann versuchen die Wichtigtuer auch so zu tun, als ob sie gestresst wären, damit sie als wichtig gelten."

„Ja? Warum tun sich die Menschen den Stress an?"

„Weil sie dafür mehr Geld bekommen."

„Und? Was machen sie mit dem Geld? Was ist Geld überhaupt?"

„Das Geld erkläre ich später ausführlich, denn das ist ein Thema für sich. Die Menschen kaufen sich damit ein Haus mit Garten, ein Auto, ein Boot..."

„Wozu?"

„Um die freie Zeit zu genießen."

„Aber du sagtest doch, sie haben gar keine freie Zeit. Wann sollen sie dann das Haus mit dem Garten oder das Boot genießen?"

Thomas lachte nur, weil er verstand, dass er ihn bei einem Widerspruch erwischt hatte. Es soll nicht der letzte sein.

„Die Arbeit ist wesentlich mehr für uns als nur das Geld. Arbeit bedeutet Anerkennung, Prestige. Sie kann Macht verkörpern und sogar zum Ersatz für alles andere wie die Familie oder Freunde werden. Wir Menschen identifizieren uns häufig mit der Arbeit und mit dem, was wir tun. Die Tätigkeit gibt unserem Leben einen Sinn. Wir alle tragen zum Wohlbefinden der Nation bei und helfen somit unseren Mitmenschen. Wir finden Befriedigung in unserer Arbeit und fühlen uns als ein Teil der

Gemeinschaft. Aus diesem Grund fühlt sich eine Situation wie meine aktuelle Lage so an, als wäre ich aus einer Familie verstoßen."

Thomas hielt kurz inne und schluckte, als ob er einen aufstoßenden Schmerz unterdrücken wollte.

„Wenn ich keine Arbeit habe, kann es bedeuten, dass ich entweder nichts in der Schule gelernt habe, was in unserer Gesellschaft mit Idiotie gleichgesetzt wird. Oder ich bin faul und will nicht arbeiten, was bedeutet, dass ich auf Kosten anderer lebe, die für unsere Gemeinschaft zahlen, was mich auf das Niveau eines Parasiten setzt. Oder ich habe eine ernsthafte Krankheit, Behinderung oder Ähnliches, wobei gewisse Arten von Behinderung kein Hindernis für eine erfolgreiche Karriere sein müssen.

Wie du siehst, definiert die Arbeit unseren Wert, denn wenn ich arbeiten kann, bin ich nicht idiotisch, faul oder krank. Ich werde nicht von Nachbarn gemieden, als ob ich plötzlich eine seltene Krankheit hatte. Ich bin ein gerngesehener Gast auf Partys und werde von Frauen als ein erfolgreicher Mann wahrgenommen." Thomas sprach den letzten Satz leise aus und blieb kurz still, aber ich ließ nicht los.

„Das Schieben von Projekten von einem Gruppenführer zum nächsten definiert euren Wert? Ist das wirklich alles, was euch ausmacht?"

In Thomas Augen blitzte Ärger auf, aber das war mir lieber als sein Selbstmitleid. „Weißt du was? Du bist mir zu schlau. Du verdrehst mir jedes Wort im Mund. Du wirst sehen, dass es mehr in unserer Welt gibt als nur das Projekteschieben. Nimm mich nicht als Beispiel für die gesamte menschliche Rasse."

„Nein, tue ich nicht! Ich will einfach nur die Menschen verstehen. Was ist daran falsch? Schließlich spiele ich mit dem Gedanken, selbst zu dieser glorreichen Rasse gehören zu wollen. Ich möchte verstehen, warum ihr euch auf so wenig reduziert habt. Ein Mensch ist wesentlich mehr als ein Rädchen im euren System. Deswegen folge ich den Argumenten, die du präsentierst und hinterfrage sie, weil sie absurd sind."

Thomas lachte wieder. „Es stört mich, dass du die Paradoxie unseres

Lebens offenlegst. Ich will gar nicht wissen, wie widersprüchlich unser Leben ist."

Unter uns gesagt, fand ich es eher paradox, dass die Menschen ihre Paradoxie ignorierten.

Thomas hielt kurz inne und überlegte:

„Stellst du auch den Fröschen so viele Fragen?"

„Ja, immer." Was für eine Frage, dachte ich. Ich bin von Grund auf neugierig. Punkt. „Ich will das Leben der Frösche auch verstehen."

„Und wie reagieren die Frösche?"

Tja, das war eine Frage, auf die ich keine freche Antwort parat hatte, denn um ehrlich zu sein, mieden mich auch die Frösche. Thomas verstand mein Zögern.

„Siehst du! Den Menschen geht's nicht anders. Sie wollen nicht ausgefragt werden."

„Warum?"

Thomas wirkte jetzt genervt. „Weil wir über unser Leben nicht nachdenken wollen. Wir wollen vieles nicht sehen."

„Warum?" Ich ließ trotzdem nicht locker.

„Diese Frage kannst du am allerbesten stellen. Sind bei der Verteilung der Wörter an dich alle anderen ausgegangen und du hast nur „Warum" abbekommen?"

„Das verstehe ich nicht".

Thomas stieß einen dieser verzweifelten Seufzer aus und strich sich mit der Handfläche über den Hinterkopf.

„Schon gut. Wir möchten vieles nicht wahrhaben, weil wir dann handeln müssten. Und Handeln ist mit Konsequenzen verbunden. Unbekannten Konsequenzen. Aus diesem Grund bevorzugen wir, nicht zu handeln, statt mit Ungewissheit konfrontiert zu werden. Wir betrinken uns lieber."

„Und deswegen seid ihr glücklicher im Stress statt euer Leben in die Hand zu nehmen?"

„Du kannst gut kritisieren. Ihr sitzt den ganzen Tag um den Teich herum, quakt, fresst euch satt und quakt wieder. Warum seid ihr nicht risikofreudig?"

„Das ist eine Unverschämtheit", dachte ich. Ich schaute Thomas herausfordernd an und sagte: „Das kannst du doch gar nicht beurteilen. Hast du eine Ahnung, wie es ist, von einem größeren hungrigen Tier angegriffen zu werden? Hast du schon den offenen Schnabel eines Vogels gesehen, kurz bevor er im Begriff ist, dich zu verschlucken?"

„Nein…", sagte Thomas zögernd.

„Natürlich nicht. Aber ihr wollt über das Risiko reden." Ich machte eine kurze Pause, bevor ich fortfuhr. „Auch deswegen überlege ich, ob ich ein Mensch werden möchte. Ihr habt solche Feinde nicht."

„Nein, wir haben einander", sagte Thomas leise, aber ich merkte seine Bitterkeit nicht, sondern fuhr mit dem Befragen fort.

„Womit betrinkt ihr euch?"

„Na, mit Alkohol, was sonst?"

„Was ist Alkohol?"

„Alkohol ist eine Substanz…" Thomas überlegte kurz. „Andersrum. Wir stellen Getränke her, die Alkohol beinhalten. Wir können aus mehreren Früchten der Natur Alkohol herstellen und anschließend konsumieren. Beziehungsweise, wenn ein Land viel Alkohol herstellt, werden wir sogar ermutigt, viel Alkohol zu trinken, denn das ist gut für das Rädchensystem, von dem ich vorher sprach. Dann drehen sich die Räder besser, weil sie mit Profit geschmiert werden. Alkohol benebelt die Sinne und den Verstand und ermöglicht uns, die Wirklichkeit für eine gewisse Zeit zu vergessen. Die Substanz ist jedoch schlecht für den Körper und nach dem Trinken haben wir so einen Kopf." Thomas nahm seine Hände, um die Größe des gefühlten Kopfes zu zeigen. „Es geht uns elend, weil wir einen Kater haben."

„Das verstehe ich nicht."

„Was verstehst du nicht?", fragte Thomas.

„Wie kommt der Kater in euren Kopf rein und wieder raus? Oder wie entsteht er dort? Ich meine, so ein Kater ist kein kleines Tier."

„Ah, so meinst du es." Thomas lehnte den Kopf zurück und lachte kurz. „Der Kater ist einerseits die männliche Katze, wie du es richtig erkannt hast. Auf der anderen Seite wird die Phase der Ernüchterung auch so genannt."

„Ach soooo… Das ist aber blöd. Wer soll sich all diese Doppeldeutigkeiten merken? Wirst du dich heute auch betrinken?"

„Um meine Realität zu vergessen? Schon möglich. Eine Flasche Rotwein täte mir jetzt gut. Aber dann könnte ich mich nicht mit dir unterhalten. Du bist so ein schlaues Wesen. Ich muss alle meine Sinne beisammenhaben, um deine Fragen zum Menschsein zu beantworten."

Ich fühlte mich zwar geschmeichelt, aber irgendwie noch nicht überzeugt. Wenn die Menschen nur die Arbeit und den Alkohol als Tausch für mein Froschleben anzubieten haben, dann renne ich lieber weiterhin von Störchen weg. „Du hast mich noch nicht überzeugt. Gib mir weitere Gründe, ein Mensch zu werden."

„Wo hast du eigentlich gelernt, so gut zu sprechen?"

„Ich höre Menschen immer zu, wenn sie sich unterhalten. Manchmal rede ich auch mit ihnen, wenn sie nicht vor mir flüchten. Manchmal merken sie nicht einmal, dass ich da bin, während ich ganz ungestört zuhören kann. Witzig, nicht wahr?"

KAPITEL

# 2

Ich drückte wiederholt auf den Snooze-Knopf auf meinem Wecker, um weitere zehn Minuten im Bett zu ergattern. Als ob der Wecker mir die Gnade erteilen könnte, heute nicht zur Arbeit gehen zu müssen. Die Erinnerung an die Nachricht vom Tag zuvor traf mich erneut wie eine Faust im Magen und ließ mich nach Luft schnappen. Zuerst war es wie ein Alptraum, aus dem ich bald erwachen würde, aber jetzt war es tatsächlich die böse Wirklichkeit. Ich konnte immer noch nicht glauben, was mir widerfahren war. Mir, dem großen Retter.

Ich war zwar wach, aber meine Glieder versagten mir den Dienst. Sie gehorchten nicht mehr den Befehlen meines Gehirns. Oder sendete mein Gehirn gar keine Befehle mehr, weil es auch zu müde war? In der Dunkelheit des Raumes wirkten die Möbel wie die stummen Zeugen meines Kampfes, einen tiefen Fall in unbekannte Abgründe zu verhindern. „Ich könnte heute krankfeiern", dachte ich für einen Moment. Ich wusste aber sofort, dass diese Idee nicht überzeugte. „Ich könnte mir mein Bein gebrochen haben. Oder es gab den Verdacht darauf… Und wo soll mir das passiert sein? Keine Ahnung. In der Küche? Die Küche ist ein gefährlicher Ort. Dort schneiden sich die Menschen ihre Finger ab, wenn sie nicht aufpassen", dachte ich, während ich im Bett lag.

Wie eine Antwort auf meine Gedanken hörte ich mit viel Krach eine Plastikschüssel auf den Küchenboden fallen. Julia räumte gerade den Geschirrspüler aus, der über Nacht gelaufen war. „Sage ich doch. Die Küche ist ein gefährlicher Ort." Amüsiert durch meine eigenen Gedanken bewegte ich meinen Körper und kam unter Einsatz unmenschlicher Kraft zum Sitzen. Ich wusste, dass ich nie in einer solchen Situation krankfeiern würde. „Ich werde den Kampf ausstehen", dachte ich, „koste es, was es wolle. Denn ich stand zu meinen Überzeugungen und würde sie vor allen Mitarbeitern vertreten. Wenn andere Gründe mein Arbeitsverhältnis beenden, dann, weil meine Vorgesetzten und Kollegen keinen Charakter hatten, nicht aber ich. Wenn mir etwas in meinem Elternhaus vermittelt worden war, dann die Prinzipien, nach denen ich bis heute lebte." Ich musste den Fluss meiner ehrenhaften Gedanken kurz unterbrechen, da ich über ihre Richtigkeit kurz nachdachte. „Meine eigenen Vergehen berücksichtigend, kann ich mich überhaupt als Charaktermensch bezeichnen oder wiederhole ich in eine der Motivationsreden meines Vaters?" Er unterhielt uns beim Abendessen gern mit Geschichten von einer Projektrettung bis zu strategischen Tricks, die er sich ausdachte. Vorausgesetzt natürlich, er erschien zum Abendessen.

Ich bekam zumindest genug Motivationsschub, um aus dem Bett aufzustehen. Meine nackten Füße berührten das Fischgrat-Parkett und die Kälte des Bodens wirkte wie ein Schlag auf meinen Körper. Ich sprang auf und verließ das Schlafzimmer.

Als ich sie betrat, roch die Küche nach frischem Kaffee und aufgebakkenen Brötchen. Julia schmierte gerade Butter auf ihre Brötchenhälfte, die herrlich duftete. Die Butter schmolz auf der warmen Oberfläche.

„Ich dachte schon, du bleibst heute im Bett. Geht's dir gut?" Ich ertrug ihre besorgten Augen nicht, deswegen verlor ich mich im Kühlschrank, um nach dem Behälter mit Orangensaft zu suchen, der direkt vor meiner Nase stand. Der graue Fliesenboden kam mir noch kälter vor und ich zog meine Zehen an, um die Berührungsfläche mit den Kacheln zu reduzieren. Julia biss gierig in die Brötchenhälfte, die sie mit selbstgemachter Erdbeerkonfitüre bestrichen hatte, und betrachtete mich in Erwartung einer Antwort. „Warum sind die Frauen so aufmerksam?", dachte ich.

„Alles ist OK. Ich habe nur schlecht geschlafen, das ist alles. Bei dir war es eher das Gegenteil. Ich war echt neidisch. Hast du was Schönes geträumt?" Ich wusste gar nicht, wie gut sie geschlafen hatte, da ich selbst in verschiedenen Träumen, in denen die beiden Firmeninhaber mich über die Klippen jagten, verloren gewesen war, aber ich wollte die Aufmerksamkeit von mir ablenken.

„Ja, ich habe gut geschlafen. Kann mich gar nicht erinnern, was ich geträumt habe. Ist auch nicht so wichtig. Lieber träume ich gar nichts als von den Idioten an der Arbeit."

„Was ist los?"

„Ich bin nur von Idioten umgeben. Von menschlichen Idioten."

„Ach was!" dachte ich. „Willkommen im Club!" Laut sagte ich nur: „Welche anderen Idioten gibt es noch außer menschliche?"

„Ich meine, wie kann ein wissenschaftlich brillanter Kopf in einfachsten Dingen des Lebens ein totaler Idiot sein?"

„Das hat mit der ungleichmäßigen Allokation der Ressourcen zu tun."

Julia lachte, bevor sie ihre überdimensionale Tasse mit Latte Macchiato leerte und sie in den leeren Geschirrspüler steckte.

„Ich muss los. Viel Spaß heute. Und wünsche mir Nerven aus Stahl." Julia steckte auch den leeren Teller in die Spülmaschine und gab mir einen flüchtigen Kuss.

„Ich wünsche dir Nerven aus Stahl."

„So weit so gut. Das habe ich gut überstanden", dachte ich, als ich die Tür hinter ihr hörte. Ich schlich mich noch einmal um die Ecke, um mich zu vergewissern, dass sie tatsächlich unterwegs war, danach setzte ich mich auf den Hochstuhl an der Theke und betrachtete die Krümel von Julias Frühstück. Die Küche und der Essraum wurden durch diese Theke getrennt, die wir gerne zum Frühstück nutzten, weil wir meist schnell eine Kleinigkeit aßen.

„Was mache ich heute?", dachte ich. Ich hatte im Kopf, was ich zu tun hatte, aber das Interesse an dieser Aufgabe glitt in die Bedeutungslosigkeit. Mit dem rechten Ellenbogen aufgestützt, saß ich für einige Zeit an der Theke, ging erneut das gestrige Gespräch durch und fügte mir den seelischen Schmerz noch einmal zu. Konnte ich noch etwas ändern?

Nein, die Brüder hatten ihr Urteil gefällt. Ich konnte mir selbst unnötige Quallen zufügen und mir die restliche Kraft rauben, die bereits das Reserveniveau erreicht hatte. Die Küche kam mir wie der friedvollste Ort auf der ganzen Welt vor, wo ich am liebsten geblieben wäre und das grün-rote Muster auf den Topfhandschuhen, die an der gegenüberliegenden Wand hingen und zu weißen Fliesen kontrastierten, studiert hätte. Oder dem leisen Summen des Kühlschranks zugehört. Ich hatte auch Interesse an den Kühlschrankmagneten, die Orte diverser akademischer Konferenzen anzeigten, die Julia mit ihrer Anwesenheit beglückte. Ich bemerkte auch einen Fleck auf der glatten Fläche des Induktionsofens, aber hatte nicht die Motivation, aufzustehen und den Fleck wegzuwischen. Stattdessen schaffte ich es irgendwie ins Badezimmer und kam sauber und gestriegelt wieder heraus, bereit, eine weitere Vorstellung des erfolgreichen Managers auf der großen Unternehmensbühne abzuliefern. Ich sollte Tickets draußen vor dem Eingangstor verkaufen lassen. Als ich eine halbe Stunde später mit leerem Magen im Auto saß, ließ ich die Zeit, die ich in der Firma verbracht habe, vor dem inneren Auge noch einmal ablaufen.

Angefangen als Praktikant, dann Diplomand, Assistent der Geschäftsleitung, Leiter der Unternehmensentwicklung und zuletzt Geschäftsführer. So eine Laufbahn hatte nicht jeder. Und obendrein ist das Unternehmen gut aufgestellt: neuste Produktionstechnologie, Präsenz in wichtigsten und profitabelsten Märkten, etliche Zukunftsprodukte in der Pipeline und einige vielversprechende Patentanmeldungen. Was könnte man mehr wünschen? Ja, die Gewinnmarge war auch im letzten Jahr, wie in den letzten Jahren seit der Investition in die Robotertechnologie, geringer ausgefallen, aber die Veränderung war notwendig gewesen, um für die Zukunft vorbereitet zu sein. Aktuell waren wir dabei, in die schwarzen Zahlen zu kommen.

Ich dachte an das verstaubte Unternehmen, das ich am ersten Tag betreten hatte. Die Jagdtrophäen des Firmengründers Norbert Schmitt hatten die Wände geschmückt. Ein Hirschkopf hatte mich von der Wand angeschaut und der Ausdruck der Augen war mir so vorwurfsvoll vorgekommen, dass ich meinen Blick von dem toten Tier abwenden musste. Damals war der Umsatz eingebrochen, weil die Kunden billigere Produkte erwerben konnten. Entlassungen mussten folgen. Sie waren sehr emotional verlaufen, da der Familienbetrieb viele loyale Mitarbeiter hatte. Die Angst war wie ein schleichender Nebel durch die Gänge geirrt. Hinter geschlossenen Türen wurde getuschelt, wer als Nächster würde gehen müssen.

Rückblickend muss ich sagen, dass ich weder Wasser in Wein verwandelte noch das Meer teilte, obwohl mir das gefallen hätte. Stattdessen untersuchte ich den Markt genau, die Firmenstruktur, die Maschinen, das Personal und gab meine Empfehlung. Zum Glück hatte ich intelligente Menschen an meiner Seite, die den späteren Erfolg mit ihren Ideen, ihrem Enthusiasmus und ihrem Einsatz möglich machten.

Norbert Schmitt beeindruckte ich mit den präsentierten Vorschlägen so sehr, dass er mich sofort zum Leiter der Unternehmensentwicklung ernannte. Er gab mir freie Hand, die unterbreiteten Änderungsvorschläge einen nach dem anderen abzuarbeiten. Nichts war mir lieber als das. Es kostete mich ein Jahr, das Gespenst der Angst zu vertreiben. Drei Jahre lang hatten weder ich noch meine engsten Mitarbeiter ein Privatleben. Ich trieb uns mit einer Gnadenlosigkeit an, die nur mit viel Toleranz als herausfordernd bezeichnet werden kann. Meine damaligen Mitarbeiter hatten für mich andere Namen: Sklaventreiber, Inquisitor, Vampir, weil sie irgendwann glaubten, ich würde nicht schlafen. Danach verbrachte ich einige Zeit in den USA, um die Marktexpansion vor Ort voranzutreiben.

In der kritischen Zeit sah ich Jan Schmitt drei Mal im Unternehmen, weil er damals bei einer Supermarktkette beratend tätig war. Mathias ließ sich ein einziges Mal blicken und zwar auf der Weihnachtsparty, die wir für die restliche Belegschaft gaben, nachdem der Kampf ausgestanden war und wir Licht am Ende des Tunnels sahen.

Nachdem ich aus den USA zurückgekehrt war, schlief ich auf dem

Sofa im Konferenzraum. In eine der Toiletten wurde auf meinen Wunsch eine Dusche eingebaut. Niemand wunderte sich über mein Verhalten und niemand stellte Fragen, denn die Gesellschaft förderte diese Art von Sucht. Ich verschmolz mit dem Unternehmen und es bedurfte einer besonderen Muse, um mich aus dieser Konstellation zu lösen: meiner Frau Julia, mit der ich zu diesem Zeitpunkt seit zwei Jahren verheiratet war.

Nicht, dass ich all die Zeit keine Möglichkeit für kurze körperliche Befriedigungen mit Frauen hatte, an deren Namen ich mich heute nicht mehr erinnere. Ganz im Gegenteil. Ich hatte immer wieder attraktive Frauen im Zug, im Hotel, auf der Straße, in Meetings oder bei Unternehmensbesuchen getroffen. Daraus hatten sich One-Night-Stands, kurze Romanzen und als Begleiteffekt hin und wieder Aufträge ergeben. Ich fragte nie näher nach, aber einmal hat eine Assistentin so lange ihren Chef bearbeitet, bis dieser einen Großauftrag erteilte. Ich nahm das alles hin und genoss den Erfolg, die Frauen, das Geld und die Freiheit, mir alles leisten zu können. Aber ich hatte keine freie Zeit, denn sie war ein sehr knappes Gut. Dann war ich eines Abends mit meinem Freund Tim und seiner Freundin Angela ausgegangen und hatte Julia, meine Zukunft, getroffen.

Als ich an diesem Morgen das Büro um 09:30 betrat, erhob sich meine Assistentin und gab mir eine Namensliste der Personen, die am Vortag versucht hatten, mich zu kontaktieren. Sie setzte ihre übliche professionelle Miene auf. Ihre Mundwinkel zogen verdächtig nach unten und in ihren braunen Augen schimmerte etwas, das nach einem Gefühl aussah. Mitleid womöglich? Oder Angst? Sie wich meinem Blick aus und ich fragte mich, wie viele bereits wussten, dass ich zum Abschuss freigegeben worden war, denn die Lieblinge der Firmeninhaber wussten es mit Sicherheit. Nachrichten wie diese glichen dem Buschfeuer und verbreiteten sich mit der gleichen Geschwindigkeit. Der eine Kollege informiert den Anderen im Vertrauen, der wissende Kollege kann natürlich eine brisante Nachricht seinem Team oder seinen Lieblingskollegen nicht vorenthalten und so weiter. Am Ende ist eine sehr vertrauliche Nachricht ein offenes Geheimnis. „Ich sollte vielleicht eine Runde durch das Unternehmen machen", dachte ich für einen Augenblick, verwarf jedoch den Gedanken sofort, weil ich diese Gewohnheit mit meiner Beförderung zum Geschäftsführer abgelegt hatte. „Was soll das bringen?", dachte ich. „Noch mehr Tuscheleien? Die Sicherheit, dass die Brüder geplaudert hatten?"

Ein Blick auf die Liste genügte, um mich aus meiner eigenen Welt in die Unternehmensrealität zu katapultieren. Anna Lebov vom Anwaltsbüro Heinemann & Koch hatte versucht, mich zu erreichen. Das konnte nur bedeuten, dass es Neuigkeiten im Rechtsstreit mit einem Lieferanten gab. Obwohl Schmitt Formsysteme GmbH geklagt hatte, war ich mit einer baldigen Einigung einverstanden, weil mir das Verfahren zu viel Zeit abverlangte. „Hoffentlich sind wir einen Schritt weiter", dachte ich, ging in mein Büro und startete den Laptop. Wie ich vermutete, hatte sie die Neuigkeiten schriftlich verfasst, da sie mich persönlich nicht erreichen konnte.

Und ich irrte mich nicht, denn ihre Email flatterte über den Bildschirm, zusammen mit mehreren Dutzend anderer Emails. Ich klickte darauf, verfehlte sie aber, da sie in der Flut weiterrutschte. Im zweiten Anlauf gelang es mir, die Email von Frau Lebov zu öffnen. Meine Hoffnungen wurden schnell zerschmettert, denn wie es aussah, war eine Einigung nicht in Sicht. Der Fall beschäftigte mich und die Anwälte bereits seit Monaten und ich hoffte innig, dass bald ein zufriedenstellendes Ende des Rechtsstreits realisiert würde. Ich brauchte alle Ressourcen, um mich zu retten und nicht, um ein perfektes Ergebnis herbeizuführen. Wie sagte mein Vater Peter Bader immer: „Ein realisierter Schritt in die richtige Richtung ist der Karrierezündstoff, nicht die perfekte Strategie."

Auf dem Bildschirm öffnete sich ein separates Fenster und mein Terminkalender erinnerte mich daran, dass ich in einer Viertelstunde einen Termin mit André Wahlen hatte. André war Leiter des Marketings und der Termin war angesetzt worden, bevor die Forschungs- und Entwicklungsabteilung festgestellt hatte, dass sie noch weitere Versuchsrunden benötigen würde, um den Prototyp für das neue Produkt aus dem Produktionsabfall als fertig einstufen zu können. Ich bat Anja, den Termin um eine Woche zu verschieben. Obwohl mir gestern das Gespräch mit der Forschung und Entwicklung sehr viel Kopfzerbrechen bereitet hatte, war ich für diese kleine Unterbrechung dankbar. Ich hatte jetzt einen Termin weniger und konnte erneut meinen Gedanken nachgehen.

Seit einiger Zeit plagten mich Energieprobleme, aber jetzt kam es mir vor, als ob die Nachricht die restliche Kraft regelrecht aus mir weggedrückt hätte. Ich war nicht mehr der gleiche Thomas, etwas war am Tag zuvor unwiederbringlich verloren gegangen. Ich drehte meinen Stuhl zum Fenster und richtete meine Augen in die Ferne, während meine Gedanken weiterhin ihrer eigenen Logik folgten.

Die Welt von heute wird mit Geschichten von Menschen überflutet, die ihrer Berufung folgten und, trotz zahlreicher Hindernisse, den Gipfel des Erfolgs erreichten. Bei meiner Entscheidungsfindung ging es allerdings darum, was ich brauchte. Ich betrachtete damals meine Umgebung und traf eine nüchterne Entscheidung. Aus diesem Grund war mein Leben meine Karriere, der ich - wie dem Nordstern - an hellen und dunklen Tagen, ohne sie zu hinterfragen, gefolgt war. Zumindest bis… meine Welt noch heil war. Solange ich die gesamte Kraft für das Erreichen des Ziels aufbrachte. Bis ich anfing, mich vor meiner Aufgabe zu verstecken, jedoch glaubte, dass es niemand merkte. „Die Karriere war meine Bestimmung", dachte ich für einige Zeit, „und für einen anderen Weg gab es in meinem Leben keinen Platz." Einen Wechsel des Arbeitgebers hatte ich mir in meiner Karriereplanung zwar vorgestellt, durch die Abwerbung von der Konkurrenz mit Hilfe eines Head Hunters oder Ähnliches. Solche Versuche hatte es in der Vergangenheit auch gegeben, aber ich fühlte mich im Sattel sicher und wollte die Früchte meiner Arbeit ernten. Schließlich war *ich* der große Retter und sollte als solcher gefeiert werden.

Zuletzt wurde ich auf einer Konferenz angesprochen, aber das Angebot bezog sich auf eine Position in einem Konzern, ohne eine realistische

Entscheidungsmacht und ohne gestalterischen Spielraum. Ich brauchte jedoch meinen Gestaltungsraum und ich genoss es, der Geschäftsführer zu sein und das Leben von mehreren hundert Mitarbeitern zu bestimmen; ihre Entscheidungen, sich in Aulheim am Main niederzulassen, die Kinder dort einzuschulen, ein Haus zu bauen oder eine andere Investition zu tätigen. Während andere sich vor Entscheidungen drückten, suchte ich die Chance, meinen Stempel aufzudrücken. So sehr mir die beiden Brüder auf die Nerven gingen, wusste ich, wie ich mit ihnen umzugehen hatte. Zumindest glaubte ich dies. Trotz der jetzigen Situation, wusste ich, dass ich bislang im richtigen Unternehmen gearbeitet hatte.

Anja klopfte und betrat den Raum, um mich an die Geburtstagsfeier meiner Mutter Anita Bader, die am Wochenende stattfand, zu erinnern. Ich drehte mich kurz zu ihr, dankte ihr mit einer mit Gleichgültigkeit erfüllten Stimme, aber mein erster Gedanke war: „Scheiße!" Als sie die Tür hinter sich schloss, lehnte ich mich wieder im Stuhl zurück und verschränkte die Hände hinter dem Kopf. „Was soll ich jetzt tun?", dachte ich. Eine Absage wie gestern Abend kam nicht in Frage, zumal Julia und ich natürlich zugesagt hatten, den 60. Geburtstag meiner Mutter mit ihr in ihrer Wahlheimat Den Haag in Holland zu feiern. Mein Vater Peter war bis zur seiner Pensionierung der Geschäftsführer eines Spin-offs seines internationalen Arbeitgebers. Meine Eltern verliebten sich in Den Haag und blieben nach Peters Pensionierung in Holland. Ein Abendessen mit Tim und Angela abzusagen war zwar nicht schön, aber verkraftbar, zumal Tim wusste, dass solche Absagen immer passieren können. Die Feier zum 60. Geburtstag meiner Mutter abzusagen, die vor 10 Monaten angekündigt wurde, war aus mehreren Gründen nicht durchführbar.

Bei gesellschaftlichen Anlässen duldete meine Mutter keine Absagen, denn sie hielt es für außerordentlich wichtig, sich dann in bester Laune und mit bestem Schmuck zu zeigen. Peter versäumte einmal eine Opernverabredung und brachte die Eiszeit nach Hause. Die Stimmung im Haus wurde dermaßen kühl, dass Daniel und ich bei Freunden Zuflucht suchten, um uns aufzuwärmen. Ein langes Wochenende in New

York inklusive Karten für den Broadway rettete Peter aus seiner verzwickten Lage.

Folglich bestand meine Wahlmöglichkeit aus einer einzigen Option. Der Gedanke, der mich jetzt fast in Panik versetze, war: „Wie manage ich jetzt auch noch den Geburtstag meiner Mutter, ohne mich zu verraten? Außerdem bin ich mit Julia den ganzen Weg bis Den Haag alleine im Auto, wie soll ich ihr die heile Welt vorgaukeln? Das hält doch kein Mensch aus. Ich bin zwar ein Schauspieler, aber so gut bin ich auch nicht." Ich legte die Handflächen aufs Gesicht und versuchte, eine Lösung zu finden, aber die Verzweiflung gewann die Oberhand.

Hätte jemand in dem Augenblick von mir verlangt, eine strategische Entscheidung für das Unternehmen zu treffen, würde ich die Vor- und Nachteile abwägen und sofort eine Entscheidung fällen, aber mein demaskiertes Gesicht der Welt zeigen, verlangte zu viel von mir. Es war ausgerechnet Anita, die mir beigebracht hat, die Miene der Gleichgültigkeit zu verinnerlichen. Wie soll ich sie jedoch vor meinen eigenen Eltern aufrechterhalten?

Einen Augenblick lang dachte ich daran, alle zu versammeln und die Wahrheit aus dem Hut zu ziehen, wie ein Zauberer die Taube. Ich stellte mir bereits ihre Gesichter vor: Anita würde die Lippen zusammenpressen, mein Vater mit der Hand über die Stirn fahren und fragen: „Für welches Unternehmen hast du dich entschieden?", als ob mein nächster Schritt nur die Frage eines Telefonats wäre, Julia würde versuchen, die Nachricht mit einem Lächeln zu überspielen, aber ich würde in ihren Augen die Enttäuschung lesen. Die Enttäuschung, den Mann, der den Erfolg abonniert hat und den sie verdient, nicht geheiratet zu haben.

Im nächsten Augenblick wusste ich, dass es keine Offenbarungen geben würde. Nicht ohne einige Alternativen oder zumindest eine Strategie. Ich würde mir vor meinem Vater nicht die Blöße geben, weil ich mir nach dem Gerichtstermin geschworen hatte, mein Leben selbst zu gestalten. Peter Bader war nie am Boden zerstört nach Hause gekommen, hatte nie alle versammelt und mitgeteilt: „Ich habe meinen Job nicht mehr und ich weiß nicht, wie es weitergehen wird." Er vermittelte immer Zuversicht, Erfolg und Leistung. Sein Aussehen und sein Benehmen waren immer tadellos, selbst wenn er Anita im Garten half. Seine Karriere sprach für sich und selbst heute hatte er einige Aufsichtsratspositionen inne. Einem solchen Vorbild trat man nicht mit halbfertigen Lösungen gegenüber, sondern mit durchdachter Strategie.

„Oh Gott, wie überstehe ich das Wochenende?", dachte ich, während die Angst meinen Körper erfasste und ich mich fast paralysiert fühlte. Obwohl ich mir immer wieder sagte: „Ist doch nur ein Familienbesuch, sie werden keine Zeit für mich haben, ich kann mich krank stellen, kann irgendwelche Ausreden finden, ich kann dies und jenes", ließ mich der Krake der Angst nicht los. Die langen Tentakel hatten mittlerweile meine Eingeweide erfasst und meinen Herzschlag erhöht. Sechs Augen von Menschen, die mir am meisten bedeuteten, das würde ich im Augenblick nicht überstehen. Um der Angst Herr zu werden, stand ich auf und lief im Büro hin und her. Ich wünschte mir, ich könnte meine Frau anrufen, aber diese Möglichkeit verwarf ich, da ich ihr zuerst die Wahrheit hätte beichten müssen. Einen meiner Freunde konnte ich auch nicht anrufen, nicht einmal Tim. Ich konnte mir die Unterhaltung bildhaft vorstellen.

„Du hast was?"

„Angst. Ich habe Angst."

„Du hast Angst, deine eigene Mutter zu besuchen?"

„Nein, ich habe Angst, sie werden alle sehen, dass ich abgestürzt bin. Ich bin noch nicht soweit, diese Nachricht auszuplaudern. Ich brauche noch Zeit. Ich will auf meinen Vater vorbereitet sein."

„Also hast du Angst vor deinem Papa. Aha. So, so..."

Angst kam in Gesprächen mit meinen Freunden nie vor. Angst war etwas für Angsthasen, nicht für echte Kerle. Wir unterhielten uns über Autos, Uhren, maßgeschneiderte Schuhe und Anzüge, Schmuck, den wir unseren Frauen schenkten, eigenwillige Mitarbeiter, die letzten wirtschaftlichen Neuigkeiten, aber nie über privates Leben, Liebe oder - Gott bewahre - Ängste. Theodor, einer meiner Freunde, war ein überzeugter Junggeselle und prahlte mit Frauengeschichten, um die verheirateten Männer eifersüchtig zu machen, aber er sprach nie über seine offensichtliche Angst, sich dauerhaft zu binden. Ich muss ehrlich sagen, ich beneidete die Frauen in diesem Augenblick. Ich wusste, dass meine Frau keine Probleme hätte, ihrer besten Freundin ihre Ängste mitzuteilen. Ihr Ego erlitt deswegen keinen Schaden.

Da ich auf mich allein gestellt war, fing ich an, die Situation zu analysieren. Die Fahrt nach Holland könnte um andere Faktoren erweitert werden. Ein Mitfahrer wäre eine Möglichkeit. Im Auto zu arbeiten, während Julia fuhr, wäre eine andere. Zu schlafen, während sie fuhr, wäre auch eine Idee. Ich müsste nur die Nacht zuvor lange aufbleiben, damit ich einen triftigen Grund hatte. Hinterher fliegen und sie alleine fahren lassen, fand ich zu brutal. Das Fliegen war sehr umständlich und außerdem war es eine lange Fahrstrecke, auf der ich sie nicht alleine lassen wollte. Nicht meine schöne Julia. Ein Seufzer entfuhr mir, als ich an sie dachte.

Als ich Julia das erste Mal sah, saß ich mit Tim und Angela im Biergarten. Sie war mit zwei anderen Frauen unterwegs, und sie registrierte mich überhaupt nicht. Es war ein heißer Tag und sie trug ein langes blumiges Seidenkleid mit Trägern, das ihren ganzen Körper umhüllte und umschmeichelte. Ihr blondes Haar wehte, als sie lachend an den freien Tisch ging. Es gab keinen Mann im Biergarten, der sie nicht sah, inklusive Tim, aber seine Freundin Angela merkte den Blick nicht, weil sie Julia begrüßte. Ich ergriff sofort die Chance:

„Wer ist die Frau? Ich will sie kennenlernen."

Angelas sommersprossenbedecktes Gesicht erhellte sich vor Freude. Sie hatte schon seit einiger Zeit versucht, mich zu verkuppeln, mehr um Tim an der Leine zu halten als meinetwegen. Tims Familie war in unsere Nachbarschaft gezogen, als ich noch in die Grundschule ging. Wir kannten uns seit der Kindheit und blieben all die Jahre befreundet. Angela hätte mehr Vertrauen in unsere Männerabende, wenn sie wüsste, dass auch ich liiert war. Sie hatte mit ihrer Strategie nicht ganz Unrecht, wenn wir ehrlich sind. Tim und ich haben einiges zusammen erlebt.

„Ich habe sie bei einem Vortrag kennengelernt. Sie arbeitet an der Uni, ist aber keine Deutsche, auch wenn sie deutscher aussieht als ich. Sie kommt ursprünglich aus dem ehemaligen Jugoslawien. Frag mich nicht, von wo genau. Sie hat's mir gesagt, aber wer soll sich all die Länder merken?", entgegnete Angela.

„Gut. Deine Aufgabe ist es, uns bekannt zu machen. Egal wie.", erwiderte ich und fixierte sie mit meinen Augen.

Angela schaute mich erstaunt an, dann schaute sie ihren Freund an, der mich ebenfalls anguckte. So hatten sie mich bisher noch nie erlebt. Aber auch ich kannte mich nicht mehr. Ich wusste, sobald sie den Biergarten betrat, dass ich sie wollte. Sie und keine andere. Die Gefühle, die sich in mir regten, waren mir völlig fremd. Ich schaute fast ununterbrochen in ihre Richtung, nahm besser wahr, was sie bestellte als das Gespräch am eigenen Tisch und fragte mich, wann Angela endlich die Initiative ergreifen würde.

Sie musste fast nichts tun, denn Julia stand kurze Zeit später auf und ging zur Toilette. Unterwegs kam sie an unserem Tisch vorbei und begrüßte uns. Angela stellte zuerst ihren Freund Tim und dann mich vor. Ich kann mich immer noch an den ersten Blick in die grünen Augen und den warmen Druck ihrer Hand erinnern und ich bekam ein starkes Bedürfnis, diese Hand zu küssen, während ich den Blickkontakt hielt. Während sich die beiden Frauen unterhielten, zog ich einen vierten Stuhl an den Tisch und deutete Julia, sie möge sich neben mich setzen. Sie schaute mich etwas verdutzt an, nahm jedoch kurz ohne Widerrede Platz. Dann entschuldigte sie sich und verschwand, um zur Toilette zu gehen. Zurückgekommen, nahm sie wieder den Platz neben mir ein, weil die beiden Frauen sich über eine Studie austauschten, die Julia sehr interessierte. Ich hörte ihrer Stimme zu, nahm sowohl den leichten Akzent als auch ihre goldene Mähne wahr, die in der untergehenden Sonne schimmerte, ihre Stirn, die sich beim Nachdenken zusammenzog, ihr Nicken mit dem Kopf, wenn sie jemandem zuhörte, ihre kleinen, festen Brüste unter dem Kleid, die Stelle an der Schulter, wo sich ihre Haut

47

pellte, den Duft ihres Parfüms, gemischt mit dem schweißigen Duft ihrer rasierten Achseln. Ich nahm sie in mich auf, ohne dass sie es wusste. Sie wurde ein Teil von mir.

Tim verschwand auf der Toilette und Angela folgte kurze Zeit später, um mich mit Julia allein zu lassen. Ich nutzte natürlich sofort die Gelegenheit, um mich mit Julia für den nächsten Tag zu verabreden. Sie nahm die Einladung an, sich an der gleichen Stelle um die gleiche Uhrzeit am nächsten Tag zu treffen, und ging danach wieder zu ihren Mädels, aber jetzt schaute sie gelegentlich zu uns. Ich sah nur sie, ich war blind für den Rest der Welt. In der Tierwelt sind es Fasanen, glaube ich, die während der Paarungszeit nichts sehen und nichts hören und somit eine leichte Beute für die Jäger sind. Ich war nicht viel besser, muss ich eingestehen.

Am nächsten Tag sah ich ihre Silhouette lange bevor sie den Biergarten erreichte. Sie lief die Straße entlang, die auf den Biergarten führte und sich dann nach links und rechts abzweigte. Bevor sie die Straße überquerte, hielt sie kurz an, um ein rotes Auto, das um die Kurve fuhr, vorbei fahren zu lassen. Mich erblickte sie, als sie durch das Tor des Biergartens schritt und lächelte. Noch nie kam mir ein Lächeln so echt und so freudenvoll vor. Das ist meine Frau. Heute weiß ich: Wenn sie lächelt, dann mit dem gesamten Gesicht. Wenn sie liebt, mit ihrer ganzen Seele. Wenn sie leidet, genauso. Wenn sie Sorgen hat, mit ihrem ganzen Verstand. Wenn sie für jemand aufsteht, dann mir ihrem ganzen Herzen.

Sie kam zu unserem Rendezvous in einer langen blauen Hose, die ihre Figur auch andeutete, aber nicht so schmetterlingshaft wirkte wie das Kleid am Abend zuvor. Ihr strenges weißes Oberteil deutete nur die Form ihrer Brüste an und ihr wunderschönes Haar war aufgebunden. Ich verstand die Welt nicht mehr. Warum versteckte eine Frau gerade am Tag ihres Dates alle ihre weiblichen Attribute?

Soweit wir uns in das Gespräch vertieften, vergaß ich ihr Outfit und verlor mich in ihren grünen Augen. Sie hatten das Leuchten eines Smaragds und eines Sterns zugleich. Was mich am meisten umhaute - an dem Abend vernahm ich nur einen Hauch davon -, war ein Kontrast in ihrer

Person: die innere Stärke und die Zerbrechlichkeit. Sie war eine Frau der Gegensätze, die wegen eines Films in tiefe Traurigkeit stürzen konnte, während sie gleichzeitig das Leben mit einer Kraft meisterte, die mich in die Fassungslosigkeit trieb. Ich wollte sie umarmen, damit niemand auf dieser Welt sie mehr verletzen konnte, und gleichzeitig hatte ich das Gefühl, selbst diese Quelle der Kraft anzapfen zu wollen.

Am ersten Abend erzählte sie mir nur ein bisschen von sich, aber nach und nach erfuhr ich den Rest. Endlich verstand ich, warum Angela das Gefühl hatte, sich ihr Herkunftsland nicht merken zu können. Die Familie von Julias Vater gehörte der serbischen Minderheit in Kroatien an, während ihre Mutter eine Kroatin war. Julia jedoch wuchs überwiegend in Deutschland auf. Später merkte ich auch, als ich unser Gespräch sezierte, wie geschickt sie ein bisschen von sich erzählte und dann das Gespräch auf ein fröhliches Thema lenkte, das immer ein Lachen voraussetzte.

Ich brauche nicht den Grad meiner Vernebelung zu beschreiben, die so tief reichte, dass ich am späten Abend wie verzaubert nach Hause fuhr. Einmal zuhause angekommen, war ich so aufgedreht, dass der Schlaf mich mied. Ich stand auf und fing an, ein Gedicht zu verfassen.

Die finstere Nacht wird erleuchtet durch dein Gesicht
Während meine Sehnsucht mich verschluckt
Stelle ich mir unser Leben vor, Schicht für Schicht
Und habe gleichzeitig Angst, dass mein Plan nicht glückt.
Welche grausame Macht hat dich so lange von mir versteckt?
Welche Pfade hast du beschritten, bevor sich unsere Wege kreuzten?
Meine Muse, ich freue mich auf deinen Kuss.

Schnulzig, nicht wahr? Ich brach ab, weil anstelle der Verse sich nur Fragen aneinander reihten. Voller Neugier freute ich mich auf unser nächstes Treffen. Ich kann mich nicht mehr erinnern, worüber wir uns unterhalten haben, aber ich weiß, dass wir erneut viel gelacht haben. Ich kann Julia fragen, worüber wir uns unterhalten haben, sie wird sich bestimmt erinnern.

Das Telefon auf dem Schreibtisch riss mich aus den Gedanken. Es war Anja.

„Herr Werner ist hier. Er ist ein bisschen früher dran."

Ich fasste mich mit der rechten Hand am Kopf und presste die Augen zusammen, während ich mit der Linken den Kopfhörer hielt. „Mist! Die Vorbereitung für diesen Termin habe ich auch verschwitzt", dachte ich. Laut sagte ich nur: „Ich brauche noch fünf Minuten."

„Ist gut." Bevor sie auflegte, hörte ich, wie sie Herrn Werner, den Bürgermeister, bat, sich fünf Minuten zu gedulden.

Ich riss mich zusammen und rief mir die Hintergrundinformationen in Erinnerung. Der Besuch des Bürgermeisters hing mit dem neusten Projekt der Stadt zusammen. Er wollte seine Wiederwahl mit einer neuen Kinderkrippe sichern und erhoffte von der Firma Schmitt Formsysteme finanzielle Hilfe. Als einer der größten Arbeitgeber im Ort fühlte ich mich der Stadt verbunden und sicherte Herrn Werner in einem kurzen Gespräch am Rande der Straßeneinweihung zu Ehren von Norbert Schmitt unsere Unterstützung zu. Die Firma beteiligte sich an einer Reihe verschiedener Projekte wie der Erhaltung des mittelalterlichen Stadtkerns beispielsweise, und ich war immer für eine neue Initiative offen, die die Stadt attraktiver machte. Im Schatten meines Gesprächs mit den beiden Brüdern war ich mir meiner ursprünglichen Entscheidung nicht mehr so sicher. Ich entschied mich für eine Frage-und-Warte-Strategie. Ich würde so schnell wie möglich vom Bürgermeister so viel wie möglich in Erfahrung bringen wollen, ohne einen bestimmten Betrag zuzusagen. Erst wenn etwas mehr Klarheit im Unternehmen herrschte, würde ich das Vorhaben umsetzen. Dann stand ich auf und bat Herrn Werner ins Büro.

Nach dem Gespräch mit dem Bürgermeister ging ich mit Anja die Termine durch und plante mit ihr die kommenden Vorbereitungen. Meine Stimmung war gut und ich vergaß fast die Geschehnisse vom Vortag. Meine Assistentin arbeitete - wie immer - schnell und zuverlässig und machte einige gute Vorschläge. Ihre fröhliche Stimme hatte etwas vom Vogelgezwitscher und ich war wieder dankbar, sie an meiner Seite zu haben. Eigentlich leitete sie das Unternehmen mehr als ich.

Als die Stelle damals ausgeschrieben worden war, wurden aus ca. 150 Bewerbungen drei Kandidaten zum Vorstellungsgespräch eingeladen und ich entschied mich für Anja. Ihre Qualifikationen lagen hinter den anderen zwei Bewerbern, aber sie war die Einzige, die mir während des Gesprächs nicht schmeichelte, sondern offen ihre Meinung vertrat. Als mir in den Sinn kam, dass ich sehr bald nicht mehr mit ihr zusammenarbeiten würde, erfasste mich fast Trauer, aber ich verdrängte den Gedanken schnell, um meine wiedergewonnene Energie nicht zu gefährden. Meine Einstellung war immer, dass alle mir und meinem Erfolg dienten. Jetzt musste ich mich ehrlich fragen: welchem Erfolg?

Angesteckt durch Anjas gute Laune, bat ich Frau Lebov um einen Besuch. Ihr Arbeitgeber vertrat uns und weitere Unternehmen mit dem Standort in unmittelbarer Nachbarschaft zu uns. Als sie das Büro erreichte, riefen wir zusammen den Geschäftsführer des Lieferanten an, der sich mit uns im Rechtsstreit befand, und baten um ein Gespräch. Der Wunsch wurde mir erfüllt, und der Geschäftsführer freute sich sogar über den direkten Draht. Ich fühlte wieder die Wut in mir aufkommen, ohne dass sie meine Stimme verfärbte und sich bemerkbar machte. Dieser Lieferant hatte den Verabreitungsprozess der Rohstoffe verändert, ohne mich oder den Leiter der Produktion darüber zu informieren. Als Folge mussten mehr als 1500 Teile zurückgerufen werden. Der Lieferant weigerte sich, die Kosten zu übernehmen und argumentierte, die Änderung sei rechtzeitig kommuniziert worden. Mittlerweile konnte mein Team eine unzureichende Kommunikation beweisen und das Team um Frau Lebov fand Präzedenzfälle, die Entschädigungssummen waren allerdings wesentlich geringer als die, die ich verlangte.

Ich wiederholte den ganzen Sachverhalt noch einmal und fasste zusammen, warum wir uns in einem Rechtsstreit befanden, der wertvolle Ressourcen auf beiden Seiten band. Mein ganzes Auftreten war so überzeugend, dass mein Gesprächspartner keine andere Wahl hatte, als sich meiner Dominanz zu beugen und den meisten Forderungen der Schmitt Formsysteme nachzugeben. Nur in einem einzigen Punkt musste ich nachgeben: Die Entschädigungssumme sollte in mehreren Raten beglichen werden.

Frau Lebov war so von mir beeindruckt, dass sie mir spontan gratulierte. „So läuft es, wenn man sich mit einem Bader anlegt. Ich bin nicht umsonst von Peter Bader erzogen worden", dachte ich. Ich wollte mir schon selbst gratulieren, denn ich liebte diese Augenblicke, ließ es aber lieber sein. Ich plante stattdessen, bei jeder Gelegenheit von meinen Einzelerfolgen zu berichten. Wie auch immer die Situation mit den Brüdern ausging, brauchte ich Erfolgsgeschichten, damit ich Munition für meine weiteren Verhandlungen hatte.

Nachdem ich wieder allein im Büro war, setzte ich mich an den Konferenztisch statt auf meinen Stuhl und betrachtete die Fensterscheibe, in der sich mein Büro reflektierte. Meine Gedanken glichen der Dunkelheit, die sich draußen verdichtete. Ich spürte wieder die Wut, aber dieses Mal auf mich selbst. „Wozu fechte ich diese Kämpfe aus, wenn sie keine Bedeutung mehr haben werden? Wieso tue ich mir den ganzen Zirkus noch an? Wieso träume ich noch von irgendwelchen Verhandlungen? Norbert Schmitt ist nicht mehr am Leben und seine Söhne werden sowieso nicht merken, dass ich heute ein großes Problem gelöst habe", dachte ich.

Als ich abends die Wohnung erreichte, fand ich Julia in der Küche. Sie blickte hinter der kleinen Theke zu mir rüber und ihr Blick verriet, dass ihre Welt erschüttert war. „Hatte sie es irgendwie erfahren?", war mein erster Gedanke.

„Hi Liebes, was ist passiert?"

Ich spürte die Angst vor der Antwort in mir aufkommen, aber, wenn ihr Zustand nichts mit mir zu tun hatte, gab mir die Frage eine Chance, das Gespräch von ihm abzulenken.

„Ach, ich glaube, ich bin nur noch von..." Sie hielt kurz inne in der Bewegung und dachte an den passenden Begriff. „Ich weiß nicht wie ich sie nennen soll. Leere Hülsen, Menschen ohne Seele? Ich weiß nicht. Wie auch immer. Heute ist eine Kollegin rausgeschmissen worden."

„Was hat sie angestellt?"

Ich freute mich fast über diesen Vorfall, machte aber ein betroffenes Gesicht.

„Das weiß keiner so richtig. Ich glaube, Professor Graf wollte sie einfach nicht mehr haben. Er hat später versucht, seine Gründe zu erläutern, aber irgendwie hatte ich Probleme, seinen Argumenten zu glauben. Aber das ist nicht das, was mich so anekelt. Weißt du, was sie gemacht haben? Seine Assistentin hat Christina beim Einpacken beaufsichtigt. Du hättest sehen sollen wie! Sie lief um sie herum, ihre Stiefelabsätze knallten am Boden und sie fragte bei jedem Dokument nach, wem es gehörte. Sie war Gott sei Dank keine Habilitandin und muss nicht mittendrin einen neuen Betreuer suchen, aber trotzdem. Sie war eine sehr motivierte Kollegin, die verschiedene Projekte betreute. Was findet ihr Deutschen immer an diesem Herumkommandieren? Und an diesem Fertigmachen vor Augen anderer Menschen! Ich verstehe es nicht."

Bevor ich etwas zur Verteidigung der Deutschen sagen konnte, fuhr sie fort. „Und nach einer Stunde schickte Professor Graf auch noch Florian hoch. Florian ist so ein Dackel, er lässt alles mit sich machen, um seinen elenden Job zu behalten. Ich verstehe die Welt nicht mehr. Einen Teufel würde ich für den Chef spionieren gehen. Ich meine, wenn er so was mit ihr macht, würde er mich auch nicht anders behandeln. Und dann..." Sie hielt den Zeigefinger hoch. „Dann wurde Christina wie eine Kriminelle aus dem Gebäude eskortiert. Kannst du dir so was vorstellen?"

Zum ersten Mal machte sie eine Pause und schaute mich fragend an. Ich hatte in der Zwischenzeit meine Tasche abgelegt und betrachtete meine Frau während sie redete. Sie war aufgewühlt, weil die Ungerechtigkeit immer an ihrer Seele nagte.

„Das ist gang und gäbe in großen Unternehmen."

„Aber wir sind kein großes Unternehmen!" Ihre Stimme stieg an, ihr Gesicht verzerrte sich und sie gestikulierte mehr. „Wir sind ein kleines

Team, das Tag und Nacht zusammen hockt. Seine ganzen Scheinargumente! Von wegen! Ihr Männer tickt wirklich unberechenbar. Ich habe keine Ahnung, warum dieser Ruf uns Frauen verfolgt..."

Sie ließ den Satz unvollendet, bedeckte kurz ihr Gesicht mit den Händen und atmete mehrmals tief ein und aus. In einer Hand hielt sie immer noch ein blau-kariertes Küchentuch, das einen großen Fettfleck aufwies. Ich ging um die Theke und nahm sie in meine Arme. Ich wollte ihr das Gefühl geben, dass sie in Sicherheit sei, dass sie nicht in Gefahr sei und, dass sie nicht vertrieben wird. Immer noch mit dem bedeckten Gesicht, legte sie ihren Kopf auf meine Schulter. Erst etwa dreißig Sekunden später hob sie den Kopf und schaute mich an.

„Sorry, aber der ganze Vorfall heute hat mich ziemlich aufgebracht. Es war einfach so ungerecht. Ich hasse es, wenn die Leute so schikaniert werden. Wie war dein Tag?"

Ich löste sofort die Umarmung und ging zum Herd, um die Töpfe zu prüfen. So musste ich ihr nicht in die Augen schauen, während ich antwortete.

„Alles beim Alten. Viel zu tun. Wie immer halt." Ich ging auf meinen Erfolg mit dem Lieferanten nicht ein.

„Künftig werde ich noch später nach Hause kommen", sagte Julia mit einem Seufzer. „Die Arbeit von Christina wird jetzt auf unsere Schultern verteilt."

Ich lächelte erfreut darüber und drehte mich zur Wand, so als ob ich den Kalender studieren würde, damit Julia meine Reaktion nicht sehen konnte, denn sie hätte sie komplett missverstanden. Ich wusste gar nicht, dass der Apothekenkalender so interessant sein konnte. Der nächste Satz galt auch mehr der Wand als Julia.

„Das wird nur vorübergehend sein. Irgendwann regelt sich das auch. Mach dir nicht so viele Sorgen und konzentriere dich auf deine Veröffentlichungen. Das hat die oberste Priorität."

Sie kam herüber und streichelte mein Haar. Als ich mich umdrehte, sah ich ein schwaches Bemühen um ein Lächeln. Ihre Augen waren immer noch traurig und dunkel, wie der Himmel, wenn ein Sturm aufzieht. Sie wirkte so verletzlich und schutzbedürftig, dass ich sie erneut umarmte und an mich drückte.

„Ich danke dir für deine Unterstützung. Ich weiß nicht, was ich ohne dich täte." Ich wurde rot im Gesicht, aber Julia konnte es nicht sehen. Ich hasste mich für meine Lügen, aber ich brauchte einfach meine Zeit. „Was für ein Heuchler ich doch bin", dachte ich.

Ich erkläre dir unser Leben:

# Lernen

„OK. Vorteil Nummer zwei. Ich gebe mein Bestes, dir weitere Vorteile zu erklären. Wir sind gebildet." So setzte Thomas seine Erzählung, die mich überzeugen sollte, ein Mensch zu werden, fort. Ich konnte kaum erwarten, von weiteren unterhaltsamen Menschenparadoxien zu erfahren.

„Was bedeutet gebildet?"

„Wir gehen in die Schule und lernen."

„Aha! Sehr spannend", dachte ich. „Was ist Schule und was lernt man dort? Wir lernen auch, wie wir das Essen fangen sollen oder wie wir uns auf unsere weiblichen Partner vorbereiten."

Thomas ignorierte komplett meine Anmerkungen zu unserem Leben, als ob unser Prozess des Lernens überhaupt nicht existieren würde. Genauso wie er es angekündigt hatte. Wir kamen in der Gedankenwelt der Menschen gar nicht vor oder nur dann, wenn wir entweder im Weg sind oder als Speise dienen sollen. Oder beides.

„Die Schule ist ein Ort, an dem das Wissen vermittelt wird. Wir lernen alles, inklusive wie die Welt funktioniert."

„Wie die Welt funktioniert" war eine bedeutende Aussage. Wenn Menschen alle anderen Spezies ignorierten, dachte ich, wie wollen sie verstehen, wie die Welt funktioniert? Laut sagte ich nur: „Warum bringen euch eure Eltern diese Sachen nicht bei? Mir brachten meine Eltern alles, was ich weiß, bei."

„Das geht bei uns Menschen nicht. Wir bringen unseren Kindern nur das Wichtigste bei, für alles andere sind qualifizierte Lehrer zuständig. Mathematik, Physik, Biologie, Chemie, Geschichte, Religion, Literatur Um nur ein paar Fächer zu nennen."

„Und wer bringt euren Kindern das Gefühl der Zugehörigkeit bei? Es ist wichtig zu wissen, welchem Teich man entsprang und diese Verbindung regelmäßig zu pflegen."

„Das sollte die Aufgabe der Familie sein. Wir statten sie stattdessen lieber mit Geräten aus, damit sie ihre Eltern immer erreichen können. Ich habe leider noch keine Kinder, aber wenn ich welche hätte, würde ich wahrscheinlich genauso handeln. Auf diese Weise könnten mich die Kinder per Email immer erreichen. Unter der Voraussetzung, dass ich die Email lese, versteht sich. Wir haben weder Zeit noch die nötige Ausbildung, den Kindern alle diese Themen beizubringen. Ich bin froh, wenn ich ihnen die Geschichte unserer Familie erklären könnte."

„Ah, die Zeit! Sie scheint ein kostbares Gut im Leben der Menschen zu sein", dachte ich. Da Thomas noch keine Kinder hatte, ließ ich die Thematik vorläufig stehen. Ich griff stattdessen nach dem ersten Begriff, der mir vom Sound her gefiel. Geschichte. Der Begriff hörte sich wie das Rascheln der Herbstblätter an, wenn der Wind durchblies. Geschichte. „Was ist Geschichte?"

„Was ist Geschichte? Wie soll man am besten die Geschichte erklären?" Das war genau meine Frage, die Thomas jetzt wiederholte.

Thomas ging mit den Fingern durch sein Haar und ich hatte das Gefühl, dass er aus einer verlegenen Situation einen Ausweg suchte. Ich saß weiterhin im Gras, lehnte den Kopf leicht zur Seite und betrachtete ihn.

„Also... Die Menschheit ist durch viele Phasen gegangen, es wurden viele Kriege geführt, viele Umbrüche verursachten Völkerwanderungen. Wir lernen, wer wir sind und wo wir herkommen."

„Also die Wahrheit über vergangene Ereignisse?"

„Na ja. Das würde ich nicht so sehen. Mit Wahrheit hat das Ganze nichts zu tun. Die Darstellung der Kriege definieren die Sieger und sie wollen immer im guten Licht erscheinen. Den anderen Teil der Geschichte definieren die Ausgrabungen und unsere Definition der Befunde. Es kann passieren, dass wir eines Tages die Geschichte neu schreiben müssen."

Die Geschichte schien tatsächlich die Haltbarkeit des Herbstlaubes zu haben. „Wozu lernt ihr dann das Ganze?"

„Um zu wissen wo wir herkommen. Sagte ich doch! Um Gottes willen, gib dir ein bisschen Mühe, uns zu verstehen!"

Ich merkte, dass Thomas die ganze Fragerei nervte, aber er wollte scheinbar die Chance nicht versäumen, ein weiteres Lebewesen zu den bereits existierenden Milliarden hinzuzufügen.

„Was hast du gesagt?"

„Um Gottes willen. Es ist eine Redewendung, die wir ausrufen, wenn es uns die Sprache verschlägt. Den Gott werde ich dir auch noch erklären müssen." Er massierte sich die Schläfen mit den Daumen, während er sprach.

Ich zeigte mich kooperativ, zumindest für kurze Zeit. „Wo kommt ihr denn her?"

Thomas hörte mit dem Massieren auf und schaute mich an, bevor er antwortete. „Alle Lebewesen sind zuerst im Wasser entstanden, einige sind dort geblieben und der Rest wagte sich aufs Festland." Thomas wollte mir offensichtlich zeigen, dass er in der Schule gut aufgepasst hatte.

„Also sind wir Brüder."

Thomas Mund öffnete und schloss sich lautlos, während er über diese verrückte Idee nachdachte, Menschen und Frösche seien verwandt. Er führte mir gerade den Beweis vor, dass Menschen tatsächlich von Fischen stammen. Um ihm aus der Klemme zu helfen, fragte ich weiter.

„Zurück zu unserem Thema des Lernens. Warum lernt ihr all das, wenn es sowieso falsch ist. Ist das nicht verlorene Liebesmühe?"

Thomas nahm den Faden wieder auf. „Nicht wirklich. Besser als ignorant zu sein."

„Ignorant? Was ist das?"

Jetzt schaute mich Thomas wieder an. „Ignorant ist jemand, der nie zur Schule ging und nichts weiß. Wir nennen jemand ignorant, der die Themen nicht kennt, die ich vorher genannt habe." Thomas hielt kurz inne und glitt mit dem Blick über die zitternde Oberfläche des Flusses.

„So wie ich", dachte ich. „Ignorant ist also jemand, der eure Geschichte, die nicht stimmt, versäumt hat zu lernen", hackte ich nach.

„Genau", sagte Thomas mit einer abwesenden Stimme. „Aber wenn ich so überlege, ist unsere Definition der Ignoranz auch sehr einseitig. Wir halten nur die Person für gebildet, die alle schulischen Fakten wiedergeben kann. Wer es nicht kann, ist ignorant. Wir halten nicht jemanden für ignorant, der die Baumsorten nicht unterscheiden kann oder der nicht in der Lage ist, eine Pflanze am Leben zu erhalten. Ist das wirklich sinnvoll?"

„Welche Aussage erwartest du von mir? Dass ich die Absurdität begrüße, den Kindern die Geschichte in den Kopf einzuhämmern, die fragil in ihrer Struktur ist? Habt ihr zumindest bei der Geschichte uns Frösche berücksichtigt?"

Thomas bekam große Augen: „Warum sollten wir? Ihr kommt in der Geschichte nicht vor." Erst als die geformten Worte seinen Mund verließen, realisierte Thomas, wie voreilig er gehandelt hat. Und ich realisierte, wie ignorant nicht wir, sondern die Menschen waren.

„Ich gebe auf, denn ich verstehe das Thema nicht. Was sind eigentlich Kriege?"

Thomas war wieder präsent und verdrängte die vorherige Aussage. „Krieg ist eine Auseinandersetzung mit einer anderen Nation oder einer anderen Gruppierung."

„Und wie läuft das? Wie soll ich mir einen Krieg vorstellen?"

Thomas holte seinen rechten Arm aus, als ob er gleich mit einem Schwert in den Kampf ziehen würde. „Früher hat man den Kampf mit Schwert, Messer und allen möglichen Gegenständen ausgetragen. Heute zerbombt man die Ziele aus dem Himmel mit einer Fernbedienung."

„Was ist zerbomben und, vor allem, warum?"

„Wenn ich noch einmal die Frage „Warum" höre, springe ich aus der Haut."

„OK. Wieso?" Der Mann war so empfindlich. „Warum" ist meine

Lieblingsfrage. Man erfährt alles, wenn man nur ausreichend lange „Warum" fragt.

„Weil man mit wenig Einsatz ein Maximum an Ergebnis erzielen will. Man wirft diesen Explosiv auf die Köpfe der Menschen, man muss sich nicht dazwischen mischen, sondern kann dies aus sicherer Distanz tun. Es ist natürlich tödlich für den Feind und viele Menschen sterben. Ich muss jedoch nicht in ihre Augen blicken, wenn der Tod die Seele holt. Ich entscheide weiterhin über ihr Leben oder Tod, denn am Endergebnis ändert sich nichts, aber ich muss das Ergebnis meiner Arbeit nicht konfrontieren. Ich kann mir vormachen, ich wäre ein guter Mensch."

„Du sagtest etwas aus dem Himmel und mit der Fernbedienung. Das verstehe ich nicht?"

Thomas zeigte mit dem Finger in die Höhe und ich folgte ihm mit meinem Blick.

„Mit der Höhe meinen wir das da oben. Wir können die Entfernung messen und die Meter definieren die genaue Distanz zum Objekt. Das könnte auch ein Vorteil sein. Ich werde es dir jedoch etwas später erklären."

„Um Frosches willen!"

Thomas blieb mitten in der Bewegung stehen. Sein Arm hing immer noch in der Luft und der Zeigefinger zeigte immer noch nach oben, während er mich betrachtete.

„Was hast du gerade gesagt?"

„Um Frosches willen. Der Ausdruck gefällt mir, nur mit diesem Gott kann ich nichts anfangen. Deswegen habe ich den Ausdruck angepasst. Gefällt er dir?"

Thomas lehnte sich nach hinten, lachte und schüttelte den Kopf.

„Du bist ein schlauer Kerl, das muss man dir lassen. Ich erkläre dir noch den Gott, wie ich schon sagte. Vielleicht übernimmst du dann unsere Redewendung. Wo sind wir stehen geblieben?"

„Bei der Entfernung nach da oben." Dieses Mal schaute ich in Richtung des wolkenlosen Himmels. „Mich interessiert, wie man aus der Distanz sieht, wen man attackiert?"

„Das ist ziemlich kompliziert. Man sucht die strategischen Ziele aus, die für den Feind wichtig sind, und zerstört sie. Wir haben entsprechende Kameras und andere Technologie entwickelt, die uns ermöglichen, weit zu sehen."

„Sollte so ein Kampf nicht direkter sein?" In unserer Froschwelt lief ein Konflikt etwas übersichtlicher ab als bei den Menschen, obwohl wir die Ignoranten waren.

„Das war einmal. Als wir Menschen noch Mut hatten und an etwas glaubten. Gewonnen hat meistens derjenige, der mehr Soldaten hatte. Heute sind wir zu feige für solche Kämpfe. Wir vergewaltigen lieber die Ehefrauen der Feinde und töten den Nachwuchs. Auf diese Art und Weise zeigen wir unsere wahre Überlegenheit dem Feind gegenüber. Aber Mann gegen Mann... Nein, da machen wir uns in die Hose. Wir sitzen lieber in einem entfernten Ort, spielen den Gott per Joystick und berauben die Familien auf der anderen Seite der Welt ihrer Väter, Brüder, Mütter oder Geschwister. Wir töten unsere Mitmenschen, ohne dass wir wahrnehmen, dass gerade ein menschliches Leben ausgelöscht worden ist. Es war vielleicht ein Sohn, der den Familiennamen weiterführen sollte. Oder die Tochter, die viel Musik-, Koch- oder Was-auch-immer-für-ein-Talent besaß. Wir degradieren sie alle auf das Niveau der Feinde, auch die Kinder, und töten sie mit unseren maschinellen Programmen, die ein krankes Gehirn irgendwo programmiert hat. Und wir sind stolz darauf, trällern unsere Hymne und lenken uns mit anderen Themen ab. Wie beispielsweise welches Katzenvideo am witzigsten ist."

Ich merkte, wie Thomas sich in seine Wut reinsteigerte und intervenierte mit der nächsten Frage. „Und wo lernt ihr, wie man Kriege erfolgreich durchführt? In der Schule?"

Thomas brauchte etwas Zeit zum Nachdenken. „Nein.... das kann man nicht so direkt sagen." Seine Augen scannten erneut die andere Seite des Flusses, die Pappelbäume und ein niedriger Busch schmückten. „Wir lernen in der Schule, wie man Kriege früher erfolgreich geführt hat und wir glorifizieren sie. Das läuft ungefähr so ab: Unsere glorreiche Nation herrschte über ein Gebiet so groß wie ein Drittel der heutigen Welt. Wir sind zwar ein kleines Land heute, aber wir waren mal groß und wir wollen weiterhin die Strippen ziehen. Wir wollen heute noch die Weltregeln definieren, weil wir vor langer Zeit bedeutsam waren. Wir lernen auch, dass wir immer die Guten sind, egal was wir während dieser „glorreichen" Zeit angestellt haben." Thomas zeichnete die Anführungszeichen in der Luft. „Wir lernen in der Schule, uns ausschließlich mit unserem Leben zu beschäftigen. Als Folge sind die meisten von uns nur in der Lage, den kleinen Ausschnitt des eigenen Lebens zu sehen, statt das große Bild."

„Wir auch, ohne Jahre und Jahre in der Schule verbracht zu haben."

Thomas betrachtete mich lange, bevor er antwortete.

„In unserem System lernen wir zuerst alles, weil keiner weiß, wie sich das Kind weiter entwickeln wird. Wird es Lehrer, Ingenieur, Pfarrer, Manager oder Arzt, um ein paar Beispiele zu nennen. Erst später erfolgt die Spezialisierung. Weiterhin besteht ein bestimmtes Niveau an Wissen in unserer Gesellschaft, das als Voraussetzung gilt, möchte man überhaupt ein Gespräch überleben. Eigentlich wird von uns nur erwartet, das Rädchensystem intakt zu halten. Das Wissen definiert nur unsere Rolle im System und manchmal ist auch monetäre Vergütung damit verknüpft, jedoch nicht zwangsläufig. Aber um deine Frage zu beantworten: Wir lernen nicht direkt, wie man Kriege macht. Wir lernen, wie man wegschaut, wenn wir sie oder diejenigen, die wir als unsere Vertreter gewählt haben, anzetteln, denn wir sind nur mit unserem kleinen Bild vor der Nase beschäftigt. Wahrscheinlich finden wir deshalb die Katzen und die Hunde, die mit irgendwelchen Spielzeugen spielen, so unterhaltsam. Wir sind nicht besser."

„Findest du dieses Vorgehen intelligent? Ich nicht."

„Du sagst es! Aber das ist nicht das Dümmste."

„Nein? Kann ich nicht glauben!" Ich klang für mich selbst fast amüsiert. Um ehrlich zu sein, würde ich mich amüsieren, würde das Thema nicht uns betreffen. Sie lernen wie man wegschaut, wenn andere Menschen getötet werden. Oder Tiere", dachte ich.

Thomas schien nichts von meiner Gedankenwelt zu merken. „Das Dümmste ist, dass wir uns wie Helden feiern lassen, wenn wir willkürlich ein paar Menschen mit Hilfe modernster Technologie aus einem fernen und abgesicherten Raum erschossen haben. Das ist das Merkwürdige! Wie ich schon sagte, gab es Zeiten, als wir Menschen Mut hatten, aber diese Zeiten sind vorbei."

„Ich bedaure, dies noch einmal betonen zu müssen, aber hattest du nicht vorher gesagt, ihr würdet in die Schule gehen, um die Ignoranz auszumerzen?"

„Ja, ich weiß. Du bringst mich echt in die Bredouille. Die Schule schützt nicht vor Dummheit. Das habe ich vergessen zu erwähnen." Thomas war es peinlich, einige Kehrseiten des menschlichen Charakters so offen zu legen. „Außerdem halten wir uns alle für intelligent. Das ist eine merkwürdige Seite an uns. Auch dann, wenn alle unsere Entscheidungen das Gegenteil beweisen."

„Das ist sehr lustig!" Ich überlegte kurz. „Warum feiert ihr euch für die Taten, die ihr mit überragender Technologie gewonnen habt? Ich meine, was ist daran besonders? Wenn Cecilia Rana und Andy Rana mich angreifen, habe ich keine Chance. Weswegen sollen sie dann prahlen, sie hätten mich besiegt?"

„Wir Menschen sind sehr eitel. Wir möchten unsere kleinen Errungenschaften feiern, unabhängig davon, wie sie erreicht wurden. Und außerdem ist der Krieg heute ein gutes Geschäft."

„Aha. Wie soll ich das verstehen?" Wir drehten uns stets im menschlichen Rädchensystem, in dem wir Frösche gar nicht vorkommen.

„Damit will ich sagen, dass heutige Kriege nicht das sind, für das sie „verkauft" werden." Wieder die Anführungszeichen in der Luft. „Wir produzieren diese Explosive und andere Waffen, mit denen wir andere Menschen töten. Wir können sie nicht einfach liegen lassen, denn es würde sich dann die Frage aufdrängen, warum wir den Prozess fortführen. Also setzen wir sie ein, damit wir noch mehr herstellen können. Dann kommt unser Talent, uns etwas vorzumachen, ins Spiel. Wir verkaufen die Idylle von Demokratie, Menschenrechten oder Freiheit und dabei möchten wir das Land einfach nur ausplündern. Dann haben wir mehr billige Ressourcen für uns und können unseren Reichtum sichern. Ob dabei Kinder oder Frauen sterben, ist uns eigentlich egal. Wir haben sogar einen Namen für solche Opfer: Kollateralschaden. Wir verkaufen unsere unwahren Motive so geschickt an die breite Öffentlichkeit, dass uns fast jeder glaubt." Thomas holte kurz Luft, bevor er fortsetzte. Ich sah ihn weiterhin an und wartete auf die Fortsetzung.

„Eigentlich war das immer schon so. Die Kriege, die wir vor hunderten von Jahren geführt haben, hatten den gleichen Zweck, aber damals bestand keine Möglichkeit, die Bilder des Krieges ins Wohnzimmer zu holen. Mittlerweile schon. Der Mensch will jedoch an das Gute, an große Motive, die jenseits des Menschlichen stehen, glauben. Wir haben auch noch eine etwas ungewöhnliche Eigenschaft: wir glauben immer, wir wären gut. Auch die Menschen, die andere Menschen töten. Obwohl wir jeden Tag die Luft verpesten, Tiere vergiften, Menschen ausbeuten und knappe Ressourcen aufbrauchen, glauben wir aufrichtig, dass wir gut sind. Schwer zu glauben, nicht wahr?"

Ich nickte nur. Was sollte man dazu noch sagen? Es verschlägt einem die Sprache. Die schlauen, starken Menschen, die so in Eile sind, um ihre Projekte dem Chef vorzulegen, drehen sich eigentlich im Kreis.

„Tja, so sind wir. Wir sind Weltmeister der Selbsttäuschung. Wir haben das Töten outgesourct, sei es von Menschen oder Tieren. Andere erledigen die Drecksarbeit und der Otto Normalverbraucher möchte nur vor seiner Kiste unterhalten werden und sein Bier haben."

„Um Frosches willen! Wer ist dieser Otto und was für eine Kiste?" Ich fand zurück zu meiner Heiterkeit, nachdem ich die Menschen durchschaut habe.

Thomas schmunzelte erneut wegen der witzigen Bemerkung oder weil er merkte, dass mir mein neuer Begriff offensichtlich gefiel.

„Otto Normalverbraucher ist so ein allgemeiner Name für uns alle. Für uns Konsumenten, die fleißig das Geld ausgeben für die Sachen, die wir teilweise oder gar nicht brauchen, um die Maschinerie der Produktion am Leben zu erhalten, denn die Produktion garantiert Jobs, die Jobs garantieren den Wohlstand und der Wohlstand garantiert ein angenehmes Leben. Wir sind wieder beim Rädchensystem. Womit ich sagen will, dass auch Kriege unsere Rädchen schmieren und unseren Lebensstandard sichern. Fast hätte ich es vergessen: Die Kiste ist der Fernseher, der Nachrichten, Filme und andere Unterhaltung liefert oder unsere anderen Geräte, die uns mit den gleichen Inhalten versorgen können."

„Und wie soll ich mir dies vorstellen?"

„Das ist einfach. Es gibt Geräte, die in deinem Wohn-, Schlaf-, Arbeitszimmer stehen oder, wenn sie klein sind, überall mittgenommen werden können. Du kannst ernsthafte Themen wie Nachrichten wählen, Dich für leichtere Themen entscheiden wie Quizshows oder etwas Wertvolles wie einen guten Film sehen. Alternativ kann man nur die Filme sehen, wenn man will, und auf alles andere verzichten. Oder in sozialen Netzwerken die Meldungen anderer Menschen sich anschauen. Man könnte auch etwas Sinnvolles in der gleichen Zeit tun, wie ein Buch lesen, sich mit Menschen unterhalten oder einfach nur nachdenken. Aber genau dies wird von der Kiste verhindert, denn sie bestimmt, was wir denken, was wir essen und was anziehen."

„So viel Macht wird einer Kiste zugeschrieben?"

Thomas sah zuerst etwas verdutzt aus, denn so hat er die Thematik noch nicht gesehen, aber nach ein paar Sekunden nickte er.

„Ja. Wir kleben komplett an einigen Geräten."

„Haben diese Kisten etwas mit der Tatsache zu tun, dass ihr Menschen eure eigene Realität nicht wahrnehmen wollt?"

„Volltreffer!" Thomas schlug sich mit der Handfläche aufs Bein und rief es so laut aus, dass ich mich erschrak und einen Satz zur Seite machte. Ich blieb in größerer Entfernung, während Thomas weiterredete. „Das ist genau der Punkt. Wenn wir weniger Angst hätten, unsere eigenen Gedanken und die Realität zu konfrontieren, hätte die Kiste weniger Macht. Aber wir bevorzugen es, von anderen zu hören, was wir zu denken haben, damit wir genau das nachplappern, was uns vermittelt worden ist, und in der großen Masse der Gleichgesinnten untergehen. Oder dazu gehören. Je nachdem, wie man es nimmt."

Eine kurze Pause setzte wieder ein. Thomas verfiel seinen Gedanken und ich ging noch einmal durch die Begriffe, die er erwähnt hatte. Ein Begriff fiel mir wieder ein. „Und was ist Religion?"

„Du meinst als Schulfach? Die Religion ist die Lehre über verschiedene Glaubensrichtungen. Ansonsten ist die Religion der eigene Glaube. Wir sind wieder beim Thema der Gleichgesinnten. Wir bekennen uns in einer großen Gruppe, dass wir an das Gleiche glauben."

„Glauben an was?"

„Glauben an Gott."

„Aha. Da ist dieser Gott erneut. Was ist das?"

Ich verwandelte mich regelrecht in ein Ohr, um alles über diesen mysteriösen Gott, der so häufig erwähnt wird, zu erfahren.

„Gott ist der Herrscher, der Schöpfer, die Quelle unseres Lebens, alles."

„Und wie sieht er oder sie aus?"

„Es gibt keine sie. Nur Er und Er hat keine Form."

Da war er wieder: der Menschenparadox. Ich fand die Menschen wirklich amüsant. „Wenn er keine Form hat, wie wisst ihr, dass es ein Er ist?" Für mich dachte ich nur: „Hat sich bestimmt ein Mann überlegt."

„Weil wir es wissen", sagte Thomas knapp. Dann zog er die Augenbrauen zusammen und betrachtete wieder den Fluss, während er kurz überlegte. „Eigentlich eine gute Frage. Wieso wissen wir es? Weil die Kirche es uns sagt, glaube ich? Habe mir nie Gedanken darüber gemacht. Eigentlich könnte der Gott auch eine Sie sein, aber das würde der Kirche nicht gefallen."

„Wer ist die Kirche?"

„Das ist die Institution, die Gott ehrt."

„Und was ist noch einmal Gott."

„Das ist der Schöpfer von allem. Er hat uns Menschen und euch Frösche entstehen lassen."

„Er? Ich soll einen Gott haben? Wie sieht er denn aus? Wie ein Frosch? Oder halb Mensch, halb Frosch?" Ich hatte große Schwierigkeiten, mir diesen Gott vorzustellen. Wie es sich herausstellte, die Menschen auch, obwohl dieser Gott ihr Leben definierte.

„Nein. Niemand hat jemals Gott gesehen! Und außerdem hat er alle anderen Lebewesen auch erschaffen, nicht nur euch und uns."

Ich hatte so viele Fragen, ich wusste nicht einmal, wo ich anfangen sollte. „Woher wisst ihr denn, dass er existiert? Und wieso glaubt ihr der Kirche?"

„Weil sie die Verbindung zu Gott herstellt."

„Aber wenn der Gott keine Form hat, womit stellt sie die Verbindung her?"

Thomas verdrehte genervt die Augen, da seine Geduld auf die Probe gestellt wurde. „Gute Frage. Du stellst schlaue Fragen. Wie kommt es, dass du so ein schlauer Frosch bist?"

„Warum sollte ich es nicht sein? Ist die Intelligenz etwas, das ihr Menschen nur für euch beansprucht? Ich bin einfach nur neugierig, denn die gesamte Argumentation macht für mich überhaupt keinen Sinn. Lernt ihr dies auch in der Schule? Noch einmal: Wer oder was ist Gott?"

Thomas schmunzelte. „Eigentlich steht Gott für die höhere Macht und die Ereignisse, auf die wir absolut keinen Einfluss haben, wie beispielsweise den Augenblick unseres Todes. Wenn wir erfolgreich in unserem Leben sind, und damit meine ich unsere menschlichen Standards, dann schreiben wir uns den Erfolg zu. Wenn wir eine Pechsträhne haben, schreiben wir dies dem Willen Gottes zu. Wenn wir genau reflektieren, sind wir für beide Seiten der Medaille verantwortlich, denn wir lassen unsere Handlungen entstehen. Praktisch ist nur, dass wir in die Kirche rennen und beichten können. Dann müssen wir ein paar Gebete aussprechen und dürfen erneut den Schaden zufügen. Dann rennen wir erneut in die Kirche, bitten um Vergebung, es wird uns vergeben, denn wir haben die Gebete wiederholt und wir dürfen erneut…"

„Ich verstehe." Ich unterbrach Thomas mitten im Satz. „Lass mich bitte etwas klarstellen: Ich habe definitiv nicht so etwas wie einen Gott. Nur ihr Menschen könnt euch so etwas als eine eurer Taktiken der Selbsttäuschung ausdenken. Jemandem, der nicht existiert, die Verantwortung für alles Üble zu geben? Eine echte Glanzleistung! Wie war das noch einmal mit der Intelligenz? Was legitimiert eigentlich eure Intelligenz?"

Thomas nickte nur, denn plötzlich musste er tief über die Grundfragen der Religion nachdenken. Er hatte sie scheinbar bis zum besagten Zeitpunkt nie so betrachtet, aber jetzt erschienen sie im anderen Licht.

„Das Hauptproblem unserer Religion ist nicht so sehr die Selbsttäuschung, sondern die Verantwortungslosigkeit, die du angesprochen hast. Wenn ich jemand anders das Problem zuschiebe, bin ich für meine eigenen Handlungen nicht verantwortlich. Und das ist die Quelle unserer heutigen Probleme. Das hat auch etwas mit unserem Ego zu tun, das ich dir auch noch erklären möchte. Verantwortung übernehmen würde heißen, einzugestehen, dass wir Herren der Schöpfung etwas falsch gemacht haben. Frauen sind viel besser im Verantwortung tragen. Wir versinken lieber in Selbstmitleid, wenn uns eine unserer Handlungen reut."

Wir saßen ein paar Augenblicke, ohne zu sprechen. Thomas betrachtete den Fluss und das Tänzeln der Sonnenstrahlen an der Wasseroberfläche, während ich den Haselnussbaum hinter Thomas betrachtete. Ich brach als erster das Schweigen.

„Ihr glaubt an einen Gott, der euch geschaffen haben soll, aber den noch nie jemand gesehen hat, weil er keine Form hat. Ihr übergebt eure Verantwortung an die Formlosigkeit und bittet um Verzeihung bei jemandem, der sich als Verbindung zur Luft darstellt, weil euer Schöpfer eigentlich nicht existiert. In der Schule lernt ihr, dass alles Leben aus dem Wasser kam und dass ihr irgendwann im Wasser gelebt habt, aber ihr vergesst eure Brüder und Schwestern, die tatsächlich existieren, in eurem Rädchensystem, in dem ihr in Eile rennt, um eurem Chef das nächste Projekt vorzulegen, damit ihr einen Job habt, der euren Lebenssinn und euren Wert definiert."

Thomas nickte nur. Ich war sprachlos.

Wir saßen eine Zeit lang, ohne zu sprechen, aber irgendwann hatte ich auch diese Absurdität verschluckt.

„Du sagtest etwas über verschiedene Richtungen. Was hast du damit gemeint?"

„Verschiedene Glaubensrichtungen, ist es das, was du meinst?"

„Kann sein. Vorher hast du das Wort genutzt, als du mir die Religion erklärt hast. Oder zumindest versucht hast zu erklären. Ihr haltet euch für gebildet, aber ich weiß nicht, ob das so gebildet ist. Mir kommt das alles als eine organisierte Selbsttäuschungsübung vor. Wie lange macht ihr das schon?"

„Meine Gruppe seit 2000 Jahren", antwortete Thomas. Ich konnte damit nicht viel anfangen, aber ich hatte den Eindruck, dass die Menschen mittlerweile viel Übung darin entwickelt hatten.

„Vergebt ihr auch Preise an die besten Selbsttäuscher? Was sind Glaubensrichtungen?"

„Werde jetzt nicht frech." Die Stimme von Thomas klang zum ersten Mal unfreundlich. „Euch Fröschen sind wir immerhin überlegen."

„Womit? Mit euern Joysticks und Explosionen? Wohl kaum." Ich amüsierte mich und Thomas sah sich gezwungen, auch zu lächeln.

„Aber ich wollte ganz was Anderes wissen. Was sind Glaubensrichtungen?"

Thomas holte tief Luft, bevor er sich auf die Frage konzentrierte. „Glaubensrichtungen sind verschiedene Glaubensformen. Es gibt Christen, Juden, Muslime, Buddhisten, Hinduisten, um nur die größten Gruppierungen zu nennen. Diese teilen sich noch untereinander und es gibt eine Reihe weiterer Religionen, die ich gar nicht erwähnt habe. Sie alle sind für die jeweiligen Gläubigen wichtig."

„Und können die Anderen deren Gott sehen?"

„Nein. Wir glauben alle an den gleichen Schöpfer. Eine Gruppe habe ich vergessen. Deren Gott ist Geld. Aber das nur am Rande…"

„Ihr glaubt an das gleiche formlose Nichts, gebt dem Nichts auch noch einen anderen Namen!?!"

„Jaaaaaa." Der genervte Ton war nicht zu überhören.

„Um Frosches willen! Ich kann all das hier nicht glauben." Ich blickte zur Seite, als ob ich tatsächlich der Beschreibung nicht glauben konnte.

Thomas probierte mit einem weiteren Verteidigungsversuch des menschlichen Lebens. „Mich stört deine Bezeichnung von Nichts. Gott ist nicht Nichts. Gott existiert. Vielleicht ist so etwas schwer für euch Frösche zu verdauen, aber schließlich unterscheiden sich unsere Gehirnmassen. Wir sind wesentlich schlauer."

Ich lächelte nur kurz. Thomas war so überrascht von der Mundbewegung, dass er mich für paar Sekunden anschaute.

„Wirklich? Hast du nicht gehört, was ich über euch gesagt habe? Oder hast du schon die Verantwortung fürs Zuhören von dir weggeschoben? Nach allem, was ich bisher gehört habe, willst du wirklich immer noch behaupten, dass ihr schlauer seid? Und wozu verschiedene Religionen, wenn ihr sowieso an die gleiche Luft glaubt?"

Erneut fasste sich Thomas am Kopf. „Das ist eine sehr gute Frage. Jede Gruppierung will der anderen zeigen, dass sie größer und stärker ist und mehr Gläubige bekehren kann, notfalls mit Gewalt."

„Ihr zwingt die Menschen, ihre Religion zu ändern, obwohl ihr an das Gleiche glaubt?"

„Yep. Wir tun mehr als das. Wir führen Kriege gegen andere, hassen sie, ermorden sie, weil sie unseren Gott nicht anbeten. Und sie tun das Gleiche mit uns."

Jetzt verstand ich die Aussage von Thomas „Wir haben einander." Aus unserer Perspektive war jedoch diese Entwicklung nicht unbedingt mangelhaft. „Das ist wahrscheinlich gut für die Kontrolle des Bevölkerungswachstums. Wir Frösche haben nichts dagegen, wenn ihr alleine euer Wachstum kontrolliert. Ansonsten würdet ihr uns regelrecht überrennen. Habt ihr keine Gemeinsamkeiten?"

Nach kurzer Überlegung wusste Thomas die Antwort. „Eigentlich haben alle Religionen die gleiche Basis: die Liebe. Liebe für den Nächsten, liebe für die Mutter Erde und alle darin enthaltenen Wesen…wie

Frösche " Thomas pausierte kurz, nachdem er „wie Frösche" sagte, aber ich zeigte keine Reaktion. Deswegen fuhr er fort. „…und Pflanzen. Die Religionen unterscheiden sich untereinander nur anhand ihrer Entfernung von dieser universellen Liebe. Das ist eigentlich alles." Nach einer kurzen Pause ergänzte Thomas: „Ich sage dies ungern, aber wir Christen sind in unserem Handeln am weitesten von dieser Liebe entfernt. Wir verehren eher den Geld-Gott als dem Grundsatz „Liebe deinen Nächsten wie dich selbst" zu vertrauen."

„Was ist mit diesem Geld-Gott?"

Thomas lächelte als er antwortete. „Das sollte eigentlich nur ein Scherz sein. Aber jetzt..." Er überlegte kurz. „Mehr und mehr stelle ich fest, dass etwas dran ist. Ich versuche es mit einem Beispiel: Es gibt viele kleine Gotteshäuser in den Dörfern und Städten für Gläubige und es gibt Banken für die Geldanhänger. Hier gibt es viele Überschneidungen. Viele Besucher der Gotteshäuser sind gutgläubige Geldanhänger und umgekehrt. Aber es gibt einen Unterschied. Während die Religion versucht, ihre Gläubigen mit reinem Glauben und mit der Androhung der Gottesstrafe zusammen zu halten und ihr das weniger und weniger gelingt, schafft es die Bank mit Zucker und Peitsche, ihre Anhänger mit Krediten und Dispos so an sich zu binden, dass ein Austreten völlig unmöglich werden kann. Es gibt nur ein Problem."

Ich schaute ihn etwas ratlos an.

„Wir geben unsere Geldreligion nicht zu. Wir verleumden unsere wahre Motivation, Gutes und Schlechtes auf dieser Welt zu tun."

„Das habe ich nicht verstanden."

„Ich weiß. Aber dieses Mal habe ich es mehr mir selbst erklärt als dir. Und ich habe es auch noch nicht ganz verstanden."

„Was ist überhaupt Geld?"

„Guter Punkt! Das erkläre ich dir gleich."

„Also, bisher überzeugt mich das Menschsein überhaupt nicht. Gibt's noch mehr Argumente dafür?" Ich war noch nicht überzeugt.

# KAPITEL

# 3

Die Uhr zeigte 4:30 Uhr, als ich den Kampf um den Schlaf aufgab. Ich wusste aus Erfahrung, dass weiterer Schlaf nahezu aussichtslos war, denn wenn mich ein obsessiver Gedanke plagte, litt ich unter Insomnie. Deswegen schaltete ich meinen Wecker aus, nahm leise meine Kleidung und stahl mich ins Badezimmer. Julia lag auf dem Rücken, ihr Kopf war halb zu mir geneigt. In der Dunkelheit des Zimmers, das nur durch die Anzeigen der beiden Wecker ein bisschen erhellt wurde, konnte ich ihr friedliches Gesicht erkennen. Sie hielt eine Hand angelehnt an ihr Kinn, so als ob sie sich stützen wollte. Ihre blonden Haare lagen zerstreut auf dem Kissen. Ich betrachtete sie für kurze Zeit und statt dem Bedürfnis nachzugeben, ihr schlafendes Gesicht zu streicheln, ging ich lieber ins Badezimmer. Die warme Dusche hauchte mir etwas Leben nach der durchwachten Nacht ein. In der Küche betrachtete ich in der Fensterscheibe das Spiegelbild eines müden Gesichts und zerstreuter Haare, während ich auf den Kaffee wartete. Das Mahlen der Kaffeebohnen kam wie ein Donner vor. Die warme Flüssigkeit brachte mein Blut in Bewegung und ich bekam das Gefühl, mein Gehirn bekäme jetzt ausreichend Sauerstoff und ich könnte klar denken.

Als ich noch im Bett gelegen und die dunkle Decke angestarrt hatte, war mir klar geworden, dass ich die gesamte Situation zweigleisig fahren musste. Meine Chancen, ein zufriedenstellendes Ergebnis am Ende der Schonfrist zu erzielen, waren gleich Null, dachte ich. Ich wusste, dass diese Frist nur als Vorwand diente, und dass ich nach drei Monaten oder voraussichtlich früher das Unternehmen verlassen würde. Mein Nachfolger stand bereits fest, ich war mir nur nicht sicher, wer es sein würde.

Trotzdem hatte ich nicht vor, einfach das Feld zu räumen und meine Arbeit jemandem kampflos zu überlassen, der - meiner Meinung nach - mit Arschkriechen die nächste Stufe erklommen hatte. Parallel plante ich, einen Head Hunter zu kontaktieren. Die Brücken in eine gemeinsame Zukunft waren in diesem Unternehmen am Montag endgültig verbrannt, dachte ich.

Ich bereute jetzt, damals so naiv die Verhandlung um den Geschäftsführerposten angegangen zu haben. Der Klang des Titels und die damit verbundene Verantwortung hatten mir geschmeichelt und mir den Eindruck gegeben, eine erfolgreichere Karriere als mein Vater vor mir zu haben. Und meine ehemaligen Kommilitonen, die zu bekannten Namen gegangen waren, zu überholen. Diese Themen blendeten meine Logik, als ich das Pro und Kontra vor der Vertragsunterzeichnung abwog. Ich versäumte es, meine gute Verhandlungsposition zu nutzen und für einen besseren Vertrag zu kämpfen, denn Jan und Mathias brauchten mich damals. Ich vermied es aus mehreren Gründen, bei meinem Vater Rat zu holen, u. a., weil mein Vater vor einigen Jahren eine Entscheidung für mich getroffen hatte, die mich heute noch verfolgte. Auch an meinen Bruder Daniel wandte ich mich nicht, obwohl er Anwalt war. Sein Schwerpunkt lag zwar bei Unternehmensakquisitionen, aber er hätte mich an einen Kollegen verweisen können. Mein Großvater Heinz, der bodenständigste aller Menschen, weilte nicht mehr unter den Lebenden, um seinem Enkelsohn mit Rat zur Seite zu stehen. Meine Großeltern mütterlicherseits habe ich schon seit vielen Jahren nicht mehr gesehen und meine Tanten oder sogar meine Mutter zog ich irgendwie nie in Betracht. Und Onkel Rupert war immer noch ein Tabu-Thema, obwohl der Großvater nicht mehr lebte. Jetzt half es nicht, in der Vergangenheit zu wühlen, dachte ich.

Als analytisch ausgebildeter Mensch holte ich aus dem Arbeitszimmer ein Blatt Papier und listete in einer Spalte meine Strategie auf, die, meiner Meinung nach, Potential hatte, meine Position zu sichern. In der zweiten Spalte listete ich meine positiven Eigenschaften auf, um mich langsam auf ein Gespräch mit einem Head Hunter vorzubereiten. Ich strich „positive Eigenschaften" durch und ersetzte den Begriff durch „Stärken". „Ich habe keine positiven Eigenschaften. Ich gehöre nicht zu den Menschen, die sich etwas vormachen. Ich weiß, wer ich bin." Mein Blick schlich sich von Zeit zu Zeit zum Schlafzimmer, wo Julia weiterhin ruhig schlief und von dem Sturm am Horizont nichts ahnte.

Als die Liste halbwegs fertig war bzw. mir nichts mehr einfiel, legte ich den Kugelschreiber zur Seite und betrachtete sie. Diese Worte sollten mich beschreiben, aber ich erkannte den beschriebenen Mann auf diesem Blatt Papier nicht. Es war ein sehr skurriler Moment, denn ich griff in die Schatzkiste meiner Erfahrung und beschrieb mich, ohne mich darzustellen. Ich fühlte ein gewisses Gefühl in mir hochsteigen. Ich war nicht zufrieden und ich war mir nicht sicher, ob das Gefühl in Verbindung mit der Liste stand, aus meiner Müdigkeit resultierte oder woanders seinen Ursprung hatte. Mich erfasste Schwermut. Meine Seele hatte das Gewicht von Blei. Es war jedoch nicht das erste Mal, dass mich dieses Gefühl ergriff. War es heute mit dem Unternehmen verbunden oder davon völlig losgelöst?

In meinem Leben gab es jedoch keinen Platz für Schwäche. Ich war ein Mann, ich war jung, gesund und in der Lage, meine Familie zu ernähren, auch wenn sie zurzeit nur aus mir und Julia bestand. Wir wünschen uns zwar Kinder, aber erst, wenn Julia ihre Habilitation abgeschlossen haben würde. Mein Blick wanderte wieder in Richtung Schlafzimmertür, in der Hoffnung, ihr verschlafenes Gesicht im Türrahmen zu erblicken. Andererseits hoffte ich, vor ihrem Aufstehen aus dem Haus zu sein, da ich immer noch nicht bereit war, ihr die Wahrheit zu sagen bzw. ihr einzugestehen, dass ich noch nicht wusste, wie es weiterging.

Das Leben rief, ich musste die traurigen Gedanken ablegen und mich in den Wirbel des Alltags stürzen. Und genau das tat ich. Ich bereitete meinen Energiedrink vor, machte mich fertig, griff nach dem Autoschlüssel und verließ um 06:05 Uhr die Wohnung. Um 06:15 Uhr klingelte Julias Wecker. Sie wunderte sich wahrscheinlich über meine Abwesenheit im Bett und noch mehr darüber, dass ich schon verschwunden war, als sie aufstand. Da ich manchmal aufgrund der Geschäftsreisen früh aufstehen musste, vermutete sie wahrscheinlich, dass ich wieder unterwegs sein würde.

Ich steuerte stattdessen den Wagen in Richtung Büro und hoffte, dort ausreichend alleine sein zu können, um ein paar wichtige Entscheidungen zu treffen, die sich in meinem Kopf bereits geformt hatten. Ich würde meine Entscheidungen durchboxen, weil ich wusste, dass sie für die langfristige Entwicklung des Unternehmens wichtig waren. Ein anderer Weg wäre einfach nur frustrierend, und genau das war mir in der Dunkelheit des Schlafzimmers klargeworden.

Ich dachte wieder an das frustrierende Gespräch mit dem Bürgermeister. Würde ich jetzt alle Projekte mit der Stadt streichen, um das Geld zu sparen, käme ich in der lokalen Presse nicht gut rüber. Ich war mir absolut sicher, dass mein Nachfolger die Projekte wieder aufgreifen würde, um sich dann als volksnah feiern zu lassen. Jan Schmitt würde als Erster applaudieren, während er bei mir die gleichen Projekte bemängelt hatte. Ich konnte tun, was ich wollte, die beiden Firmeninhaber würden es mir übelnehmen. Als mir dies klar wurde, beschloss ich, die Flucht nach vorne zu ergreifen und meine Themen wie bisher voranzutreiben. Zumindest hätte ich mir nichts vorzuwerfen, wenn ich ging, da meine Projekte weiterleben würden.

Als ich Schmitt Formsysteme erreichte, fuhr ich aus einem mir unerklärlichen Grund weiter, ohne auf das Gelände abzubiegen. Der Wagen hatte ein Eigenleben entwickelt oder mein Unterbewusstsein hatte eine andere Entscheidung getroffen. Wenige Minuten später wusste ich, wohin ich fuhr. Den Rest der Strecke hätte ich mit geschlossenen Augen fahren können, weil ich während des Studiums im Rheingau gelebt hatte. Zuletzt war ich die Strecke vor wenigen Wochen gefahren, als ich einen Vortrag beim Studentensymposium hielt. „Warum habe ich es eigentlich gemacht", fragte ich mich laut in der Dunkelheit des Fahrzeugs. Meine Worte übertönten als fremdartiges Echo die Fahrzeuggeräusche. Meine Absicht war, die Aufmerksamkeit der Studierenden auf den Mittelstand zu lenken, aber wann hat sich irgendjemand während meiner ersten Unisemester für Mittelstand interessiert? Ich vermute, dass niemand der Anwesenden vorher den Begriff „Kunststoffschmutzfänger' gehört hatte, obwohl sie fast alle ein Auto fuhren. Ich kann mich immer noch an die blanken Gesichter erinnern, die eine einzige Frage reflektierten: „Wovon spricht er?"

Wir wurden damals wie die Motten von den blendenden Scheinwerfern großer Beratungsfirmen, Banken, Versicherungen und anderer multinationaler Unternehmen angezogen. Der große Name bedeutete den Aufstieg und den Erfolg, mit dem wir den Rest der Welt blenden wollten, aber eigentlich lösten wir uns in der dunklen Sphäre unter dem blendenden Licht auf und wurden nur die Scheinwerfer-Energiequelle. Das System brauchte Futter und wir boten uns freiwillig an.

Draußen war es immer noch dunkel und der Verkehr in meiner Spur fließend. Ich merkte, wie die Gegenspur immer voller wurde. Die Lichter reihten sich wie Perlen auf einer Kette. Der Berufsverkehr steuerte zur Arbeit, während ich vor der Arbeit floh. „Wie häufig ich während der Studienzeit in diesem Verkehr steckte", dachte ich. Bis zum heutigen Termin um 10:00 Uhr würde ich zurück sein.

Es war nicht das erste Mal, dass ich entweder nicht sofort zur Arbeit fuhr oder vor ihr floh. Ich verkroch mich in den letzten Monaten gerne in der Biobäckerei in der Innenstadt, um mich konzentrieren zu können, sagte ich zu Anja einmal. In der Wahrheit versteckte ich die Tatsache, dass ich große Konzentrationsprobleme hatte.

Am Himmel über dem Rhein zeigten sich die ersten Anzeichen der Morgendämmerung, aber nur als eine Spur, die ein bisschen heller als der Rest des Himmels war. Ich wusste, dass die Sonne dort aufgehen würde, deswegen fiel mir die Verfärbung auf. Einem ungeschulten Auge käme der Himmel gleichermaßen dunkel vor. Die Lastkähne fuhren ruhig ihre Route, der Rhein plätscherte vor sich hin, ohne auf die restliche Welt Rücksicht zu nehmen. Warum auch?

Ich parkte am Rheinparkplatz und lief durch die Unterführung zum

Kran, dem Wahrzeichen von Oestrich-Winkel. Die ganze Umgebung rund um den Kran wurde erneuert und ich nahm auf einer der Bänke Platz. Mein Blick war jetzt Richtung Osten gerichtet und ich wartete auf den Sonnenaufgang. Eine leichte Brise streichelte meine Haut, durch den Mantel drang die Kälte der Bank und kroch meinen Körper hinauf, aber ich ignorierte die Kühle. Meine Gedanken schweiften wieder zurück zur Arbeit und zum gestrigen Gespräch mit dem Produktionsleiter. Stefan Christ war (von der Ausbildung her) Ingenieur und er vertrat die Meinung, dass Ingenieure die Welt gebaut haben. Ein Schöpfer war völlig überflüssig. Aus diesem Grund sollten alle Menschen die Ingenieure anbeten und nicht Gott, denn nur sie wissen, wo es langgeht. Seine Einstellung war auch der Grund für seine Verachtung aller „Scharlatane", wie er andere Berufszweige nannte.

Ich kannte diese Details von anderen Mitarbeitern und nicht von Stefan selbst, denn in meiner Gegenwart behielt der Produktionsleiter seine Meinung für sich. Dafür ging er manchmal in seinen Erklärungen etwas zu sehr ins Detail, als ob er einem kleinen Kind den Sachverhalt erläutern würde. Er zeigte mir am Monitor ausführlich die Angaben, spielte mit den Zahlen und drehte sich dabei mehrfach um, um sicher zu gehen, dass sein Team ihn sah, während er dem Geschäftsführer den Sachverhalt erläuterte. Ich ließ ihn tun, solange wir gut miteinander arbeiteten. Bis gestern. Stefan erschien zu seinem Termin zehn Minuten zu spät. Dies sagte zuerst nichts aus, aber als er den Raum betrat, wusste ich sofort aus welcher Richtung der Wind wehte. Sein ganzes Benehmen strahlte eine Arroganz aus, die ich bisher selten erlebt hatte. Seine Körpersprache drückte aus: „Du hast mir nichts mehr zu sagen."

Ich war zwar Diplom-Kaufmann, aber die Produktion kannte ich mittlerweile so gut wie Stefan. Die Geräuschkulisse, die einen traf, wenn man die Halle betrat, die Roboter, die mit präzisen Bewegungen ihre Aufgaben ausführten, der Geruch, an den ich mittlerweile gewöhnt war, das große, alte Radio links neben der Soprano-Maschine, das ein Nachkriegsheim schmückte, bevor es in unsere Halle umzog, und die Mitarbeiter, die häufig mit mir das Gespräch suchten, wenn ich durch die Hallen ging. Es kann ja nicht schaden, mit dem Chef mal geplaudert zu haben.

Ich setzte mich damals bei den Bewerbungsgesprächen sogar für Stefan ein, denn er hatte eine Vision und die Fähigkeit, diese Vision auf der Stelle in Zahlen auszudrücken. Ich verbrachte am Anfang meiner Zeit im Unternehmen unzählige Stunden an den alten Maschinen, ließ mir jedes einzelne Teil erklären und beaufsichtigte die Inbetriebnahme der Roboter, als das Unternehmen das Enterprise Resource Planning-System, kurz ERP, einführte. Ich kann mich noch an das berauschende Gefühl erinnern, den ersten Roboter als meinen verlängerten Arm bewegen zu dürfen. Was für eine Freude! Inzwischen kannte ich die Anwendungssoftware für die Ressourcenplanung in- und auswendig und außerdem war mir die Produktion sowohl von der technischen als auch von der informationstechnologischen und betriebswirtschaftlichen Seite bekannt. Ich hielt sie für die Lunge des Unternehmens. Die Mathematik war sehr simpel: Ohne Produktion kein Umsatz und ohne Umsatz kein Unternehmen.

Ich beobachtete Stefans Benehmen für ein paar Minuten und entschied mich dann, ihn vorzuführen. Schließlich war ich väterlicherseits ein Bader, mütterlicherseits gehörte ich zum traditionsreichen Geschlecht der Familie von Kowolski und mit mir ging niemand so um. Das hat mir schon vor langer Zeit mein Großvater Gustav von Kowolski – der sein Vermögen am Spieltisch verloren hat - ins Ohr geflüstert. Ich stachelte Stefans Arroganz noch mehr an, um ihn dann mit einer einzigen Anmerkung in die Schranken zu weisen.

„Ich sag nur Fontanella." Wir gaben jeder Maschine irgendwann einen Spitznamen.

Nach unserem Gespräch verließ Stefan ziemlich bedrückt mein Büro. Ich fühlte keinen Triumph, sondern eine tiefe Enttäuschung, auf diese Art und Weise mit meinen Mitarbeitern umgehen zu müssen, aber mein Produktionsleiter bedurfte offenbar einer Auffrischung seines Erinnerungsvermögens. Bei einer seiner Angebershows vertippte sich Stefan bei der Angabe der Rohstoffe an der Fontanella-Maschine und erzeugte Chaos. Die besagte Maschine fiel für mehrere Tage aus und musste aufwendig gereinigt werden. Ein Notfallplan half, die Produktion umzuleiten und die Kunden rechtzeitig zu beliefern, aber der Schaden war unnötig und hätte nicht passieren dürfen. In einer anderen Situation hätte ich den Vorfall gar nicht erwähnt, aber die Arroganz des Mitarbeiters machte mich wütend und ich wehrte mich mit niedrigen Schlägen.

Ich wusste nicht, wie lange ich noch bleiben würde, aber solange ich noch an Bord war, würde ich den Respekt verlangen. Danach konnten sie machen, was sie wollten. Ich wusste, was anschließend passieren würde. Sie trauten sich nicht, einen offiziellen Nachfolger zu ernennen, den ich einarbeiten könnte. Wenn sie später nicht in der Lage sein würden, bestimmte Entscheidungen von mir zu verstehen, würden sie diese Entscheidungen in den Schmutz ziehen. Ich konnte mir sogar die Unterhaltungen ausmalen, denn dafür bedurfte es nicht viel Fantasie. „Der neue Geschäftsführer würde in seiner Rolle als Liebling alles richtig machen. Alle seine Fehler würden den alten Entscheidungen von mir angedichtet werden," dachte ich und verzog die Lippen zu einem bitteren Lächeln.

Ich stand auf und ging um den Kran herum, immer darauf achtend, dass ich die nächste Stufe nahm, und näherte mich dem Fluss. Die Wellen schlugen stetig gegen die niedrige Wand neben dem Kran. Die ganze Situation machte mich traurig und ich fragte mich, ob ich die Kraft hatte, weitere Stefans in jedem Meeting zu bekämpfen. Oder den Mitarbeitern im Eingangsbereich, in der Kantine, die ich Gott sei dank selten besuchte, oder auf dem Parkplatz aus dem Weg zu gehen. Sie alle hatten ein Anliegen und wollten sich an mich wenden, aber ich fühlte mich nicht mehr zuständig. Ich schauderte beim Gedanken an das Teammeeting in der nächsten Woche. Die Alpha-Tiere würden sicherlich die Chance nutzen, sich vor allen anderen Kollegen zu profilieren. Ich wusste auch, dass Stefan mit neuer Munition auftreten würde, um sich mit anderen zu solidarisieren.

Ich betrachtete den dunklen Fluss, als ob ich von ihm eine Antwort erwarten würde, aber der Fluss blieb stumm. Dann schaute ich auf die bedrohlichen Wolken, aber auch sie blieben mir eine Antwort schuldig. Ein Lastkahn fuhr vorbei und die Wellen schlugen härter gegen die niedrige Mauer. Ich lauschte ihrem Gespräch, sah wie sie gegen die niedrige Mauer prallten und stellte mir vor, wie es wäre, mich jetzt in ihre Obhut zu werfen und davon zu treiben. Weg von den Problemen, der Realität, der Zukunft, der Familie. Ich fühlte bereits wie das kalte Wasser sich schnell in meine Kleidung einsog, wie mein Körper schwer wie ein Stein wurde und immer tiefer sank, das eisige Gefühl an meinem Gesicht, der unangenehme Geschmack in meinem Mund, meine reflexartigen Bemühungen zu schwimmen, bis ich nicht mehr konnte. Einfach nur zulassen, dass der letzte Atem die Lunge verlässt bevor sie sich mit Wasser füllt und sich, wie ein Stück Holz, an der Oberfläche treiben lassen. Ich würde alle meine Probleme lösen. Meine Familie würde nie erfahren, dass ich beruflich versagt hatte. Oder „vermasselt", wie mein Vater sich einmal ausdruckte. Ich streckte die Arme aus und fühlte den leichten Wind, der meinen offenen Mantel erfasste und nach hinten hob. Ich kam mir wie der fliegende Holländer von Wagner vor.

Dann fiel mir wieder das eingefallene Gesicht meiner Mutter ein, als die Polizei ihr die Nachricht vom Daniels Tod übermittelt hatte und ich trat einen Schritt von der Kante zurück. Fast gleichzeitig dachte ich an meine wunderschöne Frau und ihr schlafendes Gesicht. Wenn sie schlief, barg ihr Gesicht immer eine gewisse Unschuld und ich hatte vor, sie noch viele Male aufwachen zu sehen.

„Was für ein dummer Gedanke. Ich liebe das Leben", sagte ich laut, aber der Wind trug meine Worte fort. Als ob ich das Leben von meiner Einstellung überzeugen wollte, drehte ich mich um und lief davon. Oestrich wirkte noch verschlafen, als ich durch die verlassenen Straßen lief. Wäre ich einen Tag früher gekommen, hätte ich zu dieser Stunde auf dem Markt einkaufen können. So überquerte ich ihn nur und lief in Richtung der Rheingaustraße. Dort bog ich rechts ab, um zu meiner Lieblingsbäckerei zu gelangen.

Brezelkauend lief ich wieder in Richtung meines Wagens. Meine Schritte hallten auf dem Asphalt zwischen zwei alten Mauern, während die Papiertüte raschelte, als ich in die Brezel biss. Ich kehrte fast den gleichen Weg zurück, ging am Hotel Schwan vorbei und stieg in meinen Wagen ein. Die Erinnerungen an meine Studienzeit kamen wie aus einer sprudelnden Quelle Wasser. Meine Stunden in der Bibliothek, die verpatzte Prüfung in Volkswirtschaftslehre, mein Stottern bei Französisch, mein Versuch, eine Gruppe von Studenten zusammen zu bringen, die mit ihrer Unterschrift ihre Abneigung gegen die Atomenergie zum Ausdruck brachten. Das erste Jahr im Rheingau, anschließend der Rest des Studiums in Frankfurt, die Stunden im Verkehr und das Lernen für die Klausuren.

Am peinlichsten fand ich die Klausur in Financial Management, bei der ich versucht hatte, einen Spickzettel zur Hilfe zu nehmen. Zwei Nächte zuvor hatte ich mit meinen Freunden den Geburtstag von Oliver gefeiert, einem meiner damaligen Kumpels. An diesem besagten Abend trank ich „nur" einen guten chilenischen Wein, den Olivers Vater extra für die Party hatte liefern lassen. Er schätzte zwar den Rheingau Riesling, hatte jedoch keine hohe Meinung vom lokalen Rotwein. Die heimtückische Flüssigkeit haute mich so heftig um, dass ich den nächsten Tag zwischen Toilette und Bett verbrachte. Am Abend schaffte ich es gerade noch, einen Spickzettel anzufertigen. Eigentlich wusste ich genug, um die Prüfung zu bestehen, da ich zuvor bereits genügend gelernt hatte, aber ich wollte eine gute Note und ich wollte sie erzwingen. Mein Spickzettel fiel aus seinem Versteck im Hemd direkt vor die Füße der Aufsichtsperson.

Jetzt fuhr ich in Richtung Johannisberg. Mein Ziel war nicht so sehr der stolze Johannisberg auf dem Hügel, sondern ein anderer Ort. Am Stadtrand bog ich links auf einen der Wege ab und parkte an der Seite. Diese Straße war für den allgemeinen Verkehr nur dann freigegeben, wenn der Rhein die B42 überflutete, was hin und wieder geschah. Ansonsten fuhren hier nur die Winzer und die Anrainer entlang der Straße.

Fahrräder, Skater und Spaziergänger waren häufiger zu sehen als Autos. Ich lief den restlichen Weg zu Fuß, da der Pfad nicht asphaltiert war. Mein magischer Ort war bereits von unten sichtbar und seine Magie verspürte scheinbar nur ich. Eine uralte Treppe führte zu einer Bank und zu einem mittlerweile stark gewachsenen Maulbeerbaum. Die Treppe machte weiterhin einen sehr zerbrechlichen Eindruck, aber sie hielt nach wie vor Stand, auch wenn sie mittlerweile von vielen Füssen betreten worden war. Die alte Bank, gezeichnet durch Wetterverhältnisse, lud zum Verweilen ein. Die Rinde des Baumes war durch zahlreiche eingeritzte Liebeserklärungen entstellt. Die Weinberge waren um die Uhrzeit menschenleer und der erhoffte Sonnenaufgang versteckte sich hinter den tiefhängenden Wolken. Der Blick bis auf die andere Rheinseite war zwar möglich, aber nicht so genussvoll wie an sonnigen Tagen.

Ich setzte mich hin und betrachtete die vertraute Landschaft. Ich liebte meinen Taunus, weil dort meine Wurzeln waren, aber das Rheingau liebte ich noch mehr. Das Rheingau flirtete mit seinen Bewohnern, verführte sie mit den Düften reifender Trauben, sommerlicher Rosen und sauberer Luft, mit der Weisheit alter Gemäuer und Lindenbäume, mit deren sinnbetörender Farbenpracht und mit der Gelassenheit, die der Gelassenheit einer schönen Frau glich, die sich ihres Aussehens bewusst ist. Eigentlich hätte ich damals näher an meinen neuen Studienplatz ziehen können, aber ich verlor mein Herz an das Rheingau und war geblieben. Ich suchte nach jeder Gelegenheit, diese herrliche Gegend zu erkunden. Zu meiner Überraschung war der magischste Ort in der gesamten Region eine kleine Bank neben einem wachsenden Maulbeerbaum am Ende einer uralten Treppe. Der Platz hätte besser zu einem Dichter gepasst als zu einem angehenden Manager.

Ich gab zweimal der Versuchung nach, die Magie des Ortes mit anderen Menschen teilen zu wollen und erlitt jedes Mal eine Enttäuschung. Zuerst mit meiner Mutter, die bereits am Anfang des Schotterwegs auf den Pfad und anschließend auf ihre Antica Cuoieria-Schuhe schaute, bevor sie mir zögernd folgte. Einmal angekommen, betrachtete sie gleichgültig die Treppe und ging weiter Richtung Johannisberg. Ich nahm nur kurz das Verziehen ihres linken Mundwinkels wahr. Diese Bewegung blieb den meisten Fremden in Gegenwart meiner Mutter verborgen, da sie in der Regel nur wenige Sekunden dauerte, aber ich kannte sie sehr gut. Sie kam zum Einsatz, wenn Anita etwas verachtete.

Das zweite Mal hatte ich meine damalige Freundin Lisa mitgenommen, die ich im Studium kennengelernt hatte. Da sie mich liebte und dies häufig äußerte, teilte ich ihr meine Liebe für diesen Ort mit. Lisa war interessiert gewesen und bat mich, ihn ihr zu zeigen. Es war ein wunderbarer Tag gewesen, die Sonne schien hoch am Himmel, die Luft war rein und voller Versprechen. Als wir angekommen waren, fühlte Lisa sich betrogen. Wie sich kurze Zeit später herausgestellt hatte, war Lisa mehr an Sex in den Weinbergen interessiert gewesen und der Ort war entsprechend zu exponiert. Wir fuhren mit unseren Fahrrädern weiter bis Lisa den idealen Platz entdeckt hatte. Im Schatten der Riesling-Reben erlebte ich damals meinen ersten Quickie. Ob uns jemand dabei gesehen hatte, werde ich wahrscheinlich nie erfahren.

Lisa blieb nur noch wenige Monate meine Freundin. Anschließend machte sie ein Semester in Seattle, in den Vereinigten Staaten und blieb dort. Ich suchte sie während meiner Zeit in den Staaten nicht auf, denn mein Alltag drehte sich vollständig um die Arbeit. Obwohl mich einige Frauen während der Studienzeit begehrten und ich sie, vergnügte ich mich nur und blieb eine Zeit lang ohne eine feste Freundin. Das Studium verlangte damals viel von mir, weil ich mir vornahm, eine gute Abschlussnote zu erzielen. Mein Vater zeigte reges Interesse an meinen Fortschritten, weil er den Wechsel der Universitäten überhaupt nicht begrüßt hatte. Erst im letzten Semester war ich mehrmals mit Vicky ausgegangen und daraus hatte sich eine Beziehung entwickelt. Viktoria, für alle Vicky, war die Tochter eines Konzernchefs aus zweiter Ehe und in den Augen meiner Eltern die ideale Anwärterin für die Prestigerolle ihrer Schwiegertochter. Nach dem Studium bekam sie einen Job in Hamburg, während ich mich - trotz der Ratschläge vieler Menschen

- für ein mittelständisches Unternehmen entschied. Wegen des hohen Arbeitsaufwandes auf beiden Seiten sahen wir uns immer weniger und dann nur noch mit dem Ziel, unsere sexuellen Bedürfnisse zu befriedigen. Reduziert auf Sex, bot die Beziehung nichts mehr an, was ich auf meinen Reisen nicht fand. Reizende junge Frauen gab es immer wieder. Warum dafür nach Hamburg fahren?

Warum waren alle so sehr gegen meine Wahl des Mittelstandes, mit Ausnahme von Großvater Heinz? Mein Vater Peter vertrat die Meinung, dass ich mir meine Karrierechancen verbaute und weit hinter meinem Potential blieb, meine Mutter hielt den Unternehmensgründer Norbert Schmitt für einen Bauern, meine Freunde ließen sich von großen Namen verführen, denn Schmitt Formsysteme war einfach nicht sexy genug. Nur Großvater Heinz hielt zu mir, weil am Ende der Produktionskette ein greifbares Produkt herauskam. Er konnte mit dem ganzen „Gehirnwäschekram", wie er Beratungen immer nannte, nichts anfangen. Noch weniger traute er denjenigen, die fremdes Geld von links nach rechts schoben. Sie taten so, als ob sie arbeiten würden, sagte mein Großvater Heinz immer. „Werte schaffen ist die Kunst." Diese Meinung vertraten sowohl der Großvater als auch Norbert Schmitt.

Den Großvater Gustav zog ich gar nicht in den Betracht, weil er sehr selten in meinem Leben präsent war. In den Augen meiner Mutter hatte er zwei große Fehler gemacht: Er verheiratete seine zwei älteren Töchter Veronica und Stella an einflussreiche Familien aristokratischer Herkunft und verlor danach das restliche Vermögen am Spieltisch, sodass Anita nicht mehr in eine aristokratische Familie einheiraten konnte. Sie musste stattdessen mit dem Sohn eines - zwar einflussreichen, aber ungeschliffenen – Bauern in die Ehe treten. Als Großvater Gustav sich weigerte, sich wegen seiner Spielsucht behandeln zu lassen, brach meine Mutter jeden Kontakt mit ihrer Familie ab und wählte das Selbstmitleid als ihren engsten Verwandten. Anita, die neben der Schule Italienisch lernte, weil sie davon träumte, einen italienischen Conte zu heiraten, feierte ihre Hochzeit im hügeligen Taunus, während Veronica auf den Hochzeiten des europäischen Adels tanzte und Stella mit ihrem Mann, einem Diplomaten, nach Schweden zog. Als Stella nach ihrer Scheidung den Kontakt zu meiner Mutter suchte, lautete Anitas Kommentar zu Peter: „Sie ist doch geschieden". Der Begriff „geschieden" klang so, als ob Stella eine unheilbare Krankheit hatte. Erst bei Daniels Beerdigung kam eine Art Annährung zustande, weil Anita in ihrem Schmerz sanfter wurde.

Entsprechend traute ich mich auch nicht, meiner Mutter viel von der Produktion der Faltenbälge, der Spritzgussteile oder der Kunststoffschmutzfänger zu erzählen. Ich erzählte ihr nur von meinen Terminen mit einigen unserer bekannten Kunden, die sie aus der Presse oder von Peters Erzählungen kannte. Im Allgemeinen traute ich mich nicht, den staubigen Alltag im Unternehmen zu schildern, da ich ein bedauerndes Lächeln befürchtete.

Nach meinem Vortrag beim Symposium vor wenigen Wochen traf ich auch Gaby, eine der früheren Kommilitoninnen, die mich damals vergebens hatte haben wollen. Sie organisierte einmal eine Party, bei der sie ein Spiel erfand. Der Gewinner durfte die Nacht mit ihr in ihrem Bett schlafen. Gaby sah es als Hauptgewinn an und dachte, die Jungs würden sich darum schlagen. Sie spielten das Spiel und ich gewann, aber nicht aus Anstrengung, sondern weil alle anderen sich große Mühe gaben, das Spiel zu verlieren. Ich endete irgendwann nach zwei Uhr in ihrem Bett und schlief, bevor sie - ihrer Erzählung nach - in schwarzer Unterwäsche aus dem Bad kam. Sie versuchte verzweifelt, mich zu wecken, aber ohne Erfolg.

Jetzt hatte Gaby ein eigenes Unternehmen, das Führungskräfte im oberen Management platzierte, und eine Familie. Die Streiche der Vergangenheit schienen vergessen zu sein. Als ich ihr meinen Weg schilderte, warf sie nur ein: „Für dich finden wir auch noch eine richtige Führungsposition." Ich wollte schon etwas einwenden, aber eine ihrer Mitarbeiterinnen sprach Gaby an und sie verschwanden anschließend im Recruiting-Zelt. Ich selbst gab einen Vortrag, in der Hoffnung, einigen Studenten die Vorteile des Mittelstandes näherzubringen, aber eine Bewerbungswelle blieb bisher aus. Warum habe ich überhaupt meine Zeit verschwendet? Ich hätte es wissen müssen.

Als ich wieder zum Auto lief, dämmerte es mir: Gaby war doch eine Head Hunterin! Wieso hatte ich nicht früher daran gedacht? Unbewusst beschleunigte ich die Schritte, als ob ich dadurch ein schnelleres Ergebnis herbeiführen könnte. Plötzlich hatte ich es eilig, das Rheingau zu verlassen. Es gab Chancen und ich würde sie ergreifen. Im Stapel der ausgewählten Visitenkarten in meiner Tasche war ihre Karte aber nicht zu finden. „Ich muss sie im Büro haben", dachte ich. Plötzlich hatte ich vor nichts mehr Angst; weder vor dem Treffen mit meinen Eltern am kommenden Tag noch vor den Meetings noch vor meiner Zukunft. Es gab immer eine Lösung und ich würde die beste für mich finden. Mein Audi gehorchte mir sofort, als ich den Motor anließ, als ob auch der Wagen seinen einsamen Platz am Straßenrand schnell verlassen wollte.

Ich erkläre dir unser Leben:

# Geld

„OK. Geld." Thomas schien in einer anderen Welt zu sein.

„Genau! Und das ist was?" Ich konnte kaum erwarten, die nächsten Argumente zu hören, denn ich hatte die Verbindung zwischen Geld und Gott vorher nicht verstanden. „Handelt es sich wieder um eine Abstraktion?", fragte ich mich.

„Das Geld ist ein Zahlungsmittel. Wir haben Papierscheine und Münzen und wir gehen damit ins Geschäft und kaufen dafür alles, was wir brauchen: Lebensmittel, Kleidung, Zeitung, was auch immer."

„Und wo kommt das Geld her?"

„Wir bekommen es für unsere Arbeitskraft. Jeder Mensch bekommt einen bestimmten Betrag pro Woche oder pro Monat. Darauf basierend planen wir, wie viel wir für die Wohnung zahlen, wie viel für die Kleidung und wie viel fürs Essen und so weiter."

Ich musste innerlich schmunzeln. „Fürs Essen zahlen? Das verstehe ich nicht. Es gibt doch ausreichend Essen um uns herum."

„Ja, aber das gehört mir nicht. Ich muss den Bauern bezahlen, damit er mir das Essen gibt. Er sorgt dann dafür, dass ich ein Jahr später auch etwas zu essen bekomme. Das nennen wir Arbeitsteilung. Er konzentriert sich auf die Herstellung der Lebensmittel und ich auf eine andere Tätigkeit. Dann tauschen wir unsere Güter gegen Geld aus und mit dem Geld kaufe ich die Lebensmittel von ihm und er kauft sich mit dem Geld vielleicht ein Produkt von einer anderen Person. Ich kann schlecht meine Projekte für einen Sack Kartoffeln umtauschen. Aus diesem Grund haben wir eine gemeinsame Währung, die uns ermöglicht, für unsere Leistungen vergütet zu werden. Aber bald kann ich selbst auf die Suche nach Lebensmitteln gehen, denn ich habe bald keinen Job."

„Und wer wird dann die Arbeit erledigen?"

„Sie werden schnell einen anderen Idioten finden, der erpicht darauf ist, meine Tätigkeit zu übernehmen. Davon gibt es da draußen genug und sie sind alle gleich. Und weißt Du was? Ich war auch so wie sie: ehrgeizig bis zum Umfallen, arrogant und ignorant. Ich dachte auch, ich könnte den Schöpfer am Bart packen…"

„Aber er hat doch gar keinen Bart," warf ich ein. Wenn ich etwas wusste, dann mit großer Sicherheit, dass die Luft keinen Bart hatte.

Er hob resigniert die Hand und schlug mit ihr aufs Knie.

„Meinetwegen. Man sagt es halt so. Mehr nicht. Ist doch egal. Ich weiß nicht, womit ich dich noch überzeugen soll. Mir gehen die Ideen aus."

Wir saßen erneut eine Zeit lang da, ohne ein Wort zu wechseln. Thomas betrachtete die ruhige Flussoberfläche und dachte an mich, das seltsame Wesen zu seinen Füßen. Dann schaute er sich um. Ich glaube, er wollte sich vergewissern, dass ihn niemand beobachtete. Ich fand seine Ausführungen unzureichend. Die zahlreichen Anmerkungen zum Geld ließen mich glauben, das Geld wäre etwas Bemerkenswertes. Warum ist das Geld in fast jedem Satz präsent, wenn die Erklärung auf drei Sätze reduziert werden kann? Ich war jedoch nicht bereit, so schnell aufzugeben.

„Ist das alles, was du über Geld sagen kannst?" bohrte ich nach.

Thomas sah sehr nachdenklich aus. „Neeeein….," sagte er behutsam. Sein Blick war noch aufs Wasser gerichtet, aber abwesend. Ich wartete geduldig, bis er den Knoten seiner Gedanken löste und seine Sätze zusammenfügte.

„Geld ist das meist gehasste und geliebte Objekt in unserem Leben gleichzeitig. Es hat so viel Einfluss auf unser Leben, dass ich gar nicht weiß, wo ich fortsetzen soll. Das Vergüten der Arbeitskraft ist nur ein Teil dieser Gleichung. Du erinnerst dich an das Rädchensystem, das ich erwähnt habe?"

Es war mehr eine Feststellung als eine Frage. Ich wartete.

„Dem Geld wird sehr viel Negatives zugesprochen. Sicherlich steckt etwas Wahrheit in dieser Wahrnehmung, denn es gibt Menschen, die das Geld um jeden Preis anhäufen wollen und dafür bereit sind, alles zu tun." Er schaute mich durchdringend an. „Ich meine alles."

„Warum auch nicht? Sie können die Verantwortung der bartlosen Luft oder Energie zuschieben."

Thomas reagierte gar nicht auf meine Bemerkung. „Es gibt jedoch keinen Grund, dem Geld alles Negative zuzuschieben, denn das Geld ist das, was wir mit ihm tun. Wir sind wieder beim Thema Verantwortung und Gott."

„Ihr schiebt wirklich gerne die Verantwortung von euch ab. Damit ihr noch eiliger im Rädchensystem laufen könnt."

Thomas lächelte kurz.

„In der Tat. Das Geld ist für uns ein messbares Symbol für den Erfolg. Ich werde noch aufs Messen zu sprechen kommen, denn ich halte es für ein wichtiges Argument. Es kann ein Symbol für die Macht sein, was an sich nichts Verwerfliches ist. Entscheidend ist, wie man mit der Macht umgeht. Man kann sie für positive oder negative Zwecke nutzen. Mit dem Geld ist es nicht anders. Man kann damit Menschen töten oder ein neues Unternehmen, das ein neues Medikament herausbringt, finanzieren. In beiden Fällen ist das Geld notwendig. Auch für diese Zeit mit dir ist das Geld notwendig, denn ich muss für meine Wohnung monatlich bezahlen, egal ob ich den Tag hier mit dir verbringe oder nicht. Ich kann die Wohnung nicht nur nach meiner Anwesenheit bezahlen. Auch diese Bank, auf der ich sitze, hat jemand netterweise bezahlt."

„Warum hat das Geld dann überhaupt einen schlechten Ruf?"

„Weil ein paar schlechte Äpfel die ganze Ernte verderben können, glauben wir. Wir konzentrieren uns nur auf schlechte Beispiele - was wir im Allgemeinen gerne tun - und verlieren aus den Augen all die guten Aspekte des Geldes."

Thomas holte tief Luft.

„Unsere schlechten Eigenschaften werden vom Geld geweckt. Wenn wir Geld haben, kann es passieren, dass unser Ego durch die Decke geht und wir überheblich und arrogant werden. Wenn wir kein Geld haben…"

„Aber ihr seid doch alle gleich," entfuhr es mir. Ich sah die Menschen als eine Einheit miteinander verbundener Seelen und war erstaunt, wie wenig sie davon wahrnahmen. Stattdessen waren sie nur auf die Unterscheidung bedacht.

Thomas betrachtete mich ein paar Sekunden, ohne erneut meine Aussage zu kommentieren. Ich sah, dass er über meine Worte nachdachte.

„Sind wir auch. Wir alle haben eins gemeinsam: Wir alle träumen von Geld. Oder beten zu Gott, dass er Geld auf uns regnen lässt.

„Das ist doch nicht dein Ernst?", sagte ich erstaunt. „Ich fand es wieder! Yuppie! Ein weiteres Menschenparadox!", dachte ich erfreut.

„Doch! Wir mögen dies nicht eingestehen, aber wir alle streben an, möglichst viel Geld oder Gegenstände, die mit Geld bezahlt worden sind, anzuhäufen. Diese Eigenschaft ist mit einer anderen Thematik eng verbunden, die ich später erklären werde."

„Ihr betet zur Luft, sie möge euch einen Regen aus Geld senden? Ist euch der aktuelle Regen, der den Durst löscht und alles am Leben erhält, nicht genehm? Und was wollt ihr von da oben kommen sehen: Münzen oder Scheine?"

„Um ehrlich zu sein, mögen wir den Regen eigentlich nicht, obwohl wir wissen, dass wir ohne Wasser nicht leben können. Wir bevorzugen die Sonne. Wir bezeichnen einen Tag auch nur dann als schön, wenn die Sonne scheint."

„Und wo sollte das Wasser herkommen, wenn es keinen Regen mehr gäbe?" bohrte ich nach. „Wieder vom Gott, der nicht existiert? Und wo sollten wir, die Fische und die anderen Brüder und Schwestern leben, wenn es kein Wasser mehr gäbe?"

„Keine Ahnung! Interessiert mich doch nicht. Mich interessiert im Augenblick nur, wen ich von meinen Qualifikationen überzeugen kann, damit er mir einen Job gibt. Die Fische sind mir im Augenblick gleichgültig! Soll sich doch jemand anders darüber den Kopf zerbrechen. Ich habe im Augenblick genug eigene Sorgen und muss überlegen, wie ich mein Boot verkaufe."

Ich war überrascht von dieser Explosion und schaute Thomas verdutzt an. Er wiederum mied meinen Blick und betrachtete den Boden. Diese Aussage machte mich fassungslos, aber es hatte keinen Zweck, die Unterhaltung in diese Richtung zu lenken. Deswegen entschied ich mich für eine andere Richtung.

„Wo kommt das Geld her?"

Thomas warf mir einen überraschten Blick bevor er antwortete. „Es wird von unseren Notenbanken gedruckt." Als ich ihn fragend anschaute, fügte er hinzu: „Notenbanken sind zentrale Institution jedes Landes, die das Geld drucken dürfen. Niemand sonst."

„Wo kommt das Papier her? Und wo kommen die Metalle her?" Thomas schaute mich an, als ob ich im Denken eingeschränkt wäre.

„Die Materialien kommen aus der Natur direkt um uns herum. Das Papier wird aus den Bäumen produziert und die Metalle kommen aus der Erde. Beantwortet das deine Frage?" Thomas zeigte mit dem Finger zuerst auf den Baum in der Nähe und dann auf den Boden unter uns.

„Und warum wird diese Verbindung zur Natur durch das Geld im täglichen Leben nicht wahrgenommen? Jedes Berühren einer Münze verbindet euch automatisch mit der Quelle des Metalls, oder etwa nicht? Warum wird das Geld als etwas sehr Einprägsames, das euch sogar definiert, und gleichzeitig Abstraktes gesehen?" Ich sah das Geld und die Menschen durch die Quelle des Lebens verbunden, aber die Menschen haben den Zugang zu dieser Quelle verschüttet. Wie soll man die Menschen auf etwas aufmerksam machen, das die nicht mehr wahrnehmen? Wie kann man die Menschen überhaupt auf etwas aufmerksam machen, wenn eine kleine Kiste die Macht über sie hat?

„So habe ich die Thematik bisher nicht gesehen", sagte Thomas. Er war immer noch in dieser komischen Stimmung.

„Wir sind alle und in jedem Moment miteinander verbunden, obwohl ihr unsere Existenz ignoriert. Die Evolution, die mich und dich hervorgebracht hat, ermöglichte erst die edlen Metalle in eurem Leben. Oder den liquiden Schatz, den ihr verbrennt und mit dem ihr uns alle vergiftet. Wir haben uns alle gemeinsam entwickelt und müssten alle einen Platz im großen Rad des Lebens haben. Stattdessen habt ihr eure Rädchen entwickelt, in dem ihr euch gegenseitig und alle anderen Wesen umbringt."

Ich muss etwas Interessantes gesagt haben, denn Thomas betrachtete mich stumm für einige Zeit, bevor er eine neue Thematik aufgriff, ohne auf meinen Kommentar einzugehen.

# KAPITEL

# 4

Ich bewegte das Lenkrad automatisch, da meine Gedanken noch in Den Haag waren. Der Wagen schnurrte wie eine zufriedene Katze. Das Wochenende war nicht nur weniger schlimm als erwartet gelaufen, ich konnte es sogar als angenehm einstufen. Im Gespräch mit meinem Vater Peter hatte ich angedeutet, ich würde über eine berufliche Veränderung nachdenken. Als Ausrede hatte ich mir unterwegs nach Holland überlegt, meine Firma würde wahrscheinlich aufgekauft werden. Dass dann die personellen Ressourcen neu aufgestellt werden müssten, brauchte ich meinem Vater nicht zu erläutern. Mein Vater machte mich auf der Geburtstagsparty mit einigen seiner Freunde bekannt und daraus entwickelten sich ein paar interessante Gespräche. Ich war auch intelligent genug, meinen Vater um Diskretion zu bitten.

Wegen des frühen Besuchs meiner Tante Stella gab es keine Möglichkeit für tiefere Gespräche mit meinen Eltern. Am Freitagabend kamen wir erst spät an, weil Julia einem Meeting mit ihrem Boss nicht rechtzeitig entkam. Am Samstagmorgen haben wir gemeinsam gefrühstückt, aber das Gespräch am Tisch drehte sich überwiegend um die gemeinsame Kindheit von Stella und Anita. Julia und Stellas zweiter Mann Toni hörten aufmerksam zu und lachten vergnügt, als sie die Anekdoten und die Neckereien der beiden Schwestern hörten. Ich betrachtete stattdessen Anita und registrierte die Veränderungen in ihrem Gesicht und ihrem Benehmen. Sie griff manchmal nach Peters Hand, als ob sie Halt suchte und seine Hand war stets da, um sie zu stützen. Sie lachte viel mehr und – vor allem - lauter als sie es in der Vergangenheit getan hatte. Ich kann mich an unzählige Male erinnern, als sie uns mit zischender

Stimme bat, unser Lachen um ein paar Oktaven dem Anstand anzupassen. Überraschenderweise reagierte sie auch nicht mehr gereizt auf Julias lautes Lachen. Ich hatte sogar den Eindruck, dass Anita es genoss, ihre Schwiegertochter zum Lachen zu bringen. Peter warf mir ein paar Blicke zu, aber ich vermittelte den Eindruck, den beiden Frauen zuzuhören, indem ich an den richtigen Stellen lächelte. Hat der Tod meiner Mutter die Sinnlosigkeit ihrer steifen Haltung vor die Augen geführt? Oder ist seit Peters Pensionierung der Druck gewichen, stets die perfekte Ehefrau spielen zu müssen, wobei sich die Frage aufdrängte, was eine perfekte Ehefrau ausmacht?

Am Samstagnachmittag kamen die restlichen Gäste aus Deutschland an und checkten in das naheliegende Hotel ein. Abends füllte sich das Haus mit Freunden und Verwandten aus Deutschland, mit Freunden aus dem Golf- und Yachtclub in Den Haag und aus anderen Städten. Wie es aussah, waren Peter und Anita mit einer ganzen Reihe von Menschen befreundet und ich kannte nur einige ehemalige Kollegen und die Freunde aus dem Taunus. Die Taunusclique mied ich, soweit ich konnte, weil deren Kinder ungefähr in meinem Alter waren und ich auf ihre Erfolgsgeschichten im Augenblick verzichten konnte.

Einige Familienmitglieder aus Deutschland gesellten sich nach und nach der Frühstücksgruppe zu. Tante Veronica und ihr Mann kamen bereits gegen acht Uhr. Sie sahen frisch aus, ohne Anzeichen der Party der vergangenen Nacht und Anita und Peter begrüßten sie gleichermaßen frisch und erholt, ohne eine Spur ihres Schlafmangels zu zeigen. Nur ich glänzte mit tiefen Augenringen und mit mieser Stimmung, weil ich im Bett das Reiten auf der Erinnerungswelle mit dem Schlaf vertauscht hatte. Tante Stella gab Julia und mir einen Kuss, als sie zum Tisch kam. Die Großeltern Gustav und Magda sahen sehr zerbrechlich aus und ich verstand, warum sie auf Daniels Beerdigung nicht anwesend gewesen waren. Ich erschrak regelrecht, als ich die Spuren der Zeit so deutlich in ihren Gesichtern eingegraben sah. In meinem inneren Bild von meinem früheren Besuch waren noch glattere Gesichter und mehr Haare gespeichert.

Ich hatte die Großeltern von Kowolski das letzte Mal gesehen, als ich mit meiner Schulklasse in Berlin war und sie aufsuchte. Ich muss damals 17 gewesen sein. Anita gab mir schweigend die Adresse, ohne zu verraten, ob sie meine Entscheidung begrüßte oder verurteile. Daraus wurde eine Stippvisite, da ich die schwere Luft in der dunklen und selten durchlüfteten Wohnung nicht vertrug. Jetzt sah ich die Bilder zweier gelebter Leben vor mir, die keine Chance mehr hatten, irgendetwas an früheren Entscheidungen zu revidieren.

Julia beeilte sich, dem Großvater den Teller aus der zitternden Hand abzunehmen und ihm zum Tisch zu helfen. Die Großmutter streichelte zärtlich Julias Gesicht, bevor sie den Platz neben ihrem Mann einnahm. Nur Tante Ilsabe, die Schwester meines Vaters, gesellte sich viel später zu uns, weil sie zuerst die Gesellschaft des Schöpfers im Gottesdienst gesucht hatte. Anitas Cousine Amelie kannte Julia nur aus Gesprächen und musterte sie ununterbrochen während des Frühstücks. Ihr Mann tat das Gleiche, aber aus anderen Beweggründen. Ich spürte zwischendurch großen Drang, laut zu lachen. Ich verschwand schnell auf der Toilette, um nicht loszuprusten. Plötzlich bekam für mich der Ausdruck „in den Keller gehen, um zu lachen" eine ganz andere Bedeutung.

Die versammelte Familie verdeutlichte mir die ganze Widersprüchlichkeit meines Klans. Soweit meine Erinnerung reichte, bemühten wir uns stets, die alte (und nicht mehr existierende) Bedeutung der Kowolski-Familie hervorzuheben, gestärkt durch die aktuellen Erfolge der Bader-Familie. Wie jede gute und angesehene Familie kehrten wir alles Beschämende erfolgreich unter dem Teppich. Solange jedes einzelne Familienmitglied diesen Drahtseilakt vorführte, könnte es mit der Geborgenheit des Heims rechnen.

Während ich das Fahrzeug nach Hause steuerte, überlegte ich, wie ich Julia beibringen sollte, dass ich zwar den alten Job verlieren würde, aber dafür einen Neuen vielleicht in Holland bekäme. Oder anderswo. Wie würde sie die Nachricht aufnehmen? Am Anfang der Woche stand sie mir noch so nahe wie immer, aber je weiter die Woche voranschritten war, desto mehr war sie mir entglitten. Seit ihrem Gefühlsausbruch am Dienstagabend hatte sie kein Wort mehr über die Situation im Büro verloren. Ich hatte nicht nachgehackt, denn wenn alles im Gesicht geschrieben steht, wozu dann die Worte? Sie war ausgelaugt und enttäuscht. Vor allem war sie misstrauisch. Sich und der Welt gegenüber. Sie betrachtete mich jetzt kritischer, als ob sie sich fragte, ob auch ich zu welchen-auch-immer Taten fähig wäre. Ja, das bin ich, lautete meine Antwort, aber ich würde es ihr nicht sagen. Zumindest nicht alles. Um eine Frage dieser Art zu vermeiden, respektierte ich ihre Distanz und zog mich in meine eigene Welt zurück.

Aus dem Augenwinkel nahm ich in der Dunkelheit des Fahrzeugs ihr Haar wahr und verspürte den Wunsch, es aus ihrem Gesicht zu streichen und hinters Ohr zu stecken. Wenn ich so etwas in der Vergangenheit gemacht hatte, hatte sie den Kopf leicht zu mir geneigt und mich verträumt mit ihren großen Augen angeschaut, in denen ich mich vom ersten Tag an verloren hatte. „Meine schöne Julia, der Mittelpunkt meines Lebens, der gerade aus dem Gleichgewicht geraten war. Wie würde sie einen Umzug aufnehmen?", dachte ich. Vielleicht will sie gar nicht umziehen? Vielleicht führen wir zuerst eine Wochenend-Beziehung, bis sie komplett auseinanderfiele, wie ein durchweichtes Laken, das zu lange im Wasser gelegen hat und irgendwann in Stücke zerfallen ist. Vielleicht trennten wir uns sofort, da sie ihre Habilitation für mich nicht aufgeben wird.

Ich bewegte meine Hand auf dem Lenkrad, als ob ich meine Gedanken stützen wollte und neigte den Kopf leicht zur Seite. „Aufgeben, das kann sie nicht, das ist ihr Leben. Sie träumt bereits von ihrer Professur. Sie wird auch eine großartige Professorin abgeben. Aber das kann sie auch in Holland tun. Ich muss mich vorher erkundigen, welche Uni in Den Haag und der Umgebung existiert. Ich kann sie nicht einfach verpflanzen wie einen Baum ohne Wurzeln. Abgesehen davon, dass Julia ihre Wurzeln selbst zerschnitten hat, kann man sie nicht einfach an einen anderen Ort platzieren. Dafür steht sie zu sehr in ihrem Beruf, trotz der aktuellen Schwierigkeiten. Oder ist das gerade eine Möglichkeit? Wer weiß? Vielleicht spielt mir ihr Vorgesetzter neue Chancen zu. Er soll weiter so machen. Was für ein Haar! Wie sehr sie es mag, wenn ich mit meinen Fingern durch ihr Haar gleite. Ob sie merkt, dass mein Leben in Trümmern liegt? Verstehe einer die Frauen. Jetzt starrt sie durch das Fenster, will nicht einmal den Kopf drehen oder sich gar mit mir unterhalten. Selbst auf dem Hinweg war sie sehr schweigsam und dann schlief sie ein. Fairerweise muss ich sagen, dass ich selbst nicht sehr gesprächig war. Aber sie hätte mich unterhalten können."

Um der Versuchung zu widerstehen, lenkte ich mich mit anderen Gedanken ab. Mir kam ihr Bild am Hochzeitstag in den Sinn. Sie trug ein weißes schlichtes Kleid, in ihrem Haar steckte eine weiße Rose. Ich werde sicherlich ein Leben lang das Bild in mir tragen, wie bezaubernd sie aussah, aber am meisten beeindruckten mich ihre Augen. Sie leuchteten wie zwei helle Sterne am Himmel und sie leuchteten nur für mich. Der Widerstand meiner Familie gegen eine Schwiegertochter zwielichtiger Herkunft verpuffte, als sie den Raum betrat. Sie war das schönste Wesen auf der ganzen Welt und sie hielt meine Hand auf dem Weg ins gemeinsame Leben.

Da ihr Vater nicht mehr lebte und sie ihrem Bruder nicht nahestand, setzte sie durch, dass sie und ich gemeinsam in den Hafen der Ehe fuhren, sie wurde von niemand anderem außer mir dorthin geführt. Ich fand die Idee reizend und präsentierte sie allen anderen. Zusätzlich informierte ich meine Familie, dass wir wegen der verschiedenen Konfessionen nur standesamtlich heiraten würden. Runzelnde Stirn und Grimassen waren als Reaktion wahrzunehmen gewesen, aber diese lösten sich beim unserem Anblick in nichts auf.

Ich muss gestehen, ich habe meiner Familie mit dieser Heirat einiges abverlangt. Meine Mutter träumte von einem anderen Leben für mich, aber ich lehnte ihre Vorstellung ab, denn ich konnte mir mein Leben ohne Julia nicht mehr vorstellen. Als mich meine Mutter einmal in der Küche in die Ecke trieb und mich am Arm fasste, um mich zur

Besinnung zu bringen, rastete ich aus und sagte ihr etwas, das ich seitdem bereue: „Ich möchte aus Liebe heiraten". Anita senkte den Blick und ließ meinen Arm los. Meine Mutter hat meinen Vater im Laufe der Jahre gelernt zu lieben oder zumindest zu respektieren, eine Liebe auf den ersten Blick wurde ihr nicht gegönnt. Zumindest nicht mit meinem Vater. Alle ihre Argumente gegen Julia hatten für mich keinen Halt, denn warum sollte eine hübsche und intelligente Frau für die Entscheidungen ihrer Eltern bestraft werden?

Ich hätte die nächstbeste Frau nehmen können, die mir über den Weg liefe. Sie waren jedoch alle nichts im Vergleich zu dieser Loreley neben mir. Gelegenheiten gab es zweifellos viele. Ich traf jeden Tag hübsche und weniger hübsche Frauen. Einige glaubten, die fehlende Persönlichkeit durch Markenkleidung ersetzen zu können. Andere glaubten, ihr Ego werde ausreichen, Geld brauchten sie nicht. Wieder andere wählten eine Kombination aus allem. Ich merkte die Blicke, ich nahm die Lippen, die Beine, den Busen, den Hintern wahr. Einmal probierte eine junge Assistentin meiner Bank im Aufzug, mich zu verführen. Sie versuchte es mit der Masche, sie wisse nicht, wer ich sei. Die Tür rettete mich aus der peinlichen Situation und ich stürmte im falschen Stockwerk aus dem Aufzug heraus. Die Menschen, die vor der Tür warteten, wunderten sich über meine Eile. Als ich am besagten Abend nach Hause kam, fand ich meine Frau in der Badewanne. Das Kerzenlicht tanzte an den Wänden, sie lächelte entspannt und reichte ihr nasses Bein aus der Wanne, damit ich es berührte. Ich dankte Gott, von dessen Existenz ich nicht überzeugt war, für mein Glück. Julia hätte von einem Quickie wahrscheinlich nie erfahren, aber ein unüberbrückbarer Schatten hätte zwischen uns wäre entstanden.

Manchmal fragte ich mich, ob mein Vater meiner Mutter immer treu gewesen war. Sie gingen heute noch respektvoll miteinander um, wie man es immer wieder sehen konnte, aber in seiner Position konnte er sich vor weiblichen Reizen kaum retten. „Wie sah das Liebesleben meines Vaters aus?", dachte ich zum ersten Mal. Welche Vereinbarung trafen sie damals, als sie sich entschieden, das Leben gemeinsam zu teilen? Ich kannte nur Anitas selbstmitleidige Anmerkungen aus meiner Kindheit, in so eine ungeschliffene Familie geheiratet zu haben, aber ich sprach nie mit meinem Vater über seine Gefühle. Ich dachte nicht einmal, dass er Gefühle hatte.

Dann schweiften meine Gedanken zur Familie meines Bruders Daniel, insbesondere zu meinen beiden Nichten Anne und Lena. Sie waren bei der Geburtstagsfeier der Oma nicht anwesend gewesen und, obwohl Anita es gut verstand, den Schmerz zu schlucken, wusste ich, dass sie deren Abwesenheit hart getroffen hatte. Rückblickend wusste ich, dass das Gespräch mit Patricia, meiner Schwägerin, über ihren neuen Lebenswandel notwendig gewesen war, aber sie war immer noch beleidigt und bestrafte alle, indem sie die Kinder entzog. Würde sie sich selbst um die Kinder kümmern, würde ich kein Wort des Protests einbringen, aber sie lieferte nach Daniels Unfall die Kinder bei ihrer Mutter ab und ging selbst nur gelegentlich dorthin. Angeblich mochte ihr neuer Freund keine Kinder. Allein der Gedanke versetzte mich in rasende Wut und ich verspürte den Wunsch, auf den Lenkrad zu hauen.

Ich konnte mich immer noch an den Ausdruck in den Augen meiner Nichten erinnern, als Daniels Sarg langsam in das tiefe Loch glitt. Ich litt die doppelte Qual: dass ein Verkehrsunfall Daniel das Leben gekostet hatte und meine Nichten der brutalen Realität ausgesetzt waren. Ich fragte mich, wie Menschen nach so viel Grausamkeit den Kindern gegenüber noch an einen Gott glauben konnten. Der Mann, der Daniel in den Tod gerissen und seinen Kollegen schwer verletzt hatte, trug keine einzige Wunde davon. Er wurde auch nie verurteilt, obwohl das Polizeigutachten ihn als Unfallverursacher identifizierte. Stattdessen setzte er sich nach dem Prozess ins Auto und verließ den Parkplatz des Gerichtsgebäudes mit quietschenden Reifen.

Die Woche nach der Beerdigung haben Julia und ich mit Anne und Lena verbracht und sie mit Liebe überschüttet, aber irgendwann erschien Patricia und nahm die Kinder mit. Als ich ihnen einen Kuss gab, kam mir der Augenblick wie ein erneutes Ableben meines Bruders vor. Die Machtlosigkeit erfasste mich am ganzen Körper. Ich wusste mit Herz und Verstand, dass dieser Weg falsch für die Kinder war, konnte aber von Gesetzes wegen nicht eingreifen. Mir blieb nur die Hoffnung, sie würden hin und wieder Julia und mich besuchen, dann könnten wir viel mit ihnen unternehmen. Als das Auto die Straße verließ, konnte ich meine Trauer nicht mehr unterdrücken. Ich weinte wie ein kleines Kind um Daniel, um die gemeinsame Kindheit, unsere Träume und um die verpatzte Zukunft von zwei zauberhaften Wesen. Julia saß neben mir auf der Haustreppe, hielt mich fest und tröstete mich. Ich konnte mich immer noch an den salzigen Geschmack meiner eigenen Tränen erinnern.

Wenn ein Familienmitglied stirbt, stirbt ein Teil des eigenen Lebens mit ihm, habe ich den Eindruck. Mit Daniels Tod wurde das Band, das uns miteinander verband, mir bei lebendigem Leibe herausgerissen und hinterließ eine offene Wunde. In den ersten Tagen nach der Beerdigung und dem Weggang der Kinder dachte ich sehr viel an unsere gemeinsame Kindheit und an die Rolle, die Daniel in meinem Leben gespielt hatte.

Daniel war der geborene Optimist, der alle Menschen um sich herum mit seiner positiven Energie ansteckte, inklusive mich. Als der Sarg in die Erde glitt, nahm er nicht nur den Körper eines geliebten Menschen mit, sondern auch die Quelle des Optimismus, an der sich viele gelabt hatten. Als Folge stellten sich Depressionen bei mir ein, die ich nur durch das regelmäßige Einnehmen von Aufputschmitteln in den Griff bekam. Ich gab alles, um mit der Arbeit die offene Wunde in meiner Brust zu verschütten. Ich fand Unterschlupf, als ich vor meinem eigenen Leben flüchtete, ich versteckte mich geschickt hinter Bergen von Meetings, Entscheidungen, Konfliktlösungen und täglichem Alltag. Tief begraben, wie ein Überlebender eines Erbebens unter den Steinen und Balken, lag meine Seele, die eine andere Vorstellung von Glück hatte. Und diese Seele sah in der Gunst der Stunde ihre Chance, endlich etwas Aufmerksamkeit zu bekommen. Die Verschanzung löste sich allmählich und der raue Schmerz blieb übrig.

Um die Nähe zu ihren Kindern zumindest im Herzen zu wahren, hatten Anita und Peter uns jeweils ein Zimmer im neuen Haus in Den Haag gegeben, obwohl Daniel aufgrund der tragischen Umstände nur ein- oder zweimal dort geschlafen hatte. Als ich die Nacht zuvor mit Julia in „mein" Zimmer ging, stellte ich mir vor, wie herzzerbrechend es für meine Mutter Anita sein musste, das Zimmer von Daniel zu öffnen oder täglich daran vorbei zu gehen. Ich selbst hatte es seit Daniels Tod nicht mehr betreten und verspürte keinen Wunsch, dies zu ändern, als wir vorbeigingen. Ich sah ihn an der Tür, mit einem Halblächeln nach hinten gedreht, und „Gute Nacht" wünschend. Seine Stimme klang in meinen Ohren, als ich die Schritte beschleunigte, um unser Zimmer zu erreichen.

Meine Gedanken wurden durch das klassische Problem deutscher Autofahrer gestört: ein Fahrzeug auf der linken Spur, das mit 100 km/h überholte. Ich selbst wäre geduldig, aber der Fahrer hinter mir war es nicht. Er äußerte seine Ungeduld mit der Lichthupe, denn er könnte mit schnellerem Fahren drei Sekunden seiner Zeit sparen, um sie im nächsten Stau oder an der Kasse der nächsten Tankstelle um ein Vielfaches zu verbrauchen. Dass dabei ein unschuldiger Vater oder eine unschuldige Mutter, jemandes Tochter oder Sohn Risiken ausgesetzt wurden, ging diesem aufgeblasenen Ego nicht in den Kopf, dachte ich. Ich war sicherlich kein Unschuldslamm, aber auf der Straße benahm ich mich und eine simple Logik motivierte mich dazu: Es lohnte sich nicht. Ich schaute verärgert in den Rückspiegel und dachte an Julias einzigen Kommentar, der ihr bei allen Verkehrsrowdys einfiel. Als ob sie meine Gedanken erraten hatte, sagte sie leise, mit dem Blick auf den rechten Seitenspiegel:

„Kleiner Penis."

Das waren ihre ersten Worte, die sie seit Den Haag ausgesprochen hatte und ich freute mich darüber. Meine Freude war jedoch von kurzer Dauer, da sie den Kopf wieder zum Fenster drehte. Erst nach ein paar Minuten drehte sie sich wieder um.

„Weißt du, was mir einmal passiert ist?" Sie wartete nicht auf eine

Antwort. „Ich fuhr gerade am Flughafen vorbei, als sie dieses Monster von Gebäude dort bauten. Zufälligerweise befand ich mich auf der Überholspur, doch fuhr ich für den Typen hinter mir nicht schnell genug. Weißt du, was er gemacht hat? Er hat mir einen Vogel gezeigt. Stell dir mal vor: Der Typ war berufsmäßig in einen schicken Anzug gekleidet und fuhr ein schnelles Auto. Hätte ich ihn an einem anderen Ort getroffen und gefragt, ob er ein gutes Benehmen beherrscht, würde er es garantiert bejaht haben. Wahrscheinlich ohne den geringsten Zweifel. Und gleichzeitig zeigt er einer Frau einen Vogel auf der Straße, weil er zwei Sekunden warten muss. Was für ein Affe! Ich sag dir: Kleiner Penis. Das ist die Erklärung für alles."

„Das ist nicht gerade wissenschaftlich fundiert", traute ich mich, vorsichtig einzuwerfen.

„Egal. Ich habe keine andere fundierte Erklärung." Nach kurzer Pause fuhr sie fort. „Wie würdest Du es erklären? Das Auto ist doch zum Albleiter für menschliche Komplexe geworden. Sie werden mithilfe des Autos nach außen transportiert und alle Schläge, die man an der Arbeit kleinlaut schlucken musste, verarbeitet man auf der Straße. Ist doch so!"

„Auf der Straße herrscht der Kampf des Dschungels. Es geht darum, stärker, schneller, besser als andere zu sein. Die ganzen guten Vorsätze inklusive einer guten Erziehung werden vergessen, wenn der primäre Instinkt des Dschungels in uns hochkommt. Auf der Straße haben wir das Gehirn eines Primaten. Mehr ist von uns nicht zu erwarten. Das mit dem Affen war nicht ganz verkehrt."

„Aber nur ihr Männer. Bei uns Frauen ist es anders."

„Ihr seid auch erwachsen. Das ist der wesentliche Unterschied."

Julia lachte zum ersten Mal seit langer Zeit und schaute mich an. Ich verzog nur meinen rechten Mundwinkel nach oben.

„Ich danke dir, dass du es von alleine zugibst. Das stimmt."

„Außerdem sind wir Angsthasen. Wir haben Angst, ihr werdet durchschauen, dass ihr uns bei weitem überlegen seid. Deswegen lenken wir euch mit einem primitiven Verhalten ab."

Julia lachte herzlich, weil sie glaubte, dass ich scherzte, während meine

Aussage ernst gemeint war. Die Ängste steuerten mein Leben und meine Entscheidungen, denn wäre ich nicht so ängstlich, wäre mein Leben um einige Grade einfacher. Ich hätte den Mut gehabt, die Geschehnisse mit ihr zu teilen und gemeinsam eine Lösung zu finden. Ihr Lachen erzeugte eine Welle der Erleichterung in mir. Ich war mir nicht sicher, weswegen ich das Gefühl verspürte. Lag es daran, dass wir wieder miteinander sprachen, dass sie mir nicht böse war oder dass meine Tarnung eines erfolgreichen Geschäftsführers noch nicht aufgeflogen war? Oder alles zusammen? Oder dass ich mein Theater weiterführen durfte?

„Hey Leute, ich bin noch etwas wert, ich habe einen Job!", dachte ich bitter. „Wie lange noch?"

Laut sagte ich nur: „Glaubst Du, dass Daniel für die Taten unseres Großvaters mit seinem Leben bezahlen musste?" Ich unterließ es zu sagen: „Oder meinetwegen?", denn sie kannte die Hintergründe nicht.

Julia war so überrascht von meiner Frage, dass sie eine Zeit lang nichts sagte, sondern mich nur in der Dunkelheit des Wagens musterte.

„Wie um Himmels Willen kommst du darauf?" Das Staunen in ihrer Stimme vibrierte noch in der Luft, nachdem der Satz bereits ausgesprochen war.

Ich wusste nicht, wie ich darauf kam. Vielleicht, weil ich beim Spazieren am Strand von Scheveningen die Unterhaltung meines Vaters mit Tante Ilsabe aufschnappte, die ihn mahnte, keine weiteren Zahlungen an die Familie zu überweisen. Ich wurde abgelenkt durch Julias Rufe, einen der Wellenreiter zu bewundern, so dass ich die Antwort meines Vaters nicht hören konnte.

Die Geschichte ging zurück auf den Großvater Heinz. Er kaufte während des Krieges mehrere Höfe rund um das Rhein-Main-Gebiet überwiegend von jüdischen Familien auf. Als die Stadt expandierte, wurden diese Landstücke entweder für gutes Geld verkauft oder für den Bau von Mehrfamilienhäusern genutzt. Als mein Vater Peter auf einer Konferenz in New York eine Rede gab, wurde er von einem kleinwüchsigen, älteren Mann zwar in gutem Deutsch, aber mit starkem Akzent angesprochen. Der Mann stellte sich als Jakob Schwarzer vor. Er fragte Peter in Bezug auf den Taunus aus, wo seine Familie herkäme, selbst den Namen seines Vaters. Peter kam diese Fragerunde etwas seltsam vor, und als er nachfragte, antwortete der Mann nur: Es hätte sein können, dass er seinen Vater kenne, da er im Taunus aufgewachsen sei. Er erzählte, wie seine Eltern ihr Hab und Gut über Nacht für fast nichts verkauften, um rechtzeitig aus dem Land fliehen zu können. Sie bekamen gerade genug, um eine Überfahrt der gesamten Familie in der schlechtesten Klasse zu finanzieren. Auf der Überfahrt bekam sein älterer Bruder David Fieber und starb bevor sie New York erreichten. Seine Leiche wurde den Wellen übergeben. Peters Schilderungen zufolge bekam der alte Mann feuchte Augen als er vom Augenblick der „Beerdigung" sprach.

Peter versicherte ihm, die Zeiten hätten sich geändert und Jakob Schwarzer wäre willkommen, jederzeit Deutschland zu besuchen. Er solle sich bei ihm melden. Jakob murmelte nur etwas im Sinne von: „Wir bleiben in Kontakt". Einige Wochen später bekam Heinz Bader einen Brief des Anwalts, in dem ihm vorgeworfen wurde, die jüdische Familie Schwarzer beim Kauf des Gutes geprellt zu haben. Großvater Heinz bestritt vehement, jemals unethisch gehandelt zu haben. Vielmehr bestand er darauf, großzügig gewesen zu sein, da damals viele Juden gar nichts bekamen. Peter bot an, Jakob, so lange er lebe, jeden Monat 1000 DM zu überweisen. Nach viel hin und her musste die Gegenseite das Angebot akzeptieren.

Ich kannte die Geschichte und war gleichzeitig verunsichert und stolz. Die Verunsicherung kam daher, dass ich mir häufig ausmalte, wie mein Leben gewesen wäre, hätte der Großvater nicht die Ländereien erworben. Wäre mein Vater dann zur Uni gegangen und wäre er eine angesehene Führungskraft bei einem internationalen Unternehmen geworden? Hätte ich nur gute Schulen besucht? Hätte die Familie Bader sich all das nicht leisten können, wäre die Geschichte anders verlaufen! Gleichzeitig war ich stolz auf seinen Vater, weil dieser nicht versucht hatte, die Thematik unter den Teppich zu kehren, sondern sie auf seine Art und Weise anpackte. Ich wusste auch, dass es nicht in meiner Macht lag, den Ort und die Zeit meiner Geburt zu bestimmen oder zu wählen, in welche Familie mit welcher Vorgeschichte ich geboren wurde. Es war die Geschichte meiner Familie, die sehr erfolgreich unter den Teppich gekehrt wurde, aber ich musste trotzdem lernen, dazu zu stehen.

„Ich habe dir nie erzählt, dass meinem Großvater vorgeworfen wurde, Juden im Krieg um ihren Besitz geprellt zu haben."

„Du nicht, aber Anita."

Ich sah sie überrascht an.

„Wann hat dir meine Mutter die Geschichte erzählt?"

„Auf jeden Fall, bevor wir geheiratet haben."

„Hat sie gehofft, du würdest abhauen, wenn du die dunkle Seite unserer Familie kennenlernst?"

Anita gehörte einer alten deutschen Adelsfamilie aus Schlesien an, die im Krieg nach Berlin flüchten musste. Obwohl Großvater Gutsavs Familie einiges verlor, rettete sie viele wertvolle Gegenstände und er gewann viel Geld am Spieltisch, wo er später fast alles auch wieder verspielte. Die Familie behielt das Auftreten des Adels und die Regeln des Anstands bei. Daniel und ich standen unter ständiger Beobachtung und wurden instruiert, gerade am Tisch zu sitzen, auf die Ellenbogen zu achten, nicht zu schmatzen oder zu kleckern und höflich zu lächeln.

Um ihre eigenen Träume wenigstens noch teilweise zu verwirklichen, wünschte sich Anita für ihre Jungs Prinzessinnen, aber keiner erfüllte ihre Erwartungen. Daniel heiratete Patricia, die zwar die Tochter eines Industriellen, aber äußerst exzentrisch und instabil war. Ihre selbstzerstörerische Art verursachte viele Probleme in der Ehe. Ich traf Julia, die Tochter zweier jugoslawischer Immigranten, die sich scheiden ließen. Der Vater ging mit Julia zurück nach Jugoslawien und die Mutter blieb mit den beiden Geschwistern Bianca und Zoran in Deutschland, eröffnete ein Restaurant und begann ein paar Jahre später die Beziehung mit einem jüngeren Mann aus dem Kosovo, der sie angeblich bei jeder möglichen Gelegenheit betrog. Zumindest flüsterte dies Bianca Julia bei irgendeiner Gelegenheit. Ich weiß nicht, wann das war, denn Julia telefonierte sehr selten mit ihrer Familie. Ich hatte sie alle bisher zwei Mal gesehen: Als Julia und ich sie nach der Verlobung besuchten, um sie zu unserer Hochzeit einzuladen, und auf der Hochzeit selbst.

Anita fuhr extra nach Neu-Isenburg, um das Restaurant und Julias Familie inkognito zu besuchen. Geprägt durch die Flucht ihrer Familie vor den Russen, hasste Anita alles Slawische und beschimpfte manchmal die Kommis (ein Sammelbegriff für alle Osteuropäer), wenn sie sich in einem seltenen Augenblick der Wut verlor. Mit einem Kosovo-Albaner als Stiefvater, der selbst den besten Gast im Restaurant abgab und sich von allen Seiten bedienen ließ, glänzte Julia nicht gerade bei Anita Bader. Ihre eigene Leistung, zu habilitieren und auf eine Professur zuzusteuern, fand zuerst keine Beachtung. Als ich auf meiner Wahl bestand, mussten die Baders Julias Qualitäten anerkennen und sie als rechtmäßige Schwiegertochter akzeptieren.

„Ich weiß nicht. Vielleicht. Ich weiß, dass deine Mutter sich eine deutsche Schwiegertochter aus einer vermögenden Familie gewünscht hat. Aber mittlerweile hat sie mich ins Herz geschlossen. Zumindest hat sie das gestern Abend gesagt."

„Was hat sie gesagt?"

„Dass ich für sie die Tochter bin, die sie sich immer gewünscht hat."

Ich warf ihr einen schnellen Seitenblick. „Wow! Ich bin schwer beeindruckt! Das ist eine ganz große Ehre."

„Ich weiß. Ich hatte Tränen in den Augen."

„Ich meine es ernst. Meine Mutter meint so etwas, wenn sie es sagt."
Ich war wahrhaftig erstaunt, dass meine Mutter indirekt auch ihre Sehnsucht nach einer Tochter zugab.

„Ich weiß. Deswegen war ich so gerührt. Ich hätte es nie gedacht."
Ich nahm ihre Hand in meine und hielt sie fest.

„Siehst Du? Du hast alle Herzen für dich gewonnen. War das, als ihr euch in der Küche unterhalten habt? Ich habe euch ein paar Mal tuscheln gesehen?"

„Ja, sie war ganz vertraulich. Hat mir auch vom Urlaub in Kanada erzählt und wie ein Einheimischer ihr grausige Bärengeschichten erzählt hat, so dass sie nachts Angst hatte, um jede Ecke könnte ein Bär kommen. Wir haben so gelacht."

„Wer ist wir?"

„Anita, ich und Anitas beste Freundin Femke. Ich glaube, sie ist die Ehefrau eines der Richter am Internationalen Gerichtshof. Wie auch immer. Die Frau hat dann von ihrem Urlaub in Südafrika und ihrer Safari erzählt, aber sie war nicht annährend so witzig wie Anita."

„Zurück zu meiner Frage. Glaubst du, dass wir für meinen Großvater bezahlen?" Solange ich über den Großvater sprach, stand ich selbst nicht im Mittelpunkt der Unterhaltung.

„Warum solltet ihr? Es herrschte der Krieg und er hatte wahrscheinlich selbst nicht viel Geld. Dein Großvater machte nicht einen bösen Eindruck auf mich." Julia warf mir einen fragenden Blick zu, als ob sie ihre eigene Aussage anzweifelte.

„Ich weiß es nicht. Ein paar Gesprächsfetzen, die ich zwischen meinem Vater und Tante Ilsabe aufschnappte, erinnerten mich an den Vorfall. Ich glaube nicht an Gott, aber ich glaube schon an die Verteilung von Fairness und Unfairness. Wir sind erfolgreich und haben Nachkommen, Jakob Schwarzer hat damals auf der Überfahrt seinen Bruder verloren, hat keine eigenen Kinder bekommen und die meiste Zeit seines Lebens in einer Fabrik gearbeitet. Ist doch irgendwie unfair?"

„Ja, aber das ist sein Schicksal. Du hast es nicht für ihn gewählt."

„Ich weiß. Ich musste nur am Wochenende viel an Daniel denken und habe mich gefragt, wie man einen so jungen und positiven Menschen aus dem Leben reißen kann. Es geht mir nicht in den Kopf. Ich konnte nicht aufhören, an ihn zu denken."

„Gott hat solche Menschen auch gerne um sich herum", sagte Julia, als sie meine Hand drückte. Ich hielt sie kurze Zeit, bevor ich meine Hand wieder aufs Lenkrad legte, damit ich mich mit der anderen am Sitz etwas abstützen konnte. Das lange Fahren machte meinem Rücken immer zu schaffen.

„Du hast deinen Erfolg verdient. Du hast ihn hart erarbeitet."

Der Satz traf mich mitten ins Herz, denn ich sah keinen Erfolg weit und breit am Horizont. Wie es aussah, sog das Netz der Intrigen alle Anzeichen von Erfolg auf. Der Satz, mit dem ich Julia meine aktuelle Situation erklären wollte, formte sich bereits in meinem Kopf, ich atmete ein, um mir Kraft zu geben, aber mein Mut verschwand zusammen mit der ausgeatmeten Luft. Julia glaubte immer noch daran, einen Mann vom Kaliber meines Vaters geheiratet zu haben, und ich wollte ihre Erwartung nicht zerstören. Im Augenblick, in dem ich die Katze aus dem Sack ließe, musste ich eine alternative Lösung parat haben. Es war schlimm genug, dass einer zurzeit verunsichert war, es mussten nicht zwei werden. Um sie und mich von der aktuellen Situation abzulenken, steuerte ich das Gespräch auf meinen Großvater zurück.

„Großvater war nicht immer so sanft im Umgang mit Menschen, wie du ihn aus den Geschichten kennst. Er muss wohl ziemlich verbissen gewesen sein. Peter hat erzählt, dass Großvater Heinz schlechte Noten und jede Art von Faulheit hart bestrafte. Er tolerierte nur Tante Ilsabes Liebe für Musik. Für sportliche Betätigung hatte er auch kein großes Interesse, denn sie stahl ehrlichen Leuten angeblich nur die Zeit. Die gleiche Meinung hatte er auch vom Fernsehen. Nur das Radio akzeptierte er und hörte jeden Sonntag nach der Kirche eine Stunde dem Programm zu. Wenn er nicht mit irgendwas beschäftigt war, sei es um seine Besitztümer zu besichtigen oder alte Möbel zu reparieren, sei es um den Garten zu bearbeiten oder die Obstbäume zu pflegen, saß er ruhig auf der Bank unter dem Quittenbaum und schaute in die Weite. Ich habe ihn einmal gefragt, was er täte, und er sagte, er würde nachdenken. „Wir Menschen rennen zu schnell und nehmen uns keine Zeit, um über unsere Handlungen nachzudenken", sagte er. Ich solle mich doch zu ihm setzen und das Gleiche tun.

Ich pausierte für kurze Zeit. Nur das Geräusch des Autos war zu hören, um uns herum herrschte Dunkelheit, die durchbrochen wurde von Fahrzeugen auf der Gegenspur und die Schlusslichter der Fahrzeuge vor uns.

„Ich glaube, ich habe mein Studium meinem Großvater zuliebe gewählt. Wenn die unumgängliche Frage kam ‚Was möchtest du werden, wenn du groß bist‘, lautete meine Antwort immer: Regisseur. Dann spielte ich mit dem Gedanken, Journalist zu werden, weil ich die Welt bereisen und die Wahrheit über die Geschehnisse in der Welt berichten wollte. Ich liebte Bücher und schrieb gerne. Peters Geschäftsreisen ließen mich irgendwann glauben, dass ich die Welt auch mit einem BWL-Studium bereisen und der Stolz meines Großvaters und meines Vaters werden könnte.“

Ich merkte, wie Julia mich in der Dunkelheit von der Seite anschaute. Dieser Aspekt meiner Persönlichkeit war ihr bisher verborgen geblieben.

„Großvater Heinz hatte immer viel Achtung für Geschäftsleute und er hat immer mit so viel Respekt von meinem Vater gesprochen. Er ist so geraten, wie Heinz es sich gewünscht hat, und das half ihm, glaube ich, seine Enttäuschung über Onkel Rupert zu überwinden. Mit einer Zirkustruppe durch die Gegend zu reisen, war für ihn das Stehlen von Gottes höchstem Geschenk: Leben. Rückblickend denke ich, dass ausgerechnet Onkel Rupert das Leben bekommen hat.“ Ich holte wieder tief Luft. „Wie auch immer. Ich kann mich sehr gut an seine Bewunderung für Peter erinnern und habe gedacht, wenn sein Vater ihn so bewundert, wird er mich auch bewundern, wenn ich erfolgreich bin.“

„Und das tut er. Was ist los mit dir?“

Ich merkte, dass ich mich fast verraten hatte.

„Nichts. Wenn ich die Familie beziehungsweise den „heilen“ Teil der Familie sehe...“, ich nahm die Hände kurz vom Lenkrad, um Anführungszeichen in der Luft zu zeichnen, „...dann kommen mir manchmal solche Gedanken. Dir nicht? Denkst du nicht an deinen Vater?“

„Doch. Am Wochenende habe ich viel an ihn gedacht und daran, wie sehr ich ihn vermisse. Ich weiß, dass ich in einem Moment einen Kloß im Hals hatte, als ich dich mit deinem Vater sah. Er stellte dich voller Stolz einem seiner Freunde vor. Es war der Mann mit dem Toupet. Ich kann mich nicht mehr an seinen Namen erinnern.“

„Oh, ich weiß, wenn du meinst. Herr...O'Neal. O'Nelly? Irgendwas Irisches. Er war ganz witzig. Sorry, du warst am Erzählen."

„Ja, die Szene war so schön. Ich habe mir vorgestellt wie stolz mein Vater auf mich wäre, wenn er wüsste, was ich erreicht habe. Ich meine damit meine Veröffentlichungen. Der Traum aller Wissenschaftler, die Artikel so gut zu platzieren. Er hätte das Thema nicht verstanden, aber er hätte die Bedeutung dieses Erfolges verstanden."

Ich liebte es, wie Julia immer ihre Hände beim Reden zur Hilfe nahm. Auch jetzt in der Dunkelheit des Autos vernahm ich die schattenhaften Bewegungen und war dem Raser für sein Drängeln dankbar, denn durch ihn hatten Julia und ich einigermaßen wieder zueinander gefunden.

„Wann hast du mit deiner Mutter zuletzt telefoniert?"

„Vor einem Monat. Das reicht."

Die Antwort war so irritierend, dass ich keine weiteren Fragen stellte. Julia, unterbrochen in ihrem Erinnerungsfluss, drehte den Kopf wieder zum Fenster und hing ihrer Erinnerung an ihre Familie alleine nach. Ich versuchte noch ein paar Mal, eine Unterhaltung zustande zu bringen, aber ohne Erfolg.

Ich erkläre dir unser Leben:

# Spielzeug

„Danke für die letzte Anmerkung, denn jetzt habe ich ein sehr gutes Argument. Eins habt ihr Frösche nicht: Autos! Auch damit bringen wir uns um, aber das ist eine andere Geschichte. Zuerst will ich sie dir als unser Spielzeug vorstellen."

„Du hast ein Spielzeug?"

„Mehr als eins. Willst du mehr erfahren?", erwiderte Thomas.

Seine Begeisterung wollte nicht auf mich überspringen. Meine Anmerkung über die Evolution hat ihn ziemlich nachdenklich gemacht, aber in guter menschlicher Manier schüttelte er sie ab und versuchte, meine Begeisterung für ihre Welt zu wecken. Nicht jedoch mit einem Begriff wie Autos.

„Aha? Und was ist Autos?"

Thomas ließ sich von der Begeisterung für Spielzeuge tragen. „Ein Auto, zwei Autos. Es sind Fortbewegungsmittel, mit denen wir größere Distanzen überbrücken. Oder auch nicht. Manchmal fahren wir mit dem Auto auch zum Bäcker um die Ecke. Aber Autos sind so cool! Ich kann mir mein Leben ohne Autos nicht vorstellen. Sie sind so großartig. Statt wie ihr von Teich zu Teich zu hüpfen, fahren wir einfach hin."

Ich sah die Bilder von frustrierten Menschen in geräuscherzeugenden Kisten auf vier Rädern, die andere Menschen verfluchten, während der hintere Teile dieser Kiste eine Wolke erzeugte, die uns das Atmen erschwerte. Während die Menschen vorne mit dem Fluchen beschäftigt waren, ignorierten sie komplett die dunkle Wolke, die sie hinten erzeugten. Eine weitere Variante der Selbsttäuschung.

„Aber hüpfen ist doch gesund", warf ich ein. Ich hätte mich für nichts auf der Welt in eine dieser Gestank erzeugenden Kisten hineingesetzt.

„Ja, das tun wir auch."

„Aber wann, wenn ihr nur stinkende Autos fahrt? Und ihr bringt nicht nur euch um, wir sterben auch an diesen Wolken."

Thomas verstand nicht sofort meine Aussage, aber dann erinnerte er sich an das Umbringen. „Die Abgase sind nicht das Töttungsmittel…" Er hielt kurz an und betrachtete den Fluss. „Eigentlich schon, aber so langsam, dass wir ausreichend Zeit haben, diese Tatsache zu verdrängen."

„Die Intelligenz der Selbsttäuscher", warf ich ein, aber Thomas reagierte nicht.

„Wir töten andere Menschen, indem wir die Kiste zu schnell steuern oder während des Fahrens nicht aufpassen. Meistens jedoch bekommen wir eine Strafe verpasst, weil wir die Geschwindigkeitsbegrenzung überschritten haben."

„Und nur, weil ihr nicht laufen wollt", warf ich schnell ein.

„In der Tat! Wir gehen lieber ins Fitnessstudio und trainieren dort. Falsch! Wir fahren dorthin. Dann hüpfen wir, heben Gewichte, um unsere Frauen zu beeindrucken, und dann fahren wir nach Hause in unseren teuren Autos."

„Aha. Warum hüpft ihr nicht draußen?"

„Manche tun es. Sie joggen in der Stadt oder hier entlang des Flusses. Aber man kann auch im Fitnessclub trainieren. Man muss nur dafür bezahlen."

„Warum zahlt ihr für etwas, das ihr frei haben könnt?" Die menschlichen Widersprüche müssen eine Grenze des Unglaubens in mir überschritten haben, denn ich fing an zu lachen.

„Weil wir eben bescheuert sind!" Thomas lachte mit mir, obwohl ihn meine Reaktion überraschte. Ich war froh, dass ich ihn aus seinem Selbstmitleid herausgerissen hatte. „Nein, jetzt im Ernst. Unser Lebensstill ist so ausgerichtet, dass wir viel am Schreibtisch und in Meetings sitzen und dann die Bewegung brauchen. Da es in manchen Gegenden in der Welt im Winter draußen kalt ist, gehen wir lieber in die Fitnessstudios. Da es dann im Sommer zu heiß ist, gehen wir auch lieber dorthin, weil die Räume klimatisiert sind. Und da gebietsweise der Winter lang und der Sommer kurz ist und wenig Raum für was Anderes dazwischen bleibt, gehen wir immer ins Fitnessstudio."

Ich fing an zu lachen. „Ihr rennt im Rädchensystem, füllt euren Kopf mit Sorgen, rennt in Eile durch die Welt…", lach, „…damit ihr Geld verdient, um es für etwas auszugeben, das ihr…", lach, „…frei haben könnt. Um Frosches…", lach, …"Willen." Ich verschluckte mich beinahe am letzten Wort.

Ich lachte weiter, weil mir das Lachen sehr gut gefiel. Ich merkte, wie ich mich entspannte, wenn ich lachte. Ich muss gestehen, dass die Menschen wirklich witzig waren. So witzig, dass ich mich in einem Augenblick zur Seite legte, um noch mehr lachen zu können. Das Lachen war eine der schönsten Fähigkeiten der Menschen und meiner Wahrnehmung nach eine, die am seltensten zum Einsatz kam.

„Lacht ihr auch viel?", fragte ich, als ich endlich wieder Luft bekam.

„Hin und wieder. Wenn wir uns über etwas freuen oder etwas witzig finden. Aber da wir selten über unsere Eigenarten mit einem Frosch reden, kommen wir nicht so häufig in den Genuss, über uns selbst zu lachen."

„Sollte ich ein Mensch werden, verspreche ich dir, dass ich jeden Tag lachen werde. So eine schöne Fähigkeit und ihr nutzt sie nicht? Ihr seid so wunderschön, wenn ihr lacht. Glaube mir, wenn ich das sage, denn mein Überleben hängt davon ab, meine Umgebung genauestens zu beobachten." Ich meinte jedes Wort. Sollte ich ein Mensch werden, wird das Lachen ein fester Bestandteil meines Lebens werden. Nachdem ich mich wieder beruhigt hatte, fragte ich weiter.

„Warum sitzt ihr viel am Schreibtisch?"

„Weil unsere mobilen Devices dort angesteckt sind? Hübscher Begriff: Devices. Hört sich so cool an, wenn ich immer wieder ein bisschen Denglisch rede, nicht wahr?

„Nein!"

„Ich weiß. Ich scherze nur." Thomas verzog das Gesicht.

„Wofür braucht ihr diese...Devices?" Ich sah eine vernetzte Welt, in der mir die Menschen wie Spinnen vorkamen, aber - im Gegensatz zu Spinnen – verfingen sie sich selbst in diesem Netz.

„Weil unser ganzes Wissen darin ist."

„Aha. Ein weiterer Widerspruch in Sicht.", dachte ich. Ich konnte es kaum erwarten. „Und wie soll ich mir diese Devices vorstellen? Sind es diese Geräte, die die totale Macht über euch haben?"

„Genau! Es sind Geräte, auf denen alle Informationen elektronisch gespeichert sind."

„Ihr habt Geräte entwickelt, die über euch herrschen? Und in diesen Geräten ist euer Wissen? Hm. Ich habe dafür meinen Kopf. Mehr brauche ich nicht."

„Ja, aber wir verfügen über so viel Wissen, dass wir nicht alles im Kopf haben können. Alle Briefe, Dokumente, Emails, Fakten, Wissen Gott weiß, was noch. Wir haben alles darin. So müssen wir weniger im Kopf herumtragen und haben ihn frei für andere Dinge."

„Beispielsweise?" Ich war kurz davor, wieder einen Lachanfall zu bekommen und konnte mich kaum beherrschen.

„Du stellst Fragen!" Erneut musste Thomas kurz überlegen. „Keine Ahnung. Für Träumereien über Sachen, die wir uns nicht leisten können. Wie teure Autos, teure Boote, teure Urlaubsziele. Womit man die eigene Ehefrau verwöhnen kann und so weiter. Apropos Ehefrau. Das Konzept der Ehe muss ich noch später erläutern."

Ich dachte einen Augenblick nach. „Hm. Ihr packt alles, was ihr habt, in eine Kiste, damit ihr über das nachdenken könnt, was ihr nicht habt. Um Frosches Willen!"

Das Lachen brach wieder aus mir heraus, denn ich konnte es nicht mehr steuern. Die ganze Realität der Menschen war einfach zu witzig. Thomas grinste und wartete, bis die Welle des (Aus)Lachens über mich schwappte.

„Warum ist das so witzig?"

„Weil es total bescheuert ist!", sagte ich mit lachender Stimme. „Alles in eine Kiste zu stopfen, ist nicht wirklich eine Meisterleistung. Warum haltet ihr Menschen euch denn für so schlau?"

„Weil wir so ein Ding erfunden haben! Du bringst mich zur Verzweiflung! Glaubst du, es war leicht, so etwas zu erfinden. Die Geräte sind da, um uns das Leben zu erleichtern!"

„Tun sie das?"

Thomas hielt kurz inne und betrachtete erneut den Fluss. Dann schaute er wieder mich an.

„Nicht immer. Die Software muss regelmäßig erneuert werden, häufig funktioniert etwas nicht. Nein, sie machen unser Leben nicht immer einfacher."

„Warum benutzt du sie dann? Und warum erlaubt ihr, dass die Kiste euer Leben steuert?"

„Weil ich nicht anders kann. Heute verwenden alle meine Mitmenschen ähnliche Geräte. Es geht heute nicht anders. Und wir zeigen sie auch gerne anderen Menschen, um angeben zu können. Genau wie unsere Autos. Wir möchten immer dazugehören, wie die Anderen sein, nicht aus der Masse herausstechen, sondern schon mit dem Schwarm voranschreiten. Es geht nicht anders."

„Natürlich geht es. Du musst einfach einen neuen Weg erfinden. Sagtest du nicht, ihr Menschen habt die Dinger erfunden? Ihr könnt doch auch ihre Nichtexistenz erfinden." Für mich war die Situation sehr einfach.

„Das geht nicht. Alles wird heute mit elektronischen Geräten gemacht. Nachrichten, Protokolle  was weiß ich." Thomas pausierte kurz, bevor er ergänzte: „Du bist anstrengend." Dann atmete tief ein und bedeckte sein Gesicht mit beiden Händen.

„Ich weiß. Das hat gestern Alicia Rana auch zu mir gesagt. Was sind Nachrichten und Protokolle?"

Als die nächste Frage kam, ließ Thomas seine Hände sinken.

„Nachrichten sind eigentlich Briefe, die früher per Post versandt wurden. Man hat den Brief auf ein Blatt Papier geschrieben und dann an die Post übergeben. Der Briefträger hat ihn dann zum Empfänger geliefert. Heute geht alles durch…"

…die Devices!", fiel ich Thomas ins Wort.

„Richtig! Früher brauchte der Brief in ferne Teile der Welt mindestens eine Woche, jetzt geht es innerhalb von Sekunden. Wir haben nur leider keine Zeit, diese ganzen Emails zu lesen, da wir zu viele pro Tag bekommen, erwünschte sowie unerwünschte."

„Hast du nicht vorher gesagt, du würdest von deinen Kindern erwarten, dir eine Email zu schicken?"

Thomas hat seine frühere Aussage bereits vergessen. „Mag sein", erwiderte er nur kurz. Ich gab das Nachbohren auf und setzte meine Fragerei mit dem nächsten „Warum?" fort. Habe ich schon angedeutet, dass „Warum" meine Lieblingsfrage war? Oder ist es mittlerweile offensichtlich?

„Warum erreichen dich so viele Nachrichten? Bist du so beliebt oder bekannt oder gehasst?"

„Weil unser direktes Arbeits- und Familienumfeld das gleiche Medium benutzt. Dann gibt es andere Menschen, die uns etwas verkaufen wollen und uns anschreiben. Ich lese nur einen Bruchteil meiner Emails."

„Wo ist dann der Vorteil dieser Emails?" Mir kam es schon merkwürdig vor, dass die Menschen etwas erfinden und in ihren Alltag integrieren, das sie dann nicht mehr wirklich nutzen.

„Weißt du was? Ich weiß es nicht mehr. Ich versuche, dir Vorteile unseres Lebens zu verdeutlichen, aber irgendwie gelingt es mir nicht."

„Du wolltest mir noch die Protokolle erklären." Ich wollte Thomas ein bisschen ablenken, denn ich spürte seine Überforderung. Er verstand seine eigene Welt selbst nicht mehr, während er gleichzeitig den Versuch unternahm, sie mir zu erklären.

„Die Protokolle sind die Zusammenfassungen unserer Meetings."

„Was sind Meetings?"

„Gott! Was sind Meetings?" Thomas holte zuerst tief Luft. „Es sind Zusammentreffen mit Kollegen, um bestimmte Entscheidungen zu treffen oder deren Beschluss zu vertagen. Das sind zeit- und nervenraubende Diskussionsrunden, die dazu dienen, Hochstaplern die Plattform zur Selbstdarstellung zu geben. Kurz gesagt, wir diskutieren viel, entscheiden wenig, wir sagen uns immer wieder, dieses Meeting hätte viel kürzer sein können, aber wir fühlen uns danach besser."

„Warum?"

„Weil wir das Gefühl haben, etwas gemacht zu haben." Thomas runzelte wieder die Stirn.

„Aber ihr habt doch nichts gemacht. Du sagtest, ihr diskutiert nur." Ich bekam fast schon wieder einen Lachanfall, beherrschte mich jedoch mit sehr viel Mühe, um Thomas nicht noch mehr zu frustrieren.

„Ja. Manchmal entscheiden wir auch."

„Und was steht in den Protokollen? Dass ihr nichts gemacht habt?"

„Nein, darin stehen die Einzelheiten des Besprochenen. Was wer gesagt hat in etwa."

„Ist das wichtig?" Mir erschloss sich nicht, warum Menschen schriftlich festhalten, dass sie nichts erreicht haben, außer sich die Zeit zu stehlen, die sie besser hätten verbringen können.

„Eigentlich nicht, aber dient dem Zweck. Wir halten den Glauben aufrecht, wir würden arbeiten." Thomas Stimme wurde leiser, als ob es sich schämte, diese Offenbarung zu machen. Es war jedoch nicht seine Schuld, dass die Menschen das Leben als kollektive Selbsttäuschung gewählt haben. Selbst bei der Arbeit kam das Thema des Glaubens vor. Sie gehen in die Schule, um etwas zu wissen, aber deren Alltag wird bestimmt vom Glauben.

„Ihr Menschen seid schon komisch. Ihr zahlt für etwas, das ihr frei haben könnt, ihr erfindet ein Gerät, das euch die Nachrichten sofort zur Verfügung stellt, die ihr nicht lest, ihr denkt an etwas, das ihr nicht habt, ihr verstellt euch, etwas zu tun, was ihr nicht macht. Ihr lasst zu, dass eine oder mehrere Maschinen euren Alltag domminieren. Um Frosches willen! Schon skurril, findest du nicht?"

„Du bist ein sehr zynischer Frosch, weißt du das?" Thomas musterte mich herausfordernd.

„Was ist zynisch?"

„Oh Gott! Das kann ich heute nicht mehr erklären. Ich bin fix und fertig und habe dich immer noch nicht überzeugt, ein Mensch zu werden. Und ich habe dir noch nicht alle Argumente aufgezählt. Mehr Absurdität wartet auf dich. Wollen wir uns noch einmal sehen?"

„Ja. Erklärst du dann, was zynisch bedeutet?"

„Vielleicht. Wollen wir uns morgen hier wiedersehen?"

„Was ist morgen?"

„Morgen. In 24 Stunden."

„Was sind Stunden?"

„Vergiss es. Das erkläre ich dir das nächste Mal. Ich komme morgen vorbei, mal sehen, ob ich dich hier finde. Mach's gut, Robby."

Ich saß allein in unserem großen Besprechungsraum im fünften Stock. Nur das Licht des Beamers beleuchtete das Zimmer und winzige Staubpartikel tanzten im Projektionslicht. Ein weiterer Tag ist uns entglitten, während wir damit befasst waren, uns gegenseitig die Chancen streitig zu machen. Ich war müde und frustriert, meine Gedanken waren ein Durcheinander und meine Seele ein Kriegsfeld. Die Woche war ein Albtraum, die Sitzung hätte nicht schlimmer verlaufen können und mein Körper versagte mir - wie so oft in letzter Zeit - seinen Dienst.

Wie nach dem Tod von Daniel, verspürte ich eine tiefe Verzweiflung, die mich jeder körperlichen Kraft beraubte. Ich schluckte die gleichen Aufputschmittel wie damals, aber die Resultate wollten sich dieses Mal nicht einstellen. Entweder trat mittlerweile eine gewisse Immunität ein oder ich konnte meinen Körper nicht mehr täuschen. Meine Kraft reichte gerade für ein paar Stunden im Unternehmen aus. Wenn ich mich ins Auto setzte, fühlte ich eine so tiefe Müdigkeit, dass ich die Angst hatte, unterwegs einzuschlafen. Ich machte in der Regel das Radio an und sang mit. In irgendeiner Zeitschrift hatte ich mal gelesen, dass das Singen die beste Methode gegen die Müdigkeit am Steuer sei. Unten auf unserem Parkplatz lachte gerade jemand laut auf, bevor das Geräusch einer zuschlagenden Autotür das Lachen zerschnitt. Die Kollegen kehrten in die Obhut ihrer Familien zurück, um vielleicht von ihrem Alltag zu berichten und die nötige Erholung für einen neuen Tag zu erreichen.

Julia blieb immer länger im Büro und ich war mit einem Teil meines Herzens dafür dankbar. Nur so konnte ich mich, ohne irgendwelche Erklärungen abgeben zu müssen, sehr früh ins Bett legen. Das frühe

Schlafengehen war keine Garantie fürs Ausruhen, denn meistens schlief ich schlecht. Der Alltag verlagerte sich in meine Träume und verfolgte mich dort weiter. Am nächsten Morgen zwang ich mich - wegen Julia - aufzustehen. Ich schleppte einen Block aus Blei auf meiner Seele mit mir herum und wusste nicht, wie ich ihn loswerden sollte. Vor unserer Holland-Reise hatte ich noch etwas mehr Elan und Kampfgeist besessen, aber diese Woche verlangte mir die letzte Energie ab. Und die Woche war noch nicht vorbei.

Ich schaltete den Beamer aus und klappte meinen Laptop zu. Sven Meier, ein Mitarbeiter aus der Entwicklung, ging gerade am Besprechungszimmer vorbei und schaute etwas verwundert durch die Rollos, weil ich etwas planlos weiterhin am gleichen Platz saß. Ich ignorierte den Blick, so wie ich auch viele andere Blicke oder Tonlagen in den vergangenen Tagen ignoriert hatte. Die Blicke waren meistens voller Fragen, manchmal mischte sich eine Portion Mitleid hinzu oder einfach nur Freude. Die Begrüßungen variierten auf der Skala von peinlicher Berührung, die zum Meiden des Augenkontakts und einer kurzen Begrüßung führten, bis hin zur vorgemachten Begeisterung, meistens erkennbar durch eine höhere Tonlage und den falschen freundschaftlichen Ton. Ich bin nicht naiv: Ich hatte meine Feinde und sie mobilisierten gerade ihre Truppen.

Ich wusste jetzt, wen die beiden Brüder als meinen Nachfolger favorisierten. Es war Dominic Lacroix, Leiter Rechnungswesen und Controlling. Die Entscheidung war scheinbar nur Herrn Lacroix bekannt, denn mein früherer Assistent Jürgen Niels glaubte immer noch, er sei der Kandidat. Er kroch aus seinem aktuellen Arbeitsloch heraus, wo immer dies im Augenblick sein mochte, betrat den Konferenzraum zu spät, unterbrach mich in der Einführungsansprache, begrüßte laut einige Kollegen und wirbelte insgesamt sehr viel Staub auf. Lydia Rosig, Leiterin Personal, leistete ihm neben dem Erfrischungstisch Gesellschaft und kurze Zeit später erfüllte ihr leeres Lachen den Raum. Sie hatte das Talent, auf Knopfdruck ein Geräusch zu produzieren, das einem Lachen ähneln sollte, denn sie verzog den Mund zum Lachen, aber nur eine Reihe undefinierbarer Laute kam raus. Stefan Christ stellte sich dazu, Hermann Piskowski aus der Forschung und Entwicklung holte sich auch zur gleichen Zeit seine Erfrischung. Ich betrachtete das Theater eine Zeit lang, bis das Maß voll war.

„Wer heute zum Arbeiten hierher gekommen ist, sollte mir jetzt zuhören. Alle anderen können ihre Unterhaltung vor der Kaffeemaschine draußen fortsetzen."

Ohne die Betroffenen anzusehen, fuhr ich mit meiner Ansprache fort. Es herrschte absolute Ruhe im Konferenzraum, bis ich meine einführenden Worte beendet hatte. Dann hatten alle Leiter die Möglichkeit, aus ihrem jeweiligen Gebiet zu berichten, was sie auch taten. Die Länge des Vortrags stand nicht in Relation zur Anzahl der Themen, sondern zu dem Bedürfnis des Einzelnen, sich darzustellen. In der Vergangenheit ließ ich diese kleine Showrunde zu, aber jetzt artete sie regelrecht aus. Alle Anwesenden wollten ihren Kollegen beweisen, dass sie die Kompetenz besaßen, mein Nachfolger zu werden. Nur für den Fall, dass sie von beiden Brüdern berücksichtigt werden würden. Stellte einer der Leiter seine Themen vor, kamen unzählige Gegenfragen und Vorschläge im Sinne von: „Haben Sie schon daran gedacht, es so und so zu machen?" Ich griff irgendwann durch und erlaubte keine Gegenfragen mehr.

Als wir die kleine Pause einbauten, weil ich Anja Müller bat, weitere Unterlagen auszudrucken, versammelten sich die gleichen Kollegen erneut um Jürgen Niels und hörten seinen Geschichten zu. Nur Dominic Lacroix kam auf mich zu und stellte mehrere Fragen zum Thema Expansion. Ich erkannte sofort das Minenfeld direkt vor mir und versuchte mit Gegenfragen, mich langsam voranzutasten. Mein Gesprächspartner beantwortete alle meine Fragen sehr knapp, aber verriet sich in einem Punkt aus Unachtsamkeit. Ich erzählte gerade von den Herausforderungen rund um den potentiellen Neubau, sollte der neue Auftrag mit dem Möbelhersteller realisiert werden, als Herr Lacroix, ganz in Gedanken, sagte: „Jan meinte, es gäbe Auswege." Ich unterbrach meine Erzählung und schaute meinen Kollegen etwas verdutzt an. Die Antwort auf die Frage, wer der nächste Geschäftsführer sein würde, leuchtete direkt vor mir wie eine Neonreklame.

Dass Jan Schmitt den Leiter Controlling favorisierte, war an sich keine Überraschung. Er selbst war Controller und, zu meinem Staunen, zeigte er Stil bei dieser Auswahl. Eine Überraschung war vielmehr, dass die beiden Brüder sich geeinigt hatten. Mathias hatte keine hohe Meinung von Controllern und ließ sie immer hinter dem Rücken seines Bruders verbreiten. Oder beide Brüder hatten jeweils einen Kandidaten und führten mit ihm vertrauliche Gespräche? Wer weiß? Ich ließ die Runde wieder zusammenkommen und setzte die Sitzung fort.

Aus reiner Bequemlichkeit oder Energielosigkeit oder weil ich es nicht eilig hatte, den Raum zu verlassen und mich der Welt draußen auszusetzen, griff ich nach der Fernbedienung und schaltete den großen Fernseher im Konferenzraum an. Da das Angebot nichts Besonderes abgab, schaltete ich durch die Kanäle. Bei CNN blieb ich kurz hängen, als eine der Moderatorinnen gerade ihr neues Programm vorstellte. Bilder von menschlichen Tragödien reihten sich aneinander, begleitet von ihrer Stimme. „Bilder, die Nachrichten verkaufen, gegen die wir bereits abgestumpft sind", dachte ich. Die Szenen, die sich gerade für Promozwecke aneinanderreihten, hatten jedes einzelne dieser gezeigten Leben verändert. Ein kleines Mädchen erschien, ihre Augen voller Tränen, ihr Blick voller Hoffnungslosigkeit. Ich kann mich heute noch an das Bild sehr gut erinnern. Obwohl das Mädchen nur für zwei Sekunden ihre Trauer mit der laufenden Kamera teilte, reichte die Zeit aus, um mich bis ins Mark zu treffen.

Weitere Bilder folgten, aber das Bild des verzweifelten, am Boden kauernden Mädchens mit perlengroßen Tränen in den Augen ging mir nicht mehr aus dem Kopf. Zum ersten Mal formte sich in mir etwas, was mir die Antwort für meine plötzlich fehlende Ambition lieferte. Ich wünschte mir im Augenblick, in dem ich mich befand, das Mädchen glücklich machen zu können, ihre Tränen abzuwischen und ein Lachen auf ihr Gesicht zu zaubern. Der Gedanke allein erschrak mich zuerst, denn mir ist im Laufe meines Lebens nie nahegelegt worden, Mitleid zu empfinden. Ich hörte bereits die feste Stimme meines Vaters im Ohr: „Wir müssen manchmal auch harte Entscheidungen treffen, die nicht alle Linken lieben, die aber das Beste für unsere Zukunft sind." Doch plötzlich bekam diese Aussage ein ganz anderes Licht. „Ja, wir sollen das Beste für unsere Zukunft wählen. Da hat mein Vater Recht. Aber weiß ich das noch überhaupt?", dachte ich. Statt die Frage für mich selbst zu beantworten, schaltete ich den Fernseher aus, packte meinen Laptop in die Tasche und begab mich in Richtung Ausgang. Ich passierte dabei die Kopiermaschine, an der der neue Praktikant, dessen Name ich vergessen hatte, gerade kopierte und einen mitleidigen Blick auf mich warf. Zumindest glaubte ich, er würde mich teilnahmsvoll anschauen.

„Gute Nacht Herr Bader."

In dem Augenblick verspürte ich den Drang, den Man am Hals zu packen und mit seiner ganzen Kraft an die Wand zu drucken. „Ich brauchte kein Mitleid", wäre der begleitende Satz. Erschrocken durch den unerwarteten Wutanfall, beschleunigte ich meine Schritte und entgegnete halb gedreht: „Gute Nacht".

Was soll's? Soll doch der kleine Scheißer seine Freude haben. Er wird schon früh genug die Realität kennenlernen. Ich habe an die großen Leader wie meinen Vater geglaubt, immer zu ihnen aufgesehen. Aber will ich wie mein Vater werden? Oder liegt meine Zukunft woanders? Oder war mein Vater gar nicht so, wie ich es mir immer vorgestellt habe? Hatte mein Vater überhaupt eine andere Wahl, als den Karriereweg anzustreben mit einer Frau wie Anita an seiner Seite? Meine Mutter machte immer wieder klar, dass sie nur einen erfolgreichen Mann an ihrer Seite duldete.

Ich sah meinen Vater plötzlich mit andern Augen und verstand, warum er spät nach Hause kam oder beim Licht der Tischlampe im Arbeitszimmer diverse Unterlagen las und häufig abwesend wirkte, wenn wir Golf spielten. Ich sah ihn immer als einen gefassten Mann, der das Leben gut unter Kontrolle hatte. Das Bild wurde gefestigt durch die Geschichten, die mein Vater mir erzählte, denn ich habe ihn nie in seinem beruflichen Alltag erlebt. Nur einmal auf einer Veranstaltung, als mein Vater den Preis für seine transatlantische Arbeit bekam. Einige Kollegen waren anwesend, aber sie schleimten alle so sehr, dass es selbst mir auffiel. Damals habe ich mir nichts dabei gedacht, denn ich war zu sehr mit meinem eigenen Leben beschäftigt, als dass ich mich in die Lage meines Vaters hätte versetzen können. Heute würde ich mich eher fragen, warum sie so sehr schleimten. Ist doch egal. Ich bin mir sicher, dass mein Vater einige Entscheidungen getroffen hat, die der Betriebsrat nicht mochte. Oder die Konkurrenz. Oder er selbst.

Ich erreichte das Auto, stieg ein, fuhr automatisch los und dachte wieder an das Gefühl in mir, das sich seit dem Augenblick im Besprechungsraum wie ein Dschinn aus der Flasche herauswand. Das kleine Mädchen tauchte wieder auf und erzeugte eine Gänsehaut. Die Verzweiflung der Unbekannten erreichte mich überraschenderweise in der Tiefe meines Herzens. Einerseits war ich traurig, dass Julia und ich noch keine eigenen Kinder hatten, und andererseits, dass wir in einer solchen Welt lebten. Was waren das für Menschen, die dieses Kind so zur Verzweiflung brachten?

Ich teilte nicht die Ansichten meiner Frau, die häufig in Gesprächen sagte, dass die ganze Idee der Demokratie auf Gier basierte. Die Gier der Waffenproduzenten, viel Geld zu verdienen. Sie winken mit Geld, um die Wahlen zu bezahlen. Die gierigen Politiker rennen hinter dem Geld her. Sie zetteln irgendwo einen Krieg an und verpacken die Scheiße in Farbe, wickeln die Schleifen Demokratie, Fortschritt und Freiheit drum herum und verkaufen das Paket zusammen mit Waffen für Leben, Frieden und Glaube. „Ihr seid doch genauso wie die Kommunisten, ihr verdient nur mehr daran", war einer von Julias Lieblingssprüchen. Julia wurde immer rasend, wenn ich versuchte, dagegen zu argumentieren. Ich wünschte mir, ich fände zuhause wieder meine leidenschaftliche Julia, die in ihrem Herzen an das Gute in der Welt, was auch immer das sein mag, glaubte und die Hoffnung auf eine bessere Zukunft nicht aufgab.

„Ja, die Kinder", dachte ich. „Wenn uns alle Argumente ausgehen, müssen die Kinder herhalten. Auch um eine Fernsehshow zu verkaufen."

Die Dunkelheit im Auto und das leise Summen des Motors stimmten mich nostalgisch. Ich dachte wieder an meine Nichten und wünschte mir, ich könnte sie jetzt fest umarmen und vor dem Rest der bösen Welt, die Kinder in Trauer stürzte, beschützen. Ich versuchte mir auch vorzustellen, wer sich dieses Programm anschaute. Überwiegend kamen mir die Bilder gelangweilter Businessmänner in ihren Hotelbetten, die ungeduldig auf die Wirtschaftsnachrichten warteten, in den Sinn. Oder die gelangweilten Wartenden auf den Flughäfen oder in anderen Einrichtungen, die nur die Bilder sehen und von der heißen Badewanne zuhause träumen. Oder diejenigen, die zuhause den Werbeblock für ihren Toilettengang nutzten.

Die Bilder eines verzweifelten Mädchens berührten sie vielleicht nicht oder sie verdrängten die Gefühle, weil sie der aktuellen Karriereplanung im Weg standen. Oder die restlichen Zuschauer weltweit, die beim Anblick dieses Elends glücklich in ihrer eigenen Haut waren. Ist das nicht eigentlich die Aufgabe der News? Sie wollen uns mit Nachrichten versorgen, damit wir informiert sind. Schwachsinn. Unsere Länder wollen, dass wir mit unserem Leben glücklich sind und auf keine Dummheiten kommen, denn man sieht, was für eine schlimme Entwicklung einen erwischen kann. Deswegen sollen wir bitteschön viel arbeiten, Steuern zahlen, gelegentlich Sex zwecks Vermehrung haben, schön shoppen, um die Wirtschaft bei Laune zu halten, und die Zukunft dem Staat überlassen. Wir sind auf der sicheren Seite und nicht dort, wo gerade der Krieg angezettelt worden ist. Na, wie rosig… Vielleicht hatte Julia mit ihren radikalen Einsichten Recht, ich war nur nicht bereit, sie zu akzeptieren, weil sie nicht in mein Bild, oder das Bild, das für mich gemalt worden ist, passten.

Ich wünschte mir so sehr, ich könnte wieder mit meiner Frau über all dies reden. Sie war stets diejenige, die die Welt aus einer anderen Perspektive sah, ich schritt in den Fußstapfen der Anderen. Ich war meines

Vaters Kind, für eine große Karriere und für ein Leben im Wohlstand geboren. Was wird Julia sagen, wenn sie erfährt, dass ich im Schleudersitz sitze? Goodbye Wohlstand? Nein, das kann ich ihr nicht antun. Mein Vater hat meiner Mutter ein Leben lang ein bequemes Leben angeboten. Ich kann meiner Frau nicht weniger anbieten. Ich muss einen neuen Job finden. Am besten bei einem großen Namen, wie es alle meine Studienkollegen gemacht haben, und die Karriereleiter hochklettern. Vielleicht hatten sie alle gar nicht so Unrecht.

Dieser Gedanke katapultierte mich wieder in meine zugemauerte Welt, eingeschlossen innerhalb Grenzen der eigenen der Überzeugung. Mich wunderte nur etwas, dass der Gedanke an diese Karriere, die ich mir gerade vorgestellt hatte, in mir einen starken Widerstand erzeugte. Das Gefühl war mir völlig fremd.

Wie viele Führungskräfte in der heutigen Zeit definierte ich mich über die Anzahl der Überstunden, die ich schob, Nachtschichten und Wochenenden im Büro. Kein Projekt zu groß, keine Unternehmung zu schwierig. Bis zur Begegnung mit Julia existierte der Begriff „Freizeit" nur im Duden und mein elektronisches Spielzeug wurde mein zuverlässigster Freund. Die Anzahl der Freunde reduzierte sich proportional zur Anzahl der Überstunden und die Hotelbar bot eine Alternative, wenn die Seele um mehr Aufmerksamkeit bat. Das eigene Leben im Dienste des Unternehmens, damit ich eine Stufe höher klimmen konnte. Was bot die nächste Stufe? Mehr Arbeit, ein bisschen mehr Geld, hin und wieder eine Golfrunde mit dem Chef und jede Menge Feinde. Gelegentlich ein anerkennendes Wort des Vorgesetzten, das uns auf das nächste anerkennende Wort warten lässt und auf Trab hält?

Julia war die erste Person, die mich ein bisschen ablenkte. Nach der Beförderung hätte ich der glücklichste Mensch auf dieser Welt sein sollen, aber die Spur des Glückes ließ sich nicht auffinden. Ich peitschte mich weiter soweit ich konnte, aber meine Energiereserven leerten sich im Tempo einer alten Batterie. Ich nutzte das Unternehmen und meine Position eine Zeit lang dafür, vor mir selbst zu flüchten. Ironischerweise war das eine gesellschaftlich akzeptierte Methode des Selbstbetrugs. Ich nahm mich immer noch als einen High-Achiever, wie man es neulich im schönen Denglisch ausdrückte, wahr, obwohl dieser Trend längst der Vergangenheit angehörte. Und verglichen mit dem Arbeitspensum meiner früheren Studienkollegen bei Unternehmensberatungen und Banken, hatte ich richtig viel Freizeit zur Verfügung. „Was für ein prickelndes Leben wir doch alle Leben", dachte ich, als ich in unsere Straße abbog.

Ich parkte auf unserem Parkplatz und betrachtete das Gebäude. Einige Fenster waren beleuchtet und hinter diesen Vorhängen und Jalousien befanden sich Menschen, die gerade mit ihrer Familie über ihren Alltag redeten, Träume schmiedeten oder die Nachrichten verfolgten. Ich musste mir eingestehen, dass ich nur die Familie Zawinski auf unserem Flur kannte. Alle anderen waren die Fahrstuhl-Nachbarn, denn ich begegnete ihnen nur entweder auf dem Weg zur Arbeit oder zurück. Peter hatte uns dieses Penthaus mitten in der Altstadt als unser Hochzeitsgeschenk gekauft und Julia daraus ein Heim gemacht. Sie war auch diejenige, die mehr Nachbarn kannte und an Eigentümermeetings teilnahm. Was sollte ich all diesen Menschen sagen, wenn sie mich plötzlich tagsüber im Haus sahen?

Ich erkläre dir unser Leben:

# Maßeinheiten

Als die Sonne wieder den gleichen Punkt in ihrem Halbkreis erreichte, begab ich mich zur gleichen Stelle, um ein paar weitere Menschenparadoxe kennenzulernen. Ich konnte es kaum erwarten, mehr zu erfahren. Ich muss gestehen, die Widersprüchlichkeit der Menschen hat mich überrascht und amüsiert. Ich habe jedoch von Menschen das Lachen gelernt und ich freue mich schon jetzt, wieder lachen zu können. Thomas saß auf der gleichen Bank, als ich mich ihm näherte, und wartete ab, bis ich vor ihm stand.

„Ich dachte schon, du kämest nicht", begrüßte mich Thomas.

„Und was bewegte dich dazu, das zu denken? Ich bin doch da", dachte ich, „oder etwa nicht? Warum können sich die Menschen nicht freuen, wenn etwas wie erwartet geschieht?"

„Du bist nicht sofort gekommen."

„Doch."

„Nein. Ich habe ganze zehn Minuten gewartet."

Was sollte ich um Frosches Willen damit anfangen?

Gesagt habe ich nur: „Aha. Und was bedeutet das?"

„Ich wollte dir sowieso unser Konzept der Zeit erklären. Das passt ja. Aber zuerst wollte ich fragen, wie es dir geht?"

„Mir geht es froschartig."

Thomas lachte auf und entspannte sich wieder. „Das ist die perfekte Antwort: froschartig! Ich glaube, diese Antwort werde ich jetzt häufiger verwenden. Dann erkläre ich dir die Zeit. Bereit?"

„Ich bin sehr gespannt." Ich war neugierig darauf zu erfahren, wie die Menschen den Abstand zwischen der Geburt der Sonne und ihrem Sterben zerstückelten, um das Leben komplizierter zu gestalten.

„Also, die Zeit wird bei uns in Sekunden, Minuten, Stunden, Tagen, Wochen, Monaten und Jahren gemessen. Wir haben auch Dekaden, Jahrhunderte und Jahrtausende, aber das ist hier nicht so relevant. Die Sekunden sind sehr kurz. 60 Sekunden gehen in eine Minute, eine Stunde beinhaltet 60 Minuten."

„Und ein Tag 60 Stunden" warf ich ein.

„Nein. Ein Tag beinhaltet 24 Stunden."

Die Kompliziertheit bekam ein Gesicht. „Aha. Warum das?"

„Weiß nicht. Wurde so festgelegt, bevor du Einspruch erheben konntest." Thomas fand seine eigene Bemerkung witzig.

„Hm. Und wie viele Tage hat dann eine Woche? 60 oder 24?"

„Sieben."

„Warum sieben?"

„Gute Frage. Ein Monat hat vier Wochen oder 31 bzw. 30 Tage. Ein einziger Monat ist 28 Tage lang. Und es gibt so etwas wie ein Schaltjahr."

„Ein was?" Ich konnte bisher den Erklärungen gut folgen, glaube ich, aber selbst ein schlauer Frosch wie ich scheiterte irgendwann an der Komplexität der menschlichen Welt. Kein Wunder, dass sie keine Zeit zum Lachen haben.

„Vergiss es! Ich habe nichts gesagt. Ein Monat hat vier Wochen bzw. ca. 30 Tage. Ein Jahr hat 12 Monate."

„Immer?"

„Immer. Ohne Ausnahme. Das hängt mit der Bewegung der Erde um die Sonne zusammen. Da oben ist die Sonne. Die Erde, auf der wir jetzt stehen, macht einen Kreis um die Sonne und dafür braucht sie 365 Tage." Thomas machte eine kreisende Bewegung in der Luft.

„Um Frosches willen, ist das kompliziert!"

„Es ist nicht so kompliziert, es sieht auf den ersten Blick nur so aus."

„Wozu braucht ihr Menschen so etwas?"

„Um unsere Zeit zu definieren. Wie lange wir arbeiten, wie lange wir auf sprechende, freche Frösche warten müssen, wie lange uns die Frau versetzt hat, um wie viel Uhr der Film im Kino startet, das Flugzeug abfliegt oder der Zug abfährt. Wann die Sonne auf- und untergeht, wann es Vollmond ist. Nur um ein paar zu nennen."

„Du siehst doch, wann die Sonne untergeht. Warum braucht man die Zeit dafür?"

„Um genauer zu sein. Wir möchten alles sehr genau wissen und messen. Für alles haben wir eine Maßeinheit. Auch für die Größe der Frösche."

„Ich sollte auch eine Einheit haben? Welche? Froschlänge oder Froschbreite?"

„Nicht ganz. Wir würden eure Größe in Zentimetern messen." Thomas versuchte, mit seinen Fingern mir die Größe eines Zentimeters zu zeigen, aber ich war nicht sonderlich interessiert.

„Ich weiß nicht, was das ist. Und was ein Frosch nicht kennt, braucht er nicht."

„Das ist eine simple Philosophie, aber nicht schlecht. Soll ich dir ein Teil unserer Maßeinheiten erklären?"

„Wenn du kannst…" Ich musste mir wirklich Mühe geben, konzentriert zu bleiben.

„Du bist echt frech. Aber gut. Ich will ja aus dir einen Menschen machen. Ich gebe mein Bestes. Pass auf: wir haben Millimeter, Zentimeter, Meter, Kilometer und so weiter. Zehn Millimeter machen einen Zentimeter, hundert Zentimeter einen Meter, tausend Meter einen Kilometer und so weiter. Und das sind nur die Maßeinheiten in meiner Welt. Es gibt noch andere. Verstehst du aber das Prinzip?"

„Ja, aber wozu ist das gut?"

„Damit wir wissen, wie viel wir gelaufen oder wie weit wir gefahren sind."

„Wofür?"

„Wofür?"

„Ja, wofür ist das gut?"

„Tja " Thomas musste kurz überlegen. „Gute Frage. Wir wissen, wie lang die Gegenstände um uns herum sind, wie weit die anderen

Städte entfernt sind, wie viel Zeit uns entsprechend die Reise kosten wird und so weiter. Wir messen regelrecht alles. Und die genannten Maßstäbe sind nur die häufigsten Maße. Wir haben auch noch Mikrometer und Nanometer, die so klein sind, dass sie mit bloßem Auge nicht sichtbar sind."

„Woher wisst ihr, dass ihr richtig gemessen habt, wenn der Gegenstand nicht sichtbar ist? Ist diese eine weitere Übung in Selbsttäuschung?"

Thomas lächelte kurz. „Nein, bei der Messung gibt es keine Glaubensfragen und keine Täuschung. Alles ist sehr genau. Wir haben entsprechende Maschinen entwickelt, die das Messen für uns übernehmen."

„Ach, die Maschinen. Gibt es noch irgendwas, das ihr Menschen selbst macht, statt es den Maschinen zu überlassen? Das Denken habt ihr an sie übergeben, das Messen auch. Die Verantwortung habt ihr an jemand übergeben, der nicht existiert. Was macht ihr Menschen eigentlich noch selbst?"

„Wir " Thomas überlegte, was er darauf antworten sollte. Er entschied sich für das Ignorieren meines Kommentars.

„Wir messen auch größere Abstände wie den Umfang der Erde oder die Entfernung zur Sonne." Thomas zeigte mit dem Zeigefinger auf die Sonne. „Und wir messen einfach alles um uns herum."

„Hm." Jetzt überlegte ich auch. Thomas nutzte die Gelegenheit, um nachzulegen.

„Und wir wissen deshalb, wie groß jeder von uns ist. Leider wissen wir auch wie breit, aber das ist eine andere Geschichte."

„Aber warum müsst ihr wissen, wie groß ihr seid?"

„Damit wir uns in Gegenwart anderer überlegen oder unterlegen fühlen, je nachdem wie groß man ist und wer vor einem steht." Thomas schmunzelte zuerst bevor er weiterredete. „Wir brauchen die Größe, damit wir die Kleidung, die passend sitzt, kaufen können." Er fasste sich am Hemd, um mir zu verdeutlichen, was er meinte.

„Das ist menschenartig, um nicht zu sagen seltsam." Für uns Frösche definierte die Größe nur, ob man selbst aß oder gegessen wurde.

„Das ist nicht so seltsam, wie es erscheinen mag, denn wegen dieser Exaktheit haben wir unsere Welt mit Hilfe verschiedener Wissenschaften wie Ingenieurs-, und Naturwissenschaften, Medizin, Architektur, Wirtschaft und so weiter aufbauen können. Alle profitieren von unserer genauen Messung. Die Medizin heilt die Krankheiten, die Ingenieure bilden Gebäude und Brücken und Straßen. Die Naturwissenschaftler untersuchen die Welt um uns herum. Wie ihr Frösche lebt beispielsweise."

„So was untersucht ihr?"

„Ja. Warum nicht?"

„Wenn ihr unser Leben so gut untersucht, warum lasst ihr zu, dass unser Lebensraum verschwindet?"

„Tja..." Thomas bewies erneut die Verwandtschaft mit den Fischen. Die Menschen verbrachten ihre zerstückelte Zeit damit, unsere Größe zu messen und unser Verhalten zu studieren, statt sich Gedanken zu machen, wie wir gemeinsam leben können. „Tja, dann vertrocknen plötzlich eure Argumente. Genau wie unsere Teiche. Du musst mir nicht erklären wie wir Frösche leben, sondern vielmehr wie wir trotz der Menschen überleben können. Was habt ihr noch für Argumente?"

KAPITEL

# 6

Die Dunkelheit kämpfte gegen das schwache Tageslicht, als ich losfuhr. Mein Körper war noch nicht auf die Herausforderungen des neuen Tages vorbereitet. Heute Morgen nahm ich gleich die doppelte Tagesmenge Aufputschmittel ein und dazu noch einen Beutel eines Granulats. Aufgelöst in Wasser schmeckte die Substanz nach Orangen. Irgendetwas sagte mir jedes Mal, es könne nicht ewig so weitergehen, aber ich ignorierte die Stimme der Vernunft. Ich musste funktionieren, ich musste Ergebnisse liefern, es konnte doch jetzt nicht der Versuchung nachgeben, alles hinzuwerfen. Ich war kein Versager, ich konnte dem Leben die Stirn bieten. Daniel wurde das Vergnügen des Lebens versagt, ich würde kämpfen. Kaum zu glauben, dass ich sogar kurz dachte, in den Rhein zu springen. Was für ein Schwachsinn! Ich stehe mit beiden Füßen im Berufsleben, in guten und schlechten Zeiten. Der Spruch erinnerte mich wieder an Julia, die vor einer Stunde beinahe an der Kaffeemaschine eingeschlafen war. Während der Kaffee lief, legte sie ihr Gesicht auf die warme Oberfläche des Tassenwärmers und schloss die Augen. Als ich in die Küche kam, zuckte sie so sehr zusammen, dass auch ich erschrak. Der Abdruck des Tassenwärmer-Musters war in ihre rote Wange eingeprägt. Jetzt, während ich meinen Audi automatisch den gewohnten Weg lenkte, gingen meine Gedanken andere Wege.

„Was ist Liebe wirklich?" kam mir plötzlich in den Sinn. Wie ich von meiner Arbeit auf die Liebe kam, erschließt sich mir nicht, aber manchmal muss man auf Hintergrundanalysen verzichten. Vielleicht war die Szene in der Küche der Auslöser. Julia sah so zerbrechlich und ausgelaugt aus, dass ich froh war, sie nicht noch zusätzlich mit meinen eigenen

Problemen zu belasten. Ich verspürte nur das Bedürfnis, sie in meine Arme zu schließen und zu wissen, dass sie zumindest für kurze Zeit geschützt war. Aber was ist in Wirklichkeit Liebe? Ist sie nur eine Einbildung? Existiert sie nur in unserer Phantasie? Oder ist sie der Tanz zweier Seelen? Vielleicht ein unsichtbares Band zwischen zwei Menschen, das legitimiert, dass sie für immer zusammenbleiben. Eine Art Nabelschnur, gesponnen von Engeln? Oder einfach nur eine chemische Reaktion? Ein Trieb? Das Männchen riecht mit seinen Instinkten, dass das Weibchen Lust auf Paarung hat? Ja, wir haben unsere animalischen Triebe noch nicht ganz verloren, aber ist das auch Liebe? Eher nicht! Wir paaren uns, damit unsere Rasse erhalten bleibt, aber die Liebe passt nicht in die Gleichung. Vielleicht ist die Liebe nur die Summe unserer chemischen Veränderungen im Körper, wenn wir dem Partner nahe sind. Aber was ist mit der Ferne? Wieso zerreißt uns quälende Sehnsucht, sobald sie/er nicht in der Nähe ist? Wieso können wir ohne sie/ihn nicht mehr leben? Was ist Liebe, wenn sie aus Menschen Vollidioten macht? Wieso bringt sie unser Leben ins Schwanken? Wieso bricht alles wie ein Kartenhaus zusammen, wenn die Karte „Liebe" rausgenommen wird? Wieso ist die Gleichung gleich Null oder sogar negativ, wenn die Liebe gleich Null ist? Aber was ist Liebe? Sie lässt unsere Seele erzittern. Sie lässt unsere Knie schwach werden. Sie durchdringt unseren ganzen Körper, wenn die geliebte Person uns berührt. Aber was ist die Seele? Ärzte sagen, sie haben noch nie eine Seele gesehen. Psychologen sagen, sie heilen kranke Seelen. In beiden Fällen sprechen Ärzte, aber aus unterschiedlichen Standpunkten. Was also ist die Seele? Sie ist die Energie in uns, sagen die Esoteriker. Sie ist der Wind, der die Wolken treibt, sagt Julia. Aber was ist dann die Liebe? Die Liebe ist der Tanz zweier Schmetterlinge in der Frühlingsbrise. Oder ein Klebstoff, der uns zusammenhält? Ein sehr feiner Klebstoff, der uns auch auf Entfernung verbindet. Und weil er sich so dehnt, zerreißt uns der Schmerz. Hm, nicht gerade eine Theorie, die auf Beweisen basiert. Oder empirischen Erkenntnissen! Für mich persönlich kommt die Theorie mit dem Klebstoff am nächsten. Sie drückt aus, was ich empfinde. Ich weiß nicht, was andere empfinden, aber ich klebe an Julia wie ein Superkleber. Das ist doch nicht normal!

Diese Gedanken gingen mir bereits durch den Kopf, nachdem ich mich einen Monat lang mit Julia getroffen hatte. Ich drehte völlig durch und dachte nur noch an ihr Lächeln, ihre Augen, ihren schönen Körper, der in meinen Händen wegschmolz. Ich hatte noch nie eine Frau erlebt, die sich mir so uneingeschränkt gab. Wenn ich in sie eindrang, gehörte mir nicht nur ihr Körper, sondern ihre ganze Seele. Das Liebesspiel glich einem Tanz, bei dem ich hoffte, dass er nie enden würde. Als ich einmal eine Strähne von ihrem verschwitzten Gesicht bewegte und sie sanft küsste, sah ich in der Tiefe ihrer grünen Augen ein Leuchten. Es war wie die Reflektion der Sonne an der klaren Wasseroberfläche. Weil ich Julia nur betrachtete und nichts sagte, schaute sie mich fragend an. „Du bist so wunderschön", sagte ich schnell, damit sie nicht glaubte, ich würde sie kritisch betrachten. Zum ersten Mal in meinem Leben war ich vollkommen glücklich. Ich war in meinem persönlichen Paradies angekommen.

Ich kaufte den Ring bereits nach drei Monaten, aber traute mich nicht, sie sofort zu fragen. Erst sechs Monate später entschied ich mich, mein Glück auf die Probe zu stellen. Am besagten Tag hatte ich nachmittags noch eine sehr wichtige Sitzung mit dem Softwareanbieter, der anschließend die ganze IT im Unternehmen umstellte. Ich war so gnadenlos in der Verhandlung, dass mir die beiden Männer manchmal leidtaten. Aber ich verfolgte mein Ziel und erreichte einen sehr guten Deal. Als ich anschließend ins Restaurant fuhr, wo wir verabredet waren, zitterten mir die Knie. Zum ersten Mal dachte ich auch an die Möglichkeit einer Absage und bekam Angst. Ich konnte mich nicht mehr erinnern, was ich ihr genau an diesem Abend sagte. Es sprudelte einfach aus meinem Herzen heraus und füllte ihre Augen mit Tränen, die sich wie durchsichtige Perlen selbständig machten und ihre Wangen runterrollten. Sie strich sich mit den Handflächen übers Gesicht, beugte sich nach vorne, schaute mir in die Augen und sagte „Ja". Dann umarmte sie mich und ich spürte die Nässe ihres Gesichts auf meinem Ohr. Ich legte meine Hände auf ihre Schulter, um meine nassen Handflächen abzutrocknen. Ich wäre am liebsten in die dunkle Nacht hinausgerannt, um aus Leibeskräften zu schreien. Vor Glück!

Jetzt waren wir seit etwas mehr als zwei Jahren verheiratet. Warum denke ich heute so viel an unsere Ehe? Zumindest ist dieser Teil meines Lebens stabil. Wahrscheinlich würde ich lieber an alles andere als an die Arbeit denken. Und am allerliebsten würde ich mein Haus gar nicht verlassen. Oder mich in mein Büro beamen und dann einschließen. Genau wie ich damals mit absoluter Sicherheit wusste, dass ich meine Zukunft nur mit Julia teilen wollte, wusste ich jetzt, dass meine Karriere eine Wende erleben würde. Aber welche?

Als sich Julia vor einer halben Stunde an mich schmiegte und mich küsste, dachte ich flüchtig daran, ihr meine Sorgen anzuvertrauen. Doch dann dachte ich an ihre eigene Last, die sie bereits trug, und die Worte blieben mir im Hals stecken. Dann sagte sie noch, sie wäre so glücklich, mit mir verheiratet zu sein. Ich fragte sie beinahe warum, aber selbst dieses simple Wort bekam ich nicht raus. Es entzog sich wirklich meiner Kenntnis, warum meine Frau zurzeit mit mir glücklich war. Als Glück im Unglück erwies sich der Stress in ihrem Büro. Mit sich selbst beschäftigt, stellte sie weniger Fragen. Ich hatte keine Antworten und sie zeichneten sich auch noch nicht ab.

Sobald ich das Fabrikgelände in der Ferne erblickte, änderten sich meine Gedanken. Mein Magen verkrampfte sich und meine Gedanken setzten das Karussell des Selbstmitleids in Bewegung. „Warum konnte die Welt nicht so bleiben, wie sie war? Warum kann ich nicht die Zeit zurückdrehen und mein altes Leben fortsetzen?", dachte ich. „Warum dieser Alptraum? Und wozu all diese Fragen, auf die ich keine Antwort weiß. Mensch! Mein Leben war mal einfach. Was ist passiert?"

Ich atmete tief ein und bog in die Norbert-Schmitt-Straße und dann auf das Gelände der Fabrik. Der Pförtner der Morgenschicht begrüßte mich mit einem Lächeln, wie an jeden anderen Morgen auch, egal um welche Uhrzeit ich eintraf. Ich parkte auf meinem Parkplatz und lief zum Gebäude. Heute merkte ich zum ersten Mal das Unkraut, das sich zwischen den Betonrissen hervortat und dem Ordnungssinn der Menschen trotzte. Vom Verwaltungsgebäude rauchten bereits einige Mitarbeiter und unterhielten sich. Als ich die Tür erreichte, begrüßten sie mich und gingen zeitgleich mit mir rein. Dadurch entstand ein Durcheinander, bevor klar wurde, dass ich die einzige Frau in der Runde zuerst vorlassen wollte. Dann trat ich ein und nach mir der Rest der Truppe.

Anja war auch bereits an ihrem Platz und begrüßte mich freundlich. Ich glaubte, in letzter Zeit ein Fragezeichen in ihren Augen wahrzunehmen, aber ich lieferte keine Antworten. „Was soll ich ihr sagen?", fragte ich mich. Dass es mir gerade nicht gefällt, Geschäftsführer zu sein? Wie würde das bei den Mitarbeitern ankommen? Um gar keine Fragen beantworten zu müssen, ging ich in mein Büro und schloss die Tür hinter mir. Ich machte auch das Licht an, um etwas mehr Helligkeit zu haben. Der Schein der Lampen ließ die Bücherrücken farbig strahlen, der große Besprechungstisch glänzte, aber ich fühlte mich, als ob ich mich an der Tür verirrt hatte. Oder präziser beschrieben: als ob ich mich im Leben verirrt hätte.

Ich setzte mich an meinen Schreibtisch und fing an, meinen Tag zu ordnen. Eigentlich erwartete mich ein Tag voller Termine, aber ich sortierte sie nach Wichtigkeit und bat Anja, einige Termine abzusagen oder weiter zu delegieren. Früher füllte ich meinen Terminkalender mit Gruppenbesprechungen, Telefonaten, Kunden- und Mitarbeitergesprächen, kurzen Verabredungen, Rückmeldungen und Gott weiß was noch, um der Welt zu beweisen, dass ich unentbehrlich war und in allen Belangen konsultiert werden sollte. Ich war das Zentrum des Unternehmensuniversums und alles drehte sich um mich. Heute kann ich nur müde lächeln, wenn ich an diese Zeit denke. Gegenwärtig ließ ich Anja terminfreie Blöcke gestalten. Seit dem fatalen Gespräch mit den Brüdern lichtete sich mein Terminkalender noch mehr. Weswegen sollte ich mich verrückt machen?

Nach dem Anklopfen betrat Anja das Büro. Ihr Gesicht sah verwundert aus und sie kam direkt auf mich zu.

„Draußen sind zwei Herren von einer Unternehmensberatung. Sie sagen, sie hätten mit Ihnen einen Termin. Ich habe definitiv mit der besagten Unternehmensberatung nicht korrespondiert. Ich habe keine Ahnung was sie wollen. Sie möchten mit mir nicht reden." Sie sprach leise, als ob sie Angst hatte, die Herren könnten sie auf der anderen Seite der Tür hören.

„Ich brauche schon eine Erklärung. Fragen Sie sie bitte, mit wem sie den Termin vereinbart haben."

„Das habe ich bereits gemacht. Die Herren meinten, Sie wüssten Bescheid, weil Sie mit Mathias Schmitt telefoniert haben müssten."

„Ich habe aber mit Mathias nicht telefoniert. Ich schau mal, was sie wollen."

Ich ging hinaus und sah zwei Herren in den schwarzen Ledersesseln im Wartebereich sitzen. Einer der Herren hätte der Vater des Anderen sein können. Sie trugen beide schwarze Anzüge und rote Krawatten. Der jüngere der beiden fuhr sich mit der Hand durch das Haar, als ich näherkam. Der Andere hätte es vielleicht auch getan, hätte er noch Haare gehabt. Die wenigen Haare, die noch hätten wachsen können, waren auch geschoren. „Ein Bruce Willis Fan", dachte ich, als ich ihm die Hand reichte. Der Ältere stellte sich als Volkmer Renner und der Jüngere als Leon Emerich vor. Beide gehörten zu einer großen Unternehmensberatung.

„Was kann ich für Sie tun?"

„Wir sind hier, um ein erstes Gespräch mit Ihnen zu führen. Die Gebrüder Schmitt haben uns engagiert, die..." Der Ältere pausierte mitten im Satz, als ob er meine Reaktion abwarten wollte „...die Inhaber sind."

Nur, dass die beiden Herren von den Gebrüdern engagiert worden sind, reichte mir als Erklärung nicht aus. Ich stemmte meine Hände in die Hüfte, als ob ich mein Revier verteidigte, wartete auf weitere Ausführungen und betrachtete ihn. Während des Rasierens hatte er eine kleine Stelle auf der linken Seite seines Kinns verpasst und ich verspürte den Wunsch, ihn darauf hinzuweisen. Wie wenn man jemanden auf einen Krümel im Gesicht aufmerksam machen möchte. Ich ließ es jedoch sein.

„Sie haben uns engagiert, weil sie…" Ein lauter Feueralarm ertönte und unterbrach ihn mitten im Satz. Ich ging sofort in die Richtung des Aufzugs, realisierte jedoch, dass es ein Feueralarm war und nahm die Treppe, um nach der Feuerquelle zu suchen. Draußen vor dem Gebäude war die Aufregung groß und alle rannten in Richtung des Lagers. Ich vernahm Stefan Christ unter den ersten Mitarbeitern, die zum Lager eilten. Die ersten Rauchwolken kamen aus den offenen Fenstern an der Seite. Sie stiegen empor und vermischten sich mit der fast identischen Farbe des Himmels. Der Wind trieb sie über das Dach weg vom Gelände.

Die kühle Luft ließ mich erschaudern, aber ich lief schnell zum Gebäude und schob einige Leute zur Seite, um einen besseren Blick auf die Situation zu bekommen. Das Verpackungsmaterial hatte Feuer gefangen. Einige Mitarbeiter hatten mehrere Feuerlöscher gefunden und brachten das Feuer nach einigen Minuten unter Kontrolle. Der Rauch stieg stark auf und ich bat alle, das Gebäude zu verlassen. Meine Augen brannten und ich atmete den Rauch ein. Meine Lunge würgte und ich fing an zu husten. In der Ferne hörte ich bereits ein Tatütata. Einer der Mitarbeiter hatte offensichtlich sofort die Feuerwehr angerufen. Ich bat einige Mitarbeiter, das große Tor zu öffnen, und als sie es taten, entwich der Rauch. Nur noch an einzelnen Stellen kam der Rauch hoch.

Als die Feuerwehr eintraf, waren alle Mitarbeiter auf dem Hof und betrachteten das Geschehen. Ich vernahm Lydia Rosig und Jürgen Niehls vertieft in ein Gespräch. Seit dem letzten großen Meeting hatte ich ihn weder gesehen noch erfahren, womit er sich gerade befasste. Jetzt wusste ich, wie ich ihn künftig aus seinem Loch, wo immer es war, holen konnte. Ich musste nur in der Lagerhalle ein Feuer anzünden.

In der Gruppe der Verwaltungsmitarbeiter sah ich Dominic Delacroix mit verschränkten Armen. Die beiden Unternehmensberater konnte ich direkt vor dem Administrationsgebäude ausmachen. Sie betrachteten aus der Distanz das Chaos und unterhielten sich miteinander. Anja stand in sicherem Abstand, als ob sie Angst vor den beiden Herren hätte. Der Zeitpunkt für ihr Erscheinen hätte nicht schlimmer sein können. Ich vermutete, dass Gerüchte über meine Vertragsverlängerung bereits die Runde machten. Die Anwesenheit der Unternehmensberater würde mit Stellenabbau verbunden sein. Eine solche Konstellation könnte zur Quelle wildester Gerüchte werden und ich brauchte jetzt keine zusätzliche Unsicherheit. Es war schlimm genug, dass ich verunsichert war.

Die Feuerwehr betrat das Gelände und ich ging hin, um sie zu begrüßen. Sie waren in voller Ausrüstung und bereit, ein großes Feuer zu löschen. Ob sie vom kleinen Feuer enttäuscht waren, zeigten sie nicht. Stattdessen machten sie sich an die Arbeit, die Brandursache zu finden. Ich bat sie, mir im Büro den Bericht zu erstatten.

Nachdem ich mich in Richtung des Verwaltungsgebäudes begab, gingen auch die anderen Mitarbeiter an ihre Plätze. Als ich Anja einholte, bat ich sie, mich mit Mathias Schmitt zu verbinden, egal wo er war. Die ganze Aktion mit den Beratern trug, wie durch die zwei Herren bestätigt, seine Unterschrift, denn nur Mathias war stets in der Lage, den Elefanten im Porzellanladen zu spielen.

Mathias befand sich gerade auf dem Weg zum Flughafen und betonte ausdrücklich, dass er wenig Zeit hätte. Ich war mehr als erfreut darüber. Mathias hörte sich gerne reden und seine Ausführungen konnten manchmal ausarten.

„Mathias, soviel Zeit wirst du haben müssen. Du schuldest mir eine Erklärung."

„Wofür?"

„Für die zwei Unternehmensberater, die heute hier aufgekreuzt sind und Schmitt Formsysteme beraten wollen. Der Punkt ist der: Ich habe keine Unternehmensberater engagiert."

„Shit! Ich wollte dich anrufen, Thomas, sobald ich im Lande bin.

Sorry. Die sind mir zuvorgekommen." Seine Stimme klang nicht, als ob ihm irgendetwas leidtat, aber daran war ich gewohnt.

„Kannst Du mir bitte erklären, was oder wen die Beiden beraten sollten?"

„Jan und ich sind der Meinung, dass sie jetzt wichtig sind, damit wir die Schwächen identifizieren und rechtzeitig beseitigen können. Es ist alles in deinem Interesse Thomas. Du..."

„Welche Schwächen Mathias? Wovon sprichst du? Das Unternehmen ist gut aufgestellt."

„Du kennst ja unsere Meinung dazu. Das haben wir im letzten Gespräch ausführlich besprochen. Wir sind mit dem Gewinn nicht zufrieden. Deswegen haben wir diese Unternehmensberatung engagiert, weil sie einen exzellenten Ruf haben."

„Mathias, bis vor einem Jahr liefen nur IT-Berater hier rum, bis alles lief. Schon vergessen? Das war damals wegen des verbesserten Anschlusses an das Werk in Ungarn wichtig, aber wir brauchen jetzt vor allem Ruhe. Wenn du mit dem Gewinn unzufrieden bist, warum produzierst du zusätzliche Kosten? Am allerwenigsten brauchen wir jetzt abenteuerliche Geschichten und Panik. Dann verlieren wir unsere besten Mitarbeiter, weil sie sich sofort woanders bewerben. In der Lagerhalle ist vorher ein kleines Feuer ausgebrochen. Der Schaden ist sehr klein, weil nur etwas Verpackungsmaterial Feuer gefangen hat, aber im allgemeinen Wirrwarr haben alle Mitarbeiter die beiden Berater gesehen."

„Weil deine Spione geplaudert haben", hätte ich am liebsten ergänzt, aber ich ließ es sein. Ich spielte das Spiel und stellte mich so, als ob ich von den Spionen nichts wusste.

„In der Lagerhalle? Hättet ihr damals nur auf mich gehört und sie umgebaut, aber auf mich hört keiner." Er machte eine kurze Pause und in mir stieg die Wut auf. Bevor ich etwas sagen konnte, setzte er fort, als ob der frühere Gedanke nie existiert hätte. „Ich habe mir auch noch Gedanken gemacht, wie wir die Attraktivität des Unternehmens steigern könnten. Ich dachte noch an eine starke Präsenz in sozialen Netzwerken."

Mir fiel fast der Hörer aus der Hand. Ich war derjenige, der die Lagerung noch zu Lebzeiten von Norbert Schmitt hatte eliminieren wollen und war zuerst an Norbert und später an der seltenen Einigkeit der beiden Brüder gescheitert. Mein Inneres glich einem Vulkan, denn eine solche Unverschämtheit traf mich unvorbereitet, obwohl ich mittlerweile kampferprobt war. Außerdem stellte ich mir wilde Kampagnen in Netz vor und hatte Schwierigkeiten, mich auf das Gespräch zu konzentrieren.

„Thomas? Bist du noch da?"

„Mathias, wir sind ein produzierendes mittelständisches Unternehmen. Wer soll sich in sozialen Netzwerken groß für uns interessieren? Nur unsere Mitarbeiter und diejenigen, die einen Job wollen. Wir haben bereits eine Plattform, die dazu dient, dass sich die Mitarbeiter hier und in Ungarn besser austauschen können, wir haben ein Unternehmensprofil in einem sozialen Netzwerk, aber ich würde lieber die Übersicht behalten wollen. Ansonsten müssen wir einen Mitarbeiter einstellen, der nur diese Themen bearbeitet, und diese Aktion würde wieder deinen Gewinn schmälern."

„Unsere Kunden darfst du auch nicht vergessen. Ich halte die Idee für gut. In Zeiten der digitalen Präsenz müssen wir auch auf dem Laufenden sein. Du Thomas, ich muss jetzt los. Sei mir..."

„Rufe bitte deine Berater an und schicke sie nach Hause. Wir haben zurzeit Wichtigeres zu tun. Vielleicht in drei Monaten, wenn die Situation sich beruhigt hat, aber bis dahin sehe ich keine Chance. Und bitte sprich es das nächste Mal mit mir ab. Guten Flug wünsche ich Dir."

Ich wartete nicht einmal darauf, dass Mathias antwortete, sondern legte sofort auf. Ich wusste, dass ich mir damit mein eigenes Geschäftsführergrab schaufelte, wenn mein Weggang aus dem Unternehmen so bezeichnet werden durfte, aber ich konnte mich nicht mehr beherrschen.

„Sind wir schon soweit, dass jeder von der Straße hineinspazieren und seine Beratungsleistungen anbieten darf? Unglaublich!"

Statt sofort hinaus zu gehen und die beiden Herren persönlich zum Verlassen meines Terrains zu bitten, wartete ich eine Minute oder zwei ab, um Mathias die Chance zu geben, selbst anzurufen. Ich klopfte mit den Fingern auf dem Tisch und zählte langsam runter: 20, 19, 18 Ich öffnete die Tür gerade, als das Telefon von Herrn Renner klingelte. Er unterbrach das Gespräch mit Lydia Rosig aus der Personalabteilung und nahm den Anruf entgegen. Lydia und der junge Berater schauten ihm hinterher. Die Anwesenheit von Lydia Rosig überraschte mich und dann wiederum auch nicht. Sie war die Spionin erster Ordnung und berichtete direkt an Mathias Schmitt. Dementsprechend muss sie von der Anwesenheit der beiden Herren vor mir gewusst haben.

Als ich näherkam, fing sie an zu lachen. An anderen Tagen ertrug ich irgendwie ihr Lachen, aber heute kam es mir noch hohler vor als sonst und ich verspürte den starken Wunsch, sie an den Füssen zu packen und aus dem Fenster zu werfen. Ich muss gestehen, der Wunsch überraschte selbst mich, aber ich habe mich hier der Wahrheit verpflichtet und teile offen mit, wie es mir tatsächlich erging. Ein Brand im Lagerhaus, zwei unangekündigte Unternehmensberater an einem Tag und Mathias selektives Erinnerungsvermögen bzw. seine Manipulation der Wahrheit hatten bereits meine Geduld stark strapaziert. Für die Spielchen von Lydia hatte ich wahrhaftig keine Geduld. Als ob sie spürte, dass sie gefährlich lebte, hörte sie auf zu lachen. Herr Renner kam zurück, reichte mir und Frau Rosig die Hand und bat seinen Kollegen, sich ebenfalls zu verabschieden. Der Jüngere tat es, aber mit einem Fragezeichen auf der Stirn. Frau Rosig schien den Abschied richtig zu bedauern und wandte sich fragend zu mir. Ich drehte mich auf dem Absatz um und ging in mein Büro, während Lydia allein im Flur blieb.

Ich hätte mich über meinen kleinen Sieg freuen können, aber ich konnte es nicht. Ich wusste, dass ich mich heute noch weiter in die Zukunft katapultiert hatte, ich wusste nur nicht, welche Zukunft das sein würde. Situationen wie die heutige vergaß Mathias Schmitt nie. Er bestand darauf, dass die ganze Welt seine Entscheidungen bewunderte, unabhängig davon, wie dumm, überflüssig oder unüberlegt sie waren.

„Was für ein Zirkus!", dachte ich in meinem stillen Zimmer. Ich ging ans Fenster, lehnte mich mit meinem Ellenbogen an die kühle Fensterscheibe und betrachtete die graue Fläche, die den Himmel darstellen sollte. „Und ich kann eins mit absoluter Sicherheit sagen: ich bin kein Zirkusdirektor. Eher ein verwirrter Zuschauer, der im falschen Zelt gelandet ist. Ich habe keinen Bock mehr auf Idioten."

Die Ankündigung des Feuerwehrmannes brachte mich in die Realität zurück. Anja stand mit einem großgewachsenen Mann mit grauen Haaren an der Tür. Er zuckte am rechten Auge, während er auf eine Reaktion von mir wartete.

„Kommen Sie rein," sagte ich endlich. Sie holten mich aus einer anderen Welt zurück.

„Isch weiß nischt, ob das so eine gute Idee ist. Isch riesch nicht so gut. Isch fasse misch kurz. Isch glaube, eine Zigarett hat das Feuer verursach. Könne aber nix prüfe." Der hessische Akzent war nicht zu überhören.

„Der Schade dürft nischt zu schlimm sei. Es hätt schlimmer komme könne."

Das wusste ich auch. Die Kartonpaletten sind dem Feuer zum Opfer gefallen. Die teureren Rohstoffe wurden verschont. Nur gutes Lüften wird eine Zeit lang benötigt.

„Ich danke Ihnen für Ihren Einsatz, Herr...?"

„Brand. Alfred Brand." Er zwinkerte wieder mit seinem rechten Auge.

„Was für ein Name für einen Feuerwehrmann", dachte ich.

„Danke Herr Brand. Danke, dass Sie sofort reagiert haben."

„Danke Sie Ihren Mitarbeitern. Wir habe nix tun müsse."

„OK. Alles Gute für Sie." Ich sah keinen Sinn in einer längeren Unterhaltung.

„Danke." Anja wartete an der Tür und begleitete den Feuerwehrmann hinaus.

Ich setzte mich hin, aber statt über den Besitzer der besagten Zigarette, die den Brand verursacht hat, nachzudenken, wunderte ich mich über die Logik von Mathias Schmitt. Als ich bereits dachte, die beiden

Brüder könnten mich nicht mehr überraschen, wurde ich eines Besseren belehrt.

Nach ihrem gescheiterten Jahr als Leiter des Unternehmens ließen mich die Brüder eine Zeit lang frei arbeiten, da sie die Einsicht besaßen, dass ich es besser konnte. Doch dann fingen sie wieder an, sich einzumischen. Als ich den Deal mit Ungarn fast unter Dach und Fach hatte, sprachen sie sich für eine Produktion in China aus. Wegen der Kundenstruktur in Europa und Nordamerika sprach ich mich sehr stark gegen eine Verlagerung nach China aus, aber vergebens. Es kostete mich Zeit und für andere Aufgaben dringend benötigte Ressourcen, ein Gutachten zu erstellen. Dieses belegte damals, dass eine Produktion in China mit mehr Kosten als Nutzen verbunden war. Was für eine Überraschung! Heute würde ich vielleicht eine andere Entscheidung treffen, aber damals ergab unsere Marktstruktur dieses Bild.

Jetzt verbrachte Mathias die Zeit damit, über eine verbesserte mediale Präsenz nachzudenken, bei der er im Mittelpunkt stehen würde. „Was sollten wir unseren Kunden mitteilen: Unser geliebter Unternehmensinhaber Mathias ist wieder in der Weltgeschichte unterwegs und erkundet die Länder, die er im Erdkunde-Unterricht verschlafen hat. Übrigens, in unserem Lager ist heute ein Feuer ausgebrochen, weil unsere geliebten Führer auf dieser Lagerhalle bestanden haben, während ich für ihren Umbau war, und wir haben unser Verpackungsmaterial verloren. Das weckt Vertrauen!“

Ich schüttelte den Kopf und widmete mich meinem Rechner. Ich wusste, dass ich bald wieder von beiden Brüdern hören würde. An sich nichts Ungewöhnliches für Firmeninhaber, nur, dass häufig jedes Gefühl für die Unternehmensrealität fehlte. Die Erinnerungen wollten aber nicht, dass ich mich auf die aktuelle Arbeit konzentrierte.

Es hatte Zeiten gegeben, in denen auch ich als ein Liebling galt. Nachdem ich den Nordamerika-Standort aufgebaut habe, kein Wunder, denn der Umsatz verdoppelte sich. Die beiden Brüder sind nicht dumm. Sie haben nur keine Lust, mit der Forschung und Entwicklung ständig zu diskutieren, mit dem Produktionsleiter den Ablauf der Produktion zu analysieren oder mit dem Rechnungswesen den Jahresabschluss zu besprechen. Ich meine, ich hasse einige dieser Aufgaben auch, aber wer soll sie sonst erledigen? Die Brüder können ihr Leben so gestalten, wie sie wollen, und sie tun es auch. An sich nichts einzuwenden, würden sie sich nicht unnötig einmischen.

Ich hatte niemandem außer Julia von meinen Tricks in den USA erzählt. Ich schlief in stinkenden Motels, weil die finanziellen Ressourcen sehr knapp waren. Das Unternehmen schwankte bedrohlich und ich hielt meine Kosten niedrig, um die Kassen nicht zusätzlich strapazieren zu müssen. Meine Einkäufe erledigte ich im Wallmarkt und verbrachte viel Zeit bei Wendy's, um meine persönliche Eroberungsstrategie auszuarbeiten. Manchmal hielt ich nach einer langen Fahrt an Lastwagenstopps, um etwas zu essen. Meine geröteten Augen gaben sich Mühe, die Angebote zu studieren, mein Energieniveau war meistens so niedrig, dass ich einnickte, während ich auf meine Bestellung wartete.

Ein paar Mal begann ich eine Unterhaltung mit einem der Lastfahrer an der Theke, um wach zu bleiben, bis ich etwas aß. Diese lebenserprobten und nach Unterhaltung hungernden Menschen öffneten sich oft wie eine Bühne, wenn der Vorhang sich hebt und die Dekoration samt Schauspieler zum Vorschein kommt. Obwohl meine Reserven leer waren, verschwand während des Zuhörens meistens meine Müdigkeit, denn ich fand die Welt dieser Männer faszinierend. Ihre vom Leben gezeichneten Gesichter, die derbe Sprache, die Kraft und die Lust, mit der sie manchmal die Kellnerinnen verfolgten, waren eine neue Welt für mich. Es gab natürlich Ausnahmen, aber die Erinnerung an sie verblasste wesentlich schneller. Sie verlangten keinen Dialog, nur das Geschenk des Zuhörens. Jemand hörte endlich zu, während Paul oder Dick oder Stephen etwas zu sagen hatten.

Ich selbst kam mir wie ein verwöhnter Junge vor, der vom Leben nur einmal getestet wurde, aber selbst dieses Testergebnis wurde von meinem Vater manipuliert. Und nichts weiter als ein privilegierter Sohn, der nie im Leben wegen irgendetwas oder vor irgendjemandem Angst haben musste. An manchen Abenden, wenn ich den Luxus vermisste, checkte ich in die besseren Hotels ein und beglich die Rechnung, aber solche Abende verliefen stets in Einsamkeit und ich vermisste die Lastwagenfahrer.

Als ich nach ein paar Wochen die perfekten Kunden ausmachte, engagierte ich einen Privatdetektiv, der die Geschäftsführer potentieller Abnehmer unserer Produkte beschattete. Auch diese Rechnung zahlte ich selbst, um zu verhindern, dass sie archiviert würde und später zur Quelle vieler Fragen werden könnte. Einer der Geschäftsführer spielte gerne Golf und ich witterte meine Chance. Als ich noch ein kleiner Junge war, bestand mein Vater darauf, mir und Daniel Golf beizubringen. Daraus entstanden gemeinsame Männeraugenblicke, die manchmal durch die Anwesenheit von Anita an Dynamik einbüßten. Jetzt legte ich mich auf die Lauer, um ein gemeinsames Spiel mit dem Herrn zu bekommen. Ich trieb mich häufig im Clubhaus herum, las die Zeitung auf der Terrasse, spielte hin und wieder Golf, aber immer achtsam, um den „alten" Herren nicht zu verpassen. Er hieß Scott Hanson, war wahrscheinlich Ende fünfzig, kleidete sich aber wie ein Siebzigjähriger und spielte grottenschlecht Golf. Ich ließ ihn sogar gewinnen, auch wenn das nicht einfach war.

Wir spielten 18 Löcher und erst beim Händeschütteln am letzten Loch fragte mich Herr Hanson, was ich machte. Ich hatte auf diese Frage die ganze Zeit gewartet, denn ich wusste, dass Herr Hanson nach der Golfrunde nicht ins Restaurant ging. Ich ratterte bis zur Umkleidekabinen die wesentlichen Argumente runter. Scott schüttelte mir die Hand und bat mich, einen Termin mit dem Sekretariat zu machen. Er wäre interessiert, sagte er. Als ich zum Meeting kam, erwarteten mich Scott und eine Gruppe seiner Manager. Sie wussten bereits alles über Schmitt Formsysteme und es ging nicht mehr um ob, sondern wie. Als der Preis stand, wurde der Deal abgeschlossen.

Mit diesem Auftrag in der Tasche bekam ich die Befugnis, ein Büro zu gründen. Mit dem Rückenwind des ersten Deals konzentrierte ich mich auf die großen Namen. Die Gespräche mit meinem Vater über Verhandlungen halfen mir ungeheuer auf dem Weg. Als ich später in Deutschland an einem Wochentag mit einem potentiellen Kunden Golf spielen wollte, wurde ich fast der Arbeitsverweigerung beschuldigt.

Mir blieben die USA als das Land der Gegensätze in Erinnerung. Gleichzeitig steckte auch eine gewisse Freiheit in der Widersprüchlichkeit. Egal, welche haarsträubenden Aussagen man von sich gab, ein gewisses Publikum war einem immer sicher. Am Anfang teilte ich noch meine Beobachtungen mit meinen Bekannten und äußerte mich manchmal über den einen oder anderen Widerspruch. Die Reaktionen darauf waren sehr zurückhaltend. Egal, wie widersprüchlich ihre Welt war, sie waren überzeugt, dass es die beste war.

Um meine Chancen nicht zu verspielen, stellte ich meine Beobachtungen ein und wurde zum Mitläufer. Das System verlangte Kritiklosigkeit und bekam sie. Ich wünschte mir Erfolg und bekam ihn. In der Firmenzentrale in Deutschland wurde ich wie ein Held gefeiert und war der Liebling der Brüder. Aalglatt und angepasst. „Beherrscht die Spielregeln der internationalen Wirtschaft", könnte in meinem Lebenslauf stehen. Erst mit Julia zog wieder der Widerspruch in mein Leben ein, denn sie war der Widerspruch in Person. Immer auf der Seite der Fairness, regte sie sich über alles auf: Politik, Wirtschaft, Gewerkschaften, Verbände, Lobby, Banken. Zum ersten Mal seit Jahren bildete sich in mir meine eigene Meinung, aber ich sprach sie nie außerhalb meiner vier Wände aus.

Was hatte mir das gebracht? Nichts. Ich werde abgelöst wie ein abgetragenes Paar Schuhe. Ausgetauscht gegen ein neues Paar. Möchte ich all das noch einmal wiederholen? Möchte ich dieses Schauspiel wirklich fortsetzen? Ich bin nicht die Person, die ich vorgab zu sein. Aber wer bin ich noch?

Ich erkläre dir das Leben:

# Kommunikation

Thomas saß eine Zeit lang still und betrachtete erneut das Wasser hinter mir. Ich nahm wahr, wie er überlegte, welche Argumente er noch präsentieren sollte.

„Ich weiß nicht mehr, bei welchem Vorteil wir sind? Ich rate mal: Nummer fünf? Sechs? Ich glaube schon. Gestern habe ich mit vier aufgehört. Vorher habe ich die Maßeinheiten erklärt. Passt. Wir verfügen über Telekommunikation. Ein Teil davon habe ich schon angesprochen, als wir uns über die elektronischen Nachrichten unterhielten."

Das Wort klang wie ein Echo aus dem Wald, mit dem einzigen Unterschied, dass diese Echotöne unterschiedlich klangen. „Klingt kompliziert. Wirst du einem Frosch, der eure Schulen nicht besucht hat, das erklären?"

„Du bist echt frech. Diese Thematik ist eigentlich sehr einfach: Wir haben Telefone."

Ich hatte das Gefühl, dass Thomas verzweifelt war und mir irgendetwas Greifbares präsentieren wollte.

„Und was ist Telefone?"

„Telefon. Plural Telefone. Ich meine Mehrzahl. Das bedeutet, dass ich jeden auf der Welt anrufen kann und fast so wie mit dir jetzt sprechen kann. Nur sehen kann ich ihn nicht. Dafür gibt es jetzt Lösungen übers Internet. Vorausgesetzt, die andere Person hat auch ein Telefon."

„Und wofür ist das gut? Und wie stehen die Telefone in Verbindung zu diesen Nachrichten, die ihr Menschen ignoriert?" Ich mag vielleicht in einem Froschkörper stecken, aber ich passte gut auf.

„Du hast gut aufgepasst. Das Ziel ist die Kommunikation. Wenn die

Familien nicht in einem Ort leben, können sie in Kontakt bleiben und weiterhin wissen, was in der Familie passiert. Oder sie können sich gegenseitig belästigen, je nachdem, wie die Verhältnisse sind. Ich kann auch beruflich anrufen und meine Kunden überall erreichen. Ist das nicht wunderbar?"

„Du kannst die Kunden überall anrufen, von denen du die Nachrichten ignorierst? Um noch mehr Informationen in eure Dinger zu packen?"

„Dinger? Ah, du meinst elektronische Geräte? Nicht ganz. Sie haben dafür gesorgt, dass das Telefon weniger genutzt wird. Jeder schreibt jetzt Nachrichten und keiner hat Zeit, sie zu lesen."

„Und was ist dann so ein großer Vorteil eurer Telefone?"

„Weil man sich mit Menschen unterhalten kann. So wie du und ich, aber der andere ist in Australien. Man kann vieles besser klären am Telefon. Das persönliche Gespräch, so wie wir beiden es führen, ist das Beste. Direkt danach würde ich das Telefon setzen, denn es ermöglicht eine ziemlich gute Kommunikation."

„Was ist genau Kommunikation?" Das Wort besaß ein starkes Echo, das mich erfasste.

Thomas überlegte zuerst, wie er mir das Thema verdeutlichen sollte. Dann drehte er sich zur Seite und ergriff ein Blatt des Busches neben ihm. „Schau mal. Ich sage dir, dass dieses Blatt grün und mit Adern überzogen ist und du nimmst das Gleiche wahr. Die Kommunikation hat dann stattgefunden, wenn meine Beschreibung bei dir angekommen ist. Wärest du jetzt am Telefon, würde ich mit dir so wie jetzt reden, ich würde dich nur nicht zwangsläufig sehen, es seitdem du schaltest deine Kamera ein."

„Ich schalte was ein?" Ich nahm das Bild eines weiteren Gerätes wahr, aber ich konnte nicht verstehen, welche Funktion dieses Gerät erfüllte.

„Eine Kamera. Es ist eine unserer Erfindungen, die die Augenblicke aus unserem Leben einfriert oder festhält. Es können einzelne Snapshots sein oder eine Aufnahme. Theoretisch, hätte ich eine Kamera heute irgendwo installiert, wäre es möglich, dieses gesamte Gespräch noch einmal sehen zu können."

„Hm. Macht das Sinn? Dann verpasse ich den nächsten Augenblick, weil ich noch im alten Geschehen stecke." Ich finde gewisse menschlichen Erfindungen eher kontraproduktiv.

„Das Thema hat - wie alles im Leben - ein paar Vor- und ein paar Nachteile. Wir verwenden die Aufnahmen gerne, wenn es um das Thema des Vertrauens geht oder, wenn etwas mit zweifelloser Sicherheit festgehalten werden sollte. Wie häufig im Leben, übertreiben wir und versuchen, uns gegenseitig zu überzeugen, dass es für unsere Sicherheit ist, wenn wir ständig überwacht werden, denn wir sind zu blöd, um auf uns selbst aufzupassen. Verstehst du was ich meine?"

„Nein." Diese Antwort konnte ich mit absoluter Sicherheit geben. Ich hatte keine Ahnung, wovon er redete. „Du hast gerade behauptet, ihr könnt kommunizieren. Wenn dies so wäre, wozu das Misstrauen, die Kamera und die Aufnahmen?"

Thomas seufzte. „Das Thema Vertrauen ist ein interessantes Thema bei uns Menschen, denn wir bauen das Vertrauen sehr zögerlich auf. Das Thema wird vielleicht noch ein paar Mal erwähnt, weil es so viele angrenzende Themen berührt. Wir vertrauen niemandem, nicht den Anderen, nicht uns selbst und am allerwenigsten dem Leben."

Ich begriff nicht, warum die Menschen die fundamentalste aller Vertrauensarten nicht genießen konnten. „Warum vertraut ihr dem Leben nicht? Das Leben geht weiter, bis es nicht mehr weitergeht."

„Wir können nicht gut akzeptieren, dass das Leben irgendwann zu Ende ist. Wir haben Angst vom Tod und haben eine Reihe Tricks erfunden, wie wir den Alterungsprozess verlangsamen können. So sehr wir den Schöpfer auch anbeten und die Verantwortung von uns schieben, wissen wir in unserem Inneren, dass wir einiges verbrochen haben, und möchten den Moment des Rückblicks mit dem Schöpfer so lange wie möglich vermeiden."

„Ihr nehmt Euch die Freiheit, andere Schicksale mit Euren Bomben zu bestimmen, aber habt Angst, vor euren Schöpfer zu treten? Was wäre, wenn es keinen Gott gebe?"

Thomas machte eine Handbewegung, die ich nicht ganz verstand. „Oh, oh, das wäre nicht so gut."

„Warum misstraut ihr einander?"

Bevor er antwortete, überlegte Thomas eine Weile. Ich ergänzte in der Zwischenzeit: „Ich meine, wenn ihr alles messen, aufnehmen, lernen und verstehen könnt, warum misstraut ihr einander? Alles ist doch dokumentiert, gemessen, festgehalten, wie auch immer ihr es nennen mögt."

„Tja, so einfach gestrickt sind wir nicht", sagte Thomas.

Ich dachte nur: „Wirklich?" Als ob das bereits Gehörte als einfach einzustufen war.

Er fuhr fort, völlig losgelöst von meinen Gedanken. „Wir haben noch eine weitere Variable in unserer Lebensgleichung. Sie heißt „die Lüge" und hat mehr Schaden angerichtet, als alle unsere anderen negativen Seiten zusammen. Ich werde sie später noch einmal aufgreifen. Um uns abzusichern, dass wir nicht hintergangen werden, halten wir irgendwie alles fest und verstecken uns hinter Bergen von Technologie und dieses Verstecken hinter Elektronik gefällt mir überhaupt nicht."

„Und warum macht ihr es?"

„Weil wir glauben, es wäre besser, einfacher, was auch immer. Aber mir ist noch ein weiterer Vorteil eingefallen, der viel besser ist. Ich erinnerte mich gerade daran, als ich von Nachrichten sprach. „Nachrichten" ist ein doppeldeutiges Wort."

„Bin gespannt. Der letzte Vorteil hat mich nicht wirklich überzeugt."

„Ja, das ist nur die Froschperspektive. Wenn du eines Tages ein Mensch bist, wirst du anders darüber denken."

„Wirklich?" dachte ich erneut. Ich hatte meine aufrichtigen Zweifel.

Die S-Bahn war überfüllt mit Menschen, als ich sie betrat. Ich boxte mich durch und stellte mich neben einen jungen Mann, der an seinem iPhone Emails schrieb. Seine Finger flogen über die Tasten und verwandelten Gedanken in Worte, aus Wörtern wurden Sätze und aus Sätzen Geschichten. Die ganze Bewegung war so kunstfertig, dass ich wie gebannt nur die Finger des jungen Mannes beobachtete. Ich wünschte mir, ich könnte nur die Bewegung der Finger mit der Kamera festhalten und für die Ewigkeit speichern. Eine in einen dunklen Anzug gekleidete Frau betrachtete mich vom gegenüberliegenden Sitz. Meiner Einschätzung nach bekleidete sie eine Führungsposition in einem Unternehmen. Ich wusste, dass sie mich für einen unerzogenen Primaten hielt, der die privaten Nachrichten anderer Leute las, aber ich ließ mich nicht ablenken, weil ich wusste, dass mich der Text überhaupt nicht interessierte.

An der nächsten Haltestelle stand der junge Mann auf, kämpfte sich durch die Menge durch und stieg aus. Ich war sicher, dass er keine einzige Person in der überfüllten S-Bahn wahrgenommen hatte. Wahrscheinlich eilte er nach Hause, um im Chat seiner Angebeteten, die seiner Vorstellung nach die besten Eigenschaften besaß, leidenschaftliche Emails zu schreiben und von seiner Sehnsucht zu berichten. Dabei bezog sich seine Sehnsucht vermutlich nicht so sehr auf die reale Frau, sondern auf die Fantasiebilder der Nähe, Geborgenheit und Liebe eines realen Menschen, wie es beispielsweise ein Mensch in der S-Bahn war.

Ich nahm den durch den jungen Mann bereits gewärmten Platz und rückte mich zurecht, um nicht auf dem Mantel der Frau neben mir zu sitzen. Ich vertrieb meine Gedanken, denn der junge Mann könnte genauso gut nach Hause zu einer wunderschönen Frau geeilt sein, die ihn mit leckerem Essen, gutem Wein und vielen Küssen empfing. Genau wie meine Frau. Korrektur: Wie meine Frau in der Vergangenheit. Jetzt sah ich kaum etwas von ihr. Gestern Morgen fragte ich vorsichtig nach. Sie schüttelte nur resigniert mit dem Kopf und antwortete: „Wenn die Welt nur wüsste, welche Diskrepanz zwischen der Hochglanzbroschüre unserer renommierten Uni und der Realität existiert." Ich unterließ es, tiefer zu bohren.

Ich bewunderte ihre ganzen Theorien, aber empfand keinerlei Interesse, sie im Grundsatz zu verstehen, weil ich ein Praktiker war. Ich brauchte Gespräche wie auf der heutigen Konferenz, die mir zeigten, dass da draußen auch andere Firmen am Rande der Verzweiflung standen, nicht nur unser Unternehmen. Die Einladung zu dieser Konferenz hatte ich vor einigen Monaten erhalten und ich hatte sie angenommen. Meine Aufgabe war es, aus der Sicht eines erfolgreichen Mittelständers über Innovationserfolge zu berichten, und ich hielt eine sehr leidenschaftliche Rede zu den Herausforderungen der mittelständischen Unternehmen, die bisher den Spagat zwischen Forschung und Entwicklung sowie Innovationen sehr erfolgreich schafften und den Markt dominierten. Aber wie lange noch? Die Ressourcen wurden immer knapper und die Konkurrenz scheute weder Mittel noch Wege, den Marktanteil streitig zu machen. Deswegen lud ich die anwesenden Unternehmen ein, mehr zu kooperieren, kleinere Netzwerke zu formen, sich noch mehr zu öffnen und im eigenen Umfeld ein Risiko einzugehen, um sich vor billigen Kopien aus Asien zu schützen. Die zahlreichen anschließenden Gespräche bestätigten, dass viele meiner Mitstreiter meine Gedanken teilten und viele sich Gedanken um die Zukunftsperspektive machten. Hatte ich heute die Menschen zum Nachdenken angeregt? Vielleicht. Habe ich irgendwas Neues angestoßen oder einer neuen Entwicklung auf die Sprünge geholfen? Nein. Ich bin ein Manager und kein Leader. Ich korrigiere: Ich war ein Manager.

Die Businessfrau vom Sitz gegenüber schaute mich weiterhin an, aber dieses Mal mit Interesse. Ich sah ihren Blick in der dunklen Spiegelung des Fensters auf mir ruhen. Mit meinem Brooks Brothers-Anzug, dem René Lezard-Mantel und den Fratelli Rosetti-Schuhen, die den Ton meiner Laptoptasche genauestens trafen, stach ich aus der Menge heraus. Meinen perfekten Haarschnitt nicht zu vergessen. Ich trug den Stempel „Erfolg" weiterhin so erfolgreich wie ein Boxer seine Handschuhe, wir verschmolzen miteinander. Der Blick der Frau war jedoch nicht reines Interesse an mir. Eine gewisse Melancholie umgab ihn, so als ob ich sie an jemand erinnerte, der ihr nahestand. Sie drehte den Kopf zum Fenster und unsere Blicke trafen sich in der Parallelwelt der S-Bahn. Ein leichtes Lächeln umgab ihre Lippen, aber ich fixierte meinen Blick an ihr vorbei, um meine eigenen Gedanken, die im Laufe des Tages unter strenger Aufsicht standen, zu verfolgen.

Ein großes Potential war in Gefahr und weder ich noch meine Ingenieure fanden eine Lösung des Problems. Ein großer internationaler Möbelhersteller war vor einigen Monaten an uns herangetreten, um über die Produktion eines Möbelteils ausschließlich aus Abfällen zu sprechen. Ich freute mich sehr über diese Kontaktaufnahme, denn auch ich zerbrach mir den Kopf über die restlichen Abfälle in der Produktion, ohne auf eine zufriedenstellende Lösung zu kommen. Die Forschung und Entwicklung führte eine Reihe von Tests durch und hatte schon gewisse Antworten parat, als der Möbelhersteller anrief. Ein erfolgreicher Deal würde der Firma Millionen in die Kasse spülen und würde mit einer großen Expansion einhergehen. Die ersten Prototypen wurden hergestellt und trafen alle Qualitätsanforderungen des Kunden, bis auf die Reißfestigkeit. Der Möbelhersteller versprach seinen Kunden eine fünfzehnjährige Garantie und die ersten Tests zeigten, dass die Prototypen diesen Zeitraum nicht überstehen würden.

Das Problem lag nicht am Material, sondern am Leiter der Abteilung Forschung und Entwicklung, Hermann Piskowski. Als Nichtfachmann wusste ich, dass es einen Weg geben musste, die doppelte Wärmezufuhr, die als die Quelle des Problems eingestuft worden war, zu umgehen. Hermann wiederum behauptete, das sei unmöglich, obwohl einzelne Personen seines Teams die gegenteilige Meinung vertraten. Er hatte sich mit dem Auftrag des Möbelherstellers zum Liebling von Jan Schmitt gemacht, indem er den neuen Auftrag auf sein Konto gutschrieb. Als ich auf Jans Kommentar „Ich liebe Mitarbeiter, die über den Tellerrand schauen", protestierte und darauf hinwies, dass dieser Auftrag einzig und allein auf die exzellente Recherche des Möbelherstellers zurückzuführen war, schaute Jan mich mitleidig an. Wir wussten alle, welches Potential sich hinter diesem Auftrag verbarg und jeder versuchte, seine Finger mit Sahne zu bekleckern. Fände ich einen Weg, das technische Problem zu lösen, wäre mir mein Job sicher. Ich wusste nur nicht mehr, ob ich ihn noch wollte.

Seit einigen Tagen regte sich etwas in mir, und egal, wie sehr ich mich bemühte, das Gefühl zu zerstreuen, kam es nicht nur immer wieder zurück, vielmehr gewann es mehr und mehr an Kraft, wie eine Rose, die erst durch jährliches Zurückschneiden edler und schöner wird. Ich stellte zwei Regungen in mir fest. Einerseits betrachtete ich die Möglichkeit, meinen alten Job zu behalten, mit wenig Begeisterung. Obwohl ich mich seit kurzer Zeit über meine Vorgesetzten empörte, stellte ich mittlerweile fest, dass sie eine Lawine losgetreten hatten, die schon lange darauf wartete, sich zu lösen. Andererseits spürte ich, dass mein Lebensinhalt nicht mehr darin bestand, zwei verwöhnte Brüder noch reicher zu machen, als sie schon waren. Ich sah den Sinn seines Lebens anderswo, ich wusste nur noch nicht wo.

Die junge Frau stand auf, warf noch einen Blick auf mich und begab sich Richtung Ausgang. Ich sah ihr nach, betrachtete die dunkle Mähne, die auf ihren Schultern und auf dem grauen Stoff ihres Anzugs ruhte, und fragte mich, ob die Unbekannte glücklich war, wonach sie strebte und ob sie zu der Gruppe von Frauen gehörte, die erst durch das Verneinen ihrer Weiblichkeit ihre Rolle im Berufsleben finden. Hat sie ihre Träume erfüllen können oder lebte sie voller Bitterkeit mit der Überzeugung, dass ihr Traum für immer unerreichbar sein würde? Hat sie inneren Frieden gefunden?

Zwei Männer in Arbeitskleidung kamen von der Tür und diskutierten, wer von den beiden den Platz mir gegenüber einnehmen sollte. Am Ende setzte sich die Jugend durch und der ältere Mann setzte sich. Der Sprache nach waren sie vom Balkan, aber ich konnte nicht zuordnen, ob aus Kroatien, Serbien oder vielleicht Bosnien. Der Arbeitskleidung zufolge waren sie draußen im Einsatz. Wegen Julia kannte ich die Kultur des gesamten ehemaligen Jugoslawiens sehr gut. Nur die Sprache versagte, weil ich nie die Gelegenheit hatte, meine drei schwer erlernten Worte anzuwenden. Die Frau, die neben mir saß, nahm ihre Tasche von der gegenüberliegenden Bank und bemühte sich, durch die Beine der Anwesenden einen Weg zu finden. Als sie an mir vorbeiging, reichte ich ihr die Hand, um ihr Gleichgewicht zu stützen, und sie nahm sie mit einem Lächeln an.

Ich beobachtete die beiden Männer und fragte mich, was sie bewegte. Der jüngere der beiden Männer, der bisher gestanden hatte, nahm sofort Platz neben seinem Kameraden und die beiden unterhielten sich ungestört weiter. Ich verstand nur „*Jebiga*", den Balkanspruch, der dem englischen „*Fuck it*" gleichzusetzen ist, nur dass er auf dem Balkan noch viel häufiger Anwendung findet. Julia hatte mir erklärt, dass den Menschen nicht einmal auffiele, was der Begriff eigentlich bedeutet. Ich wusste auch, dass beim Fluchen die menschlichen Genitalien häufig erwähnt werden. Ich kannte ihre Namen, plante jedoch nicht, vor diesen zwei Männern mit meinen Kenntnissen zu glänzen.

Während die S-Bahn weiterhin ihren Weg durch die Dunkelheit nahm, interessierte mich am meisten, was diese Männer über ihr Leben und ihre Wünsche dachten. Waren sie pragmatisch unterwegs und dachten, jeder Job sei gut, solange er eine Zukunft auf dem Balkan finanzierte? Oder wussten sie tief in ihrem Inneren, dass sie zu mehr fähig waren? Ich vermutete, dass ihr Leben keinen Raum für solche Überlegungen bot und kam mir plötzlich egoistisch vor.

Ich schaute mich um und entdeckte weitere Gesichter von Arbeitern, die entweder die Bild-Zeitung studierten oder eindösten oder telefonierten oder sich mit ihren Kollegen unterhielten. Wahrscheinlich nahmen sie alle an, sie könnten mehr im Leben leisten als den blöden Job, und taten trotzdem nichts Anderes. Sie erinnerten mich an die Mitarbeiter in der Produktion, die es schon hassten, die Liste der Sicherheitsbestimmungen im Umgang mit der Maschine zu lesen. Irgendwo traf jeder Mensch die Entscheidung, einen bestimmten Weg einzuschlagen und verfolgte ihn, ohne links oder rechts zu schauen, weil zwischen Kindern und Bauvorhaben keine Zeit blieb. So wie ich es bis vor kurzem tat, obwohl ich weder Kinder hatte noch ein Haus baute. Jetzt war der Damm gebrochen und der Fluss spülte viel Schlamm nach oben.

Der Jüngere der Arbeiter stand schon halb auf, während der Ältere noch redete. Dann realisierte auch der Ältere, dass sie angekommen waren und beeilte sich, in Richtung Ausgang zu kommen. Draußen liefen sie nebeneinander und redeten weiter. Ich verfolgte sie mit meinem Blick, solange ich konnte. Mein Waggon war jetzt leer, ich schaute in die Dunkelheit hinaus und versuchte dabei, die dunklen Umrisse zu identifizieren. An der nächsten Haltestelle registrierte ich nichts, bis sich jemand vor mir hinsetzte. Es war eine junge Frau, Mitte dreißig, mit halblangen braunen Haaren. Ihre Nase war etwas zu lang für ihr Gesicht, aber dafür waren ihre Lippen perfekt. Ich fragte mich, warum sie im leeren Waggon ausgerechnet mir gegenüber Platz nahm und auch noch gegen die Fahrtrichtung. Dann erblickte ich ihre Augen und hörte für kurze Zeit auf zu denken. Sie waren dunkel, aber sie verrieten gleichzeitig eine solche Tiefe, dass ich das Gefühl hatte, in einen tiefen Brunnen zu fallen. Sie lächelte, als sie merkte, dass sie mich mit ihren Augen gefangen nahm. Ich versuchte, zurück zu lächeln, kam mir jedoch wie ein Teenager vor, der vom schönsten Mädchen in der Klasse angelächelt wird.

„Ich kenne Sie zwar nicht, aber ich muss Ihnen etwas sagen. Was auch immer Sie belastet, es gibt immer einen Weg", war ihr erster Satz. Ich war so verdutzt, dass ich sie nicht einmal fragte, woher sie es wusste. Ich war an verführende Blicke und Worte gewohnt, aber nicht an solche direkten Aussagen.

„Und was wäre der Weg, wenn ich fragen darf?" Ich konnte mir eine gewisse Ironie nicht verkneifen.

„Sie kennen den Weg, Sie trauen sich nur nicht, ihn zu gehen. Die Menschen, die Sie umgeben, haben nichts gegen Sie persönlich - das wissen Sie auch - sie brauchen nur ein Opfer. Diese Personen stellen sich die Menschen wie Puppen im Puppentheater vor und sie ziehen die Strippen. Vielleicht sind sie gelangweilt; haben Sie Mitleid mit armen Seelen. Sie können nichts mehr richtig machen, auch das wissen Sie. Weswegen dann die Energie verschwenden? Folgen Sie Ihrem Stern." Sie hielt kurz inne, als ob sie wusste, dass die nächsten Worte mich überraschen würden. „Indem Sie auf Ihre innere Frau hören."

„Meine was???"

Ich war ein erfahrener Manager, sowohl im Umgang mit Menschen als auch mit brenzligen Situationen. Mir versagte noch nie so brutal die Sprache, wie in diesem Augenblick in der S-Bahn, die schlangenartig und zielsicher durch die Dunkelheit glitt. Ich starrte die Frau an, ohne kontern zu können.

„Ihre innere Frau..."

„Ich bin nicht schwul", entgegnete ich knapp.

„Es hat nichts mit schwul zu tun. Alle Menschen haben ein inneres Kind, eine innere Frau und einen inneren Mann. Das Kind steht für die Unschuld und das Verspieltsein in uns. Normalerweise seid Ihr Männer gut in der Pflege des Kindes. Die innere Frau steht für die Intuition, für Einfühlungsvermögen und Hingabe. Das Männliche repräsentiert die Durchsetzungskraft, Analytik und Dynamik. Diese Elemente sind in jedem Menschen vorhanden und sollten, je nach Situation, genutzt werden."

Ich sagte weiterhin kein Wort. Sie hätte auch Japanisch mit mir reden können, ich hätte genauso viel verstanden.

„Sie spüren beispielsweise in diesem Augenblick, dass ich nicht gefährlich bin. Ich könnte auch mit einem Messer hier sitzen und sie bedrohen, aber Sie wissen, dass ich harmlos bin. Ihre Initution hat es Ihnen mitgeteilt und die Intuition, wie eben gesagt, steht mit der Weiblichkeit in Verbindung. Erst wenn die weiblichen und männlichen Energien im Einklang sind, können die Menschen die richtigen Entscheidungen treffen. Drehen Sie es, wie Sie wollen, aber meine Anwesenheit und meine Kenntnisse über Ihre Situation werden Sie mit Ihrer männlichen Rationalität nicht erklären können. Öffnen Sie sich dem Leben gegenüber, schenken Sie dem kleinen Kind in Ihnen Beachtung und gehen Sie Ihren Weg. Alle Hindernisse, die Sie zurzeit entdecken, sind von anderen Menschen. Sobald Sie aufhören, Blockaden anderer Menschen als Ihre eigenen zu nehmen, wird sich ein klarer Pfad öffnen. Folgen Sie diesem Weg." Sie wiederholte noch einmal den letzten Satz. „Folgen Sie diesem Weg."

Sie schaute mich an, als ob sie darauf wartete, dass ihre Worte mich erreichten. Dann fuhr sie fort.

„Sie möchten perfekt sein. Der perfekte Mitarbeiter, perfekter Ehemann, Sohn und Enkel. Aber wessen Bild von Perfektion ist es? Ihr eigenes? Oder von anderen Leuten? Erst wenn Sie für sich selbst erkennen, was Perfektion ist, werden Sie den Käfig erkennen. Den Käfig, den andere für Sie gebaut haben. Und Sie sitzen freiwillig drin. Hören Sie mit der Heuchlerei auf. Eigentlich durchschauen Sie die Welt um Sie herum und ihre Spielchen. Warum lassen Sie sich für blöd verkaufen und spielen nach Spielregeln anderer Leute? Von Zeit zu Zeit bedarf es Menschen, die auch eine andere Meinung haben. Zuerst werden diese von der Gesellschaft verteufelt und anschließend verkauft jeder ihre Meinung als seine eigene."

Dann schaute sie mich etwas bemitleidend an. „Sie haben bestimmt viele Fragen."

Und ob. Ich saß wie ein Schuljunge auf der Bank und wunderte mich über meine Unfähigkeit zu sprechen. Dann stammelte ich doch noch einen Satz heraus.

„S-s-sind Sie glücklich?"

Die Frau lächelte und antwortete sofort, ohne zu überlegen. „Ja, bin ich."

„Und warum?"

„Weil ich mich nicht so ernst nehme. Weil ich das Leben nicht ernst nehme. Oh, ich muss hier raus. War nett, mit Ihnen zu plaudern." Sie war schon fast an der Tür als sie sich umdrehte und noch einmal wiederholte: „Gehen Sie Ihren Weg."

Als die S-Bahn anhielt, stieg sie aus. Ich schaute kurz auf die Anzeigetafel, um zu sehen wo ich gerade war. Als die S-Bahn wieder in Bewegung kam, schaute ich hinaus, um die Frau mit dem Blick zu begleiten, aber sie war nirgendwo zu sehen. Das Licht an der Haltestelle beleuchtete nur einen kleinen Kreis. Ich schaute in alle Richtungen, aber ohne Erfolg. Die Situation war zu bizarr. „Woher kannte die Frau meine Situation? Kennt sie jemanden von der Arbeit? Aber dann würde sie nicht auf diese Art und Weise das Gespräch anfangen. Und dann hätte sie mehr Details verraten. Aber trotzdem... Das war merkwürdig!", dachte ich. „Ich habe sie nicht einmal gefragt, wie sie heißt. Depp! Was bin ich für ein Depp! Ich hätte sie fragen sollen."

Ich hatte noch ein paar weitere Komplimente für mich übrig, aber ich wurde unterbrochen. Eine Stimme, die zuvor die Haltestellen angekündigt hatte, informierte die Zuggäste, dass sie bald die Endstation erreichen würden. Ich nahm meine Laptop-Tasche und begab mich Richtung Tür. Die Lichter des Bahnhofs kamen immer näher, die Bahnsteige wurden sichtbar und der Zug hielt an. Ich stieg aus und begab mich durch den leeren Bahnhof zum Parkplatz.

Meine Gedanken kehrten wieder zur Arbeit und meinen Mitarbeitern zurück. Ich wusste, es musste einen Weg geben, um das existierende Problem mit dem verwertbaren Abfallprodukt zu lösen. Ich wusste auch, es war in Reichweite, ich musste nur mehr Tricks als meine Gegner mitbringen. Die Zukunft des Unternehmens und meine Zukunft hingen von der Qualität der Tricks ab, die ich und meine Gegner aus dem Hut zauberten. Und ich musste noch eine Sache irgendwie herzaubern: meine eigene Kraft, diesen Kampf auszufechten. Dann dachte ich wieder an das Gespräch mit der Frau und war mir nicht mehr sicher, ob ich den

Kampf ausfechten wollte. Es war nicht mehr mein Kampf. Ich konnte ihn nicht mehr gewinnen.

Als ich die Wohnung erreichte, fand ich meine Frau im Bett vor. Sie las ein Buch und ich hob es kurz an, um den Titel zu lesen „Warum Engel fliegen können". Dann küsste ich sie zart.

„Und? Warum können Engel fliegen?"

Sie lächelte mich an. „Weil sie sich nicht ernst nehmen."

Ich schaute sie verdutzt an und dachte an das Gespräch mit der Frau in der S-Bahn. Auch sie sagte, sie würde sich nicht ernst nehmen.

„Verstehe einer Frauen" dachte ich, als ich mein Jackett ablegte.

Ich erkläre dir unser Leben:

# Freiheit

„Also, Nachrichten können persönliche Nachrichten von einer Person zur anderen sein. Oder Nachrichten im Fernsehen, die an alle gesendet werden. Das ist möglich, weil wir freie Presse haben."

„Was ist das?" Ich wusste, was der Begriff „Pressen" bedeutete, aber ich konnte kein Bild zu freier Presse aufrufen.

„Freie Presse besagt, dass wir Journalisten haben, die Skandale aufdecken dürfen, die uns die Informationen so liefern, wie sie tatsächlich sind. Früher wurden diese Informationen als gedrucktes Wort aufs Papier gepresst und somit dem gesamten Berufszweig den Namen „Presse" gegeben. Wenn die Presse nicht frei ist, werden die Informationen manipuliert, die Leute werden betrogen und so weiter. Verstehst du?"

„Wer sind Journalisten?"

„Das sind die Personen, die für uns Informationen aufbereiten und veröffentlichen. In den Zeitungen und Zeitschriften beispielsweise. Sie schreiben und die Zeitungen veröffentlichen, jetzt auch online. Ihre Aufgabe ist es, die Wahrheit über ein Thema zu schreiben. Stopp, hier liege ich falsch. Eine objektive Meinung sollen sie veröffentlichen. Die Wahrheit wäre etwas zu hoch gegriffen."

„Warum?" Ich traute mich wieder, meine Lieblingsfrage auszupacken. Es war vielleicht ein Fehler.

„Die Frage hast du echt super drauf. Warum?" Thomas machte meine Stimme nach. „Tja, was ist die Wahrheit? Was ist genau die Wahrheit?" Thomas pausierte und überlegte.

„Ich sprach vorher von der Lüge. Die Wahrheit ist zwar das genaue Gegenteil von der Lüge, aber gleichzeitig auch etwas, das wir Menschen nicht kennen. Wir bilden sie uns ein, aber wir sehen das Bild immer aus einem Blickwinkel. Du und ich blicken auf den Fluss und sehen dieses Bild. Wenn wir auf die andere Seite gehen, ändert sich das Bild. Wenn wir jetzt irgendwie auf dem Fluss sein könnten, würden wir ein anderes Bild sehen. So ist es mit der Wahrheit. Wir sehen sie immer aus einem Winkel, das gesamte Bild können wir Menschen nicht erfassen. Und um ehrlich zu sein, sind wir zunehmend weniger am Gesamtbild interessiert. Wir möchten nur noch unterhalten werden. Wir brauchen schnelle Informationen, damit wir uns einbilden können, wir wären trotz der Hektik des Alltags noch informiert und wüssten Bescheid. Die Verfügbarkeit der Information lässt uns glauben, wir wären gut informiert. Wegen der hohen Informationsflut können wir nur Bruchstücke aufgreifen und sind uninformiert und ignorant wie im Mittelalter oder auf dem besten Weg dahin, obwohl wir alle technologischen Möglichkeiten haben, alles zu erfassen. Aber wir tun es lieber nicht, da wir die Sklaverei wieder eingeführt haben."

„Was ist die Sklaverei?" Ich fühlte mich verloren im Labyrinth einer abstrakten Welt, in der die Worte großes Gewicht hatten.

„Die Sklaverei ist, wenn ein Mensch einen anderen Menschen kauft und mit ihm machen kann, was er will. Der Sklave muss für den Sklavenbesitzer arbeiten. Häufig unter menschenunwürdigsten Bedingungen. Sie ist offiziell verboten."

„Arbeitest du unter solchen menschen… - wie auch immer - …bedingungen?" Ich hatte den Eindruck, er wusste, wovon er sprach.

„Ja, ich habe es eine Zeit lang gemacht. Ich dachte, wenn ich wie wild arbeite, gehöre ich zum Club der wichtigen Menschen. Ich bin sehr beschäftigt, also muss ich sehr wichtig sein, wenn ich von einem zum nächsten nutzlosen Meeting hetze. Aber das ist nur der Preis der Sklaverei. Ich wollte den Job um jeden Preis, ich war bereit, fast alles dafür zu tun. Ich war ein Ja-Sager."

„Was ist ein Ja-Sager?" Ich kann nichts dafür, dass er alle diese froschfremden Begriffe verwendet.

Thomas seufzte erneut und strich sich die Haare glatt, bevor er antwortete. „In einer Welt, die mit Lachen erfüllt sein konnte, gab es für meinen Geschmack zu viele tiefe Seufzer", dachte ich.

„Ein Mensch, der keine Widersprüche erhebt, der alles schluckt, was ihm serviert wird. Ein Corporatist. Das alleine wäre halb so schlimm, aber mein Boss wusste auch davon und nutzte es geschickt zu seinem Vorteil. Tja, noch ist es nicht zu spät. Ich kann noch einiges ändern."

Für einen Außenstehen habe ich wahrscheinlich verwirrt ausgesehen und Thomas nachdenklich. Wir saßen für ein paar Minuten schweigend und dachten über das Gesagte nach. Dann besann sich Thomas wieder, dass er mich zum Menschen bekehren wollte.

„Also, das Nachdenken bringt uns nicht wirklich weiter. Worüber sprach ich?"

„Journalisten."

„Ach ja. Stimmt. Die guten Journalisten. Was ist nur aus einer viel versprechenden Profession geworden? Jetzt dienen sie als Instrumente der Regierung, um die Bevölkerung von ihrem Vorhaben zu überzeugen. Oder als Instrument der großen Konzerne. Das gelingt auch gut. Keiner stellt Fragen, keiner leistet Widerstand. Geht nur, wenn man in allen Zeitungen den gleichen Mist ausreichend oft wiederholt. Widerspricht man, wird man als Kommunist abgestempelt. Gleichzeitig müssen wir Leser uns auch zugestehen, dass wir die Zustände mit unserem Geiz herbeigeführt haben."

„Was ist ein Kommunist?"

„Ein Kommunist… Tja, was ist ein Kommunist wirklich? Hier muss ich aufpassen, dass ich den Mist, der mir Jahrzehnte in den Kopf eingehämmert worden ist, nicht wiederhole. Meine Frau hat mir hierzu einiges beigebracht. Das wird nicht leicht sein, aber ich gebe mein Bestes. Ich fürchte nur, dass du am Ende nicht mehr ein Mensch werden willst."

„Werden wir noch sehen. Was ist ein Kommunist?" Ich war geneigt, Thomas zuzustimmen, aber ich hoffte immer noch auf ein paar gute Argumente.

„Also, ich hole ein bisschen aus. Wir haben ein politisches System und ich bin mir ziemlich sicher, dass ihr Frösche es nicht habt."

„Nein." Ich wusste nicht einmal, was es war.

„Habe ich mir gedacht. Es gibt auf der Welt mehrere Systeme. Also, wir hatten früher zwei große Systeme, aber damit gab es viele Probleme. Am Ende hat ein System gewonnen und regiert jetzt die Welt."

„Aber ich dachte, ihr hattet Regierungen, um die Regierarbeit zu übernehmen?"

„Du bist echt ein schlauer kleiner Frosch! Ich bin schwer beeindruckt. Also, wir hatten früher Kommunisten und Kapitalisten, die sich gegenseitig hassten und bekämpften. Die Kapitalisten sind der Meinung, dass alles ihnen gehört, während die Kommunisten der Meinung sind, dass alles der Gemeinschaft gehört. Zumindest in ihren Predigten. In der Realität waren sie auch so gierig wie die Kapitalisten. Jedes System wollte die Welt überzeugen, dass es dem anderen System überlegen ist, aber nur aus Angst, und nicht aus wahrer Überlegenheit. Und dabei nutzten sie die gleichen Methoden, sprich Propaganda, sprich Journalisten - von denen sprachen wir eben - für unterschiedliche Argumente. Die Kapitalisten predigten, sie wären frei, sie könnten machen was sie wollten, Präsidenten abwählen, ihre Meinung äußern, ihre Träume verwirklichen. Keiner stand im Weg, während im Kommunismus die Kritik nicht gerne gesehen wurde. Was ist heute davon übriggeblieben? Nicht viel. Den Kommunismus gibt es nicht mehr. Die Menschen sind drauf und dran, möglichst schnell Kapitalisten zu werden, um möglichst viel Geld anzuhäufen. Was sie nicht sehen wollten, ist Folgendes: Wir sind nicht frei. Wir waren noch nie so unfrei wie jetzt. Wie vorher geschildert, sind wir Sklaven des Geldes und des Ehrgeizes. Wir möchten mehr als andere, egal wie viel die bereits haben. Wir können nicht sagen: Jetzt habe ich genug und bin zufrieden damit. „Genug" existiert nicht in unserer Welt. Wir messen nicht nach unserem eigenen Maß, wie viel wir brauchen, wir benutzen das Maß der Anderen, denn wir wollen immer mehr als der Andere haben. Und so können wir nicht frei werden, egal wie viel wir bereits besitzen. Wir leben in einer Gesellschaft, in der Ausreißer nicht gerne gesehen werden. Wir sind genauso geworden wie das System, das wir Jahrzehnte lang belächelt haben. Mach deinen Job, halt deine Klappe und beschwere dich nicht. Mit Hilfe des Fernsehens und des Internets kann ich dir zeigen, dass es in vielen Teilen der Welt noch schlimmer zugeht. Also, sei glücklich, wiederhole, was ich dir sage, denk nicht zu viel, vor allem nicht über die Gesellschaft und paare dich. Mehr nicht. Menschen gehen wie Maschinen zu Arbeit, erledigen sie und gehen wieder nach Hause. Sie müssen viele Überstunden schieben, denn danach werden sie gemessen, aber sie können nicht kündigen, weil sie ein Haus gebaut haben und ein schwerer Kredit auf ihren Schultern lastet. Sie müssen ihren Arbeitgeber ertragen, egal was kommt. Wo ist die Freiheit, von der wir so viel gehört haben? Ich finde keine Spur davon? Verstehst du was ich meine?"

„Nein."

Thomas seufzte tief.

„War auch nicht zu erwarten. Ich verstehe die Welt auch nicht mehr. Wie soll ich sie dir erklären? Ach Gott, zu was ist diese Welt nur geworden? Unsere gefeierte Demokratie ist zu Corpocracy mutiert, denn mittlerweile gibt es Corporations oder Großunternehmen, die mehr Mitarbeiter haben als manche Länder Einwohner. Sie marschieren im Namen des Unternehmens und zertrampeln alles, was ihnen in den Weg kommt. Oder sie zwängen uns mit den multinationalen Vereinbarungen in die Zwangsjacke, aus der wir versuchen, uns zu befreien, aber vergebens. Unsere Vertreter sollten die Regierungen sein, wie du richtig erkannt hast. Das Problem ist nur, dass sie uns nicht mehr vertreten und wir uns an dieses Vakuum noch nicht gewöhnt haben. Unsere heutige Philosophie hat ihre Ursprünge im Raub und wir haben uns so sehr von uns selbst überzeugt, dass wir den Raub nicht zugeben wollen. Wir sind nur noch eine Parade der Egos."

„Was ist Egos?"

„Ein Ego. Oh mein Gott! Was ist ein Ego? Das ist nicht einfach zu erklären." Thomas überlegte kurz und hob sein Gesicht, so dass die Sonne direkt in seine Augen schien.

„Wenn die Sonne scheint, fällt ein Schatten hinter uns. Je nach Tageszeit ist dieser Schatten lang oder kurz. Ihr Frösche kennt es wahrscheinlich nicht, aber wir Menschen schon, weil wir etwas größer sind. Siehst du hier? Das ist mein Schatten. Wenn ich aufstehe, wird er größer. So musst du dir das Ego vorstellen. Ein Ego ist die Abbildung von dir selbst. Aber nur unter Normalbedingungen."

„Was bedeutet das?"

„Dass viele Abbildungen nicht stimmen. Es gibt Menschen, die ein großes Ego haben, auch wenn das nicht gerechtfertigt ist. Es gibt viele Menschen, die großartig sind, deren Ego aber sehr klein geraten ist. Meine Frau gehört dazu. Dann gibt es ganz wenige Menschen, die im Frieden mit sich sind und bei denen die Abbildung stimmig ist. Aber ich kann dir eins sagen: Solche Menschen musst du mit einer Lupe suchen. Die meisten von uns sind auf irgendeine Art und Weise gestört."

„Und wie geht das?"

„Tja, die Störungen haben viele Ursachen, aber am meisten äußern sie sich im Beruf. Dort treten alle Gestörtheiten zutage. Meiner Meinung nach bringt der Druck in unserer heutigen Gesellschaft die Störungen ans Tageslicht. Wir müssen viel arbeiten, damit wir uns viel leisten können, beziehungsweise unseren Frauen, da wir eigentlich keine Zeit haben, das viele Geld auszugeben. Das hast du schon vortrefflich erkannt. Heute keine Markenkleidung zu tragen, ist fast schon ein Verbrechen. Was? Du hast nichts von Marke XY gehört? Das gibt es nicht! Bist du so arm?"

„Was ist das?"

„Was?"

„Na, Kleidung und irgendwas XY."

„Kleidung ist das, was ich anhabe. Wir laufen nicht so nackig rum wie ihr Frösche. Das verbietet die Kirche. Und unsere Regeln und Gesetze. Das werde ich auch noch erklären.

„Ach, die Kirche erneut. Wie erfreulich. Ich dachte, sie würde ihre

Zeit nur mit dem Beten zu diesem Gott, der nicht existiert, verbringen. Macht sie das Verbieten in der Pause, zwischen den Gebeten, oder währenddessen?

„Du bist frech!"

„Das war wirklich was Neues", dachte ich ironisch. „Und was ist Marken-Irgendwas?"

„Markenkleidung?"

„Ja."

„Das Konzept erkläre ich etwas später, denn es ist etwas kompliziert".

„Wirklich! Dieser Begriff käme mir nie in Verbindung mit euch Menschen in den Sinn."

Thomas musste laut lachen. Als er sich beruhigte, hatte er Tränen in den Augen.

„Da hast uns sehr präzise erfasst. Dabei habe ich noch gar nicht geschildert, wie wir handeln, wenn wir verliebt sind."

„Übertrifft die Verliebtheit etwa das Bizarre, das ich soweit gehört habe?"

„In der Tat! Ich weiß nicht, wie ihr Frösche es macht, aber wir Menschen machen uns absolut lächerlich. Wenn uns eine Frau gefällt, kommen unsere animalischen Instinkte zum Vorschein, gepaart mit dem Ego. Das bedeutet, dass wir in der Regel der Frau ein anderes Bild von uns malen wollen, damit sie uns akzeptiert. Wenn sie später entdeckt, dass sie betrogen worden ist, ist es meistens zu spät. Wir haben sie schon irgendwie an uns gebunden. Hier kommt alles mit geballter Ladung vor: Das Ego, die Angeberei, Verstörtheit und eine ganze Reihe weiterer Faktoren."

„Ist das auch bei dir so?"

„Ja. Meine Frau hat einen erfolgreichen Mann kennengelernt. Jetzt ist er arbeitslos und sich sicher, dass er nicht in das alte Leben zurückkehren möchte. Er weiß auch noch nicht, was er machen möchte. Und sie weiß noch nichts davon. Ich will ihr irgendwann schonend beibringen, dass sie den falschen Mann geheiratet hat."

„Und was ist verheiratet?"

„Zwei Menschen versprechen sich, ein Leben lang zusammen zu bleiben, sich zu lieben und ehren und zueinander zu stehen, bis der Tod sie scheidet. Gut, das ist der nächste Vorteil, den ich Dir erkläre."

KAPITEL

# 8

Es war 6:30 Morgens, als ich erschrocken hochfuhr. Zuerst dachte ich, der Wecker hätte den Dienst versagt, aber dann erinnerte ich mich, es war Samstag und ich musste nicht ins Büro. Dieses Mal nicht. Bevor ich Geschäftsführer wurde, habe ich viele Wochenenden im Büro verbracht. Die sehr große Anzahl der späten Stunden und Wochenenden an der Arbeit waren ein Teil meiner Position, hatte ich immer geglaubt. „Manager werden nach dem Grad des Verzichts auf ein Privatleben gemessen", dachte ich. Je höher die Position, desto weniger Privatleben. Und die Grenze zum Leibeigenen wird immer durchlässiger. Dann wurde ich Geschäftsführer und alles änderte sich.

Julia schlief friedlich neben mir. Sie lag auf der Seite und ich konnte nur ihren Rücken und die linke Seite ihres Gesichts wahrnehmen. Das Haar lang auf dem Kissen und bot einen Blick auf den Nackenbereich. Ich streichelte sie sanft, bedacht, sie nicht zu wecken. Sie spürte jedoch meine Bewegung und drehte sich auf den Rücken. Jetzt war ihr Gesicht etwas besser zu erkennen. Ein Arm lag auf ihrem Bauch oberhalb der Decke.

„Der Unterschied zwischen mir und Julia ist, dass sie glaubt, sie wäre nicht gut genug. Dabei ist sie so unglaublich gescheit. Mir wiederum traut man immer so viel zu, obwohl ich nicht ansatzweise diese Erwartungen erfüllen kann. Mein Herz klopft für andere Interessen, ich lebe das Leben eines Anderen. Ich lebe das Leben, das mir über den Kopf gezogen worden ist wie ein Rollkragenpulli. Man hat nur vergessen, den Kragen runter zu rollen, damit ich auch einen Blick auf das Leben um mich herum erhaschen kann. Ich betrachte alles aus der dunklen, verschwommenen Perspektive, während Julia ihr Leben lebt. Und sie ist sich so häufig unsicher. Es geht mir nicht in den Kopf, warum. Dabei bin ich derjenige, der unsicher sein sollte. Aber ich bin der perfekte Schauspieler. Ich beherrsche die Rolle so gut, dass selbst ich nicht mehr den Unterschied merke. Dabei sollte ich langsam meinen eigenen Weg gehen", dachte ich.

Der Gedanke erinnerte mich wieder an meine gestrige S-Bahn-Fahrt. Ich legte mich wieder auf den Rücken, stützte meinen Kopf mit meinem linken Arm auf dem Kissen und dachte an die Frau. Es war eins der seltsamsten Gespräche, die ich je in meinem Leben geführt hatte. Ich fragte mich stumm in der Dunkelheit des Schlafzimmers: „Wer hat die Frau mit Informationen gefüttert? Dem ziehe ich die Ohren lang! Und wer hat sie auf mich angesetzt? Um meine Meinung zu erfahren? Dafür gäbe es einfachere Wege. Zum Beispiel mich fragen. Aber... Sie wollte gar nicht meine Meinung wissen. Sie wollte mir eher ihre Meinung sagen. Aber warum? Und ich Trottel konnte stotternd nur eine Frage rausbringen. Was für ein Vollidiot ich bin! Vorher noch auf der Konferenz große Rede gehalten und dann in der S-Bahn vor einer Frau die Sprache verloren. Wie peinlich! Und was hat sie gemeint, als sie sagte, ich solle meine innere Frau zulassen? Welche innere Frau? Was hat sie noch erzählt?" Ich schloss die Augen, um mich an die Worte der Frau zu erinnern. Und da waren sie, jedes einzelne Wort. „Sie hat Recht", dachte ich. „Die beiden Brüder möchten einfach nur die Strippen ziehen. Sie taten es in der Vergangenheit auch, aber mit weniger radikalen Konsequenzen. Für mich zumindest. Ich konnte mich immer retten, auch wenn es auf Kosten der Anderen ging." Ich wurde in der Dunkelheit rot, als ich an meine eigenen Handlungen dachte.

Vor ca. einem Jahr hatte Jan Schmitt entschieden, Jürgen Niels, den Sohn eines Freundes einzustellen. Der junge Mann verbrachte die meiste Zeit im Rechnungswesen, weil er sich dort in eine junge Assistentin verguckt hatte. Sie war jedoch die Freundin eines sehr guten Außendienstmitarbeiters. Nach ein paar Wochen eskalierte die Situation. Robert

Stahl verpasste Jürgen seine Rechte und Jürgen kam mit blauem, angeschwollenen Auge bei mir vorbei, um sich auszuheulen und zu beschweren. So erfuhr ich von der ganzen Situation. Wäre die Lage nicht so ernst gewesen wie sie war, hätte ich am liebsten gelacht. Über mich selbst, über das weinende Stückchen Elend und über alle Protegés dieser Welt. Meine strengen Worte bewirkten das Gegenteil, denn Jürgen weinte sich dann bei seinem Vater aus und dieser wiederum rief seinen Freund Jan an. Am Ende verlor ich einen sehr guten Außendienstmitarbeiter. Ich wurde unter Druck gesetzt, ihm zu kündigen und ich tat es. Robert zog vors Arbeitsgericht, um gegen die Kündigung zu klagen. Er hätte beinahe gewonnen, aber ich zauberte einen Zeugen aus dem Hut, der den Kampf der beiden angeblich beobachtet hatte. Niemand hatte den Kampf gesehen, aber ich wusste, womit ich die Mitarbeiter „motivierte", eine Falschaussage zu machen. Das Zauberwort hieß „Arbeitszeugnis".

War dies der einzige Vorfall, für den ich mich schämen sollte? Ich wünsche mir heute, dies wäre der Fall, aber leider wird es nur noch schlimmer. Für das Erstellen des Jahresberichts war Sylvia Motvani, eine junge Praktikantin im Team von André Wahlen, zuständig. André plante, sie nach dem Ablauf des Praktikums zu behalten und der Jahresbericht sollte als der Test dienen. Die erste Innenseite des Jahresberichts schmückten mein Foto sowie die Begrüßungsworte des Geschäftsführers. Sylvia schrieb für mich den Text vor und bat mich, ihn schnell anzupassen und so schnell wie möglich an sie zurück zu schicken. Eigentlich gar kein Problem. Ich gab den Text jedoch erst eine ganze Woche später ab - am Ende angepasst von Anja - und sie schafften beinahe den Drucktermin nicht, um den Jahresbericht rechtzeitig an die Kunden auszuliefern. Ich provozierte das Team auch noch, indem ich sie für das knappe Planen kritisierte. Man muss sich die Situation vor die Augen führen: Ich musste nur eine Seite umschreiben und bekam es nicht auf die Reihe, denn ich bekam kein einziges inspirierendes Wort über unser Unternehmen aus der Feder. Am Ende finalisierte meine Assistentin für mich meinen Text. Ich hatte jedoch die Nerven, das Team für die knappe Planung zu kritisieren. Sylvia muss mit mir ziemlich frustriert gewesen sein, denn sie fragte nur knapp: Wie lange haben Sie für Ihren vorgefertigten Text benötigt? Als ich sie nur blöd anguckte, sagte sie ruhig: „*I rest my case*" und drehte sich zu ihrem Computer.

Mirko, ein anderer Mitarbeiter aus dem Team von André, betrachtete mich neugierig hinter seinem Monitor und wartete auf meine Reaktion. Hätte sie Deutsch mit mir gesprochen, wäre ich nicht so sauer gewesen, aber ihre englische Aussage erwischte mich auf dem falschen Fuß, denn ich war gerade in der Stimmung, auszuteilen und sie konterte zurück. Schlimmer noch: Sie stellte mich bloß. Was mich am meisten traf, war jedoch die Tatsache, dass sie die Wahrheit sagte. Nein, sie mir regelrecht ins Gesicht schleuderte.

Warum habe ich mich an sie erinnert? Sie hat mir vor wenigen Tagen eine reizende Email geschickt. Stünde an der Stelle des Empfängers ein anderer Name, hätte ich sie als witzig und geistreich empfunden. Sylvia schrieb von ihrem aktuellen Arbeitsplatz bei einem bekannten Software-Hersteller aus, dass sie vom bevorstehenden Managementwechsel in unserer Firma gehört hätte. Um mir in der aktuellen Situation zu helfen, hätte sie in der Datenbank ihres Arbeitgebers nach einer passenden Stelle für mich gesucht, aber bedauerlicherweise keine gefunden, die zu mir passt. Das angehängte Bild würde von ihren Anstrengungen zeugen.

Der besagte Anhang war ein Screenshot der ersten Seite ihrer unternehmensinternen Suchmaschine. Im Suchfeld stand „Psychopath" eingetragen und darunter „0 Treffer". Es dauerte ein paar Sekunden, bis ich die entblößte Botschaft begriff. Ja, die Nachricht traf mich tief und ich glaube, Sylvia wäre auf sich stolz gewesen, wenn sie gewusst hätte, wie sehr die Stelle, die sie in meiner Seele berührte, schmerzte. Wie sehr die Wahrheit einen verletzen kann. Und ich war immer noch nicht bereit anzunehmen, es gäbe Menschen da draußen, die mich für einen Psychopathen hielten. Ich glaubte immer noch, ich wäre unsichtbar.

Schlimmer noch, ich glaubte damals, ich könnte mir alles erlauben und die Anderen hätten anderen Regeln zu gehorchen als ich. Als ich morgens zunehmend Probleme mit dem Aufstehen hatte und erst gegen 09:30 im Büro eintraf, begegnete mir immer Philipp, ein Controlling-Mitarbeiter, der seine Kinder morgens in die Kita brachte und deswegen immer spät ankam. Wir nahmen immer gemeinsam den Aufzug und wechselten ein paar Floskeln über das Wetter, bevor er im dritten Stock ausstieg und ich in den vierten Stock fuhr. Ich traf ihn vier Mal und beim fünften Mal schickte ich ihm eine Abmahnung. Er kam mit dem Dokument zu mir, aber Anja schaffte es, ihn abzuwimmeln. Ich traf ihn nie wieder im Treppenhaus, wenn ich mich verspätete.

War das meine schlimmste Tat? Bei weitem nicht. Als Jürgen als mein Assistent eingestellt wurde, war mir nach einem Meeting mit ihm klar, dass wir nicht zusammenarbeiten können. Wie der Zufall es wollte, teilte mir Marco Selner, der damalige Leiter Einkauf, mit, er brauche weitere Mitarbeiter. Ich bat ihm großzügig meinen eigenen Assistenten an und sagte noch: „Ich werde es irgendwie ohne ihn schaffen". Zu dem Zeitpunkt wusste niemand, was für ein Mitarbeiter Jürgen war. Ich selbst hatte nur eine Vorahnung, die sich sehr bald bestätigte. Jürgen beklagte sich sehr bald über seinen Chef und der Chef über Jürgen. Was beide nicht wussten: Ich wollte Marco loswerden. Er wurde von Jan und Mathias eingestellt und war immer der Meinung, sie hätten ihn nach ihrem Abgang befördern sollen. Als ich nach meiner Beförderung neue Entscheidungen mittelte, musste Marco immer seinen Senf dazugeben und mich stets informieren, wie er sich entschieden hätte. Als ob das irgendjemand interessieren würde.

Rückblickend muss ich kleinlaut eingestehen, dass ich eifersüchtig auf ihn war, denn jedes Mal, wenn er mir seine Entscheidung mitteilte, dachte ich: „Warum ist mir diese Idee nicht in den Sinn gekommen?" Beim nächsten Bewertungsgespräch brachte ich seine Leadership-Qualitäten und seine Probleme mit Jürgen zur Sprache. Ich verweigerte ihm weitere Mitarbeiter, mit der Begründung, er hätte sein Team nicht unter Kontrolle, wobei ich mit anderen Teammitgliedern gar nicht im Detail über seinen Führungsstil gesprochen hatte, sondern meine Bewertung ausschließlich auf der Rückmeldung von Jürgen basierte.

Marco warf mir einen dieser Blicke, die man ein Leben lang nicht mehr vergisst. Ich sah darin Angst, aber auch gute Portion Schmerz und Zorn. Ich erfreute mich an der Angst, aber am Ende muss der Zorn gesiegt haben, denn Marco fand drei Monate später einen neuen Job, der ihn auf der Karriereleiter niedriger stellte. Uns blieb dann Jürgen übrig, der mittlerweile die meiste Zeit entweder in der Cafeteria oder im Rechnungswesen saß und die Frauen unterhielt. Ein paar Monate später erfuhr ich, dass Marco ein behindertes Kind im Heim hatte. Seine Frau arbeitete nur ein paar Stunden in der Woche, weil sie sich um die anderen drei Kids kümmerte. In dieser Konstellation konnte Marco sich nicht erlauben, meinen Launen ausgesetzt zu sein und im schlimmsten Fall den Job zu verlieren. Wenige Tage vor meinem Abgang erwähnte jemand Marco im Gespräch. Wer war das nochmals? Jetzt verstehe ich die Anmerkung: „Marco bestellt schöne Grüße".

Die erwähnten Fälle komplettieren leider noch nicht meine Schattenliste, denn ich habe die schlimmsten Tage im Leben einiger Menschen aktiv gestaltet. Innerhalb von drei Wochen entsorgte ich diesen Unternehmensberater, der uns bei der Einführung vom ERP-System am Anfang unterstützt hat. Sebastien Konrad - so hieß er - kniete sich ordentlich hin und machte gute Arbeit, aber dachte nicht in meinen Dimensionen. Ich wollte jemand, der in meiner Größenordnung dachte: Schmitt Formsysteme zum erfolgreichsten mittelständischen Unternehmen unserer Branche aufzubauen. Ich begriff nicht, dass mehr dazu gehörte, als nur ein Bild in meinem Kopf zu haben. Ich ignorierte die Kündigungsfrist von drei Monaten und informierte Sebastien, dass sein Vertrag am 31. Januar nicht verlängert wird, was für ihn bedeutete, dass er drei Wochen später auf der Straße war, denn er hatte sich nicht mit einer Arbeitslosenversicherung abgesichert. Das mag daran gelegen haben, dass das Geld nicht ausreichte, denn er finanzierte die Heimunterbringung sowohl seiner Mutter als auch der Schwiegermutter und half zwei Nichten aus, die studierten. Seine Frau arbeitete wegen ihrer Rückenprobleme nur halbtags. Obwohl ich von den Firmeninhabern eine dreimonatige Warnfrist bekam, um mich auf die neue Entscheidung einzustellen und mein Leben neu einzuordnen, geriet ich ins Schleudern. Sebastien bekam damals weniger als einen Monat und ich bezeichnete meine Entscheidung auch noch als fair.

Woher sollte ich wissen, was die Unterbringung von Menschen in einem Seniorenheim kostete? Jemand aus dem Team muss Sebastien gut gekannt haben, denn die Geschichte erreichte Anja, die wiederum mir alles erzählte. Ich hörte ihr zu und blieb standhaft, denn Anja wusste nicht, dass ich immer noch einen tiefen Groll auf Sebastien verspürte. Während unseres Gespräches - statt um Gnade zu betteln - kritisierte er mich und meinen Führungsstil. Mich!?! Ich konnte meinen Ohren nicht glauben. Jemand traut sich, mich zu kritisieren? Meine Mutter hat eine unserer Köchinnen, Svetlana, sofort gefeuert, als diese sich erlaubt hat, mein Verhalten zu kritisieren. „Das Personal erzieht nicht mein Kind, ich tue es", teile sie Peter mit, nachdem er bezüglich Svetlanas Abwesenheit hinterfragt hat. Mein Chemielehrer wechselte die Schule, nachdem Anita die persönliche Fehde gegen ihn gewonnen hatte. Er berichtete dem Schulleiter, ich wäre für den kleinen Unfall im Labor verantwortlich. Ich war es auch, aber meine Mutter zog das gesamte Register der Lehrerverantwortung, übler Nachrede und so weiter. Hätte sie es unterlassen, wäre die größte Katastrophe in meinem Leben vielleicht gar nicht passiert. Im Augenblick sind das jedoch nur Spekulationen.

Nach meinem Gespräch mit Sebastien führte ich mehrere Tage lang Kopfunterhaltungen, in denen ich Sebastien mit Argumenten sezierte. Meine Argumente glichen feinen Messerstichen, die zwar Schmerzen zufügten, aber nicht lebensbedrohlich waren. Am Ende jeder dieser Kopfunterhaltung verließ Sebastien das Büro mit gesenktem Kopf. In der Realität war ich derjenige, der mit dem gesenkten Kopf am Tisch saß, weil ich ihm vormachen wollte, die Entscheidung täte mir leid. Er durchschaute mein Schauspiel und zischte etwas wie: „Hören Sie bitte mit der Heuchelei auf." Meine schauspielerische Leistung zeigte ein paar Schwächen auf.

Sebastien verabschiedete sich von allen Kollegen auf eine anständige Art und Weise. Ich glaube, er verriet niemanden im Unternehmen die Details unseres Gesprächs, aber ich verleumdete ihn bei jeder Gelegenheit. Jeder wusste, dass ich seine Leistung für unzureichend hielt. Ich hielt ihn für unanständig, denn ich fühlte mich in meiner Erwartungshaltung betrogen. Ich hielt es jedoch nicht für unanständig, Schmutz und üble Nachrede einem Kollegen in seiner Abwesenheit, und ohne ihm eine Chance zur Verteidigung zu geben, hinterher zu werfen. Ich sah ihn einmal in der Stadt, aber er wechselte die Straßenseite und betraf ein Geschäft. Damals dachte ich mir nichts dabei, denn ich besaß diese wunderbare Fähigkeit, meine Handlungen schnell zu verdrängen und Menschen, die ich verletzt habe, ohne einer Spur Scham zu begegnen.

Während ich Anja bezüglich der Sebastiens familiärer Geschichte damals zuhörte, war mein erster Gedanke: „Warum hat er mir all dies nicht erzählt?", aber heute weiß ich, dass dies nur eine Demütigung für ihn gewesen wäre und meinen Beschluss nicht im Geringsten verändert hätte. „Was wäre ich für ein Vorbild, wenn ich ständig meine Meinung ändern wurde?", dachte ich. Was ich übrigens nach Lust und Laune tat, nur nicht in dieser Situation. Nach seinem Abgang engagierte ich eine Gruppe Berater eines Beratungsunternehmens, das ERP-System schnellstmöglich umzusetzen.

Ich atmete tief ein und aus und legte im dunklen Zimmer die rechte Hand über die Augen, als ob ich selbst die Bilder, die sich vor meinem inneren Auge abspielten, nicht mehr sehen wollte. Aber die Hand half natürlich nicht, denn das Karussell der unerwünschten Erinnerungen drehte sich immer schneller. „Und jetzt kommt das Schlimmste", dachte ich. Es war die erste Aktion, nachdem ich der Geschäftsführer wurde: Ich habe den Prokuristen gefeuert. Frank Pfeiffer war einer der ersten Mitarbeiter von Schmitt Formsysteme und wurde noch während der Zeit von Norbert Schmitt Prokurist. Er akzeptierte die Söhne als Nachfolger, aber weigerte sich, mit mir zusammen zu arbeiten, denn er wäre der natürliche Nachfolger gewesen und fühlte sich hintergangen. Die Brüder schätzten ihn zwar, aber fanden ihn zu alt für die Position, denn die Pensionierung erwartete ihn zwei Jahre später. Ich kündigte ihm in meiner ersten Woche als Geschäftsführer und Frank starb zwei Wochen später an Herzversagen. Oder am gebrochenen Herzen. Je nachdem, welcher Version man glauben möchte. Ich glaube mittlerweile an beide.

Ein kalter Schauer lief mir den Rücken entlang, als ich an seine Augen dachte, nachdem ich ihm die Nachricht übermittelt habe. Darin spiegelten sich die Fassungslosigkeit, die Angst, der Ärger und, vor allem, das Unglauben wieder. Das Gesicht bekam schnell die Farbe seiner roten Krawatte, die er zu einer braun-karierten Jacke und einem braunen Cardigan trug. Er benahm sich, als ob er mitten in einem Alptraum sei und jeden Moment aufwachen würde. Diese Brutalität, mit der er gerade konfrontiert wurde, konnte nicht so schnell die Oberfläche seiner ruhigen Realität durchbrechen. Nach einiger Zeit füllten sich seine Augen mit Tränen, aber er drehte sich schnell in die andere Richtung um, um zu verhindern, dass ich sie sah. An der Tür drehte er sich noch einmal um, als ob er mich noch einmal bitten wollte, meine Entscheidung zu überdenken, unterließ es jedoch und ging mit vorsichtigen Schritten hinaus. Ein agiler Mann betrat mein Büro und ein alter Mann verließ es. Ich sah ihn nie wieder und ich ging auch nicht zu seiner Beerdigung. So viel Anstand besaß ich schon.

Und ich? Ich fühlte mich stark und darin bestätigt, dass dies ein Teil meiner Arbeit sei. Zwar nicht der angenehme Teil, aber ein wichtiger Teil. Einmal sah ich aus der Entfernung, wie seine Frau Julia und mir in der Innenstadt entgegenkam. Ich zog Julia in das nächste Geschäft, was zu ihrer großen Verwunderung ein Ein-Euro-Geschäft war. Durch das Schaufenster beobachtete ich ihren schweren Gang und das eingefallene Gesicht, während ich so tat, als ob mich die Haushaltsartikel interessieren wurden. Ein weiteres Mal erblickte ich sie in der Biobäckerei, in der ich mich gerne versteckte, aber ich tat so, als ob ich telefonieren würde, um sie nicht begrüßen zu müssen. Soweit ich weiß, wohnt sie immer noch im gleichen Haus, aber ich traute mich nie in die Nähe ihrer Straße.

Heute kann ich rückblickend sagen, dass ich nur Exempel statuieren wollte. Als ich Geschäftsführer wurde, wusste ich, dass ich Macht über Menschen hatte. Ich konnte über ihre Zukunft bestimmen und ich wollte sehen, wie das funktioniert. Es kitzelte mich in den Muskeln, diese Kraft nicht nur zu spüren, sondern auch einzusetzen. Im Grunde genommen zeigte ich nur meine eigene Unreife, denn der Nachfolger von Marco konnte ihm nicht einmal ansatzweise das Wasser reichen und Sylvia hätte dem Unternehmen gute Dienste geleistet, wäre sie geblieben. Die Beerdigung von Frank änderte alles, denn ich verlor jegliches Interesse an meiner Arbeit. Hat mich sein Abgang doch irgendwie an Daniel erinnert? Oder an die Beerdigung meines Mentors Norbert Schmitt? Oder habe ich den ruhigen Mann mit der grauen Mähne vermisst? Oder habe ich kapiert, dass ich mit menschlichen Schicksalen spielte? Ich weiß es in diesem Augenblick nicht.

Was mir erst jetzt auffällt, ist Folgendes: Ich habe bisher kein einziges Mal versucht, mich in die Lage dieser Menschen zu versetzen, denen ich die Kündigung ausgesprochen hatte. Ganz im Gegenteil: Als ich mich um den Fall Robert Stahl kümmern musste, überragte das Selbstmitleid meinen Alltag. Der Mensch verlor seinen Job und ich bemitleidete mich, weil ich - der mächtige Geschäftsführer - ein bisschen Zeit in das Gespräch mit der Anwältin investieren musste. Aber was wusste ich schon von der Welt, ich Grünschnabel? Ich musste bisher nicht einmal einen Job suchen. Der einzige große Schicksalsschlag, der mein Leben in den Fundamenten erschütterte, war Daniels Tod. Ich vermisste auch Norbert, weil er ein zweiter Vater für mich war und mich stets mit guten Ratschlägen unterstützte. Ja, ich litt auch nach Großvaters Ableben, aber er war schon im entsprechenden Alter, während Daniel noch so jung von uns ging. Er nahm so viel Leben mit sich, so viele Versprechen auf eine erfolgreiche Zukunft.

Obwohl ich glaubte, mir all dies leisten zu können, kam auch ich an die Reihe. Kann ich mich überhaupt über die Entscheidung der beiden Brüder ärgern? Eigentlich nicht. Ich hatte diesem Unternehmen seit der Beförderung keine originelle Idee mehr geliefert. Weiterhin hatte ich gar kein Interesse mehr an all den Themen, die wir tagtäglich besprachen, kam zu spät oder ging zu früh. Aber ich war noch an der Spitze und bestimmte, wo es langging. Ist das nicht unglaublich? Ich lächelte in der Dunkelheit meine eigenen Gedanken an.

Bin ich ein Einzelfall in der heutigen Welt? Wie kam es, dass wir in einer solchen Welt lebten? Während meiner Studienzeit wurden Individualität, Querdenkertum und Mut gepriesen. In Case Studies wurden die Steve Jobs und Bill Gates dieser Welt besprochen. Sie dienten als Beispiel des Kampfes gegen das Establishment. Sie waren mutig und erfolgreich. Sobald man jedoch den Fuß in die Unternehmenswelt setzte, wurde alles unternommen, um genau diese Eigenschaften zu unterbinden. Auch ich war daran beteiligt. Als Druckmittel diente am besten das Arbeitszeugnis. Ein Vorgesetzter vertraute immer lieber der Meinung eines anderen Vorgesetzten, unabhängig davon, wie kompetent dieser war. Als Ergebnis haben wir an der Spitze immer mehr rückgratlose Workaholics, verloren im Labyrinth ihres eigenen Egos. Und ich bin einer davon.

Ich erschrak, als Julias Wecker die Stille des dunklen Raumes durchdrang. „Sie hat letzte Nacht vergessen, ihren Wecker auszustellen", dachte ich.

Julia streckte den linken Arm aus, um den Wecker auszuschalten und die Lampe anzumachen. Das Licht ließ sie blinzeln. Dann drehte sie sich verschlafen zu mir, ein paar Haarsträhnen verdeckten ihr Gesicht.

„Du bist schon wach?", glaubte ich zu vernehmen.

„Ja. Ich bin vor kurzem aufgewacht und hatte Angst, ich komme zu spät zur Arbeit. Dabei gibt es heute keine Arbeit."

„Du Glücklicher."

„Warum? Fährst Du etwa ins Büro?"

Julia schmiegte sich an mich, so dass ihr Kopf genau an meiner Schulter lag. Ich entfernte sanft die Haare aus ihrem Gesicht. Ihre Augen waren wieder geschlossen und ich streichelte leicht ihre Wange. Ihre Nähe ließ mich realisieren, wie verkrampft ich war und wie sehr mich die Unsicherheit der Lage belastete. Sie ahnte nichts vom tobenden Sturm in meinem Inneren.

„Eine andere Kollegin hat gekündigt. Sie wurde eigentlich rausgemobbt. Jetzt muss ich auch noch einen Teil ihrer Aufgaben übernehmen. Scheißladen! Wenn ich noch einmal den Begriff ‚renommierte Universität‘ höre, springe ich aus dem Fenster." Ihre Stimme war eine Mischung aus Verschlafenheit und Bitterkeit.

„Das ist keine so gute Idee. Ich würde dich vermissen."

Sie schaute mich mit einem leichten Lächeln an, küsste mich auf die Lippen und stand auf. Ich fühlte noch ihre Lippen auf meinen und verspürte den Wunsch, nach ihr zu greifen und sie wieder zu mir zu ziehen. Sie setzte sich auf die Bettkante und hielt ihren Kopf in den Händen. Ihre Ellenbogen stützten sich auf die Knie.

„Jeder Knochen in meinem Körper tut mir weh. Ich weiß nicht weswegen ich heute arbeite. Soll doch mein Scheißchef es selbst tun."

„Dann sag es ihm doch."

Julia drehte sich zu mir und lächelte bitter. „Sehr witzig. Er ist doch mein Betreuer."

Ein weiteres Zauberwort. Selbst ich hatte keine weiteren Argumente.

„Ich mach dir einen Kaffee."

Julia verschwand im Badezimmer und ich ging in die Küche, um ein Frühstück für uns vorzubereiten. Zuerst nahm ich meine tägliche Portion Drogen, um die nicht-vorhandenen Energiereserven anzuzapfen. Dann holte ich Eier und Speck aus dem Kühlschrank und fing an, die Rühreier vorzubereiten. Gleichzeitig hatte ich ein paar Brötchen im Ofen liegen.

„Ich kann nicht warten, bis das gesamte Gewicht unserer Kosten auf ihre zarten Schultern fällt und sie einer noch höheren Abhängigkeit aussetzt", dachte ich, während ich den brutzelnden Speck betrachtete.

Als die Dusche im Badezimmer verstummte, schäumte ich Milch für

Julia auf und machte ihr in ihrer Lieblingstasse einen Latte. Es war eher ein Milchkaffee, aber Julia nannte ihn immer Latte.

Sie roch unwiderstehlich, als sie aus dem Badezimmer kam. Ich griff dieses Mal nach ihr und zog sie zu mir, aber sie befreite sich schnell. Auch unsere Intimität ist zum Opfer unserer beruflichen Entwicklung geworden.

„Ich muss bald los. Das riecht gut."

Sie ging zur Pfanne und nahm eine gute Portion Eier auf ihren Teller.

„Was hältst du davon, immer das Frühstück zu machen. Du bist sehr gut darin." Ein Lächeln erschien auf ihren Lippen, während sie ein Stück Speck in den Mund schob.

„Vielleicht werde ich es bald tun", dachte ich. Ein angelsächsischer Spruch fiel mir ein: *Be careful what you wish for. You might get it.* Laut sagte ich nur: „Danke dir."

Sie aß ein bisschen vom Frühstück, sprach und gestikulierte dabei mit der Gabel in der rechten Hand. Ich holte für mich auch etwas zu essen und machte mir einen sehr starken Kaffee. Währenddessen fielen mir meine Mutter und ihr strenger Blick am Tisch ein, wenn wir mit dem Essen spielten oder uns weigerten, kerzengerade zu sitzen. Der Spruch, der uns zum Schluss immer den Stock in den Rücken schob, war: „Ich habe keine Bauern auf diese Welt gebracht". Diese Aussage wirkte aus irgendeinem Grund immer, obwohl sie mit einem Bauernsohn verheiratet war. Ihr Mann mag zu dem Zeitpunkt auf dem steilen Karriereweg nach oben gewesen sein, aber sein Vater baute Kartoffeln an und Anita verpasste keine Chance, uns alle daran zu erinnern. Mir gefiel bereits beim ersten Date Julias Freiheit bezüglich des Sitzens am Tisch. Sie aß zwar wie alle anderen Menschen mit Messer und Gabel, aber sie wechselte ständig die Position, insbesondere, wenn sie etwas erzählte. Was für eine Freiheit, ohne den Krampf im Rücken aufwachsen zu dürfen. Was für ein Geschenk, sich frei entfalten zu dürfen.

„Gehst du heute ins Büro?" Julia holte mich aus dem tiefen Brunnen meiner dunklen Gedanken, in die ich abgestiegen war, hervor.

„Nein, tue ich nicht." Ich schaute auf meinen Teller, als ich antwortete.

„Stimmt, du hast es vorher schon gesagt. Gut für dich. Ich sag dir, ich habe Null Bock. Das einzig Gute: Ich bin alleine dort."

„Warum übernehmen die Anderen nicht einen Teil der Arbeit?"

„Tun sie. Aber ich möchte heute an meiner Veröffentlichung arbeiten, so dass ich mich nächste Woche um andere Sachen kümmern kann. Nächste Woche werde ich nicht dazukommen, etwas für mich zu machen. Ich hoffe, dass ich den Artikel zumindest soweit fertig habe, dass mein Chef die Arbeit editieren kann. Dann bin ich ein Stück weiter. Wie war deine Woche? Wir haben uns kaum gesehen. Ich hasse diese Phase. Es ist alles nur rennen und rennen und rennen. Was machen wir beide falsch?"

„Wir haben falsche Jobs."

Julia hielt es für einen Scherz und lachte laut auf, während sie den Kopf in den Nacken legte. Ihre nassen Haare fielen auf dem Rücken ab.

„Ja, das stimmt. Wenn dieses Papier durch ist, bin ich fast am Ziel. Danach muss ich nicht mehr zu allem Ja und Amen sagen. Mein Chef und Betreuer kann sich zum Teufel scheren."

„Was wäre der ideale Job für dich? Vergiss für einen Moment, dass du verheiratet bist. Einfach aus dem Bauch heraus: was wäre der ideale Job?"

Julia betrachtete mich vorsichtig über den Rand ihrer großen Tasse. Sie entfernte mit der Zunge den Schaumbart bevor sie antwortete. Oder besser gesagt, eine Gegenfrage stellte:

„Was willst du damit sagen?"

„Ich habe nur Angst, dass ich dich bremse. Könntest du dir beispielsweise eine Tätigkeit im Ausland vorstellen?"

„Ich würde liebend gerne im Ausland arbeiten." Sie überlegte kurz. „Also, für mich sind zwei Sachen wichtig: Erstens, dass ich frei forschen kann und zweitens, dass ich bei dir bin. Dieses Arschkriechen, verzeihe mir bitte den Ausdruck, geht mir fürchterlich auf die Nerven. Ich bin von diesem Typen so abhängig und das macht mich rasend. Ich hätte gerne meinen eigenen Lehrstuhl und meine Freiheit. Das ist alles. Wenn dich die Karriere wieder ins Ausland verschlägt, komme ich gerne mit. Überall gibt es Universitäten. Habe ich deine Frage beantwortet? Warum fragst du überhaupt? Haben sie dir etwas angeboten?" Ihre Stirn runzelte sich leicht, als sie die Frage stellte. Diese Gewohnheit geschah immer, wenn Julia etwas nicht verstand.

Ich bekam fast Angst, sie würde es erahnen. „Die innere Frau in ihr. Die Intuition", dachte ich. Laut sagte ich nur: „Nein, ich habe mir nur Gedanken um dich gemacht. Schmeckt der Kaffee?"

Julia guckte zuerst in die leere Tasse, dann sah sie mich an und verstand nicht, warum ich ihr diese Frage stellte. Ich machte es allein, um das Thema zu wechseln.

„Jaaa", antwortete sie. Dann guckte sie auf die Uhr und sprang auf. „Ich muss los." Nachdem sie den Teller und die Tasse in die Spülmaschine gesteckt hatte, verschwand sie noch einmal im Badezimmer. Ich versprach aufzuräumen.

Als zwanzig Minuten später die Tür hinter ihr zufiel, atmete ich auf. Der Eiertanz war schwieriger, als ich dachte. Ich wusste, dass ich ihr bald die Wahrheit sagen musste. Auch wegen ihrer Planung, nicht nur, um die Klarheit zwischen uns zu schaffen. In dem Augenblick wurde mir klar, dass ich vor allem Angst hatte, sie würde von mir verlangen, für meine Position zu kämpfen. Und dafür fehlte mir jegliche Energie. Das Leben steckte voller Chancen. Wenn eine Tür zuging, öffnete sich woanders eine andere, sagte ein schlauer Spruch. Genau an diese Tür dachte ich jetzt, aber ich wusste noch nicht, wo sie sich befand.

Weiterhin überlegte ich, was ich mit meinem freien Tag anfangen könnte.

Der Parkplatz des Golfclubs war fast leer, als ich einbog, was eigentlich zu dieser Jahreszeit und bei diesem Wetter nichts Ungewöhnliches darstellte. Nur ein paar Hardcore-Golfer spielten bei jedem Wetter. Ob sie, wie ich, auf der Flucht von der Realität waren oder einfach nur das Spiel liebten oder gerne in der Natur waren, würde ich nie erfahren. Ich war an den Beweggründen meiner Mitmenschen überhaupt nicht interessiert. Ich winkte dem Präsidenten zu, der vom Clubhaus ins Restaurant lief, und begab mich auf die Driving Range, die zu meiner Freude auf beiden Ebenen komplett leer war. Es war schon eine Weile her, dass ich das letzte Mal Golf gespielt hatte und ich wollte eine Blamage vermeiden. Nichts wird so genau registriert, wie die schlechten Golfschläge anderer. Die ersten Schläge waren schlecht, aber mit der Zeit steigerte ich mich. Zwei Körbchen Bälle später war ich bereit für den Platz.

Die regenschwangeren Wolken zogen langsam vorbei, während die entblößten Bäume mich wie stillen Zuschauer vom Rand der Fairways betrachteten. Mein erster Schlag war gerade und ich dachte: Ich habe doch nicht so viel an Können verloren. Weit und breit war keine Menschenseele zu sehen. Ich hatte die Natur nur für mich selbst und allein dafür hatte es sich gelohnt, heute hierherzukommen. Die nackten Bäume mochten mich zwar stumm betrachten, aber sie urteilten nicht. Sie würden ihren Kreislauf fortsetzen und im nächsten Jahr pünktlich ihre grüne Pracht zeigen, unabhängig davon, ob ich weiterhin als Geschäftsführer arbeitete oder nicht. „Der Kreislauf des Lebens verlangt Veränderung", dachte ich. Diese Bäume gehen jedes Jahr diese Veränderung durch und kein Baum ist deswegen depressiv. Warum sind wir Menschen dann so erschüttert?

Mein Ball lag neben dem Fairway und ich brauchte ein paar Minuten, um ihn zu finden. Laut Regeln hatte ich fünf Minuten dafür, aber da niemand hinter mir war, hätte ich ihn bis Mittag suchen können. Dann fand ich ihn und unweit von ihm zwei weitere Bälle. Ich schaute mich ein bisschen außerhalb des Fairways zwischen den Büschen um und fand zwischen den trockenen Grashalmen drei weitere Bälle. Sie waren alle von guter Qualität und kosteten mindestens zwei Euro pro Stück. Irgendwo auf dem Platz und im Teich lag mindestens die dreifache Anzahl meiner verlorenen Bälle. Deswegen sammelte ich die Bälle anderer Leute ohne Reue ein und spielte dann meinen nächsten Schlag.

Als ich erneut zum Ball lief, dachte ich wieder an die mysteriöse Begegnung vergangener Nacht. Was hatte die Frau gesagt? Ich solle mich nicht für dumm verkaufen? Ich solle nicht nach den Regeln anderer Menschen spielen? Es gab mal Zeiten, als ich über das Leben viel nachdachte, insbesondere nach Daniels Tod, aber ich fand selbst die Gedanken albern. Wozu nur meckern, wenn ich sowieso nichts ändern kann. Mein Blick fiel auf ein Weizenfeld links vom Golfplatz. „Ich habe mir beispielsweise Gedanken gemacht, warum die Menschen die Cowboys und Farmer in den Vereinigten Staaten bewundern, während hier die Bauern belächelt werden. Nur weil sie Cowboy-Hüte tragen? Wohl kaum. Sie stinken genauso nach Kuhmist wie die Bauern hier. Falls die Bauern überhaupt noch Kühe haben. Und dann wird noch zwischen Winzern und Bauern unterschieden. Was ist der Unterschied, wenn jemand rote Beete oder roten Wein anbaut? Beide müssen viel im Feld arbeiten, um ihre Ernte zu sichern. Warum sind Winzer cooler?"

Ich erreichte das Grün und, ohne das Grün zu lesen, schlug ich den Ball. Meine Gedanken glitten an der Oberfläche wie der weiße Ball, der das Loch um mindestens zehn Zentimeter verpasste und vergnügt weiter rollte. Mein Putt von der anderen Seite würde fast genauso lang sein wie der gerade ausgeführte. Trotzdem bemühte ich mich nicht, mich zu konzentrieren. „Dann diese ganze Heuchelei um den Reichtum", dachte ich. Alle hassen die Reichen und alles, was mit Reichtum zusammenhängt, aber unzählige Menschen spielen jede Woche Lotto, um ein paar Millionen zu gewinnen. Wie sinnig ist das! Ich musste immer daran denken, als ich noch studierte.

Oder wir akzeptieren keine Zwei-Klassen-Gesellschaft in der Bildung? Nein. Wir haben drei Klassen. Hauptschule, Realschule und Gymnasium. Mir soll es recht sein. Aus der Realschule rekrutiere ich meine Azubis, aber was soll die Augenwischerei? Oder die medizinische Betreuung in Krankenhäusern. Ist man gesetzlich versichert, bekommt man nur einen dieser blutjungen Ärzte direkt von der Uni, die Erfahrungen sammeln müssen. Haben sie ihren Beruf gelernt und genügend Erfahrungen gesammelt, kümmern sie sich um die Privatversicherten. Und die nächste Horde unerfahrener Mediziner lernt am Körper der gesetzlich Versicherten ihren Beruf, um dann ihre gute Erfahrung an die Privatversicherten weiterzugeben. Soll mir auch Recht sein, aber das wird nicht gut gehen. Oder unsere Unfähigkeit, den Arm, der uns ernährte, zu respektieren. Die Mitarbeiterin im Finanzamt, die für unser Unternehmen zuständig war, konnte man an Unfreundlichkeit nicht überbieten. Ist es wirklich so schwer zu verstehen, dass sie ihren Arbeitsplatz nur deswegen hat, weil es Unternehmen wie Schmitt Formsysteme und andere gab? Weil es unruhige Seelen gab, die das Risiko nicht scheuten und sich in die Selbständigkeit wagten, statt im Finanzamt zu arbeiten. Sich über die Frau aufzuregen ist reine Zeitverschwendung, stellte ich fest. Der einzige Lichtblick in meiner jetzigen Situation ist, dass sich mein Nachfolger mit ihr auseinandersetzen darf. Ich konzentriere mich lieber auf mein schlechtes Spiel.

Mittlerweile schlug ich meinen nächsten Ball auf und vertraute ihn den Bäumen links vom Fairway an. Ich wusste, dass ich meinen Ball in dieser Jahreszeit mit hoher Wahrscheinlichkeit nicht finden würde. Ich schlug nochmals auf und der Ball kopierte die vorherige Laufbahn. Dieses Mal hielt ich kurz inne, betrachtete die graue Landschaft, markiert mit dünnen Strichen - die gegen den Himmel ragenden Äste - und überlegte, ob ich noch einmal aufschlagen sollte. Niemand spielte mit mir, weswegen sollte ich mich an die Regeln halten? Dann erinnerte ich mich an meinen eigenen authentischen Schwung. Als ich vor Jahren lernte, Golf zu spielen, empfahl mir mein damaliger Golflehrer, den Film „Die Legende von Bagger Vance" zu gucken. Im Film erklärte der kuriose Golflehrer Bagger Vance (Will Smith) dem verunsicherten kleinen Jungen Hardy Greaves, der seinen Helden Kapitän Rannulph Junah (Matt Damon) gewinnen sehen wollte, dass jeder Mensch seinen eigenen authentischen Schwung hat. Sein Held Kapitän Rannulph Junah müsste den seinen noch finden. So wie ich auch, aber nicht nur im Golf. „Jeder Mensch hat auch seinen authentischen Weg, würde ich meinen. Was ist mein Weg?", dachte ich.

Ich schlug doch noch einmal auf, aber mit einer erhöhten Dosis an Konzentration, während ich an meinen ersten Golflehrer Nick dachte, der mich ein halbes Jahr nur mit dem sechser Eisen abschlagen ließ. Das Ergebnis stellte sich sofort ein: Der Ball landete in der Mitte des Fairways. Ich begab mich auf den Weg und dachte dann an die Golfrunden mit Peter und Daniel.

Während Peter Anekdoten aus seinem unternehmerischen Alltag erzählte, war es stets Daniel, fiel mir jetzt auf, der aufmerksam zuhörte und entsprechende Fragen stelle. Ich war in meiner eigenen Welt und dachte lieber an das letzte Buch, das ich gelesen hatte. Ich blieb plötzlich stehen, als ich an eine von Peters Geschichten dachte. Sie hat im Laufe der Jahre an Klarheit und Deutlichkeit verloren, aber ich konnte mich erinnern, dass die Beförderung im Mittelpunkt stand. Peter wollte die Position, aber ein Kollege von ihm auch, der die Deckung des Vorstandes hatte. Wie sich herausstellte, bekam mein Vater die Position, weil er von Besuchen des besagten Kollegen in gewissen Etablissements wusste.

Rückblickend denke ich, dass er uns diese Geschichte im letzten Schuljahr erzählt hat, denn nach dem Abi spielte ich kein einziges Mal mehr mit meinem Vater oder Daniel. Das war seine letzte große Beförderung, bevor er die Führung des Spin-offs übernahm. Oder dort abgestellt wurde. Für den Vorstandsposten haben seine Erfahrungen oder andere Qualitäten nicht gereicht. Bei der besagten Runde war Anita nicht anwesend und heute weiß ich, welche Frage sie gestellt hätte, wäre sie dabei gewesen: Woher weißt du von diesen Besuchen gewisser Etablissements Peter? Daniel und ich waren damals zu naiv, um diese Frage zu stellen, aber heute drängte sie sich bei mir auf. Wie häufig hat mein Vater selbst die Innenräume gewisser Häuser besichtigt und in genauen Augenschein genommen? Oder die Insassinnen?

Ich blieb mitten auf dem Fairway stehen und dachte an meinen Vater. Die dicken Eichen auf beiden Seiten zeigten kein Verständnis für den inneren Sturm in meiner Seele. Zumindest glaubte ich, sie zeigten keine Regung, aber wie soll ich ignoranter Sterblicher etwas so Weises und

Dauerhaftes wie eine Eiche verstehen? Ich verstand nicht einmal mein eigenes Leben.

Mir fiel auf, dass unser Vater nie über seine Familie oder seine Kindheit gesprochen hat. Die Golfrunden waren die einzigen Augenblicke alleine mit ihm. Wenn das Wissen vom Vater auf den Sohn übertragen wird, war nur die unternehmensinterne Trickserei die Überlieferung, die an mich und Daniel weitergegeben wurde. Er war an meiner Seite, als ich das Golfclub-Turnier als 14-jähriger gewann und als ich beim Regionalturnier den dritten Platz belegte. Alle anderen bedeutsamen Augenblicke in meinem Leben wurden durch Anitas Anwesenheit gefüllt. Sie stand stets abseits von allen anderen Müttern, inclusive Tims Mama. Selbst wenn sie in der Gruppe gestanden hätte, wäre sie durch ihr makelloses und teures Outfit aufgefallen. Die Mutter meines Freundes David nannte sie einmal Joan Collins.

Was waren also die Kernwahrheiten, die mir meine Familie vermittelt hat? Kämpfe Dich nach oben, egal wie. Sei kein Bauer. Achte auf dein Äußeres, denn das Erscheinungsbild ist entscheidend. Habe dich unter Kontrolle. Das Vertrauen ist eine seltene Pflanze, verschwende nicht deine Zeit, ihr nachzujagen. Nur vom Großvater Heinz - dem Bauern - kamen die Botschaften: Produziere etwas, das Menschen berühren können. Reflektiere über dich und dein Leben. Genau das habe ich heute vor. Mal schauen, was noch an die Oberfläche kommt.

Ich erkläre dir unser Leben:

# Heirat und alles, was dazu gehört

„Und dieses Versprechen wird vor Zeugen abgegeben!"

„Und?"

„Wie „und"?" Thomas zog die Augenbrauen wieder zusammen.

„Was soll ich mir drunter vorstellen?" So sehr ich mich auf die Vibration der Menschen einstellte, verstand ich trotzdem das Konzept des Versprechens nicht.

„Ach so. So läuft es. Wir verlieben uns in eine Person. Diesem Menschen versprechen wir, dass wir den Rest unseres Lebens mit ihm verbringen und gemeinsam durch die guten und die schlechten Zeiten gehen werden. Es gibt auch arrangierte Ehen, bei denen die Eltern entscheiden, wer wen heiratet, aber in unserer Welt ist es meistens Liebe. Oder Steuervorteile. Aber das ist auch Liebe und zwar die Liebe zum Geld."

„Was ist Liebe?" Ich kannte die Liebe in ihrer puren Form, da sie uns alle umfasste, aber ich hatte das Gefühl, dass die Menschen die Liebe für sich vereinnahmten. Ich wurde nicht enttäuscht.

„Das sind Gefühle, die wir für diese eine Person empfinden. Wir können nicht mehr ohne sie leben. Wir können nicht schlafen, arbeiten oder denken. Alles dreht sich um diese eine Person. Das habt ihr Frösche auch. Du hast doch selbst gesagt, dass ihr euch wegen der Weibchen bekriegt."

„Ja, wenn wir uns paaren, verlieren wir den Verstand. Aber die Liebe ist doch viel mehr als der Sexualtrieb für das andere Geschlecht. Sie ist das Garn, aus dem die Welt gewoben worden ist."

Thomas betrachtete mich für kurze Zeit, als ob ihn überraschte, einen solchen Satz von einem Wesen wie mir zu hören. „Eine interessante Sichtweise. Wir verlieren kurzfristig den Verstand, solange wir nicht der Richtigen begegnen. Wenn wir der richtigen Person begegnen, weben wir gemeinsam am Stoff, der die Welt zusammen hält. Wenn du meine Frau sehen würdest, wüsstest du auch, warum. Und sie hat so einen Versager – wie mich - geheiratet." Er zeigte mit dem Zeigefinger auf sich. „Was hat sie sich dabei gedacht? Verstehe einer die Frauen."

Um Thomas vom tiefen Loch, in das er freiwillig abstieg, abzulenken, stellte ich weiter Fragen. „Hat sie Eier gelegt?"

„Hat sie was?"

„Wie paart ihr euch?"

Thomas war es scheinbar äußerst peinlich, sein Paarungsverhalten mit mir - einem Frosch - zu erörtern. Ich verstand jedoch seine Zurückhaltung nicht, denn die Paarung war eins der erfreulichsten Ereignisse in unserem Leben. Er zögerte mit der Antwort und vermied dabei, mich direkt anzuschauen.

„Nanu. Hat es dir die Sprache verschlagen?"

Thomas lächelte verlegen. „Wir Männer haben einen Penis, mit dem wir in unsere Frauen eindringen und unseren Samen in ihre Gebärmutter platzieren. Mir ist es äußerst unangenehm, darüber zu reden."

„Warum? Das Paaren ist das Natürlichste auf der Welt. Wir tun es auch."

„Uns predigt die Kirche, Sex - damit meine ich das Paaren - wäre schmutzig und sündhaft."

„Die Kirche. Diejenigen, die die Verbindung zu eurem Schöpfer darstellen, den es nicht gibt? Wie paaren sie sich?" Ich hatte das Gefühl, ich werde bald wieder einen Grund zum Lachen haben.

„Gar nicht."

Das leichte Kribbeln in meinem Bauch erkannte ich als den Vorboten eines Lachanfalls, aber ich beherrschte mich. Für Thomas schien die Thematik ernsthaft zu sein. „Gar nicht! Woher wissen sie dann, dass eure Paarung schmutzig ist?"

„Weil es die Bibel sagt."

„Wer ist die Bibel?"

„Nicht wer, sondern was. Es ist ein heiliges Buch, in dem das heilige Wort Gottes festgehalten worden ist. Sie dient als Vorgabe für unser Verhalten auf dieser Erde."

Ich bat mit meinen Augen um Vergebung, aber ich konnte das Lachen nicht unterbinden. „Wie wollt ihr das Wort von jemandem, den noch nie jemand gesehen hat, festhalten?" Die Worte sprudelten auf einer Welle des Lachens aus mir heraus und ich bewunderte Thomas für seine Fähigkeit, meine Worte zu verstehen.

Thomas sah wieder frustriert aus. „Wir glauben halt an das Übernatürliche! Wir würden so gerne unserer Existenz auf dieser Welt etwas Besonderes verleihen. In heiligen Büchern stehen die Verhaltensregeln. Ich gebe zu, sie sind ein bisschen alt, aber wir halten uns noch an diese Werte." Er überlegte kurz bevor er ergänzte: „Meistens. Sehr oft. Nein, eigentlich machen wir uns nur noch etwas vor. In unserer Scheinwelt, die wir für uns kreiert haben, glauben wir an bestimmte Werte, aber die Realität unterscheidet sich sehr von unserer Scheinwelt. So sind wir wieder bei der Selbsttäuschung." Thomas holte tief Luft. „Ich sprach jedoch über das Heiraten und möchte dabei bleiben. Die Regeln der Liebe und der Heirat unterscheiden sich teilweise von Kultur zu Kultur. Ich kann letztendlich nur für unsere Kultur reden. Ich habe jedoch nie behauptet, ich würde mich genauso verhalten. Habe ich das je gesagt?"

„Nie." Ich gab mir große Mühe, mein Lachen unter Kontrolle zu bringen, während Thomas nachdenklich auf den Fluss schaute.

„Zugegeben, wir sind schon merkwürdige Wesen. Aber es ist einzigartig, mit einer schönen Gefährtin, sprich Ehefrau, das Leben zu teilen. Ich bin zwar in einer misslichen Lage, aber ich liebe das Zusammenleben mit meiner Frau. Nicht, dass ich die Zeit immer in vollen Zügen genoss. Meistens arbeitete ich zu viel. Aber ich freute mich immer, solange ich noch einen Job hatte, nach Hause zu fahren."

Wir saßen erneut schweigend zusammen. Thomas betrachtete weiterhin die Wasseroberfläche oder die andere Uferseite, während ich über diese eigenartigen Wesen innerlich schmunzelte. Thomas schien wie hypnotisiert.

„Was ist schön?"

Thomas wurde aus seiner Hypnose gerissen und betrachtete mich.

„Was ist schön? Du hast den Begriff in Verbindung mit deiner Ehefrau gebraucht. Aber was genau ist für euch schön?"

„Habe ich schon angemerkt, dass du wirklich anstrengende Fragen stellst?"

„Du hast angeboten, mir eure Welt zu erklären", erinnerte ich ihn beiläufig.

Thomas holte tief Luft und betrachtete weiterhin die Wasseroberfläche. „Schönheit? Die Schönheit ist sehr subjektiv." Als er meinem fragenden Blick begegnete, ergänzte er: „Du kannst dich an die Thematik der Wahrheit erinnern?" Als ich nickte, sagte er: „So ähnlich ist es mit der Schönheit. Ich mag diesen Blick auf den Fluss als schön beschreiben, aber eine andere Person würde ihn keines Blicks würdigen."

„Was ist schön?", fuhr Thomas fort. „Schön ist etwas, das uns gefällt, was uns den Atem raubt, uns so sehr fesselt, dass wir das Atmen vergessen. Schön ist etwas, das uns glücklich macht. Die Schönheit ist in diesem Blatt." Thomas zeigte auf den Busch neben seiner Bank. „Oder im Sonnenuntergang, oder in einem Kunstobjekt, das mit sehr viel Liebe und Geschick angefertigt worden ist, oder in einem Menschen. Ich finde meine Frau schön, wie ich schon sagte, weil sie das bezauberndste Wesen auf der ganzen Welt ist. Du wirst jetzt fragen, was sie so bezaubernd macht. Es ist eine Kombination aus körperlicher Schönheit, ihrer Intelligenz, Stimme, Ausstrahlung und der inneren Stimme. Sie sprudelt vor Freude und Zuversicht. Ich finde sie schön, weil sie einzigartig ist. Ich finde sie einmalig und bin froh, dass mir noch nie eine andere Frau begegnet ist, die ihr ähnelt."

Thomas grübelte und ich betrachtete ihn bei dieser Tätigkeit. „Unsere Vorstellung von Schönheit ist jedoch sehr unzuverlässig. Ich werde versuchen, dir mein Dilemma zu erklären." Er holte Luft, bevor er fortsetzte. „Mir gefiel meine Frau, weil ich sie schön fand und sie andere Faktoren erfüllte. Sie war gepflegt, gut gekleidet und gebildet, was wiederum meiner Person glich, denn ich bin gepflegt, gut gekleidet und gebildet. Hätte ich sie auf dem Feld bei der Arbeit erblickt, wäre es die gleiche schöne Person, aber ich hätte sie vielleicht nicht zum Essen eingeladen, weil mir ihre Kleidung oder ihre Position nicht zugesagt hätten."

„Es ist doch die gleiche Person, oder?", warf ich schnell ein.

„Ja, aber die Schönheit alleine definiert noch nicht, ob wir jemand in unser Leben einladen. Wenn es um reine Paarung geht, sind wir weniger wählerisch, aber wenn wir diese Person in unseren engeren Kreis von Menschen einladen, muss sie entsprechend auch unser Ego bedienen können. Weißt du, was ich meine?"

„Nein. Aber ich kann mich an den Versuch einer Erklärung erinnern."

„Aber es ist doch offensichtlich. Wenn ich den beruflichen Erfolg habe, kann ich keine Frau zu meiner Gefährtin nehmen, die nicht gebildet, schön und intelligent ist. Worüber soll ich mit ihr reden, wenn sie nur schön ist, aber keine Ahnung von…" Thomas pausierte. „Von euch Fröschen hat."

„Und hast du eine Ahnung? Weder in eurem Rädchensystem noch in deiner Realität existieren wir. Du beanspruchst die Fähigkeit des Denkens nur für euch Menschen, aber was ist mit uns? Aus diesem Grund frage ich dich: Hast du eine Ahnung, wer wir wirklich sind?"

Thomas senkte die Augen und schüttelte mit dem Kopf. „Eigentlich nicht. Ihr seid in unserem Alltag einfach nicht vorhanden."

„Dachte ich mir. Aber zurück zum Thema Schönheit. Eure Wahl des Partners ist ganz schön kompliziert. Warum überrascht mich das nicht?"

Ich sah eine Welt der Blendung und ich verstand einen Teil der menschlichen Misere.

„Nein, das war der einfache Teil", warf Thomas ein. „Jetzt wird es erst kompliziert."

Ich wartete.

„Wenn ich etwas als schön bezeichne, dann auch, weil es einmalig ist. Wir sind alle einzigartig und sollten dafür zelebriert werden."

„Jaaaa. Das hast du schon erwähnt."

„Wir Menschen haben einen Weg gefunden, uns maßschneidern zu lassen. Wir können eine neue Nase bekommen, wenn wir die Form der aktuellen Nase nicht mögen. Wir können, wenn wir wollen, unser Aussehen komplett verändern. Mehr und mehr Menschen, überwiegend Frauen, greifen zu dieser Methode, so dass mehr und mehr Frauen die gleiche Nase, die gleichen Lippen und die gleiche Körperform haben. Unserer Einzigartigkeit ist ein Opfer des Skalpells geworden. Und natürlich des Geldes, denn jemand wird durch unsere Unzufriedenheit mit uns selbst reich."

„Absurd! Ihr gebt das heilige Versprechen, ein Leben zusammen zu verbringen. Stattdessen sieht es mehr nach einem organisierten Versteckspiel aus."

„Du sagst es! Ich bin noch nicht fertig. Wir verstecken uns auch noch hinter dem Status."

Was soll ein Frosch mit einem Begriff wie Status anfangen? So sehr ich mich bemühte, sah ich nur eine Scheinwelt.

„Wenn wir eine bestimmte Position in der Gesellschaft haben, sprich, wenn wir sehr wichtig sind, reicht es nicht aus, dass unsere Partnerin hübsch, intelligent und gebildet ist. Sie muss auch noch die Voraussetzungen der Gesellschaft erfüllen. Ihre Eltern müssen auch wichtig sein, sei es von der Position oder vom Einkommen oder von beiden Faktoren her."

„Und wann geht es einfach nur um Liebe? Wann macht ihr euch auf die Suche nach eurem Seelenverwandten, wenn ihr so beschäftigt seid, alle äußeren Faktoren zu berücksichtigen? Wann geht es einfach um die Person, die ihr finden müsst?"

„Ich weiß, was du meinst. Ich habe mich genauso gefühlt, als ich meine Frau das erste Mal gesehen habe. Was soll ich noch sagen?" Thomas winkte resigniert mit der Hand ab und betrachtete wieder den Fluss. Nach einer Weile sprach er wieder.

„Wir kategorisieren die Menschen sehr gerne. Nach der Religion - wie vorher erörtert - nach der Hautfarbe, nach der Staatsangehörigkeit und auch innerhalb unseres Landes nach verschiedenen Berufen. Du musst dir dies wie ein Stufensystem sehen. Auf der untersten Stufe sind die Bauern, dann kommen Arbeiter, gefolgt von Managern, die wiederum auf deren Manager aufblicken. Dann kommen die Geschäftsführer, Regierungsvertreter, Vorstände, berühmte Sänger und Schauspieler usw. Wir stellen auf die unterste Stufe diejenigen, die uns mit unseren Lebensmitteln versorgen. Wenn es keine Bauern gäbe, wären wir ziemlich hungrig. Trotzdem schauen wir auf sie herab."

„Nur die Menschen können sich so etwas ausdenken. Jetzt weiß ich, was du mit der Anmerkung „*Wir haben einander*" gemeint hast." Ich fand die ganze Menschheit nicht mehr witzig, sondern einfach nur absurd.

„Wenn ich genauer überlege, muss ich meine vorherige Anmerkung revidieren. Wir sind fast daran, die Bauern für ihre Arbeit zu verachten, da wir nicht mehr wissen, wo unser Essen herkommt. Wir glauben mittlerweile, das Gemüse wächst im Supermarkt, weil wir unsere Köpfe bis zum Hals in unseren Geräten versteckt halten."

„Das Verstecken habt ihr wirklich perfektioniert. Wann werdet ihr das Denken wieder übernehmen?"

„Denken?"

# KAPITEL

# 9

Ich fuhr über die stockfinsteren Landstraßen nach Hause. Alan Sorge, der Außendienstmitarbeiter, war nicht mit mir gekommen, weil er am nächsten Tag einen anderen Termin bei unserem Kunden hatte und deswegen in die entgegengesetzte Richtung fuhr. Ich war so froh, denn ich hätte nicht gewusst, worüber ich mit Alan hätte reden sollen. Wahrscheinlich hätte Alan die meiste Zeit geredet, aber mein Einsatz wäre hin und wieder auch notwendig gewesen und ich weiß wirklich nicht, wie er ausgesehen hätte.

Der Termin mit unserem Kunden hatte länger gedauert, war jedoch sehr erfolgreich verlaufen. Wahrscheinlich würde ein Auftrag „drohen", aber diese Tatsache versetzte mich nicht mehr in Euphorie. Vielmehr bedeutete dies für mich mehr Arbeit und ich scheute noch mehr jede zusätzliche Aufgabe, da sie mir die Energie für das Grübeln nahm. Meine Prioritäten hatten sich schlagartig verändert und ich bevorzugte es, so viel wie möglich über mein eigenes Leben nachzudenken. Der heutige Termin auf dem Land war mir sehr entgegen gekommen, weil ich mit einer wasserdichten Ausrede dem Büroalltag entfliehen und mich meinen eigenen Gedanken widmen konnte.

Der Begriff „Freiheit" implizierte, dass etwas frei war. Als ich meinen Gedanken freien Lauf ließ, bewegten sie sich in eine andere Richtung, als ich es gewollt hatte. Statt mich darauf zu besinnen, was ich mir für die Zukunft vorstellte, kamen mir dieses Mal die Bilder aus dem Büro in den Sinn. Hermann Piskowski, Leiter Forschung und Entwicklung, war vor zwei Tagen gekommen, um sich über Jürgen zu beschweren. Jürgen wäre doch ein Nichts und hätte ihm nichts zu sagen. Ich schlug ihm vor, mit Jan Schmitt darüber zu reden, aber Herr Piskowski ging nicht in die Falle. Er wusste bereits, dass Jürgen zu Jans Lieblingen gehörte. Warum sich Chancen bei Jan verbauen? Lieber bei mir jammern, weil dadurch kein Schaden mehr entstehen konnte. Selbst wenn ich die Geschichte an Jan weitertragen würde, bliebe alles beim Alten, denn ich genoss keine Glaubwürdigkeit mehr.

Mathias Schmitt besuchte das Unternehmen am Anfang der Woche und verbrachte die meiste Zeit mit Lydia Rosig aus der Personalentwicklung. Das ganze Verwaltungsgebäude wurde durch ihr hohles Lachen erschüttert. Sie wollte sichergehen, dass alle Mitarbeiter vom Besuch des Firmeninhabers in ihrem Büro wussten. Sie tranken zusammen Kaffee und quatschten. Ich war nicht neidisch darauf, Mathias zuzuhören. Seine Monologe dauerten manchmal sehr lange und stahlen mir nur wertvolle Zeit. In der jetzigen Situation bewirkte der Besuch zwei Dinge: Erstens glaubte Lydia jetzt auch, sie wäre eine potentielle Anwärterin auf meine Position. „Vielleicht im nächsten Leben", dachte ich. Zweitens untergrub es noch mehr meine bereits ziemlich instabile Position. Mathias verbrachte ganze fünf Minuten bei mir im Büro.

Dann erinnerte ich mich an mein einziges Erfolgserlebnis der Woche. Stephan Händler, ein früherer Studienkollege von meiner ersten Uni, besuchte ein Unternehmen ein paar Straßen weiter und hielt bei Schmitt Formsysteme an, um mich zu besuchen. Ich habe keine Ahnung, warum er mich recherchiert hatte und aufsuchte. Ich traf ihn im Flur und er gab mit aller Deutlichkeit zu erkennen, dass er schon seit dem Studienende bei einer der ganz großen Beratungsfirmen kometenhaft aufgestiegen war. Mich überkam in diesem Augenblick Übelkeit, aber statt auf die Toilette zu rennen, näherte ich mich Stephan und rieb seine Stirn mit meinem Daumen. Die Haut unter meinen Fingern fühlte sich fettig an. Stephan, etwas überrascht, trat zurück und hob die Hand, als ob er angegriffen wurde und sich wehren musste. „Was…?" stammelte er verdutzt.

„Nichts. Es ist nach wie vor gut sichtbar", erwiderte ich und schmunzelte.

„Was? Was ist sichtbar?" Jetzt klang Stephan gereizt.

„Das Wort „Sklave" ist sehr gut sichtbar. Wer bei den drei Großen unterschreibt, bekommt den Begriff in die Stirn eingebrannt. Hast du das nicht gewusst?"

Stephan schaute mich an, wie ein Kind, das das langersehnte Spielzeug doch nicht bekommen hatte. „Du spinnst. Bleib ruhig hier in deinem provinziellen Nest, ich gehe nach oben."

„Mach das. Da unten, zwei Meter unter der Erde, werden wir alle gleich sein." Ich drehte mich um und ging in mein Büro. Stephan schaute mir zuerst nach, dann verließ er das Gebäude. Selbst jetzt, ein paar Tage später, musste ich über diese Eingebung schmunzeln. Ich wusste nicht, woher mir im besagten Moment die Idee kam, aber ich fand sie nach wie vor großartig. Mir war klar, dass die Anmerkung bei Stephan nicht lange in Erinnerung bleiben würde, da sein Gefühlsniveau nah am Gefrierpunkt lag, aber ich war trotzdem auf meinen Ideenreichtum stolz.

Was Stephan nicht wusste: Ich sprach aus eigener Erfahrung. Ich war gerade dabei, meine eigene Brandmarke von der Stirn zu entfernen. Oder soll ich lieber sagen, dass ich aus Untauglichkeit in die Freiheit entlassen worden bin. Gleichzeitig frage ich mich, was die Menschen in anderen Teilen der Welt sagen sollen, die viel mehr als ich arbeiteten, um ihre Familien zu ernähren. Warum beanspruchen wir im Westen die Freiheit für uns, zumindest ich, während in anderen Teilen der Welt die Menschen unter unwürdigen Bedingungen für uns arbeiten müssen? Warum wundert es mich, dass ich die Welt nicht verstehe, wenn ich selbst voller Widersprüche bin?

Das nächste, das ich wahrnahm, war ein starkes Rütteln und das Anhalten des Fahrzeugs. Ich stellte erschrocken fest, dass ich eingeschlafen und von der Straße abgekommen war. Um mich herum war es komplett dunkel, nur in weiter Ferne waren Lichter eines Dorfes sichtbar. Als ich ausstieg, bemerkte ich, dass meine Beine zitterten. Um nicht umzufallen, lehnte ich mich an das Fahrzeug und atmete mehrfach ein und aus. Die frische Luft durchdrang meine Jacke und mein Hemd und ließ mich jetzt am ganzen Körper frieren. Ich holte meinen Mantel vom Rücksitz und zog ihn an. Anschließend inspizierte ich die Situation.

Als Glück im Unglück stellte sich heraus, dass ich im ebenen Bereich von der Straße abgekommen und im Feld gelandet war. Voraussichtlich hatte der Audi keinen großen Schaden abbekommen, aber ich war mir dessen nicht ganz sicher. Um mich herum erstreckten sich in alle Richtungen Felder. Ich roch den Duft der Erde und ich erschauderte, dass ich diesen Duft um ein Haar aus einer anderen Perspektive hätte wahrnehmen können, oder auch nicht, denn dann wäre ich tot. Ich dachte an meinen Bruder Daniel und wie es ihm in seinen letzten Sekunden ergangen war. „Was ging ihm damals durch den Kopf, woran dachte er? Hatte er überhaupt Zeit zum Denken? Wie lange hatte er gelitten?" Ich stellte erschrocken fest, dass ich mir bisher noch nie Gedanken darüber gemacht hatte.

Zum ersten Mal in meinem Leben zog ich die Idee eines Schutzengels in Betracht. Meiner Einsamkeit sicher, dankte ich dem Himmel, drehte mich aber vorsichtshalber schnell um, um sicher zu sein, dass mich niemand beobachtete. Ich konnte jedoch nur das Fahrzeug sehen, da die Fahrertür noch offenstand und das Innere des Wagens dadurch beleuchtet wurde. Als mich ein kalter Windstoß erfasste, setzte ich mich wieder ins Auto, startete den Motor und versuchte, mich aus dem Schlamm zu befreien. Das ging ohne große Anstrengung vonstatten, so dass ich meine Reise fortsetzen konnte. Erst nachdem ich ein paar Kilometer gefahren war, jetzt sehr wach und aufmerksam, kam mir ein anderes Fahrzeug entgegen.

Der Unfall vertrieb alle Bürogedanken aus meinem Kopf. Stattdessen dachte ich immer wieder an Daniel, an seinen leblosen Körper und daran, dass mir beinahe das Gleiche passiert wäre. Dann wanderten meine Gedanken zu Julia und zu meiner Mutter und ich stellte mir deren Reaktionen vor. Meinen Vater berücksichtigte ich überhaupt nicht, als ob Peter tiefer Emotionen unfähig gewesen wäre. Dabei litt mein Vater auch unter dem Verlust seines Sohnes. Er ertrug es nur, wie alles andere auch, mit Haltung.

Ich erinnerte mich an die Beerdigung von Daniel. Meine Eltern gingen wie zwei steinerne Statuen. Selbst als sie die Mitleidsbekundungen entgegennahmen, bewegte sich kein einzelner Muskel in ihren Gesichtern. Anita merkte man den Verlust an den Schultern an. Sie hingen nach vorne, als ob jemand eine riesige Kiste auf ihre Schulter gestellt hätte und sie zwang, sie zu tragen. Die Winkel ihrer Lippen hingen nach unten und ihre Augen waren leer und ausdruckslos. Peter wiederum machte selbst am Grab seines Sohnes eine gute Figur. Niemand sah sein Inneres, das dem Inhalt einer gebrochenen Thermosflasche glich. Während die äußere Form hielt, war die innere in tausend Stücke zersplittert und sollte nie wieder heil werden. Patricia stand abseits und rauchte eine Zigarette nach der anderen, während Julia die beiden Kinder von Daniel und Patricia bei sich hielt. Ich betrachtete die ganze Szene und fühlte mich wie ein Außerirdischer in meiner eigenen Familie.

„Wieso kam gerade ich zwischen den Ackerfeldern von der Straße ab, ohne dass mir ein Haar gekrümmt wurde und Daniel hatte dieses Glück nicht? Wieso konnte er nicht irgendwo in den Acker fahren und überleben, nachdem ihn der Blödian von der Straße gedrängt hatte?"

Ich erinnerte mich an ein Gespräch mit Daniel, als wir noch Studenten waren. Daniel hatte damals noch Jura in Hamburg studiert und besuchte mich hin und wieder am Wochenende. Wir rauchten am Abend zuvor auf einer Party in Frankfurt zu viele Joints und fühlten uns am Morgen danach sehr elend. Ich erzählte von Drogensüchtigen, denen ich während des Studiums begegnete. Ein Mann sah wie ein Zombie aus. Danach dachte ich hin und wieder an den Tod und fragte Daniel nach seiner Meinung.

„Ich habe keine Angst vorm Tod, solange er nur schnell genug kommt. Ich habe nur Angst vorm Leiden, vorm Dahinsiechen, vor den Augen aller Menschen. Das würde mich umbringen."

Sein Wunsch wurde erfüllt. Der Polizei zufolge starb er sofort. Sein Kollege wurde bewusstlos ins Krankenhaus eingeliefert, wo er sechs weitere Wochen blieb. Die Ärzte mussten die zertrümmerten Knochen mit Metallteilen ersetzen. Er konnte wieder laufen, „aber durch die Flughafenkontrolle komme ich wahrscheinlich nicht durch", meinte er scherzend.

Wir sind alle so zerbrechlich. Warum führen wir uns auf, als ob wir es nicht wären? Warum glauben wir, wir wären es nicht mehr, wenn wir ein teures und großes Auto fahren? Oder wenn wir viel Geld verdienen? Hat der Tod je einen Unterschied gemacht? Nein. Er ist wirklich nicht diskriminierend. Wieso hänge ich solchen Gedanken nach. Ich fahre doch heil nach Hause zu meiner Frau. Ich muss ihr gleich erzählen, was passiert ist.

Angenommen, ich hätte diesen Vorfall nicht überlebt, was wäre von mir übriggeblieben? Woran hätte sich die Menschheit erinnert? Erfolgreicher Sohn von Peter Bader, den man am Ende gefeuert hat? Erfolgloser Geschäftsführer eines bekannten Zulieferers der Automobilindustrie? Der verstorbene Ehemann einer erfolgreichen Universitätsprofessorin? Wer würde sich an mich erinnern, ausgenommen meine eigene Familie natürlich? Wen habe ich in diesem Leben zum Lachen gebracht? Julia, kann ich mit großer Überzeugung sagen. Wen noch? Wessen Lachen machte mich glücklich und erfüllt alleine durch die Tatsache, dass ich die Quelle dieses Lachens und dieser Freude war? So wie mit Julia früher, als ich sie an unbekannte Orte brachte, um sie zu überraschen. Immer habe ich von anderen erwartet, mir zu dienen, mir zu gehorchen, mich zu unterstützen, mir den Vorrang zu geben, mich als wichtig anzusehen. Wann habe ich das letzte Mal dieses Privileg jemand anders eingeräumt? Wann habe ich das letzte Mal einen Menschen in seiner Gesamtheit wahrgenommen?

Als ich aufwuchs, behandelten meine Eltern alle anderen Menschen außerhalb der Familie mit höflicher Distanz, selbst ihre besten Freunde. Ich schlüpfte in das gleiche Korsett, ohne den Sinn zu hinterfragen, weil ich annahm, jeder Mensch handle auf diese Art und Weise.

Seitdem ich Julia kenne, registriere ich den Unterschied. Sie sieht dort Menschen, wo ich nur Kellner, Köche, Mitarbeiter usw. sehe. Während Julia sie in ihrer Gesamtheit wahrnimmt, reduziere ich sie auf den

Job, den sie gerade ausüben, und fühle mich gut dabei. Folglich muss ich mich ehrlich fragen, wer sich entsprechend an mich erinnern und sagen würde: „Was für ein Verlust für die Menschheit!" Stattdessen könnte ich eher die folgende Aussage erwarten: „Das Arschloch ist tot? Kein großer Verlust." Mein einziger Trost wäre, dass ich Julia unvergessliche Momente schenkte, und dass sie mich vermissen würde.

Meine Beine zitterten immer noch ein bisschen, als ich das Auto verließ. Die Wohnung war dunkel und im Schlafzimmer sah ich die Umrisse meiner zauberhaften Frau, die unter der Bettdecke lag. Die digitale Uhr neben ihrer Seite des Bettes zeigte 23:43 an. Ich hörte kurze Zeit ihrer regelmäßigen Atmung zu und dankte erneut dem Himmel, dass ich heil nach Hause gekommen war.

Ich erkläre dir unser Leben:

# Sport

„Sport!" Thomas schrie fast, als er das Wort aussprach. Ich hatte das Gefühl, dass er ein heiteres Thema suchte, um die Ernsthaftigkeit, die - wie der morgendliche Nebel über dem Fluss - sich über unsere Unterhaltung gelegt hat, zu vertreiben. Er ging auf meine Erinnerung an das Denken gar nicht ein.

„Du hast es vorher schon erwähnt. Was ist das?"

„Ja, ich glaube, ich habe es bei Fitnessprogramm erwähnt. Aber das hier ist ein bisschen anders. Es gibt Menschen, die mit Sport ihren Lebensunterhalt verdienen. Genauso, als wenn ich ins Büro gehe, so begeben sich diese Menschen ins Stadion und trainieren dort. Dort zeigen sie auch ihr Können, wenn sie auf die gegnerische Mannschaft treffen."

„Welches Können?"

„Du verstehst immer noch nicht, was ich meine?"

Ich schüttelte mit dem Kopf. Thomas kam diese Bewegung so menschlich vor, dass er vor Staunen fast vergaß, was er sagen wollte.

„Ich nenne ein Beispiel: Fußball. Elf Spieler einer Mannschaft treffen auf elf Spieler der anderen Mannschaft. Deren Können besteht darin, den Ball nur mit den Beinen oder mit dem Kopf ins Tor des Gegners zu schießen. Hände dürfen nicht zum Einsatz kommen. Am Tor des anderen Teams steht ein Torhüter und das andere Team versucht, den Ball zu spielen und selbst ein Tor zu schließen. Wer mehr Tore geschossen hat, hat gewonnen." Als ich keine Reaktion zeigte, fuhr Thomas fort.

„Wir Menschen sind verrückt nach diesem Spiel. Auf der ganzen Welt verfolgen Millionen von Menschen, wie zwei Teams gegeneinander spielen, und feuern ihre Lieblingsmannschaft an. Es ist so aufregend."

Er versuchte verzweifelt, einen Teil seiner Begeisterung auf mich zu übertragen.

„Ihr werdet verrückt, weil elf Personen einem Ball hinterherrennen?"

„Jaaa. Nein, es sind zwanzig, denn beide Mannschaften rennen. Nur die Torhüter nicht." Thomas antwortete vorsichtig und ein Teil seiner Begeisterung schien verschwunden zu sein.

„Um Frosches willen! Ich werde verrückt. Wer wählt diese Teams?"

„Das ist alles so gut organisiert. Es gibt Clubs, die Spieler verkaufen und dafür andere kaufen, Spielzeiten werden festgelegt, dann die Zeiten, wann Teams und wann Länder gegeneinander spielen. Das Geld fließt in Strömen bei diesem Sport."

„Kaufen und verkaufen? Menschen? Sagtest du nicht vorher, das wäre verboten?"

„Sklaverei ist verboten. Das Verkaufen von Spielern nicht. Auch nicht von Pferden."

„Was ist der Unterschied?"

„Tja, gute Frage. Wahrscheinlich liegt der einzige Unterschied darin, dass der Spieler für seinen Einsatz Geld bekommt. Und nicht wenig Geld. Es geht in der Regel um sehr große Summen. Eigentlich sind die Fußballer und die Schauspieler die bestbezahlten Menschen in unserer Gesellschaft. Die Einen rennen hinter einem Ball her und die Anderen spielen uns etwas vor. Ach, die Topmanager habe ich noch vergessen, aber die zählen fast zu den Schauspielern und müssen die Ausdauer der Sportler haben."

Ich blieb eine Zeit lang still. Meine Fragenflut blieb aus und ich machte ein nachdenkliches Gesicht. Thomas bereute, dass er das Thema nicht vorher gebracht hatte, da ihm mein ständiges Nachfragen auf die Nerven ging.

„Wir haben auch andere Sportarten, nicht nur Fußball. Wir haben Basketball, bei dem der Ball mit Hilfe der Hände in den Korb der gegnerischen Mannschaft befördert wird, Handball, Volleyball, Tennis, Kricket, Rugby…"

„Und immer rennen Menschen einem Ball hinterher? Was findet ihr so spannend an einem Ball? Ich meine, ihr seid doch gebildete Wesen, die ein Ding, das auch denkt, erfunden habt. Wieso rennt ihr einem Ball hinterher? Und schmeißt noch Geld hinterher?"

„Tja, ich glaube, es hat etwas mit dem tiefverankerten Bedürfnis des Menschen zu tun, zu einer Gruppe, das heißt zu einem Rudel zu gehören und den Anderen die eigene Stärke zu zeigen. Wir laufen dem Rudelführer hinterher, egal ob es über eine Klippe oder in die grüne Weide ist. Wir überlegen nicht, wir rennen einfach mit, weil wir zum Rudel gehören wollen. Das zeigt sich auf allen Ebenen unseres Lebens. Es beginnt bei der Religion, wird auf Länder heruntergebrochen, dann kommen Regionen, Städte versus Landleben, Clubs und Arbeitgeber. Wir denken, dass wir besser als die anderen sind, wenn wir für einen großen und bekannten Arbeitgeber arbeiten. Dass wir für ihn nur eine Nummer bei der großen Zahl der Mitarbeiter weltweit sind, will keiner wahrhaben. Wir glauben, wir gehören zu einer wichtigen Familie. Dabei bestehen dort bereits erste Anzeichen von Sklaverei. Das Gleiche gilt für den Sport. Wir möchten uns einfach nur unterscheiden. Wir möchten, dass unsere Mannschaft siegt, weil wir dann das Gefühl haben, dass wir kleine, unbedeutsame Individuen, die schon seit Jahren keinen Mut haben, dem Boss die Meinung zu sagen, uns plötzlich wie Sieger vorkommen können, weil unser Club die Ländermeisterschaft gewonnen hat. Ist das nicht wunderbar? Ich kann mir einen Tag wie ein Sieger vorkommen, bis mich mein Alltag wieder erfasst."

„Ich kann nur immer wieder sagen: Ihr Menschen seid echt bizarr. Wenn es das Ego nicht gäbe, wäre euer Leben viel einfacher, findest du nicht?"

„Ja, das ist vollkommen richtig. Das Ego macht uns zu schaffen im Leben. Ohne Ego wäre das Meiste viel einfacher und transparenter. So verleitet uns das Ego, viele dumme Entscheidungen zu treffen oder uns blöd zu benehmen. Aber das Ego ist ein Teil des Menschen und kann nicht entfernt werden. Genauso wie unser Wunsch nach Besitz, nach einem geregelten Leben, geschützt durch Vorgaben und Gesetze, die wir selbst definieren, nachdem wir die Macht ergriffen haben."

Der Lufthansa-Flug verließ planmäßig Budapest und steuerte Frankfurt pünktlich an. Das Summen der Maschine und die Fetzen der Gespräche um mich herum erfüllten die Luft. Obwohl ich mir vorgenommen hatte, die kurze Zeit im Flugzeug zu arbeiten, nahm ich die Unterlagen nicht einmal aus meiner Tasche, sondern starrte aus dem Fenster. „Was steht mir noch bevor? Wo ist mein eigener Weg?", dachte ich, als ich die Wolken unter mir betrachtete. Diese Gedanken verfolgten mich seit meinem Unfall im Ackerfeld vor wenigen Tagen. Am darauffolgenden Tag hatte ich den Audi zur Waschstraße gebracht und alle Spuren meines nächtlichen Ausflugs in die Felder abwaschen lassen. Das Auto hatte nicht einmal einen Kratzer. Dafür hatte ich selbst einige Blessuren, aber sie waren gering und würden in den nächsten Tagen heilen.

Ich reagierte etwas irritiert, als die Flugbegleiterinnen mich in meinen Gedanken unterbrachen, um Getränke anzubieten. Als ich meines erhalten hatte, widmete ich mich wieder meinen Gedanken, die jetzt einen Sprung in eine ganz andere Richtung machten. Etwas regte sich in mir, aber nur vorsichtig und leise, wie eine zarte Pflanze, die gerade dem Samen entsprungen ist. Ich holte den Block und meinen Kugelschreiber aus der Tasche und überlegte.

Großvater Heinz bewunderte den Erfolg und den Anstand, obwohl wir seinen Anstand im Umgang mit Juden in der heutigen Zeit in Frage stellen. Er hatte Respekt für alles, was er anfassen konnte und er hielt mit der gleichen Ehrfurcht die Kartoffel wie ein Produkt aus Schmitt Formsysteme in seinen Händen. Für ihn waren es konkrete und greifbare Produkte der Natur, auch wenn bei unseren Produkten die Maschinen und die Roboter nachhelfen mussten und bei der Kartoffel Mutter Erde ihre gestalterische Kraft aufbrachte. Vater hatte für die großen Gelddrukker wie Jack Welch und Andere viel Respekt übrig. Norbert Schmitt, mein Mentor, glaubte an Chancen, die man ergreifen muss, während sie an einem vorbeifliegen. Und ich? Ich hielt den Kugelschreiber in der Hand und schaute wieder aus dem Fenster. Die dicke Wolkendecke behinderte die Sicht, aber selbst wenn es ein wolkenloser Tag gewesen wäre, hätte ich nichts gesehen. Die ganze Schönheit der Natur wurde an diesem Tag an mir verschwendet.

Dann schrieb ich auf das vor mir ausgestreckte weiße Blatt: „*Ich bewundere Menschen, die den Mut haben, ihren eigenen Weg zu gehen, ohne Rücksicht auf Verluste. Ich…*" Ich hielt wieder inne, weil ich fast Angst hatte, den Gedanken offen auszusprechen. „*…bewundere Onkel Rupert.*" Das Kratzen des Kugelschreibers auf der glatten Papieroberfläche kam mir lauter als sonst vor.

Als ich den Gedanken endlich aufs Papier gebracht hatte, kam es mir wie eine schwere Geburt vor. Meine Seele machte einen Sprung, weil der verbotene Gedanke zu lange auf ihr gelastet hatte. Ich holte einen Zombie in meinen eigenen Alltag und sah vor meinem inneren Auge den Großvater in seinem Sonntagsanzug und mit der Bibel in der Hand. Er hielt die Bibel hoch, während sein ganzer Körper vor Wut bebte. Es muss ein Sonntag gewesen sein, als Onkel Rupert das Haus verließ, um mit einer Zirkustruppe und seiner Angebeteten ein unstetes Nomadenleben zu führen. Ich kann mich nur an diese Situation erinnern, weil Daniel, meine Cousine Helen und ich bald weiterspielten, aber dieses Bild reichte aus, um den Namen meines Onkels aus dem Haus seiner Eltern zu verbannen. Meine Großmutter lebte schon lange nicht mehr, um den Großvater milder zu stimmen, und wir alle hatten weder den Mut noch die Argumente, um dagegen zu halten. Weil Peter eine internationale Karriere anschlug, wurde von Onkel Rupert erwartet, dass er das Land erben und weiter bestellen würde. Diese Rechnung wurde jedoch ohne meinen Onkel gemacht, den ich als einen geselligen und lustigen Mann in meiner Erinnerung habe. Seine Abwesenheit formte uns vielleicht mehr, als es seine Anwesenheit je getan hätte, und er verwandelte sich mit der Zeit in eine Legende.

Der Mann neben mir auf dem Gangsitz nieste so laut, dass ich einige Zentimeter im Sitz hochsprang. Ich warf ihm einen irritierten Blick zu. Statt sich zu entschuldigen, schaute er mich herausfordernd an und sagte mit laufender Nase, während er in einer Hand die Zeitung hielt und mit der anderen nach einem Taschentuch suchte: „Dankeschön!" Von mir wurde „Gesundheit!" erwartet, aber ich dachte nicht im Traum daran. Stattdessen drehte ich mich noch mehr zum Fenster und versuchte, meine Gedanken fortzuführen. Der Satz lag auf dem weißen und unschuldigen Blatt vor mir: *„Ich bewundere Onkel Rupert"*. Was machte dieser Satz aus mir? Einen Verräter? Einen Schwächling? Einen Irren? Einen was? Was war ich? Eine in jeder Sicht gescheiterte Führungskraft, wenn ich jetzt Leute wie Onkel Rupert bewunderte? Oder einfach ein Mann, der mit seiner Seele gerade Bekanntschaft machte? Wer bin ich?", dachte ich zum tausensten Mal.

Die Flugbegleiterinnen servierten jetzt das Essen und durchdrangen mit ihrer Geschäftigkeit die Membran meiner reflektierenden Luftblase. Ich nahm das Essen und kaute automatisch an den Speisen, ohne den Geschmack wahrzunehmen.

In der Schule war ich gut in allen Fächern, aber nur, weil ich sehr viel lernte. Daniel benötigte die Hälfte der Zeit fürs Lernen und schrieb trotzdem gute Noten. Ich fand es immer ungerecht und beschwerte mich laut bei unserer Mutter. Da Daniels Noten gut blieben, durfte er weiterhin wenig lernen. Ich las auch viel, aber am amüsantesten war es für mich, die Artikel für die Schülerzeitung zu schreiben. Ich schrieb mehrere Artikel für jede Ausgabe, obwohl immer nur ein einziger ausgewählt wurde. Das Schreiben machte mir Spaß. Ich erfand meine eigene Welt, wenn ich schrieb, und schmückte sie aus.

Bis zu einem späten Herbsttag. Ich hatte gerade einen schönen Artikel über den Herbst, das Laub und die Früchte verfasst und ihn am darauffolgenden Wochenende voller Stolz meinem Großvater Heinz ge-zeigt. Der Großvater las ihn, reichte ihn mir, ohne mich anzuschauen, und sagte nur: „Zeitverschwendung". Das Lächeln auf meinem Gesicht erstarrte, mein Stolz schmolz zu einer Pfütze vor meinen Füßen, ich kam mir dumm und verträumt vor. An dem Tag beschloss ich, so verwurzelt und mitten im Leben wie mein Großvater zu sein. Ich überreichte alle geschriebenen Artikel an die Zeitung und zog mich zurück. Sie wurden alle nach und nach veröffentlicht, aber ich las keinen einzigen ein wei-teres Mal.

Die tiefgründige Traurigkeit, die ich an jenem Tag empfunden hat-te, kroch in mir hoch. Heute war ich noch Geschäftsführer eines Un-ternehmens, trug teure Markenkleidung, saß in der Business Class und stieg nach der Landung in Frankfurt in einen Audi A8. Trotzdem fühlte ich mich wie ein kleiner Junge, der nie Anerkennung für seine schönen Artikel bekam. Ich drehte mich um, um zu sehen, ob irgendjemandem mein innerer Kampf auffiel, aber der laute Nieser neben mir las immer noch die FAZ, während auf der anderen Seite des Ganges ein Mann schlief und dabei den Kopf gegen den anderen Sitz stützte. Sein Mund war offen und sein linker Mundwinkel zuckte. Der Fenstersitz neben dem Mann war leer.

„Kann ich Ihnen irgendwas bringen?" Die Stimme war angenehm, aber trotzdem störend. Ich schüttelte nur mit dem Kopf, ohne die Flug-begleiterin zu betrachten. Eigentlich sollte ich diese Gedanken abschüt-teln und mich auf mein Gespräch mit Gaby seelisch vorbereiten, aber ich war nicht frei dafür.

Der Besuch des Werks in Ungarn war ein Abschiedsbesuch. Ich hat-te ihn noch dazwischen geschoben, weil ich mich von der Mannschaft verabschieden wollte, ohne daraus eine emotionale Farce zu machen. Ob sie wussten, was in der Firmenzentrale vor sich ging, war mir nicht klar. Wahrscheinlich schon, aber sie konnten ihr Wissen geschickt verber-gen. Das Kernteam empfang mich, wie immer, sehr herzlich und diese Herzlichkeit konnten nicht einmal die sehr ernsten Gespräche über die

Auftragslage dämpfen. Ich mochte die Ungarn - gerade wegen dieser Herzenswärme - und musste dabei auch an die wenigen Jugoslawen, die ich durch Julia kennengelernt hatte, denken.

Abends aßen die vier wichtigsten Köpfe des Führungsteams mit ihren Ehefrauen und mir bei Hugo Kertész, dem Standortleiter. Bis auf Hugo und mich waren die anderen drei Kollegen Ingenieure. Hugos Frau war eine ausgezeichnete Köchin und eine sehr aufmerksame Gastgeberin. Hugo hätte ein italienisches Restaurant bevorzugt. Es wurde aber derzeit renoviert und schied somit aus dem Rennen. Die Sprache am Tisch war Deutsch, was wiederum dazu führte, dass die Damen sehr wenig sagten, weil sie sich ihrer schlechten Deutschkenntnisse schämten. Hugos Frau Andrea unterrichtete Deutsch an der Schule und war dementsprechend in die Unterhaltung involviert. Die beiden hatten sich kennengelernt, als sie ihr praktisches Semester in Deutschland verbrachte. Sein Vater war ein Ungar, der vor vielen Jahren nach Deutschland gekommen war, eine Deutsche heiratete und selten die Sehnsucht nach seiner Heimat aufkommen ließ. Erst als Hugo den Job bei Schmitt Formsysteme in Ungarn erhielt und die Eltern regelmäßig zu Besuch kamen, gestand der Vater, wie sehr er seine alte Heimat vermisste.

In der geselligen Atmosphäre, die durch den lokalen Wein angeheitert wurde, erzählten die Männer vom Betriebsalltag. Ich erfuhr in einer Stunde mehr vom Unternehmen, als während meines ganzen offiziellen Besuchs. Wenn ein Wort fehlte, half jemand aus der Runde auf die Sprünge und die Geschichte ging weiter. Niemand störte sich am falschen Satzbau oder verkehrten Artikeln und am allerwenigsten ich selbst. Ich betrachtete die Männer und ihre Frauen und fragte mich, ob diese Männer richtig glücklich waren oder ob diese, vom Alkohol beförderte Heiterkeit nur eine Show war.

„Auf Thomas Bader und Schmitt Formsyteme. Pardon." Istvan Horváth, Vertriebsleiter für Gesamt-Südosteuropa, strich sich etwas verlegen über den Kopf. „Hä, ich meine Formsysteme."

Alle lachten und ich hob mein Glas. Ich genoss den Moment, weil ich ahnte, dass ich wahrscheinlich zum letzten Mal in der Gesellschaft dieser Männer und Frauen saß. Ich vermisste meine eigene Frau an meiner Seite, die bestimmt sehr viel Freude dabei gehabt hätte.

„Was mache ich aus meinem Leben?", ging mir durch den Kopf, als ich einen Schluck Wein nahm. Ich vertrieb den Gedanken und lobte stattdessen die Künste der Köchin. Die Vorspeise aus Leber und Käse, das Wild sowie das Dessert hatten jedem ausgezeichnet geschmeckt. Hugos Frau Andrea verriet mir, dass es allesamt ihre Rezepte waren und sie sehr froh sei, dass die Gäste so begeistert waren. Die Gläser wurden auch dieses Mal erhoben, aber Hugo bremste und bat um eine Minute Zeit. Er kam mit drei Flaschen zurück. Seine Frau verstand seine Absichten und holte die Schnapsgläser aus der Vitrine im Wohnzimmer. Hugo erklärte mir den Inhalt.

„Das hier ist Kecseméter Aprikosenschnaps, aber den habe ich nur für Touristen zuhause. Er ist gut, aber..." Er ließ den Rest des Satzes mit einer Handbewegung wegfliegen. Dann zeigte er auf die zweite Flasche. „Das ist ein Pflaumenschnaps, so wie Sie ihn von den Verwandten Ihrer Frau wahrscheinlich kennen." Dann ergänzte er betont: „Unserer ist besser als *Šljivovica*." Er hob die Flasche kurz hoch, dann stellte er sie wieder auf den Tisch und nahm die dritte Flasche, die einen verwaschenen Aufkleber hatte und sehr nach einer Kornflasche aussah. „Und das hier ist mein ganzer Stolz. Es ist der Birnenschnaps, den mein Vater gebrannt hat, als er im letzten Herbst hier war. Hergestellt nach alter Familientradition, das erste Mal nach vielen Jahren. Ich dachte, mein Vater hätte schon vergessen, wie man so was macht. Aber nein. Der alte Herr „hat noch alle ganz beisammen". Und jetzt schimpft meine Mutter mit mir, weil er jeden Tag ein Glas davon trinkt. Was kann ich dafür?" Er legte ganz unschuldig die Hand auf die Brust und schaute in die Runde.

Alle anderen zeigten auf den Birnenschnaps, als ob sie eine Alternative gehabt hätten, und Hugo schenkte ein. Ich trank fast nie Schnaps und versprach mir, bei einem Glas zu bleiben. Der Wein setzte mir bereits zu und ich wollte nicht zu betrunken sein. Schließlich musste ich an meine Haltung denken. Wir hoben die Gläser und Hugo fiel es wieder ein, dass wir auf seine Frau anstoßen wollten. Sie bedankte sich und wir alle neigten die Gläser. Ich nahm zuerst einen Schluck und testete den Geschmack. Als sich das Getränk über meine Zunge verteilte, spürte ich einen Hauch Honig und Zimt. Erst im zweiten Zug trank ich den Rest aus.

Die Folgen merkte ich am nächsten Morgen, als ich in meinem Hotelzimmer aufwachte. In weiser Voraussicht hatte ich meinen Handywecker weit vom Bett weggelegt, so dass ich aufstehen musste, um ihn auszustellen. Im gleichen Zug rannte ich sofort ins Bad und stellte mich unter die Dusche, ohne zu warten, bis sie warm wurde. Der erste kalte Strahl ließ mich aufschreien, aber auch wach werden. Erst nach dem ersten Kaffee fühlte ich mich wieder ansprechbar. Als ich den Betrieb erreichte, waren die Mitarbeiter auf ihren Posten, arbeiteten mit voller Kraft und zeigten keine Anzeichen einer durchgefeierten Nacht. Verstehe einer die Ungarn.

Die weibliche Stimme im Mikrofon kündigte eine baldige Landung in Frankfurt am Main an. Ich packte meinen Block, auf dem jetzt stand: *„Ich bewundere Menschen, die den Mut haben, ihren eigenen Weg zu gehen, ohne Rücksicht auf Verluste. Ich bewundere Onkel Rupert. "* ein und bereitete mich seelisch auf meine Rückkehr vor.

Nach der Landung wollte ich mit Anja Müller telefonieren, obwohl sie nicht mehr im Büro sein würde, da sie freitags meistens etwas früher ging. Und dann täte ich endlich etwas für mich selbst. Ich nahm mir vor, die Headhunterin Gaby zu treffen. Mittlerweile war ich mir nicht mehr sicher, ob ich sie überhaupt treffen wollte. War ich mir überhaupt sicher, was ich mit meinem Leben anfangen sollte? Das Treffen könnte mir Hoffnung geben, auch wenn es nur ein Strohhalm war. Aber im Moment klammerte ich mich sehr gern an diesen Strohhalm. Nach dem Gespräch mit Gaby würde ich direkt nach Hause zu meiner Frau fahren. Um nicht sehr spät zuhause zu sein, nahm ich mir vor, nur kurz bei Gaby zu verweilen.

Nach der Landung zahlte ich die hohe Parkgebühr und fuhr mit dem Audi aus dem Parkhaus. Das Navigationsgerät übernahm die weitere Koordination, ich folgte einfach nur den Pfeilen. Gabrielle Westland, geboren van den Brink, wohnte im Westend von Frankfurt, dort waren auch ihre Büroräumlichkeiten. Als ich vor dem Haus parkte, versuchte ich auszurechnen, wie viel das Haus ungefähr wert sein könnte. Die alte Villa war sehr stilvoll in die Büroräumlichkeiten und den Privatbereich umgebaut worden. „Dr. Eric Westland/Gabrielle Westland" stand auf der einen Klingel, auf der anderen „Westland Partners" mit dem Logo ihrer Firma. Ich wusste noch aus der Studienzeit, dass das Wappen im Logo der Firma ihrer Familie gehörte. Damals hing ein großes Gemälde mit einem ihrer Vorfahren in ihrer Studentenwohnung.

Gaby öffnete die Tür, gekleidet in ein enges schwarzes Kleid. Wegen der hohen Absätze war sie so groß wie ich und ich blickte direkt in ihre blauen Augen. Sie bewegte eine ihrer blonden Strähnen aus dem Gesicht, bevor sie mich bat, hereinzukommen. Ich fragte mich, warum sie so festlich gekleidet war. Ich vermutete, dass sie und ihr Mann anschließend ausgehen würden. Als ich sie auf die Wangen küsste, roch ich ein starkes Parfüm, das mich an eine warme Sommernacht der Studienzeit erinnerte. Und eine dieser Sommernächte war mit negativen Vorzeichen besetzt.

„Hi. Schön, dass du da bist. War's schwer zu finden?"

„Nein. Meine Begleiterin wusste wohin." Ich akzeptierte den lockeren Ton, denn wir kannten uns schließlich aus Studientagen.

„Deine was?"

„Mein Navi."

„Ach so." Sie nickte nur und ging vor mir in das Haus hinein.

„Aber es ist schön hier." Ich schaute mich in geräumigen Büroräumen um. Das Licht war in einigen Ecken an und ließ einen ausgezeichneten Geschmack fürs Einrichten sehen. Das Gemälde ihres Vorfahren hing hinter einem großen Schreibtisch und ich zeigte drauf.

„Ich habe es vergessen. Was war er nochmal? Dein Großvater?"

„Nein, mein Urgroßvater."

Gaby zeigte mir, ich möge ihr weiterhin folgen. Wir waren jetzt im privaten Bereich und sowohl das Ess- als auch das Wohnzimmer waren geschmackvoll beleuchtet. Die Küche zeichnete sich im Hintergrund ab.

„Hast du Hunger?" Gaby lehnte sich nach vorne und hielt sich am großen, eckigen Sofa fest.

„Nein, danke. Ich habe im Flugzeug gegessen."

„Ach so. Wo warst du?"

„In unserem Werk in Ungarn. Wo ist deine Familie?"

„Mein Sohn und mein Mann sind bei den Großeltern in Münster. Nimm doch Platz, wo immer du möchtest", ergänzte sie, als sie sah, wie ich mich unentschieden umsah. Ich nahm auf der anderen Seite des Sofas Platz und versank regelrecht in der weichen Struktur.

„Huh!"

Gaby lächelte leicht. „Was magst du trinken?"

„Was hast du da?" Ich wünschte mir eigentlich nur ein Glas Wasser.

„Alles. Ich mixe in letzter Zeit gerne Cocktails. Bin auch ziemlich gut darin", fügte sie schnell hinzu, als sie meine erhobenen Augenbrauen sah.

„Na gut. Aber ohne oder mit sehr wenig Alkohol, da ich noch fahren muss."

„OK."

Gaby verschwand in der Küche und ich stand wieder auf und schaute mich um. An Kunstwerken mangelte es in der Familie sicherlich nicht. Im Wohnzimmer hingen mehrere Ölgemälde. Als ich Paul Klee entdeckte, pfiff ich leise durch die Zähne. Aus der Küche hörte ich Geräusche, die auf Geschäftigkeit deuteten. Kurze Zeit später kam Gaby mit einem Tablett, Gläsern und allem möglichen anderen Schnick-Schnack zurück. Als sie sich setzte, rutschte ihr Kleid nach oben.

„Ich fasse mich auch kurz. Ich will dich nicht länger aufhalten", sagte ich, bevor ich mich wieder hinsetzte und meine Hand auf die Laptoptasche legte.

Gaby schaute mich an, als ob sie sagen wollte: Rede doch keinen Unsinn. „Du hältst mich nicht auf. Ich freue mich, dass du da bist. Hier. Das ist für dich." Sie reichte mir ein Cocktailglas, gefüllt mit einer zweifarbigen Flüssigkeit, versehen mit einem kleinen Schirm und einer Erdbeere am Rand des Glases. Ihr Glas hatte eine milchartige Flüssigkeit.

„Was hast du für mich gemixt?" Ich betrachtete skeptisch das Glas, bevor ich es langsam meinen Lippen näherte. Ich nahm ein paar Schluck vom Getränk, das zuerst süß schmeckte, aber sehr schnell im Magen brannte.

„Lass dich doch überraschen." Ein Schmunzeln war an ihrem Gesicht abzulesen.

„Überraschen? Letztes Mal, als du uns auf deiner Party überraschen wolltest, ist die Polizei vorbeigekommen." Jetzt wechselte das Schmunzeln in ein breites Grinsen.

„Ach, das waren damals meine blöden Nachbarn. Man konnte nicht einmal gescheit Halloween feiern. Das war übrigens der Abend, an dem du mit meiner besten Freundin abgehauen bist."

„Oh Gott, das habe ich komplett vergessen. Ich habe unterwegs hierher an die andere Party gedacht, als ich die Nacht mit dir gewonnen hatte und zu betrunken war, sie zu genießen. Ja, jetzt kann ich mich an deine Freundin erinnern. Sie wollte mir ihre Musiksammlung zeigen. Oder was auch immer. Wie auch immer. Ihr Freund kam uns vor ihrem Haus entgegen, so dass ich die Sammlung nie zu sehen bekam. Aber das hast du wahrscheinlich sowieso alles gewusst."

Gaby schaute mich ernst an.

„Nein. Wir hatten seit dem Abend keinen Kontakt mehr."

„Aber ihr wart doch beste Freundinnen", warf ich überrascht ein.

„Ja, aber danach nicht mehr. Sie ist dann auch mit ihrem Studium fertig geworden und weggezogen. Ich glaube, sie lebt heute in Bremen. Oder Hamburg? Ich weiß es nicht mehr. Den Kerl hat sie noch geheiratet, aber die Ehe ging wohl in die Brüche. Mehr weiß ich nicht."

„Gott, waren das kreative Zeiten. Du hast immer hier in Frankfurt gewohnt und im Rheingau studiert. Wie du weißt, habe ich nach dem ersten Jahr das Gegenteil gemacht. Es war interessant, wieder in unserer früheren Gegend zu sein. Es hat sich kaum was geändert."

„Was soll sich dort verändern? Die letzten 500 Jahre haben sie die Weinreben angebaut, warum sollte sich jetzt etwas ändern. Ich war nur im September da, als wir uns trafen. Ich fahre nicht gerne in die Pampa."

„Genau. Wir haben uns beim Symposium getroffen. Wie läuft das Geschäft?" Ich wollte langsam das eigentliche Thema meines Besuches andeuten, denn für meinen Geschmack hatten wir ausreichend in der Vergangenheit gewühlt.

„Ziemlich gut. Ich habe fünf festangestellte Mitarbeiter. Ich kann mich nicht beschweren. Es gibt viel zu tun, aber wir sind ziemlich erfolgreich."

„Und was macht dein Mann?"

„Er ist Anwalt. Was macht deine Frau?"

„Sie habilitiert. Und arbeitet an der Uni als Post-Doc."

„Schön. Habt ihr Kinder?"

„Nein, noch nicht. Zurück zu unserem ursprünglichen Thema. Arbeitet ihr auch mit der produzierenden Industrie zusammen?"

„Ein paar Konzerne haben wir unter Vertrag. Was passiert bei dir gerade? Hast du doch Interesse an einer richtigen Führungsposition?"

Ich schaute sie verärgert an.

„Ich habe eine richtige Führungsposition." Dann ergänzte ich etwas kleinlaut: „Ich hatte sie zumindest."

„Was ist passiert?" Ihre blauen Augen waren auf mich fixiert.

„Tja, wie soll ich es dir erklären? Ich glaube, die beiden Brüder, denen das Unternehmen gehört, benötigen ein bisschen Abwechslung."

Ich griff in meine Laptoptasche und holte meine Unterlagen raus. Der Block mit dem verräterischen Satz lag ganz oben und ich schob ihn schnell an das untere Ende des Stapels.

„Hier."

Gaby schaute nur herunter und nahm die Unterlagen nicht, sondern lehnte sich seitlich auf die Rückenlehne. Ihr Arm stützte den Kopf.

„Das brauche ich nicht. In meiner Preisklasse genügen ein paar Worte von mir. Ich kenne deinen Lebenslauf. Seit dem Studium warst du nur in deiner Bruchbude."

Ihr Satz verschlug mir für ein paar Sekunden die Sprache. „Sei doch nicht so arrogant! Schließlich hält der Mittelstand deine feinen Kunden über Wasser!"

Aus Angst, die Flüssigkeit im Ärger zu verschütten, stellte ich das Glas wieder auf den Tisch.

„Reg dich doch ab. Ich meinte es nur aus Spaß."

„Nein, das tust du nicht. Im September hast du auch so eine Bemerkung gemacht. Was suche ich überhaupt hier?" Ich wollte schon nach meiner Tasche greifen, als Gaby mich zurückholte und mein Kinn mit ihrer linken Hand erfasste.

„Hey, schau mich an. Ich will dir nur helfen. Der Laden hat dich nicht verdient." Ich musste ihr widerwillig Recht geben. „Gut. Jetzt ganz ruhig. Ich kümmere mich um alles. Was möchtest du tun?"

Das war die Frage, vor der ich am meisten Angst hatte. Ich wusste es immer noch nicht.

„Ich würde gerne weiterhin in der produzierenden Industrie bleiben, aber jetzt in einem Konzern", erwiderte ich, während ich überlegte, wie ich höflich ihre Hand von meinem Kinn entfernen könnte.

„Kann ich verstehen. Ich werde mich umhören." Sie ließ mein Kinn los und ich fühlte mich erleichtert.

Wir schwiegen eine kurze Zeit, aber in dieser Stille, in der ich nur Gabys Atmen neben mir hörte, kam ich mir wie ein Bittsteller vor. Ich habe die Frau nie besonderes gemocht und jetzt sitze ich auf ihrem Sofa und mache uns vor, ich hätte an der gleichen Tätigkeit weiterhin Interesse. Wie komme ich aus der Situation wieder elegant raus? Ich hätte nie hierherfahren sollen.

„Hast du dich gleich nach dem Studium selbständig gemacht?" Ich wusste nicht, womit ich ansonsten die Stille füllen sollte, bis ich einen Weg fand, das Gespräch zu beenden.

„Fast. Zuerst war ich bei einer Bank, aber das hat mir überhaupt nicht gefallen. Dann habe ich meinen Mann kennengelernt und nachdem Tobias, unser Sohn, kam, habe ich angefangen, an die Selbständigkeit zu denken. Ich wollte für ihn und die Arbeit da sein. Das war sehr gut. Seitdem mache ich den Job."

„Zu wem hast du noch Kontakt aus den alten Tagen?"

Gaby zog die Augenbrauen zusammen, während sie überlegte. Ich registrierte, dass sie perfekt gezupft waren und einen Bogen um ihre geschminkten Lieder bildeten. „Zu nicht allzu vielen Leuten. Im Laufe der Zeit verlor sich der Kontakt. Hin und wieder laufe ich Jonas über den Weg. Erinnerst du dich an ihn?"

„Jonas? Ich habe einmal mit ihm gelernt. Wo ist er jetzt?"

„Er hat auch geheiratet, arbeitet bei einem großen Dienstleister und ist ziemlich erfolgreich. Ihm geht's auf jeden Fall gut."

„Julia und ich haben Heike in einem Restaurant hier in Frankfurt getroffen. Ich hätte sie beinahe nicht erkannt."

„Die grüne Heike?"

Ich nickte. „Ja, die grüne Heike."

„Wie geht es Heike? Fährt sie ein Elektroauto?"

„Weiß ich nicht. Sie sah nicht so öko aus. Ganz im Gegenteil. Ich glaube, sie wollte damals einfach nur rebellieren, mehr nicht. Jetzt schreiben sich alle grün an die Fahne, deswegen ist sie nicht mehr so auffallend."

„Mag sein. Meinen BMW hat sie jedenfalls gehasst. Einmal habe ich ihr angeboten, sie nach Hause zu fahren. Es hat geregnet und sie war mit dem Fahrrad unterwegs. Sie hat mich angeschaut, als ob ich sie bat, die nächste Bank auszurauben. Ich habe sie im Regen radeln lassen. Selber schuld."

Gaby zuckte gleichgültig mit den Schultern.

„Julia fand sie ganz nett. Sie konnte nicht glauben, dass sie bereits grün war, als die meisten Menschen noch nicht wussten, wie Nachhaltigkeit geschrieben wird."

„Wen hast du damals am meisten favorisiert?"

„Wie meinst du favorisiert?" Ich schaute sie fragend an.

„So wie ich es sage. Wen wolltest du gerne für dich haben?"

„Ich hatte doch Lisa und danach kam Vicky…" Ich lächelte spitzbübisch und schaute sie seitlich an. „Und ein paar andere."

„Hast du nie jemanden heimlich begehrt und nicht bekommen? Komm schon, mir darfst du es sagen." Sie stupste leicht meine Schulter mit ihrem Zeigefinger.

Ich überlegte und Gaby streichelte sanft meinen Arm. Ich merkte wie der Alkohol anfing zu wirken. So viel zum Thema „nicht zu viel Alkohol", dachte ich für mich. Um das Thema zu wechseln, stellte ich jetzt Fragen.

„Wer war dein heimlicher Traummann?"

„Du."

„Wie bitte?" Ich schaute sie etwas überrascht an.

„Willst du sagen, du hast es nicht gewusst?"

„Nein. Deswegen die ganzen Einladungen zu deinen Partys."

„Deswegen die ganzen Partys!"

„Wow! Das wusste ich nicht. Das muss viel Arbeit gewesen sein, um einen Mann ins Bett zu kriegen."

Sie kam noch näher, so dass unsere Körper dicht nebeneinander saßen und umarmte mich. Das Parfüm umarmte mich auch und belastete zusätzlich meine bereits betäubten Sinne.

„Du bist nicht irgendein Mann. Du bist Thomas. Ich hielt dich immer für was ganz Besonderes."

„Echt! Warum?", die Frage stellte ich mehr aus Verlegenheit in der aktuellen Situation als aus reinem Interesse an ihrem Inhalt.

„Warum? Warum nicht." Sie küsste mein Gesicht langsam und zärtlich. Ich schloss meine Augen und genoss die Berührung ihrer Lippen auf meiner Haut. Sie schob mich nach hinten, so dass sich mein Körper anlehnte und küsste mich weiter. Ich ließ es geschehen, auch als sie anfing, meine Anzugsjacke weiter zu öffnen, mein Hemd aufzuknöpfen und meine Brust zu küssen. Ich spürte die Anspannung in meiner Hose, als mein Glied sehr begeistert auf ihre Berührungen reagierte, und Gaby merkte natürlich die anatomische Veränderung. Sie setze sich auf mich, zog mein Hemd aus der Hose und machte sich an meinem Hosenknopf zu schaffen. Ich ergriff ihren Hintern, zog sie näher und machte meine Augen auf. Sie beugte sich gerade zu mir, um mich zu küssen.

Plötzlich geschahen zwei Dinge mit mir: Ich sah ihr Gesicht, sah das Muttermal unter ihrem linken Auge, die kleinen Falten, die sich um ihren breiten Mund bildeten, die Mitesser auf ihrer etwas größeren Nase und verstand, warum ich weder damals noch heute mit ihr schlafen wollte. Ich wollte ihren Körper, aber ihr Gesicht erinnerte mich an einen Frosch. Gleichzeitig wurde mir klar, was ich gerne machen wollte und ihr Gesicht lieferte mir die erste Idee dafür. Ich schob sie zur Seite und stand auf. Sie betrachtete mich überrascht.

„Ich kann dies nicht tun. Ich habe eine Frau zu Hause. Und du einen Mann."

„Sei doch bitte nicht albern, wir sind keine Kinder. Du willst mich, dein Körper will mich und wir können ein bisschen Spaß haben. Ich habe dein bestes Stück gespürt, erzähl mir keinen Schwachsinn!" Gaby wirkte jetzt sehr sauer, während sie ihr Kleid wieder nach unten zog.

„Ich habe auch einen Verstand, nicht nur ein Glied. Ich liebe meine Frau, ich will keine Affären. Sie ist mein Lebensinhalt. Und du hast eine Familie. Also, sollten wir es beim Beruflichen belassen. Ich schätze dich sehr als Fachfrau, aber mehr ist nicht drin." Ich griff nach meinen Unterlagen und war im Begriff, das Zimmer zu verlassen.

„Kannst du mir bitte sagen, was deine Russin hat, was ich nicht habe?" Ihre Stimme klang kreischend und schrill. „Ich habe einfach nur einmal mit dir Sex haben wollen. Was ist daran verkehrt?"

Ich mag vielleicht viel mit mir machen lassen, aber bei meiner Frau ging ich keine Kompromisse ein. Ich drehte mich langsam um und sah sie fest an.

„Als erstes ist sie keine Russin. Zweitens, glaube mir, du möchtest nicht wissen, was euch unterscheidet." Ich machte eine Pause, bevor ich höflich ergänzte. „Ich danke dir für die Bereitschaft, mir beruflich zu helfen. Bis dann." Ohne auf eine Antwort zu warten, ging ich zur Tür und fand hinaus. Ich wusste, dass ich nie wieder von Gaby hören würde.

Mein Hemd hing immer noch aus der Hose und nur zwei untere Knöpfe waren zugeknöpft. Mein Haar war durcheinander und meine aufgewachten Hormone verhinderten, dass ich klar denken konnte. Trotzdem wusste ich, dass ich so schnell wie möglich mein Arbeitszimmer erreichen musste. Eine Geschichte formte sich langsam in meinem Kopf und wollte geboren werden. Ich hätte auf der Stelle meinen Laptop aufklappen können, um zu schreiben, aber die gemütliche Atmosphäre meines Arbeitsbereichs reizte mich mehr.

Als ich die Wohnung erreichte, wunderte ich mich, dass ich Julia nicht antraf, aber da mir meine Geschichte unter den Fingern brannte, ging ich sofort an den Schreibtisch. Ich fing an, sofort zu schreiben und hörte erst auf, als der Durst mich zwang, mir etwas zu Trinken zu holen. Ich nahm eine Flasche Wasser mit und schaute auf die Uhr. Jetzt wunderte ich mich schon, dass Julia noch nicht zuhause war, aber ich hatte nicht viel Zeit, mir darüber Gedanken zu machen. Meine Arme waren bereits müde vom vielen Schreiben, aber ich gab mir noch einen Ruck und setzte wieder an. Als ich eine Stunde später nicht mehr in der Lage war, meine Hände über der Tastatur zu bewegen, legte ich mich aufs Sofa und deckte mich mit einer Decke zu. Ich wollte nur ein bisschen eindösen und anschließend wieder schreiben.

Das Licht eines neugeborenen Tages erhellte das Zimmer, als ich das erste Mal die Augen öffnete. Die Stille in der Wohnung war fast gespenstisch und etwas unerwartet, jedoch durchaus realistisch, wenn Julia samstags arbeiten musste. Die Tür war offen, so dass sie sehen konnte, dass ich zuhause war, auch wenn ich nicht ins Bett kam. Ich hatte eigentlich nur kurz eindösen und nicht so lange schlafen wollen. Die Uhr an der Wand oberhalb meines Schreibtisches zeigte 09:13 an. Ich setzte mich hin und fuhr mit der Hand durchs Haar. Langsam erinnerte ich mich an den gestrigen Abend und an Gaby in ihrem engen schwarzen Kleid.

Jetzt wurde mir klar, wie naiv ich an das Ganze gegangen war, und ich verfluchte mich dafür. Mir hätte während des Studiums klar sein müssen, dass sie verrückt nach mir war. Der Beruf brachte mich wieder zu ihr, aber mit einer Berufung ging ich von ihr weg. Insofern hatte sich der Abend für mich gelohnt, auch wenn der Alkoholkonsum der letzten zwei Tage noch zu spüren war.

Nach der Dusche und einem doppelten Espresso setzte ich mich wieder an den Schreibtisch und las meinen Text durch. An einigen Stellen ergänzte ich die Sätze, an anderen löschte ich ein Wort oder fügte einen fehlenden Buchstaben ein. Ein Teil des Textes gefiel mir nicht und wurde kurzerhand gelöscht. Dann wiederum tat es mir leid, mein Werk zu vernichten, und ich kopierte den Text in ein separates Dokument mit dem Titel „Ergänzungen". Ich las weiter, schnitt weitere Teile aus und ergänzte viel Text. Erst am späten Nachmittag war ich mit meinem ersten Entwurf halbwegs zufrieden.

Ich erkläre dir unser Leben:

# Regeln und Gesetze

„Wir haben viele Regeln und Gesetze, was wir tun und lassen sollen. Wir sind keine Wilden, wir haben unsere Rahmen, in denen wir uns bewegen können. Kurz gesagt: Wir benehmen uns." Nach einer kurzen Pause schmunzelte Thomas, zwinkerte mich an und ergänzte: „Meistens."

„Aha. Das wird interessant."

„Was? Benehmen?"

„Ja. Bin gespannt wie sich die nicht-ignoranten Menschen benehmen."

Thomas entschied sich, auf meine Anmerkung nicht einzugehen, sondern mir ihre Welt der Regeln und der Gesetze zu erklären.

„Wir haben gewisse Regeln, die aus unseren heiligen Büchern stammen." Er erhob die Hand, um meinen Kommentar zum heiligen Buch auszubremsen. „Da sich manche Menschen an die heiligen Bücher nicht halten, müssen wir die Gesetze und die entsprechenden Strafen bei einer Missachtung formulieren. Diese Regeln und Gesetze besagen, dass wir das Eigentum anderer Menschen ihnen überlassen sollten, dass wir den anderen Menschen nicht töten dürfen, dass wir - bei uns zumindest - auf der rechten Straßenseite zu fahren haben, dass wir…"

„Aber im Krieg tötet ihr doch, hast du gesagt, weil ihr die Anderen von eurer Religion überzeugen wollt. Oder weil ihr mit dem Joystick spielt. Jetzt sagt das heilige Buch, dass ihr nicht töten dürftet." Wieder ein Menschenparadox, dachte ich.

„Eine Regel bei uns ist auch, den Gesprächspartner nicht mitten im Satz zu unterbrechen," warf Thomas ein.

„Bitte entschuldige, dass ich dich unterbrochen habe."

Thomas hat meinen Satz definitiv nicht erwartet, wie sein Gesichtsausruck verriet. Ich kann halt auch froschartig sein. Meine Entschuldigung rettete ihn nicht davor, meine Frage zu beantworten, und er wusste, das ich eine Antwort erwartete.

„Das Töten ist nicht erlaubt und diese Tatsache ist in unseren Gesetzen verankert. Aber es gibt Ausnahmen, wenn das Töten nicht nur erlaubt ist, sondern auch zelebriert wird. Wir feiern die Helden, die im Kampf gegen den Feind außerordentlichen Mut gezeigt haben. Das System des erlaubten Tötens funktioniert so: Wie bereits gesagt, sind wir Herdentiere und sehr territorial. Wenn jemand unser Territorium angreift, dürfen wir uns verteidigen und die Angreifer töten. Wir haben das Konzept etwas ausgeweitet. Heute dürfen diejenigen, die die meisten Waffen besitzen, überall töten, wo sie die Ressourcen finden, die sie für ihr Rädchensystem benötigen. Darüber haben wir bereits gesprochen. Wir haben diese Regeln und Gesetze auf dem Papier und innerhalb dieses Landes halten sich die meisten Menschen daran, aber außerhalb unserer Länder sind wir nicht so zimperlich mit dem Leben anderer Personen. Wir haben jedoch die Medien - die ich dir auch erklärt habe, um die Situation in unserem Sinne zu „erklären". Thomas zeichnete erneut die Anführungszeichen in der Luft.

„Und was passiert, wenn diese angegriffenen Menschen viel Mut beweisen und die Angreifer – euch – abweisen?"

„Auch dafür haben wir einen Namen: Wir nennen sie Terroristen. Wir dürfen ihr Gebiet und ihre Ressourcen vereinnahmen und sie töten, sie uns jedoch nicht, denn unser Leben ist wertvoll, ihr Leben ist ersetzbar. Das ist unsere verdeckte Botschaft heute. Wir, die Reichen und die Mächtigen, dürfen definieren, wer gut und wer böse ist. Wir dürfen auch bestimmen, wer wo lebt."

„Und wie macht ihr das?"

„Tja, da gibt es viele Beispiele, aber ich nehme jetzt nur die Pässe. Jeder von uns hat - zumindest in der westlichen Welt - einen Ausweis. Der Ausweis zeigt, wie man heißt und ob man der rechtmäßige Eigentümer des Dokuments ist. Wir Reichen können fast in die ganze Welt reisen, ohne dass uns jemand aufhält. Manchmal revanchieren sich die anderen Länder und verlangen von uns auch eine Bescheinigung. Bin ich aus einem ärmeren Land, muss ich die Reichen um eine Erlaubnis – ein Visum - bitten, um unser Gebiet bereisen zu dürfen. Wir haben das Konzept der Pässe erfunden, damit die Armen draußen bleiben können."

„Warum sind sie arm? Haben sie kein Ego?"

„Das ist eine sehr gute Frage. Das ist wirklich nicht leicht zu erklären. Warum sind die anderen arm? Teilweise sind wir daran schuld, teilweise deren korrupte Regierungsvertreter, teilweise die technologische Entwicklung und die Bildung, der Zugang zum Markt, auf dem man die eigenen Produkte verkaufen kann. Du stellst schwere Fragen. Wer hat dir das beigebracht?"

„Ich liebe das Fragen, denn dadurch lerne ich sehr viel. Außerdem mache ich mir viele Gedanken, denn unser Lebensraum scheint nicht auf dem Wachstumspfad zu sein. Ich frage mich, warum unsere Heimat austrocknet, warum ihr eure Betonblöcke in unserer Heimat baut beispielsweise. Wenn ihr so viele Regeln und Gesetze habt, warum beschützen diese Regeln und Gesetze uns nicht? Weil ihr Menschen sie für euch verfasst habt, habe ich schon verstanden. Aber warum nennt ihr sie ganz allgemein Regeln und Gesetze, wenn sie dies nicht sind. Sie sind keine froschberücksichtigenden, sondern menschenvorteilhafte Regeln und Gesetze. Selten habe ich jedoch die Gelegenheit, mit einem Menschen darüber zu reden, denn die meisten Menschen würden nicht wahrhaben wollen, dass ein Frosch mit ihnen kommunizieren kann."

„Wir haben einige Gesetze, die die Natur beschützen. Nicht explizit euch Frösche, sondern alle Wesen und deren Lebensraum", warf Thomas schnell ein.

„Wirklich? Und wann hat eins dieser Gesetze den Bau eines Betonklotzes in unserem Gebiet verhindert?"

Thomas zog seine Augenbrauen zusammen und überlegte für ein paar Augenblicke, während er den Fluss anstarrte. Da er keine Antwort auf meine Frage fand, antworte er nur mit: „Schon gut. Wo sind wir stehen geblieben?"

„Keine Ahnung. Bei froschveräppelnden Gesetzen vielleicht. Welche Vorteile könnt ihr Menschen noch vorweisen?"

# KAPITEL

# 11

Das Licht brach auf einmal hinter den Wolken hervor und beleuchtete die langen Produktionshallen. Die Kälte draußen war von innen sichtbar, nicht nur, weil die wenigen Schneeflocken in den Sonnenstrahlen zu Lichtspiegeln wurden, sondern auch wegen der Art und Weise, wie der Rauch gen Himmel zog. Der Tag deutete an, zumindest wettermäßig schön zu werden. Ob er auch andere Kriterien eines erfolgreichen Tages erfüllen würde, schien mir nicht sicher. Ich stand am Fenster und starrte nach draußen, ohne viel zu sehen. In meinem Kopf herrschte Krieg und sein Ausgang war mir völlig unbekannt. Die Fensterscheibe spiegelte weiterhin das Bild eines erfolgreichen Geschäftsmannes wieder, aber ich wusste nicht mehr, wem dieses Bild gehörte. Ich erkannte mich selbst in meinem eigenen Spiegelbild nicht.

Seit meinem literarischen Erguss am Schreibtisch spürte ich zum ersten Mal seit langer Zeit ein Feuer in mir brennen. Gleichzeitig nahm das Interesse an meiner jetzigen Tätigkeit so stark ab, dass ich mich mit sehr viel Mühe durch den Tag mogelte, stets bemüht, nicht negativ aufzufallen. Ich schaffte es, in richtigen Augenblicken die richtigen Fragen zu stellen und auf diese Art und Weise Interesse vorzugaukeln. In Wahrheit interessierte ich mich weder für die internen Vorgänge noch für die Welt da draußen. Meine geordnete Welt lag in Trümmern und ich hatte die Chance, eine neue Welt aufzubauen. Stattdessen verbrachte ich immer noch einige Zeit mit den Überlegungen, wie ich meine alte Welt wiederaufbauen und die Brüche kaschieren konnte. Zu meinem eigenen Leidwesen fehlten mir hier komplett die Ideen, während die Ideen für den Aufbau einer neuen Welt sich wie eine Gruppe ungeduldiger Kinder an der Tür zum Schwimmbad sammelten und darauf warteten, endlich losrennen zu dürfen. „Ich kann doch nicht vom Schreiben von Kinderbüchern leben. Wovon wollen wir leben und unseren Lebensstandard finanzieren? Ich kann das nicht. Es muss doch einen Weg geben, beides machen zu können?", dachte ich. Fast gleichzeitig meldete mir meine Seele, dass dies nicht möglich sein würde. Nicht mehr.

Eine Taube kam angeflogen und setzte sich auf die glatte Oberfläche des Fabrikhallendachs. Dann lief sie ein bisschen umher und schlug mehrmals mit dem Schnabel auf die harte Kunststoffisolierung. Für ein paar Sekunden verharrte sie in einer Position und bewegte nur den Kopf, als ob sie meinen Blick fühlte oder mich womöglich in aller Deutlichkeit am Fenster sah. „Wäre ich bloß eine Taube. Dann könnte ich jetzt wegfliegen und dieses Büro hinter mir lassen", dachte ich. Mein Fluchtbedürfnis war in diesem Augenblick sehr stark ausgeprägt. Eigentlich nicht nur heute, sondern seit dem legendären Gespräch mit den Brüdern, stellte ich fest. Beim Gedanken an die Brüder erinnerte ich mich wieder im Detail an das Gespräch, das mein Leben auf den Kopf gestellt hatte. „Wann war es?", dachte ich. „Ich weiß es nicht mehr. Ist auch egal. Ich kann im Kalender nachsehen. Egal wie lange, es kommt mir wie eine Ewigkeit vor." Plötzlich bekam für mich der Begriff „im früheren Leben" eine ganz andere Bedeutung.

Zwei Arbeiter gingen den schmalen Gang zwischen der Halle und dem Bürogebäude entlang und unterhielten sich. Besser gesagt, einer redete und gestikulierte mit beiden Händen, während der andere zuhörte und dabei rauchte. Vor dem Eingang hielten sie kurz an, damit der Schweigende seine Zigarette ausmachen konnte, während der Redende weiterhin ununterbrochen sprach und gestikulierte. Erst als sich die Tür hinter ihnen schloss, verschwanden sie aus meinem Blickwinkel.

„Keiner von den beiden spielt mit dem Gedanken, Kinderbuchautor zu werden. Sie hassen wahrscheinlich ihren Job, tun ihn trotzdem, weil sie mit der Familie und anderen Ausreden ihren Kopf im Meer der Hoffnungslosigkeit über „Wasser" halten. Ich hätte auch mittelmäßige

Arbeit den Brüdern vorsetzen können, richtige Ergebnisse präsentieren und hier alt werden. Warum kann ich es nicht?"

Ich ging zum Schreibtisch, riss ein Blatt Papier aus meinem Block, trennte das Blatt mit einer vertikalen Linie und fing an, beide Alternativen auf ihre Vorteile hin abzuwägen. Die Liste der Vorteile auf der Seite des jetzigen Jobs wurde länger und länger, während unter Kinderbuchautor nur „mein Herz brennt dafür", „flexible Arbeitszeiten" sowie „Kontakt mit Kindern" lag. Mir wurde während des Schreibens klar, dass ich absolut nichts über das Verlagswesen im Allgemeinen und noch weniger über das Kinderbuchwesen wusste. „Wie soll ich es dann schaffen?", fragte ich mich. Ich stützte mich mit den Ellenbogen am Tisch ab und bedeckte mein Gesicht mit beiden Händen. Ich stand abrupt auf und ging erneut ans Fenster.

Die Verzweiflung erfasste mich so sehr, dass ich den Wunsch verspürte, zu schreien. Mein Traum rückte mehr und mehr in die Ferne und ich besaß kein Instrument, ihn festzuhalten. Ich fühlte mich wie ein kleiner Junge, der das versprochene Spielzeug nicht bekam, und dem nach Weinen zumute ist. Zuletzt fühlte ich mich so wie damals, als mir ein Pony als Weihnachtsgeschenk versprochen worden war und ich maßlos enttäuscht war, dass ich es nicht eingepackt unter dem Baum fand. Ich kann mich immer noch erinnern, wie es war, als ich die Treppe runterkam und kein Pferd unter dem Baum lag. Obwohl mir meine Eltern erklärten, dass wir gemeinsam ein Pony kaufen würden, das ich im Frühjahr reiten dürfte, war ich abgrundtief enttäuscht.

Wäre da jemand gewesen, mit dem ich mein Problem hätte besprechen können, dann wäre die Last nicht so schwer gewesen. Dann hätte ich meine Gedanken besser sortieren und einen Weg aus dem Hamsterrad finden können. Ich würde mich jedoch im Leben nicht trauen, meinen Freunden meine Gedanken mitzuteilen. In der angeberischen Männerwelt, die mich umgab, war kein Platz für Schwächlinge, und Kinderbuchautoren gehörten in meiner Vorstellung zu dieser Kategorie. Dass sie manchmal mehr Mut, Ausdauer und Managementfähigkeiten besaßen als ich und meine Freunde, konnte ich mir in diesem Augenblick nicht vorstellen. Sie rangierten - meiner Meinung nach - weit hinter den Pferde-, Katzen-, Vogel- und Hamsterflüsterern und Kindergartenerziehern. Und trotzdem wollte ich ein Kinderbuchautor werden.

„Verzweifeln führt nirgendwohin", dachte ich und setzte mich erneut an den Schreibtisch. Ich googelte den Begriff „Kinderbuchautor" und bekam mehrere Wahlmöglichkeiten. Als ersten Link klickte ich die „Top 10 Kinderbuchautoren" an. Die Liste führte natürlich Joanne K. Rowling an, gefolgt von Astrid Lindgren. Ich klickte auf den letzten Namen in der Reihe, bis ich die Beschreibung für „Tintenherz" von Cornelia Funke fand. Als ich die spannende Beschreibung las, hörte mein Herz auf zu schlagen. Im Vergleich zu diesem Text war meine Geschichte eher abenteuerlos. Als ich ihren Namen bei Amazon eingab, fand ich sogar ein Buch über Cornelia Funke, das, der Beschreibung zufolge, den Werdegang der Autorin und wie sie jetzt lebte und arbeitete, verriet. In weniger als einer Minute war das Buch bestellt und ich wiegte mich in der Hoffnung, dort die ersten Antworten auf meine dringenden Fragen zu finden.

„Wenn du Angst hast, identifiziere sie", war ein Motto meiner Frau. Ich hatte bisher mit der Aussage nichts anfangen können, da ich glaubte, vor nichts und niemandem Angst zu haben. Wie realitätsfremd ich doch lebte, denn ich beherbergte offensichtlich viel Angst in mir. Angst vor mir selbst, und ich fragte mich warum? Warum fürchte ich mich so sehr? Unbekanntes Terrain vielleicht? Würde sicherlich einigen Menschen Angst einjagen. Aber das ist nicht alles. Wieso habe ich so viel Angst? Die Meinung der Anderen? Irgendwas in meiner Magengrube sagte mir, dass es stimmte. Ich hatte Angst vor der Meinung der Anderen, beziehungsweise ich war es gewohnt, von allen Seiten für meine Position und mein Leben beneidet zu werden. Und nicht zu vernachlässigen: Ich wollte vor allem vor den beiden Brüdern nicht wie ein Versager dastehen. Eine neue Führungsposition in einem größeren Unternehmen wäre für mich der nächste logische Schritt gewesen. Nur dann könnte ich den Firmeninhabern eine lange Nase zeigen und meinen eigenen Weg gehen.

Aufgewühlt fragte ich mich: „Warum ist mir all das so wichtig? Warum mache ich mir Gedanken, was Mathias und Jan denken werden? Ist doch wurscht!" Der Widerstand in mir sagte deutlich, dass es nicht so war. Die künftige Meinung meines Umfeldes spielte eine große Rolle in meiner eigenen Wahrnehmung. Wie andere unzählige Führungskräfte arbeitete ich früher wie ein Tier, um anerkennendes Schulterklopfen zu bekommen. War das der Grund, warum wir uns mit Hunden so gut verstehen? Sie verfolgen jede Bewegung des Herrchens, um ein bisschen Nettigkeit zu bekommen. Wir Manager sind nichts anders als so ein treuer Dackel, der vor dem Herrchen steht und auf einen Knochen wartet. Wenn es keinen Knochen gibt, wird ihm gesagt, er solle froh sein, dass er keinen Tritt bekommen habe. Das Leben könnte schlimmer sein. Sicherlich. Schlimmer könnte es immer kommen. Aber auch besser!

Mein Vater würde meine Entscheidung nicht begrüßen, weil er glauben würde, sie stünde mit dem bösen Zwischenfall aus meinem Abiturjahr in Verbindung. Ich glaube, dass die eine Entscheidung nichts mit der Anderen zu tun hatte, aber ich kann mich nicht mehr in Sicherheit wiegen. Ich erkenne mich selbst nicht mehr.

Die Nacht des 25. August änderte mein Leben für immer. „Gott, wie soll ich das erzählen?" dachte ich. Trotz der langen Zeitspanne seit dem Unfall sah ich Serafins Gesicht immer noch vor mir, seine flehenden Augen verfolgen mich manchmal, wenn ich stressbedingt Probleme mit dem Schlaf habe. Ich zittere im Augenblick am ganzen Körper, während ich diese Zeilen verfasse, denn ich habe noch nie gewagt, die Ereignisse einer anderen Person zu schildern. Zeitbedingt kann ich mich nicht mehr sehr gut an alle Details der besagten Nacht erinnern, weil ich eine unmenschliche Kraft einsetzte, sie zu verdrängen, aber ich gebe mir jetzt große Mühe, auch den dunkelsten Teil meiner Seele zu beleuchten.

Es sollte der schönste Sommer meines Lebens werden und stattdessen wurde er zu meinem Alptraum. Ich war bereits von der besten Business School des Landes angenommen und die einzige fehlende Formalität bei der Bewerbung waren noch meine Abiturnoten. Diese Noten reichte ich nach dem Abschluss des Gymnasiums ein und freute mich auf den Sommer. Wir verreisten an die Côte d'Azur, weil meine Eltern eine Wohnung in Nizza erworben hatten. Die Reise blieb ein Einzelfall, denn ich besuchte Nizza nie wieder, nicht einmal beruflich. Ein Jahr später verkauften meine Eltern die Wohnung und erwarben ein Haus in Spanien.

Für den Spaßfaktor sprach die Konstellation von vier Jungs im verrückten Alter: David, Serafin, Mirko und ich. Mirko war immer ein Draufgänger, nicht nur im Abiturjahr, der uns stets mit seinen Ideen überraschte. Einmal hat er mich und Tim überredet, die Rutsche im Freibad gemeinsam händehaltend entlang zu gleiten. Tim verletzte sich damals den Ellenbogen an der Wand der Rutsche und seine Mutter ohrfeigte beinahe Mirko für seine verrückte Idee. Serafin war der Intelligenteste von uns allen und zum großen Überfluss auch noch ein richtig gutaussehender junger Mann. Tim gehörte auch zu unserer Gruppe, die erst im letzten Abiturjahr vollständig wurde, konnte jedoch nicht mitreisen. Wenn ich an die Gruppe denke, werden Erinnerungen an Samstage vor dem Fernseher mit offenen DVD-Hüllen, Chipskrümeln und Bierflekken auf dem Teppich in meinem Zimmer wach. Obwohl unsere Eltern wahrscheinlich Pornografie vermuteten, schauten wir uns überwiegend Action-Filme an, weil wir uns mit den männlichen Helden identifizierten. Die Pornografie hatte ich einige Jahre zuvor mit Tim entdeckt und nach einer Weile langweilte uns das gleiche Bild der Geschlechtsorgane, die den Bildschirm füllten. Meinen ersten Sex hatte ich mit Luziana, einer Brasilianerin, die mit mir Tennis spielte, und Tim mit der Tochter der Nachbarn, die bereits studierte.

In jenem Sommer hatten wir viel Interesse am Sex und allen anderen Freuden des Lebens. Ich kann mich heute noch an die missbilligenden Seitenblicke der Menschen im Flugzeug erinnern, weil wir mit unserem Lachen und unseren Anmerkungen in der gesamten Kabine zu hören waren. Wir bestellten auch viel Alkohol und bewarfen uns mit den Keksen.

In Nizza holte uns ein Taxi ab und fuhr uns zur Wohnung. Da wir alkoholisiert waren, schliefen wir nach der Ankunft zuerst ein. David und ich schliefen im Zimmer meiner Eltern, während Mirko und Serafin die Betten nahmen, die für mich und Daniel vorgesehen waren. Ich glaube sogar, dass Serafin mein Bett nahm, weiß es aber nicht mehr genau.

Während wir schliefen, ergoss sich ein Regenschauer über die Stadt und alles glänzte, als die Sonne wieder auftauchte. Das Fenster war offen, eine leichte Brise bewegte den Hauch des Stoffes, der die Gardine darstellte, und es roch in der Wohnung. Es war jedoch kein Geruch von Lavendel oder der Zitronen. Es war der Geruch von Hundekot, der mit dem Verdunsten der Feuchtigkeit aus dem Asphalt stieg.

Abends gingen wir in den alten Teil der Stadt und ließen uns überreden, in einem der Restaurants zu essen. „Touristen, die ihr Geld loswerden wollen", muss auf unserer Stirn gestanden haben. Warum auch nicht? Wir waren doch im Urlaub, hatten unsere eigenen Kreditkarten, keine Eltern in Sicht und keine Lehrer. Die Freiheit war wirklich grenzenlos. Zumindest für ein paar Stunden.

Im Restaurant leerten wir mindestens zwei Flaschen Wein, während wir uns über die Lehrer lustig machten und über andere Mitschüler lästerten. Die Englischlehrerin, die stets sehr empfindlich auf jede Anmerkung reagierte, wurde am häufigsten erwähnt und wir lachten ausgiebig über all die Situationen, in denen jemand sie geärgert hatte. Selbst die Kellner mieden uns und kamen nur dann, wenn wir sie ausdrücklich riefen.

Gegen 23 Uhr bestellten wir wieder ein Taxi und bezahlten die Rechnung. Bereits hier gab es Irritationen, weil Mirko die ganze Rechnung begleichen wollte. Serafin war aber damit nicht einverstanden und wollte die Rechnung teilen. David hielt sich zurück, weil er bereits die Taxifahrt vom Flughafen bezahlt hatte. Da ich mit der Wohnung der Gastgeber war, beobachtete ich die ganze Szene, ohne mich einzumischen. Rückblickend würde ich eingestehen, dass ich dafür auch zu betrunken war. Es wäre im besagten Augenblick ratsam gewesen, mit dem Taxi nach Hause zu fahren, aber wir fuhren stattdessen in die Diskothek. Wir versuchten

unterwegs, den Taxifahrer von unseren Französischkenntnissen zu überzeugen und er amüsierte sich köstlich auf unsere Rechnung. Ich habe
seit diesem Abend kein Französisch mehr gesprochen. Selbst wenn ich in
Paris war, habe ich immer auf Englisch kommuniziert, ohne Rücksicht
auf meine Gesprächspartner zu nehmen.

Die Diskothek, in die uns der Taxifahrer brachte, war in Monte Carlo
und gefüllt mit schrägen Persönlichkeiten. Angeblich war es der teuerste
Ort in der Stadt und ich halte diese Aussage nach wie vor für korrekt,
denn die Cocktails kosteten tatsächlich ein Vermögen, der Champagner
war nicht bezahlbar und alle Anwesenden hätten unsere Eltern sein können. Wir machten uns über einige Typen lustig, die auf der Tanzfläche
während des Tanzens ihre Jacken lüfteten, um die Marken zeigen zu
können.

Nach einer Weile gingen wir hinaus und fragten die erste Person, die
uns über den Weg lief, wo etwas los sei. Es war ein in etwa dreißigjähri-
ger Mann, der auf dem Hinterkopf eine kleine Glatze hatte. Ich sah die
Glatze, als er vor uns lief und uns den Weg ins Casino zeigte. Ich weiß
bis heute nicht mehr, ob wir nach unseren Ausweisen gefragt worden
sind und ob wir unser Alter nennen mussten. Ich kann mich nur an den
großen Raum erinnern und die Stille, die uns begrüßte. Das heißt nicht,
dass keine Musik spielte und keine Geräusche zu hören waren, aber im
Vergleich zur Diskothek, die wir gerade verließen, befanden wir uns an
einem Ort der Ruhe.

Wir probierten einige Varianten aus, aber da wir keine Ahnung vom
Zocken hatten, verloren wir das meiste Geld. Nur Serafin gewann am
Roulette, weil er auf die 29 setzte und ich auf die 30. War ich auf ihn
bereits in diesem Augenblick eifersüchtig? Vielleicht, aber im Augenblick
seines Gewinns hätte ich mir das für nichts auf der Welt eingestanden.
Sein Gewinn brachte ihm jedoch mehr als nur das Geld. Eine junge
Frau, die auf der anderen Seite des Roulettes stand und uns beobachtete,
kam auf ihn zu und gratulierte. Sie trug ein violettes Kleid, gebunden
mit einem violetten Gürtel in der Hüfte, und eine kleine lederne Tasche

im gleichen Farbton, die auf einer goldenen Kette von ihrer Schulter hing. Ihre dunklen Augen verschluckten den gesamten Raum, in dem wir uns befanden, und ihre Haut glich zarter Milchschokolade. Ich verfolgte ihre Bewegungen, während die Anderen spielten, ich sah, wie sie ihr Glas hielt und wie sie den Kopf zur Seite neigte, aber sie betrachtete nur Serafin.

Ich spürte eine enorme Wut in mir aufsteigen, die auf den ersten Blick mit dem Augenblick am Roulettetisch in keiner Verbindung stand. Rückblickend würde ich sagen, dass diese Wut lange Zeit in mir geschlummert hatte, ich mich aber mit anderen Themen ablenkte. In unserer Familie stand nie zur Diskussion, was ich und Daniel eines Tages werden sollten: Ich würde die beste Business School besuchen, um in die Fußstapfen meines Vaters zu treten, und Daniel würde Jurist werden. Daniel befasste sich gerne mit juristischen Themen und zeigte die entsprechende Veranlagung, während meine Präferenzen gar nicht so ausgeprägt waren. Ich ließ alle glauben, ich hätte mich entschieden, aber in meinem Inneren meldeten sich einige Zweifel. Ich las gerne Bücher, lag auf der Wiese und betrachtete die Wolken, wenn mich die Anderen auf der Farm meines Großvaters alleine ließen, und träumte manchmal davon, die Menschen zum Lachen zu bringen. Jetzt war es jedoch amtlich und ich war auf dem Weg ins Studium, das mir wie ein Hausunterricht vorkam, der mir jede Kreativität raubte und mich zum Peter Bader Junior machte. Ich war jedoch nicht mein Vater, obwohl ich ihn bewunderte. Mein größter Wunsch war auszubrechen und meine Eigenarten zu entdecken. Nur dass ich diesen Wunsch nie jemandem mitteilte, sondern mich der Entscheidung anderer fügte, denn es war mit weniger Aufwand verbunden. Ich wusste nicht, was ich alternativ wollte. Dementsprechend unternahm ich alle Schritte, den Erwartungen der Welt zu entsprechen.

Der Alkohol muss diese Wut verstärkt haben, so dass sie mich blind machte. Ich schwankte langsam zur Tür, während die junge Frau Serafin ansprach. Er muss gemerkt haben, dass ich wackelte und verfolgte mich nach draußen. Oh Gott, wie soll ich das erzählen? Wie soll ich meine gesamte Monstrosität offenbaren? Meine Hände zittern, während ich kurz pausiere, um den Mut für diese Beichte aufzubringen.

Ich kann mich noch an die leuchtende Kette der Lichter der Küste und an die warme Sommerluft erinnern, bevor Serafin mich an der Schulter fasste. Ich drehte mich um und schlug sofort zu. Meine linken Finger gleiten über meine rechte Faust, während ich mich an den Kontakt der Faust mit Serafins Nase erinnere. Der Schlag überraschte ihn zwar, aber er schlug reflexartig zurück. Mirko und David erschienen in der Tür des Casinos genau in dem Augenblick, als mir Serafin den Gegenschlag versetzte. Bis sie bei uns waren, versetzte ich ihm den zweiten Schlag, der ihn zum Boden streckte. Ich roch das Blut aus meiner verletzten Nase, was mich zu einem rasenden Tier machte. Ich schlug mit meinen Schuhen zu, spürte, wie ich die weichen Stellen traf, sah, wie sich Serafin nach vorne beugte, um die Magengegend zu schützen. Mirko und David schlugen auch zu, weil sie glaubten, er hätte mich als erster geschlagen. In einem Augenblick…

Oh Gott! Auch heute schnürt sich meine Kehle zu, wenn ich an seinen Satz denke. In einem Augenblick schaute mich Serafin direkt an und sagte: „Thomas, wir sind doch Freunde."

Die Worte selbst hätten ausgereicht, um mich wach zu rütteln, aber es war seine Stimme, die mich zur Salzsäule erstarren ließ. Die Stimme glich nicht einem Teenager, der sich mit jemandem prügelt, sondern einem verletzten Tier, das nicht ermordet werden wollte. Ich schrecke heute noch auf, wenn Menschen in meiner Nähe eine ähnliche Tonlage erreichen. Niemand hat bisher den Ton getroffen, den die Stimmbänder am besagten Abend hergaben. Ich wurde innerhalb von Sekunden nüchtern, ging in die Knie, versuchte, Mirko und David von weiteren Schlägen abzuhalten und schrie mir die Lunge aus dem Leib: *„Ambulance, Ambulance, Ambulance…"* Jemand rief die Ambulanz an, eine Menschenmenge versammelte sich um uns. Ich lag neben Serafin auf dem warmen Asphalt, hörte sein Röcheln und sah, wie sein Gesicht immer mehr anschwoll, während wir auf die Ambulanz warteten. Die gewonnenen Chips waren während des Kampfes aus Serafins Tasche rausgefallen und lagen auf dem Asphalt. David und Mirko hockten auf der anderen Seite des leblosen Serafin und betrachteten den Boden. Wir mieden den Augenkontakt.

Ich kann nicht mehr mit Zuverlässigkeit alle Gefühle beschrieben, die ich in diesen Augenblicken, bis die Ambulanz eintraf, empfand. Es mag eine gute Portion Trauer gewesen sein, eine gute Dosis Scham, aber am deutlichsten erinnerte ich mich an den Selbsthass. Ich hasste mich mit jeder Pore meines Wesens. Ich wünschte mir, ich wäre der Bewusstlose und auf dem Weg in die andere Welt. Ich war nicht einmal in der Lage, mein Studium selbst zu wählen. Jetzt war ich auch noch ein Schläger und vielleicht ein Mörder.

Die Sanitäter trennten uns schnell, erhoben Serafins leblosen Körper und schlossen ihn an die Geräte an. Ich lehnte jede Behandlung ab und blieb am Boden sitzen. Die Blutspuren waren noch frisch und ich betrachtete sie, als ob mich die klebrige Blutsubstanz interessieren würde. Ich blickte auf, als die Türen der Ambulanz sich schlossen und ich sah Serafin zum letzten Mal. Um präziser zu sein, sah ich seine Schuhsohlen. Es waren schwarze Schulsohlen von leichten braunen Mokassins. Er blieb am Leben, aber erlitt schwere innere Blutungen. Die Polizei kam auch und nahm unsere Aussagen auf. Der Jüngere der zwei Polizisten sprach besseres Englisch und stellte viele Fragen. Mirko und David schilderten das Geschehen, so wie sie es sahen und ich war zu feige, ihnen zu widersprechen. Ich fühlte mich, als ob ein Teil von mir den Körper verlassen hatte und sich außerhalb befand, vernahm die Geschehnisse und war an nichts beteiligt. Nur meine Nase blieb an meinen Körper angeschlossen und erinnerte mich mit dem pochenden Schmerz, dass ich in eine körperliche Auseinandersetzung verwickelt gewesen war. Anschließend kümmerte sich jemand um ein Taxi, das uns in die Wohnung fuhr.

Mirko muss seine Eltern in der Nacht angerufen haben, denn am nächsten Morgen brach die Hölle los. Das Telefon klingelte ununterbrochen, verschiedene Mütter weinten am anderen Ende, wir schrien uns an, weil jeder von uns mit der Situation überfordert war. Peter und Anita reisten zusammen mit Serafins Eltern noch am gleichen Tag an, fuhren mit ins Krankenhaus und stellten uns anschließend zur Sprache. Die Geschichte wiederholte sich und Mirko und David schilderten das Geschehene aus ihrer Perspektive. Ich hielt eine Tüte mit Eis gegen meine Nase gedrückt und mein linkes Auge war blau angelaufen. Serafins Eltern kauften uns jedoch die Geschichte nicht ab und fragten mich nach meiner Version. Mein Vater Peter unterbrach mich mitten im Satz mit der Begründung, ich könne doch nicht sprechen. Wie gerne ich nur meine Version der Ereignisse geschildert hätte, aber niemand schien sich dafür zu interessieren. Serafins Eltern erstatteten Anzeige, aber Peters Anwalt kümmerte sich um alles. Die Mehrheit der Aussagen stützte die bereits bekannte These und ich wurde sogar gelobt, weil ich aus Leibeskräften geschrien und eine Ambulanz verlangt hatte. Selten so gelacht!

Das letzte Mal, dass ich mit meinem Vater alleine sprach, war vor dem Gerichtsgebäude. Um präziser zu sein, sprach nur mein Vater und versuchte, mich auf meine Zukunft einzustimmen. Unser Anwalt, Herr René von Kastelow, kümmerte sich um alles und ich wurde von jeglicher Schuld freigesprochen. Nur von der nicht, die ich in meiner Seele trug. Man kann das Gesetz täuschen, aber nicht die eigene Seele.

Mein Sommer war zu Ende und als die ersten Anzeichen des Herbstes langsam farbig sichtbar wurden, fing ich mit meinem Studium an. Meine erste Wohnung befand sich nur ein paar Hundert Meter von der Business School entfernt und erwies sich als ein Segen, denn ich konnte mich immer zurückziehen, wenn ich inneren Abstand benötigte.

Durch mein Studium gehörte ich zu einer ausgewählten Gruppe. Wir wurden über die Vorteile unseres Studiums informiert, wir wussten, dass wir ins weltweite Netz der Erfolgreichen greifen durften, und die besten Unternehmen sich um uns schlagen würden. Ich hinterfragte damals nicht, was sie unter „besten" verstanden. Wir alle trugen teure Stoffe und besaßen Kreditkarten mit großzügigem Limit, aber ich besaß ein Inneres, das in diese Welt der Privilegierten nicht passte. Serafin erlitt körperlich innere Blutungen, ich erlitt sie seelisch. Ihm fügte ich die Schmerzen zu; mir selbst habe ich durch meine eigene Hand wehgetan. Er hatte jemanden, den er für seine Schmerzen beschuldigen, und auf den er mit der Hand zeigen konnte, ich besaß diese Option nicht. Meine sorgenfreie Welt des wohlhabenden Sohnes existierte nicht mehr.

Ich bemühte mich, im ersten Semester meiner neuen Uni eine Chance zu geben. Ich strengte mich an, den Stoff aufzunehmen, ging auf Partys und beteiligte mich an Projekten, aber alles glich einem enormen Kraftaufwand. Wenn jemand schrill lachte, vernahm ich die Schwingungen von Serafins Stimme. Wenn die Partygäste zu betrunken waren, ging ich nach Hause. Ich mied auf Partys alle Themen, die in irgendeiner Form zu gegenteiligen Meinungen führen konnten. Im zweiten Semester bewarb ich mich an der Uni in Frankfurt und wurde angenommen. Mein Vater versuchte, mich von dieser Entscheidung abzuhalten, aber ich ließ nicht nach. Ich wusste mit absoluter Sicherheit, dass ich diesen Wechsel wollte. Ich hatte das Recht auf die Welt der Privilegierten verwirkt. Wir sprachen nie über den Vorfall mit Serafin, aber er hing wie ein Damoklesschwert über jeder unserer Unterhaltungen.

In Frankfurt war ich im großen menschlichen Strom, der hungrig nach Wissen, Erfolg, Zukunft, Perspektive oder Zeitvertreib war, einfach eine Nummer ohne einen Namen, eine Bedeutung oder eine Vergangenheit. Ich war ein Teilchen in der Masse, die sich erwartungsgemäß aus dem Vorlesungsraum in die Mensa bewegte, weil unsere primären Bedürfnisse befriedigt sein wollten, oder die Flure bevölkerte. Ich war eine Nadel im Haufen der Hochschulbildung und meine Aufgabe war es, mich um mein Studium zu kümmern. Die gesamte Verantwortung lastete auf mir. Peters Arm konnte hier nicht nach mir greifen, denn er würde eine Institution wie die Uni Frankfurt nicht anrufen und sich über den Support beschweren.

Im ersten Semester verpasste ich die Hälfte der vorgesehenen Vorlesungen, aber langsam bekam ich mein Leben unter Kontrolle. Mit der Zeit entwickelte ich sogar Stolz auf mein gutbürgerliches Elternhaus und distanzierte mich von Studenten mit Migrationshintergrund oder von den linksgerichteten Kommilitonen. Umgeben von Privilegierten, wollte ich nicht dazu gehören. Umgeben von Nicht-Privilegierten, suchte ich die Kommilitonen aus, die vom Status her meiner Familie glichen. Diese Kommilitonen entschieden sich nach dem Studium für große Namen, während ich Norbert Schmitt in sein Unternehmen folgte.

Habe ich diese Entscheidung getroffen, weil Norbert Schmitt für mich eine Vaterfigur war? Oder wollte ich meinem Vater weiterhin eins auswischen? Wäre ich bei einem anderen Unternehmen glücklicher geworden? Hätte ich dort mehr gelernt? Wäre es für mich jetzt leichter, den nächsten Schritt zu tun? Verspüre ich diesen Drang, die Worte aufs Papier zu bringen, weil ich meinem eigenen Schmerz nie eine Plattform bot? Rebelliert mein Körper, weil die Schmerzdosierung längst über der zugelassenen Menge liegt?

Aus einem mir unerklärlichen Grund wünschte ich mir in diesem Augenblick ausgerechnet, mein Schwiegervater wäre noch am Leben und ich könnte jetzt mit ihm reden und die Ereignisse von damals schildern. Vielleicht glaubte ich, dass jemand, der eine so großartige Tochter erzogen hatte, mich weniger verurteilen würde.

Ich lernte ihn nie kennen, da der Krebs Zdravko viel zu früh geholt hatte. Die Eltern von Julia ließen sich scheiden und Julia ging – im Gegensatz zu ihren beiden Geschwistern – mit ihrem Vater zurück nach Jugoslawien. Sie erzählte mir, dass damals niemand Zdravkos Entscheidung verstand. Er wurde von seiner Familie mit Spott begrüßt. Irgendwie fand er einen Job in einer Fabrik, aber die Bezahlung war so schlecht, dass Zdravko und Julia jedes Wochenende zu den Großeltern fuhren, um auf dem Bauernhof zu helfen und einige Lebensmittel mitzunehmen. Um eine Führungsposition zu ergattern, hätte er Beziehungen gebraucht und Mitglied der kommunistischen Partei werden müssen. Beides negativ. Zdravko versuchte noch, in einem anderen Land eine Chance zu bekommen, aber es war sehr schwer und Deutschland kam für ihn nicht mehr in Frage.

Während Julias Vorbereitung auf die Abiturprüfung wurde bei Zdravko Lungenkrebs diagnostiziert. Sechs Monate später wurde er neben seinen Großeltern in einem kleinen Dorf in der Region Kordun in Kroatien beerdigt. Für Julia brach eine Welt zusammen. Sie kam nur deshalb zurück nach Deutschland, weil sie in Gefahr geriet. Die Großeltern wurden, zusammen mit anderen Serben, aus Kordun vertrieben. Julia kaufte für ihre Großeltern in Serbien einen Bauernhof. Als sie in den Nachrichten las, dass Serben aus Kosovo bei ihrer Flucht kurz vor der Unabhängigkeit auch ihre Toten mitnahmen, spielte sie auch mit diesem Gedanken. Es brach ihr das Herz, dass ihr Vater in der verlassenen und verwilderten Gegend blieb. Ich redete ihr ein, sie habe richtig gehandelt, indem sie seine sterblichen Überreste dort ruhen ließ. Ihr Vater sei immer bei ihr, nur sein Körper ist dort beerdigt. Ich nahm an, ihr Schmerz glich meinem Schmerz und mein Schmerz ließ mich nie los. Jetzt bereute ich meine Aussagen.

Julia überlegte manchmal laut, wie ihr Leben gewesen wäre, hätte ihr Vater den Schritt gegen die eigene Überzeugung gewagt und wäre Mitglied der Partei geworden. Sie schlussfolgerte, dass solche Prinzipien in der heutigen Gesellschaft nicht zählten. Menschen, deren Väter hohe Tiere in der Partei waren, wurden heute genauso privilegiert behandelt, auch wenn in Deutschland alles unternommen wurde, dieses Regime ins Lächerliche zu ziehen. Russische Milliardäre genießen Ansehen, obwohl alle wissen, wie sie an ihr Geld gekommen sind. Also, wo war dieses Phänomen verwurzelt? Lag es daran, dass die Gleichen sich sofort erkannten, wenn man sagen konnte, dass der Vater ein hohes Tier war? Ich erlebte das immer wieder, wenn ich die Position meines Vaters verriet. Wahrscheinlich dachte man dann: „Er hat die Spielregeln verstanden und gibt seine beste Vorstellung in puncto Machtergreifung und Macherhalt ab. Er weiß, wie die Welt funktioniert, egal in welchem System wir leben. Wir Privilegierten halten zusammen." Und ich war gerade dabei, genau diese Gruppe zu verraten.

Zdravko wusste, was ihn in Jugoslawien erwartete, aber er wusste auch, dass seine Zeit in Deutschland abgelaufen war. Er traf eine Entscheidung und trug die Konsequenzen. Ob sie sich zum Vorteil aller Beteiligten entwickelten, war schwer zu sagen. Julia sagte immer, sie würde diese kurze Zeit mit ihrem Vater mit nichts auf der Welt tauschen wollen. Sie hatte ihn ganz für sich und wusste, dass er sie innig liebte. Während der Krankheit wurde das Verhältnis noch enger. Heute kann ich genau erkennen, wann die Erinnerung an ihn schmerzhaft wird, denn Julias große Augen füllen sich dann stets mit Tränen. Konnte ich ihr diesen Schmerz des Umbruchs noch einmal zufügen? Ich wollte ihr immer ein sicheres Zuhause anbieten, damit ihre alten Wunden verheilen konnten. Oder würde sie mich mehr als andere Frauen verstehen, weil sie bei ihrem Vater diese innere Entschlossenheit gespürt und akzeptiert hatte?

Das Klopfen an der Tür erschreckte mich so sehr, dass ich im Sitz hochfuhr. Erst als ich die besuchten Seiten schloss und mein Email-Programm in den Vordergrund stellte, sagte ich laut „Ja". Meine Assistentin Anja fragte mich, ob ich Herrn Wahlen, Leiter Marketing, kurzfristig empfangen könne. Natürlich. André Wahlen war einer der Mitarbeiter, dem ich meinen Aufstieg verdankte, denn er war derjenige, der die Fähigkeit hatte, den Markt zu untersuchen. Es waren die Ergebnisse seiner Arbeit, die meine Empfehlungen möglich machten, die mich wiederum so hoch in den Augen von Norbert Schmitt erhoben, dass ich absolute Narrenfreiheit gewann. Es waren sein Wissen, seine Loyalität und seine Bescheidenheit, die mich veranlassten, ihn zum Leiter Marketing zu befördern, als ich der Geschäftsführer wurde.

„André, komm rein."

André Wahlen war ein großer Mann mit breiten Schultern. Er glich manchmal einem Offizier und ich erwartete, wie in diesem Augenblick, fast ein Salutieren, obwohl wir uns sehr gut kannten und einen lockeren Umgangston pflegten. Seine Erscheinung strahlte ein Vertrauen aus, das ihm in seiner Position sehr half. Wir setzten uns an meinen Besprechungstisch.

„Kaffee Herr Wahlen?", fragte Frau Müller.

„Nein, danke." Dann drehte er sich wieder zu mir und legte die Blätter, die er in der Hand hielt, auf den Tisch. Ich hatte bei der Begrüßung die Blätter in seiner Hand gar nicht wahrgenommen.

„Hast du die letzten Neuigkeiten wegen des neuen Auftrags gehört? Sehr gute Entwicklung, nicht wahr?"

„Ja, sehr gut." Ich verspürte, dass André aus einem anderen Grund um ein Gespräch bat.

„Hast du andere gute Neuigkeiten für mich?"

André lächelte und seine Schultern entspannten sich etwas. „Tja, ob sie gut sein werden, kann ich nicht beurteilen. Für mich sind sie gut." Er schaute mich direkt an und reichte mir ein Blatt Papier. Ich vernahm das Wort „Kündigung" und las nicht weiter.

„Was…?"

„Ich verlasse das Unternehmen."

Dieses Mal las ich den gesamten Text. Er besagte nur, dass mein Marketingleiter kündigte.

„Ich werde mich selbständig machen. Andere mittelständischen Unternehmen haben die gleichen Probleme, die Schmitt Formsysteme hat. Sie benötigen Unterstützung bei ihrer globalen Marketingstrategie und ich bin gerne bereit, diese Aufgabe zu übernehmen. Bis meine Position besetzt ist, stehe ich als externer Berater zur Verfügung. Auch darüber hinaus, versteht sich." Er lächelte erneut, als ob er einen guten Witz gemacht hätte. Ich betrachtete ihn und überlegte.

„Hier sind meine Konditionen für das Ausscheiden." Er reichte das zweite Blatt, das bisher kopfüber auf dem Tisch lag. Ich las nur den Betrag pro Manntag.

„Hast du schon mit beiden Brüdern darüber gesprochen?"

André guckte etwas überrascht. „Nein, ich bin zuerst zu dir gekommen. Ich glaube, das gehört sich so."

„Zumindest einer, der weiß, was sich gehört", dachte ich. Ich wurde von allen Seiten so häufig hintergangen, dass mich das korrekte Verhalten von André Wahlen überraschte.

„Was hat dich bewegt, diesen Schritt zu wählen?"

„Meine Frau. Sie glaubt, dass ich in der Selbständigkeit glücklicher sein werde. Ich brauche meine Unabhängigkeit. Die hatte ich bei dir, aber ich weiß nicht, was künftig hier passieren wird." Er wartete kurz und schaute mich fragend an, als ob er in meinem Gesicht die Erlaubnis fürs Weiterreden finden würde. Ich lehnte mich nur ein bisschen nach vorne. „Hier wird viel erzählt. Ich weiß nicht, was davon wahr ist, aber ich möchte nicht darauf spekulieren. Es ist mein Leben und ich nehme es selbst in die Hand. Wenn sich hier die Wogen geglättet haben, kann ich das Unternehmen gerne als Externer unterstützen. Außerdem bin ich noch eine Weile da. Ich habe zwar noch ein paar Tage Resturlaub, aber nicht mehr viele."

„Das ist gut. Wir werden dich brauchen. Was soll ich sagen? Ich wünsche dir einen erfolgreichen Weg in die Selbständigkeit. Ich weiß, dass du einen guten Job leisten wirst." Ich hätte mich am liebsten für seine Arbeit bedankt, denn seine Ergebnisse waren meine Ergebnisse, aber ich hielt mich zurück. Ich weiß nicht mehr warum. Damals hatte ich wahrscheinlich Angst, als Heulsuse oder Schwächling wahrgenommen zu werden. Oder den Eindruck zu geben, dass ich damals keine Ergebnisse lieferte, sondern ausschließlich seine Zahlen verwendete. Was eigentlich der Fall war.

„Darf ich dich als Referenz nennen?"

Ich wog ab, bevor ich etwas sagte. Für die Konkurrenz wollte ich nicht als Referenz dienen. Ich mag zwar fast durch die Tür sein, aber die Integrität für Norbert Schmitt und sein Lebenswerk war noch in mir vorhanden.

„Nur wenn es eine andere Branche ist. In unserer Branche gebe ich keine Referenz ab. Du kennst den Vertrag: Du darfst nicht bei der Konkurrenz anfangen."

„Habe ich auch nicht vor. Der Mittelstand ist groß." Er stand auf und ich folgte, dann reichte er mir die Hand und drückte sie fest. „Danke" war alles, was er noch sagte, bevor er das Büro verließ. Ich hatte eigentlich zu danken, aus so vielen Gründen.

Ich setzte mich wieder hin und blieb alleine am Besprechungstisch sitzen. Frau Müller fragte mich, ob ich was bräuchte, aber ich lehnte ab. Die Nachricht traf mich Mitten ins Herz. Dieses Mal ging es mir nicht so sehr um das Unternehmen, sondern um mich selbst, denn, wie es aussah, standen dem Unternehmen gute Zeiten bevor. Der Möbelhersteller plante tatsächlich, den Auftrag zu erteilen. Das Problem der Reißfestigkeit löste die Forschung und Entwicklung durch die Variation mit der Wärme. Auf diese Art und Weise würde der Abfall verbraucht und ein neues Produkt produziert werden. Sie würden voraussichtlich die Produktion erweitern müssen. Ich schlug vor, die vorhandene Lagerhalle umzubauen, aber Mathias Schmitt hielt mich für kleinkariert. Sie würden eine separate Halle anbauen und die Suche nach einem Architekten lief bereits. Ironischerweise wurde ich am besagten Montag vor einigen Wochen von beiden Brüdern der Verschwendung beschuldigt und gebeten, mehr Gewinn zu erwirtschaften. Ansonsten würde man meinen Vertrag nicht verlängern. Jetzt wurde ich als kleinkariert bezeichnet, weil ich Geld sparen wollte. „Was für ein Witz", dachte ich.

André Wahlen und seine Entscheidung interessierten mich viel mehr auf der privaten Ebene. Er machte genau das, was ich machen wollte: aussteigen. Nur dass André Wahlen in seinem Gebiet blieb und ich über einen radikalen Schritt nachdachte. Aber war der Unterschied in der Ausführung so groß? André gab auch seine sichere Position für eine Beratungstätigkeit auf. „Damit er unabhängig bleiben kann, hat er gesagt. Ich könnte genau das Gleiche machen, nur mit einem anderen Fokus. Worauf warte ich noch hier? Auf das Jüngste Gericht?", dachte ich.

Ich erkläre dir unser Leben:

# Marken

Thomas überlegte kurz und ließ seinen Blick über den ruhigen Fluss streifen. Eine Reihe von Themen drängte sich auf, aber er war sich nicht sicher, ob sie tatsächlich zum Vorteil der Menschen ausgelegt werden konnten.

„Ich glaube, ich kann noch ein Thema nennen."

„Und das wäre?"

„Werbung."

„Werbung? Was soll das sein?"

„Wir haben die Möglichkeit, Menschen zu überzeugen, eine bestimmte Wahl zu treffen, auch wenn sie nicht notwendigerweise die beste für sie oder ihn ist. Wäre ich ein guter Werbefachmann, hätte ich dich schon längst von den Vorteilen des Menschseins überzeugen können. Ich hätte nur die negativen Seiten weglassen können. Die hättest du früher oder später selbst entdeckt, aber dann wäre es zu spät. So läuft es auch mit allen anderen Sachen."

„Aber ihr Menschen seid doch gebildet, hast du erzählt. Schützt die Bildung nicht?" Für mich selbst dachte ich: „Wozu die ganze Mühe, wenn sie die Menschen nicht für die einfachsten Themen des Lebens wappnet?"

„Nicht wirklich. Aber wir haben auch keine Zeit, wie bereits geschildert. Deswegen lassen wir uns von der Werbung vorschlagen, was wir kaufen sollen. Früher war das alles harmlos, da nicht so viele Produkte existierten. Aber jetzt kämpfen viele Hersteller um die Gunst des Kunden für ein Produkt, beispielsweise Wasser. Ich kann heute sehr viele verschiedene Sorten von Wasser im Supermarkt kaufen. Ich kaufe meistens ein günstiges Wasser, aber es gibt viele Menschen, die sich von der Werbung einreden lassen, das Wasser A wäre das Beste, weil es diese und jene Eigenschaften hat. Dabei ist es auch Wasser wie die anderen Sorten und kommt auf dem natürlichen Weg aus der Erde. Da wir keine Zeit haben, das Wasser zu testen und uns Gedanken zu machen, kaufen wir das beworbene Produkt. Hier kommt auch wieder unser Ego ins Spiel. Das bekannte Wasser ist meistes teurerer und wir zeigen damit, dass wir uns ein teures Produkt leisten können."

„Warum ist es teurer?"

„Ich habe versprochen, die Markenthematik zu erläutern. Also, eine Marke lässt sich so erklären: Viele Firmen produzieren ein Produkt für uns wie beispielsweise das erwähnte Wasser. Oder die Kleidung, die wir tragen." Thomas griff nach dem dünnen Stoff an seinem Oberkörper. „Ganz wenige Produzenten sind sehr bekannt, aber je bekannter sie sind, desto teurerer sind ihre Produkte. Wir geben ihnen unser Geld, damit sie es für die Verbesserung ihrer Bekanntheit verwenden können. Diese steigende Bekanntheit macht wiederum unsere Einkäufe teurerer. Gleichzeitig zeigen wir den Anderen mit der teuren Kleidung, dass wir Geld haben. Womit wir wieder beim Ego sind. Ich habe das Bedürfnis, anderen zu beweisen, dass ich mehr oder zumindest so viel Geld wie sie habe. Vom anderen Schnickschnack wie Autos, Uhren, mobile Telefone oder Schmuck ganz zu schweigen. Ich glaube, sie habe ich schon erwähnt. Oder diese Dinger, die wir um den Hals tragen. Die haben eigentlich keine Verwendung, sie sind nur als eine Art Kennzeichnung da."

„Was für ein Produkt ist das?"

„Es ist eine Krawatte. Die Vorfahren meiner Frau haben sich so etwas ausgedacht. Zumindest die kroatischen Vorfahren. Daher auch der Name. Jetzt binden sich tausende und abertausende Männer weltweit dieses Stück Stoff um den Hals, um zu signalisieren, dass sie zur Führungselite gehören. Dieses Stück Stoff hat keine andere Funktion. Es wärmt nicht, es ist nicht bequem, es ist einfach nur überflüssig. Aber ich muss es tragen."

„Um Frosches Willen! Warum?"

„Weil das zu meinem Kleidungskodex, zu meiner Uniform gehört. Ich muss mich so kleiden wie meine Kameraden. Ich muss genauso aussehen wie sie. Je teurerer, umso besser. Mittlerweile sind wir Sklaven dieser gelisteten Utensilien wie Autos, Schmuck, Kleidung und Technik geworden, denn wehe einer tut meinem Auto was an. Der ist arm dran, so viel ist sicher."

Ich betrachtete die Fasern im Stoff an Thomas Körper und versuchte, diese verborgene Bedeutung, die die Menschen diesem Stoff beimessen, zu finden, aber für mich bestand der Stoff einfach nur aus Baumwolle. Thomas holte kurz Luft, bevor er weitersprach.

„Weil der Hersteller für die Werbung bezahlt, baut er diese Kosten in seinen Preis ein. Im Grunde genommen bezahlen wir dafür, dass er uns sein Produkt teuer anbieten darf."

„So absurd! Ihr durchschaut den Trick und fallt trotzdem darauf ein, weil er euer Ego angenehm kitzelt. Habe ich das richtig aufgefasst? Nicht, dass du mir wieder vorwirfst, dir die Worte im Mund umzudrehen."

Thomas runzelte kurz die Stirn und dachte nach.

„Ja, im Grunde genommen durchschauen wir das Spiel und trotzdem funktioniert es. Wir handeln genauso, wie uns gesagt wird, weil wir so programmierbar geworden sind. Und weil das Konzept der Werbung so erfolgreich ist, wenden wir es in anderen Gebieten auch an. Wir werben für Kriege, die wir nicht wollen, mit Argumenten, die nicht stimmen, aber keiner hat Zeit, die wahren Gründe zu verstehen. Wir sind zu sehr mit unserem Leben und dem Ego beschäftigt. Außerdem will keiner anders sein als der Rest. Du erinnerst dich an die Geschichte des Rudels. Also schlucken wir zusammen den Mist, denn zumindest sind wir alle zusammen und alle dumm. Keiner kann austreten und sagen, er habe es besser gewusst."

„Mir fehlen die Worte."

„Ja. Ich habe noch mehr auf Lager. Sie nehmen dreizehn- und vierzehnjährige Mädchen als Models für Hautcremes und suggerieren Frauen, dass deren Haut auch so fein und glatt sein wird, wenn sie die Creme benutzen. Die Ironie ist, dass dreizehnjährige Mädchen keine Creme für glatte Haut brauchen, sie ist durch ihre Jugend geglättet. Die Kosmetikbranche hat es perfektioniert. Sie versprechen uns etwas und wissen genau, dass wir nie zurückkommen werden, um nachzuhaken, was aus dem Konzept der glatten Haut oder der cellulitisfreien Schenkel geworden ist. Sie dürfen leere Versprechen machen und bekommen noch Geld von uns. Ich meine, überwiegend von Frauen, aber mehr und mehr auch von uns Männern. Wenn die Produkte uns nicht jünger machen, gehen wir zu Chirurgen und lassen uns in die Schablone stecken."

„Unklug." Sagte ich nur, da ich mittlerweile müde geworden war, den ganzen Satz auszusprechen. Thomas nickte stumm.

„Wir Menschen sind einerseits sehr intelligent und andererseits sehr unklug, wie du richtig beobachtet hast. Wenn unser Ego ins Spiel kommt, sind wir einfach verblendet. Wir lassen uns dadurch zu leicht manipulieren."

„Gibt es hier die Möglichkeit einer Besserung?"

„Nein."

Thomas Antwort kam so entschieden, dass ich erschreckt zu ihm aufschaute. Eine Stille legte sich über uns.

„Es gibt noch eine Eigenschaft, die ich dir nicht vorenthalten möchte. Ich kann nicht wirklich sagen, ob sie ein Vorteil ist, aber du solltest davon in Kenntnis gesetzt werden, dass sie existiert. Wir haben Angst."

„Wir auch." Das Gefühl, das unseren Alltag ziemlich viel begleitet, ist die Angst. Aber wir lassen uns trotzdem nicht einschüchtern.

„Ich weiß. Alle Tiere haben Angst, inklusive uns Menschen. Der Unterschied liegt in der Kombination. Weil wir denken können und weil wir ein Ego haben, steuern diese zwei Dinge auch unsere Angst, nicht nur die Instinkte, wie bei euch Fröschen.

„Wir können auch denken", warf ich wieder ein, aber Thomas beachtete mich nicht.

„Wir haben Angst vor so vielen Dingen. Wir haben Angst, unseren

Job zu verlieren, unabhängig davon, wie jämmerlich er sein mag und wie unglücklich wir sind. Der Job bezahlt unsere Rechnungen, unseren Lebensstandard, den wir für unser Ego benötigen. Wir verraten Kollegen und Freunde, um den Job um jeden Preis zu retten. Wir gehen über Leichen, um dem Chef zu gefallen. Dazu gehört sogar, Lügen über ausgeschiedene Kollegen zu verbreiten. Wir haben Angst, das Kartenhaus aus Krediten könnte zusammenfallen und mit ihm zusammen das auf Krediten gebaute Haus. Wir haben Angst, unser Partner würde uns verlassen, obwohl wir, die meisten von uns zumindest, alleine auf diese Welt gekommen sind und sie alleine verlassen werden. Uns wird eingeredet, welche schlimmen Sachen uns passieren könnten, so dass wir alles versichern, das uns umgibt. Uns wird auch durch Medien suggeriert, einer bestimmten Gruppe zu misstrauen, eine andere Gruppe zu verachten, einige Menschen zu bemitleiden, Anderen blind zu vertrauen und die Entscheidungen unserer Herdenführer nicht zu hinterfragen. Wir haben Angst vor einander, obwohl wir zu einer Spezies gehören. Einige von uns realisieren langsam, dass wir alle miteinander verbunden sind…"

„Das wisst ihr noch nicht? Das wissen wir und gehen nicht einmal in eure Schulen."

„Wir glauben, dass wir etwas Besonderes sind, weil wir uns etwas vorstellen können. Und genau diese Vorstellungskraft wird uns zum Verhängnis, denn diese Phantasie, die wir entwickeln, verselbständigt sich irgendwann. Wir haben Angst vor unseresgleichen und nehmen alles auf Video auf. Wir haben Angst, unsere dunkle Seite zu zeigen. Wir unterdrücken sie und zeigen uns stets als verständnisvolle Kollegen, Partner, Nachbarn, Freunde, was auch immer. Aber in jedem von uns lauert das Dunkle oder das Böse und es wird eines Tages an die Oberfläche kommen, eine Zeit lang um sich schlagen und sich danach wieder zurückziehen. Und wir werden uns erstaunt fragen, wo so viel Dunkelheit herkam. Aber der Druck bei der Arbeit und die Negativität in der Gesellschaft nähren sie und irgendwann wird es eine Explosion des Bösen geben. Wir alle werden unsere Hände in Unschuld waschen, während wir alle dazu beigetragen haben, entweder durch aktives Tun oder durch fehlenden Protest. Macht das alles Sinn?"

„Nein."

Thomas holte nach der langen Rede tief Luft und schaute mich fragend an. Ihm gefiel meine Antwort nicht, aber welche Antwort soll ich geben, wenn man so viel Unsinn erzählt? Er ergänzte noch: „Eigentlich sind wir Menschen nicht so kompliziert. Wir haben einfach Angst und nutzen das Geld, um uns hinter Spielzeug und Positionen zu verschanzen, damit niemand unsere Angst merkt."

„Ihr habt nicht einmal natürliche Feinde, die euch aufessen wollen. Ich verstehe wirklich nicht, wovon ihr Angst habt. Wir konfrontieren jeden Tag die Möglichkeit, einem großen Tier als Mittagessen zu dienen. Trotzdem leben wir fröhlich weiter. Könnt ihr diese Angst irgendwie besiegen oder zumindest annehmen?"

„Nein. Zu viele Leute verdienen an ihr und würden alles dransetzten, uns eine Heilung auszureden. Das Geschäft mit dem Ego ist riesig und viele Rädchen in unserem System werden mit der Angst als Schmierstoff vorangetrieben."

Aha, das froschleere Rädchensystem wieder. Irgendwie dreht sich alles im Leben der Menschen um dieses Rädchensystem. Oder um präziser zu sein, dieses System verarbeitete die Menschen zu einer homogenen Masse.

Thomas sprach wieder. „Das sind im Großen und Ganzen wir Menschen. Möchtest Du immer noch Mensch werden?"

„Ja."

„Warum?"

Ich reagierte nicht auf die Frage, sondern betrachtete die Wasseroberfläche. Nach einer kurzen Pause sagte Thomas:

„Also begegne ich dir irgendwann als Mensch." Seine Stimme klang fast traurig, obwohl er sich nicht erklären konnte, warum. Ich betrachtete ihn nur, ohne etwas zu sagen. Was sollte ich ihm sagen? Dass ich ein Mensch werden muss, um die ganze Absurdität offenzulegen? Jemand muss es doch tun! Die Menschen scheinen von der Angst gelähmt zu sein.

„Bis dahin alles Gute! Ich muss jetzt los."

Thomas stand auf und streckte seine Beine aus. Während des langen Gesprächs hatte er nicht gemerkt, wie steif seine Beine geworden sind. Ich warf ihm noch einen Blick zu, bevor ich mit großen Sprüngen in Richtung des Flusses sprang.

„Er hat sich nicht einmal verabschiedet", dachte Thomas, als er zum Parkplatz lief. „Aber vielleicht kennen die Frösche das Konzept des Verabschiedens nicht. Wer weiß? Vielleicht werde ich ihm bald als Mensch begegnen. Aber wie wird er als Mensch aussehen?"

Er stieg in sein Auto ein und gerade, als er den Schlüssel drehen wollte, kam ihm ein Gedanke.

„Robby ist ich selbst, der freche Teil von mir, der mir ausgetrieben wurde. Er war mein Spiegel. Er hat genau die Fragen gestellt, die ich der Gesellschaft stellen würde, hätte ich nur den Mut dazu. Er hat mich dazu gebracht, genau die Widersprüche zu benennen, die mir schon immer aufgefallen sind, die ich aber mit niemandem teilen konnte oder wollte. Mein Gott, wieso konnte ich es vorher nicht sehen. Um Frosches Willen! Wann werde ich endlich anfangen zu leben?"

# 12

Als die Vibration der Haustürklingel die Stille meines Zimmers erreichte, ignorierte ich die Störung und las weiterhin das Ergebnis meiner kreativen Lawine. Im besagten Augenblick widmete ich mich zum ersten Mal in Ruhe dem gesamten Werk und entdeckte gelegentlich noch ein paar Fehler. Das Lesen entwickelte sich zum großen Vergnügen, denn während der Korrektur musste ich ein paar Mal schmunzeln. Ich fragte mich, woher ich die Inspiration bekam, eine solche Geschichte zu schreiben. Wo hatte ich sie versteckt, bevor sie mit geballter Kraft nach oben durchdrang?

Julia muss sich um den Besuch gekümmert haben, denn im Wohnzimmer hörte ich jetzt zwei Stimmen. Eine gehörte Julia, aber auch die Stimme der anderen Person war mir sehr bekannt.

„Das kann nicht sein. Was macht sie hier?“

Ich öffnete die Tür des Arbeitszimmers und wäre beinahe mit einer etwas verstörten Julia zusammengestoßen, die mich gerade holen wollte.

„Frau Müller würde...“

„Herr Bader, bitte verzeihen Sie, dass ich Sie zuhause störe. Aber bitte, bitte ändern Sie Ihre Entscheidung.“ Ihre Stimme flehte mich regelrecht an. Sie stand kerzengerade vor mir, hielt ihre Handtasche mit beiden Händen vor sich und betrachtete mich voller Erwartung.

Meine Entscheidung hatte bereits Form angenommen, als die beiden Berater – ohne eine Absprache mit mir - aufkreuzten und wie selbstverständlich davon ausgingen, das Unternehmen beraten zu müssen. Wäre nicht gleichzeitig das Feuer ausgebrochen, hätte ich sie noch höflich empfangen, aber in dieser Situation hatte ich einfach die Nerven verloren und meinem Unmut freien Lauf gegeben. Nach dem gestrigen Gespräch mit André Wahlen stand meine Entscheidung endgültig fest, aber ich ließ mir noch 24 Stunden Zeit, bevor ich den Stein ins Rollen brachte.

Heute Nachmittag war dann der Showdown gekommen. Ich bat Anja, einen Termin mit beiden Brüdern zu vereinbaren und sie wusste sofort, was ich damit meinte. Statt umgehend die Nummer zu wählen, betrachtete sie mich etwas länger und ihr Gesicht verriet eine Traurigkeit, die ich selten an einem Menschen erlebt hatte. Um zu verhindern, dass mich ihr Blick umstimmte, senkte ich feige den Kopf, ging zurück in mein Büro und schloss die Tür hinter mir. Scheinbar hatte ich die Verzweiflung von Anja Müller unterschätzt. Nicht nur, dass sie mich in die Bredouille brachte, sie gab auch mein Geheimnis vor Julia preis. Ich wollte es ihr im Laufe des Wochenendes sagen.

„Ich bin sehr bewegt, Frau Müller. Glauben Sie mir, ich bin es wirklich."

Ich schloss kurz die Augen und überlegte. Julia stand etwas abseits mit vor der Brust verschränkten Armen und betrachtete Frau Müller und mich, ohne die geringste Reaktion zu zeigen. Ich versuchte nicht mehr, die Sache zu verschleiern.

„Na gut. Ich will absolut ehrlich zu Ihnen sein und ich bitte Sie, diese Information außerhalb dieser Wände mit niemandem zu teilen."

Anja Müller nickte nur zustimmend.

„Es gibt für mich keine Zukunft mehr bei Schmitt Formsysteme. Die beiden Brüder haben beschlossen, dass neue Besen besser kehren und wollen ein neues Gesicht an der Spitze des Unternehmens. Was immer ich jetzt tue oder lasse, wird die Situation nicht mehr ändern können. Sie haben es sicherlich in den letzten Wochen indirekt mitbekommen. Ich bin in Ungnade gefallen und für mich gibt es nur einen Weg: Out!"

„Aber..."

„Ich weiß, wie Ihnen zumute ist, und ich schätze Ihre Loyalität sehr. Sie ahnen nicht wie sehr. Ich habe in den letzten Wochen so viel Respektlosigkeit und Arroganz erlebt wie lange nicht. Es sind wenige Menschen, die noch zu mir halten, denn ich bin ein Auslaufmodell und alle empfehlen sich bereits dem neuen Chef. Oder zumindest dem, den sie für den neuen Chef halten. Hier ist noch nicht das letzte Wort gesagt."

„Was glauben Sie, wer wird es werden?" Ihre Stimme klang nervös, ihre Stirn zeigte tiefe Einprägungen durch Runzeln.

„Ich glaube, es wird Dominic Lacroix. Aber das ist nur meine private Meinung. Es kann auch Jürgen Niels werden. Verstehe einer die beiden Brüder. Auf ihrer Yacht im Mittelmeer haben sie sich aus lauter Langweile vielleicht für ihn entschieden. Wer weiß? Ich schätze, sie werden ihre Entscheidung schnell nach meinem Weggang verkünden, da das Unternehmen eine neue Führung brauchen wird. Ich werde um eine sofortige Freistellung bitten."

„Oh mein Gott!" Anja klang jetzt noch verzweifelter. Ich kam ihr näher und streichelte ihren Arm.

„Kann ich Ihnen irgendwie helfen?" Ich war wirklich gerührt durch so viel Anteilnahme.

„Mich mitnehmen, wo immer sie arbeiten werden. Ich kann für Jürgen Niels nicht arbeiten. Ich kann ihn nicht ausstehen. Er glaubt, er wäre ein ganz toller Kerl, aber er hat beim Essen die Manieren eines Schweins, er unterbricht mich andauernd, wenn ich etwas sage, starrt auf meinen Busen, während ich mit ihm spreche. Soll ich noch mehr aufzählen?"

Ihre Augen waren jetzt etwas kämpferischer.

„Wissen Sie was? Ich schaue, was ich für Sie tun kann. Lassen Sie den Kopf nicht hängen und vor allem nicht wegen eines Mannes wie ihm. Das ist er nicht wert. Sie wissen, wie gut Sie sind. Das ist alles, was zählt."

Sie atmete ein paar Mal ein und aus und sammelte sich. Dann wurde ihr die ganze Situation peinlich.

„Bitte verzeihen Sie, dass ich bei Ihnen so reingeplatzt bin." Dabei drehte sie sich mehr zu Julia, als ob sie von ihr mehr Gnade erwartete. Julia lächelte nur schwach.

„Ist doch gar kein Problem. Ich bringe Sie zur Tür."

Wir liefen langsam zum Aufzug und Anjas hohe Absätze hallten im

Flur. Während das Summen im Schacht das Herankommen des Aufzugs andeutete, versuchte ich meine (noch) Assistentin so weit wie möglich zu trösten.

„Ich weiß nicht, wie es mit mir weitergeht. Ich kann Ihnen nur versichern, dass ich an Sie denken werde, sollte sich eine Gelegenheit ergeben. Sie bekommen von mir auch die besten Referenzen, das versteht sich. Sie dürfen mich bei jeder Bewerbung als Referenz nennen und die potentiellen Arbeitgeber dürfen Tag und Nacht bei mir anrufen."

Anja lächelte zum ersten Mal an diesem Abend.

„Danke."

Als der Aufzug kam, öffneten sich die Türen und sie trat ein. Mit ihr trat mein früheres Leben ein, wurde mir bewusst. Plötzlich wurde mir die ganze Bandbreite meiner Entscheidung klar, denn mein Leben wird definitiv nicht mehr eine Fortsetzung der Vergangenheit sein.

„Bis Montag, Frau Müller."

„Bis Montag, Herr Bader."

Ich sah noch für den Bruchteil einer Sekunde ihr trauriges Gesicht, bevor sich die Tür zu meinem früheren Leben schloss. Bisher habe ich meinen Beschluss als meine Entscheidung betrachtet, aber mittlerweile realisierte ich, wie viele Menschen sie berührte. Der Aufzug setzte sich in Bewegung und Anja Müller kehrte in ihr Leben zurück, während ich vor der Aufgabe stand, die Scherben meines eigenen Lebens zusammenzufügen. Ich verstand ihre Verzweiflung, denn ich hatte sie nie wie meine Assistentin, sondern wie meine Beraterin behandelt. Sie hatte häufig ein Gespür für Sachverhalte gezeigt, das mir gefehlt hatte.

Als ich zurück ins Wohnzimmer kam, fand ich Julia nicht vor. Stattdessen fand ich sie im Schlafzimmer, wo sie auf dem Bett saß und die Wand gegenüber anstarrte. Ich setzte mich neben sie und ergriff dabei ihre schmale Hand. Sie zog sie nicht zurück, sondern hielt sie fest. Diese Geste gab mir die Kraft zu reden.

„Liebes, ich..." Ich schloss kurz die Augen und atmete tief ein. „Eins musst du wissen. Du bist der Mittelpunkt meiner Welt und wenn ich dich in letzter Zeit vernachlässigt habe, dann nicht deinetwegen, sondern weil ich selbst nicht wusste, was ich wollte. Ich musste mich alleine sortieren. Jetzt habe ich Klarheit."

Julia schwieg weiter.

„Kannst du dich an den Tag erinnern, als wir mit Tim und Angela verabredet waren?" Mir kam die Zeit wie eine Ewigkeit vor. Als ob seit diesem schicksalshaften Tag ein ganzes Leben vergangen sei. Neben mir nahm ich nur das Kopfnicken wahr. „Am besagten Tag haben mich die Firmeninhaber unterrichtet, sie wären mit meiner Leistung nicht zufrieden und ich hätte drei Monate Zeit, dies zu ändern. Sie listeten alle meine Entscheidungen der letzten Jahre auf und verdrehten sie so, wie sie es wollten. Es war ein sehr unangenehmes Gespräch, bei dem ich das Gefühl hatte, mit einer Wand zu reden. Sie haben sich ihre Meinung gebildet und ich konnte machen, was ich wollte."

Julia drehte sich zu mir um, so dass ich den Ärger in ihrem Gesicht sehen konnte. Niemand ging so schnell auf die Palme wie Julia

„Das ist doch unverschämt! Du hast ihre Scherben aufgesammelt und aus dem kleinen Laden ein globales Unternehmen gemacht. Oder bist gerade dabei. Das gibt es doch nicht! Die beiden Brüder haben doch alles in den Sand gesetzt und wollen jetzt vom Wirtschaften reden?" Ich fühlte regelrecht, wie die Wut in Julia stieg, und erinnerte mich, wie es mir in den ersten Tagen gegangen war.

„Das mag alles sein, aber das ist jetzt schnuppe. Der Laden gehört ihnen und sie können machen, was sie wollen. Keiner der Brüder erinnert sich mehr an die Zeit, als der Laden auf wackligen Füßen stand. Sie können es auch nicht, weil sie nicht da waren, um die Ängste der Mitarbeiter zu erfahren. Aber nochmals mit Nachdruck: Ich möchte nicht mehr zurück in meinen alten Job. Ich möchte Kinderbuchautor werden."

„Du willst was werden?" Julia starrte mich an.

„Oh mein Schreck! Das habe ich die ganze Zeit vermutet und vermeiden wollen", dachte ich für mich. Laut sagte ich: „Ich wusste, dass dir das nicht gefällt. Aber ich weiß zum ersten Mal, was außer Dir mich in meinem Leben glücklich macht. Und das ist das Schreiben. Ich möchte Kinder glücklich machen. Und die Eltern zugleich, weil sie die Bücher vorlesen werden. Ich hatte nur Angst, es dir zu sagen."

„Warum?"

„Was für eine Frage? Gerade wegen einer Situation wie dieser vielleicht?", dachte ich. Stattdessen sagte ich: „Wahrscheinlich hatte ich mehr Angst vor mir als vor dir. Ich wusste, wenn die Geschichte rauskommt, muss ich zu ihr stehen. Solange sie heimlich war, konnte ich mich noch einigermaßen hinter ihr verstecken und, wenn sie danebengeht, sie komplett verlassen. Aber jetzt muss ich schreiben."

„Du musst gar nichts. Du musst nicht zurück zur Arbeit, du musst nicht um jeden Preis schreiben, nur wenn du es weiterhin willst. Wir sind finanziell abgesichert und ich verdiene auch Geld. Wenn dir das Schreiben doch nicht zusagt, kannst du dir überlegen, was du mit deinem Leben anfangen möchtest. Ich kenne die Disziplin, die das Schreiben dir abverlangt, durch meine eigenen Publikationen. An manchen Tagen küsst dich die Muse von allen Seiten und an Anderen umwirbt sie einen anderen Autor, während du - auf den Stuhl klebend - auf ihre Rückkehr wartest. Es ist eine frustrierende und belohnende Arbeit zugleich. Ich kann zumindest ein Zitat einfügen, eine Quelle angeben oder die empirischen Ergebnisse noch einmal überprüfen, aber du als Schriftsteller hast diese Optionen nicht. Die Frustration ist wie der Schimmel; sie formt sich schnell, aber es dauert, bis man sie entfernt hat. Ich möchte dir nicht den Mut nehmen, sondern dir sagen, dass du dir Zeit nehmen kannst, für dich selbst einen Weg zu finden."

„Aber ich kann dir nicht so ein Leben bieten, wie es meine Eltern hatten."

„Aber hast du mich gefragt, ob ich so ein Leben überhaupt will?" Julias Augenbraunen zogen sich zusammen, während sie mich kritisch betrachtete.

Das war eine Antwort, mit der ich irgendwie nicht gerechnet hatte, obwohl sie zu Julia passte.

„Das will doch jeder. Ich weiß, dass mich in der Schule alle um die Freunde meines Vaters beneidet haben."

„Ich will nicht das Leben deiner Eltern schlechtmachen, denn sie führen ein komfortables Leben. Aber alles, was ich will, bist du und ein normales Leben mit dir. Wir müssen keine teuren Autos fahren, wir müssen nicht in einer Villa wohnen, wir müssen niemandem irgendetwas beweisen. Wir sind nur uns selbst ein schönes Leben schuldig und benötigen kein Paravent für unsere Nachbarn, Freunde oder wen auch immer. Ich würde mir nur wünschen, wir wären glücklich, hätten mehr Zeit füreinander, könnten viel miteinander reden und viel gemeinsam unternehmen. Mehr nicht."

„Was wird in ein paar Jahren sein, sollte sich dein Verdacht bestätigen, dass ich die Disziplin nicht besitze, oder wenn meine Bücher sich nicht so gut verkaufen?"

„Darüber werden wir dann nachdenken, wenn es soweit ist. Was, wenn sich deine Bücher wie verrückt verkaufen?"

„Dann werden wir eine große Party feiern und alle unsere Freunde einladen."

Julia setzte sich wieder in die ursprüngliche Lage und senkte den Kopf.

„Ich dachte, du hättest eine Andere." Ihre Stimme beinhaltete eine kleine Dosis Scham.

„Wer? Ich?" Dieses Mal war ich erstaunt.

„Ja. Die Situation an der Arbeit kam mir sehr entgegen, weil ich mich so ablenken konnte. Vor zwei Wochen, als du mich ausgefragt hast, was ich mir wünsche, war ich mir sicher, du suchst einen Weg heraus aus unserer Ehe. Ich war mir absolut sicher, aber ich wollte meine Bestürzung nicht zeigen. Deswegen war ich so viel unterwegs. Ich wollte dir zeigen, dass ich unabhängig bin und auch ohne dich leben kann. Es klappt jedoch nicht. Ich kann ohne dich nicht leben."

Sie blickte mich wieder an und ihre Augen waren voller Traurigkeit. Ich war nicht im Stande, zwei traurige Blicke an einem Abend zu ertragen.

„Es tut mir leid, Liebes. Ich wollte dir nicht wehtun. Wirklich nicht."
Ich umarmte sie und küsste zart ihre Lippen, die nach Obst schmeckten.
Dann sprang ich hoch. „Warte, ich hole kurz meinen Text. Bleib hier und
rühr dich nicht vom Fleck."

Ich kam mit meinem Stapel Blätter in der Hand zurück. Erwartungs-
voll übergab ich ihr den Stapel und setzte mich wieder neben sie aufs
Bett. „Ich erkläre Dir unser Leben. Der Dialog mit einem Frosch", stand
auf der Titelseite. Julia nahm den Stapel vorsichtig und blätterte um.

„Darf ich reinschauen?"

„Klar. Dieses Buch ist für dich geschrieben. Ich hoffe, es gefällt dir."
Plötzlich überkam mich die Angst, sie könnte es verwerfen, denn jetzt
befand ich mich auf dem unbekannten Terrain. Deswegen ergänzte ich
schnell:

„Es ist noch nicht fertig, aber ich möchte schon die Rohfassung mit
dir teilen."

Am Anfang saß ich noch ruhig, während Julia die ersten Zeilen lass.
Ich traute mich zuerst nicht einmal zu atmen, aber irgendwann benötigte mein Körper den Sauerstoff, versteht sich. Dann stand ich auf und lief
im Zimmer hin und her, entdeckte Staub an der Tür des Kleiderschran-
kes. Ich hielt ein Auge auf Julia gerichtet, sehr bemüht, ihre Reaktionen
im Gesicht zu lesen und zu deuten. Als sie das erste Mal schmunzelte,
sprang mein Herz fröhlich auf. Ich setzte mich neben sie und schaute, an
welcher Stelle sie gerade war. Dann versuchte ich wieder, neben ihr ruhig zu sitzen, aber die Unruhe trieb mich wieder auf die Beine. Ich ging
zu unserem Hochzeitsfoto und überprüfte, ob es gerade hing. Anschließend ging ich zu meinem Teil des Kleiderschranks und sortierte meine
Hemden nach Farbe. Zwischendurch schaute ich immer wieder zu Julia
rüber und atmete hoffnungsvoll aus, wenn sie lächelte. Als ich gerade
meine Socken farbig sortierte, beendete Julia die Lektüre.

„Und?"

„Thomas…"

„Ja? Was hältst du davon?"

Ich holte tief Luft und sah wahrscheinlich wie jemand aus, der eher die Guillotine als ein Feedback erwartete. Sie suchte ein paar Sekunden nach der richtigen Beschreibung. Lang genug, um mich komplett zu verunsichern.

„Es ist der erste Entwurf. Ich werde noch daran arbeiten. Mich interessierte deine Meinung zum Rahmen…"

„Thomas, ich habe eine gute und eine schlechte Neuigkeit."

Ich betrachtete sie ungläubig. Dann schluckte ich und fasste wieder den Mut, ein paar Worte zu sagen: „Zuerst die gute Nachricht."

„Es ist wunderschön! Einfach nur schön! Ich bin so stolz auf dich." Julia kam rüber und gab mir einen Kuss auf die Wange. Ich registrierte ihn nicht einmal, sondern starrte meine Socken an. Ich erinnere mich, dass ich das blaugraue Paar in den Händen hielt, das gut zu meinem grauen Anzug passte.

„Hast du gerade „wunderschön"gesagt?" Ich traute mich nicht, sie anzusehen.

„Ja. Es ist sehr schön. So..." Sie überlegte kurz. „...unschuldig."

„Und was war die schlechte Nachricht?" Die letzte Antwort floss mir genug Mut ein, diese Frage stellen zu können.

Dieses Mal zögerte Julia mit einer Antwort. Sie ging zurück zum Bett und nahm die vorherige Position ein, bevor sie antwortete.

„Es ist kein Kinderbuch. Es ist eine Geschichte für Erwachsene. Warum schreibst du nicht deine eigene Geschichte drum herum und fügst die Kindergeschichte dazu?"

Dieses Mal starrte ich Julia mit offenem Mund an.

„Du meinst, ich könnte schildern, wie ich zum Schreiben kam? Wie die Jungfrau zum Kind!" Als Julia nur nickte, fragte ich noch einmal:

„Du meinst das im Ernst?"

„Ja, ganz ernst. Zeige ihnen, wo es langgeht. Ich würde nur das Ende etwas umschreiben."

„OK. Wie soll das Ende deiner Meinung nach aussehen?"

Mit losen Blättern in der Hand, ging Julia in das Arbeitszimmer und ich folgte ihr benebelt. Sie setzte sich auf den Stuhl und suchte einen Stift. Ich reichte ihr den Stift und blieb neben ihr stehen, während sie die letzten Zeilen auf der Rückseite eines Blattes verfasste. Bevor sie mir die Seite reichte, ergänzte sie.

„Ich würde dem Frosch die Möglichkeit geben, mehr zu sagen. Ihn einfach nach so einer langen und bedeutsamen Unterhaltung verschwinden zu lassen, gibt mir ein Gefühl der Unvollständigkeit. Den letzten Satz würde ich so formulieren" sagte sie und reichte mir das Blatt.

# Ich erkläre dir das Leben

Nach einer kurzen Stille fragte Thomas: „Willst du immer noch Mensch werden?"

„Ja."

„Jaaaa??? Warum?"

„Ihr habt das Leben noch nicht verstanden. Es ist nicht da, um verkompliziert zu werden. Es ist da, um genossen zu werden. Wann wirst du anfangen zu leben und nicht nur so zu funktionieren, wie die Anderen es von Dir erwarten?"

„Das stimmt! Das Leben könnte so einfach sein. Da hast du vollkommen Recht. Aber wie sollten wir es hinbekommen?"

„Ihr habt vielleicht euer Wissen, aber auch wir haben unsere Weisheit. Ihr seid vielleicht aus dem Wasser gekommen, aber euer Zuhause ist jetzt das Land. Ich wiederum bin in beiden Welten zuhause: im Wasser und am Land und kann euch beide Welten näherbringen. Die Welt des Wassers und des Fließens sowie das Konzept der Erdung auf dem Land."

Ich hatte das Gefühl, dass tief in Thomas eine kleine Flamme des Erkennens zum Leuchten gebracht wurde. Er war noch eine Galaxie weg vom Begreifen, aber etwas rührte sich in ihm und ich war bereits damit zufrieden. Als er immer noch nichts sagte, ergänzte ich:

„Ich erkläre DIR das Leben. Weil mir das gesamte Bild noch nicht ausgeredet worden ist, bin ich nach wie vor mit der schöpferischen Kraft des Universums verbunden. Ihr meißelt und formt Gedanken in physische Objekte und Formen, die aus dem unendlichen Bewusstsein zu euch kommen, aber ihr kettet euch nur an die Resultate an und beachtet nicht die schöpferische Quelle, die euch inspiriert hat. Ihr glaubt, alles abmessen zu können, auch uns Frösche, andere Lebewesen und selbst etwas Imaginäres wie die Zeit. Wegen der Illusion der Messung habt ihr euch der Diktatur der zerstückelten Zeit so sehr unterworfen, dass ihr die zwei wichtigsten Eckpfeiler der Zeit vergessen habt: Den Anfang und das Ende. Oder genauer ausgedruckt: Den ersten und den letzten Atemzug. Ihr seid geradezu obsessiv auf die Abmessung kleiner Zeitspannen fokussiert, statt die Zeitspannen in ihrer Gesamtheit zu genießen. Und wenn ihr euch schon an die Messung der Zeit wagt, warum untersucht ihr nicht das Wachstum eurer Seelen, denn wie diese Bäume werfen wir unsere Blätter in regelmäßigen Abständen ab, wachsen um eine weitere Erfahrung, erneuern uns in der neuen Pracht und einer neuen Größe. Ihr seid viel mehr, als ihr euch zutraut, und ihr braucht nur euren Blick vom ablenkenden Spielzeug vor euch abzuwenden und euch – und uns – als das zu sehen, was wir alle sind: unendliche Energie. Wenn ich nach dem Froschleben irgendwann ein Mensch werde, plane ich, euch genau diese Realität näherzubringen.

# Danksagung

Dieses Buch hätte ohne die Hilfe zahlreicher Menschen nie seine jetzige Form erreicht. Es war das erste Exemplar, das ich der Öffentlichkeit zeigen konnte. Entsprechend war die Lesezeit meiner Freunde eine Zitterpartie für mich, da ihr Feedback über die Zukunft dieses Buches entschied. Glücklicherweise liebten sie das Buch und gaben mir konstruktive Tipps. Ich danke allen, die die erste Version entweder vollständig oder teilweise gelesen haben: Katarina Avramidou, Thomas Hasselbach, Christine Keller, Martina und Welf Kerner, Dr. Claudia Reichl, Dr. Dorothee Reichl, Gesine Buckert, Dr. Johanna Schönrok-Kuczynski und Dr. Vera Stolarski.

Meine Lektorin Dr. Xenia Fischer-Loock ist ein wahres Geschenk, denn sie trieb mich an, mein Bestes zu geben. Und mein Designer Marc Boom gab dem Buch den finalen Touch.

Ich danke meiner erweiterten Familie, d.h. meinen Freunden für ihre vielfältige Unterstützung.

Meine Familie ist die Quelle meiner Kraft und ich bin so dankbar für jeden einzelnen von Euch, sowohl in Europa als auch in Kanada.

Last but not least, mein Ehemann Gerry ist das Beste, das mir in meinem Leben passiert ist. Er ist nicht nur ein inspirierender Leadership-Trainer, sondern auch der beste Partner auf dieser Welt. You are the wind beneath my wings.